徳間文庫

短篇ベストコレクション

現代の小説2020

日本文藝家協会編

徳間書店

目次

カモメの子

阿川佐和子

阿川佐和子（あがわ　さわこ）
1999年『ああ言えばこう食う』（檀ふみとの共著）で講談社エッセイ賞
同年『ウメ子』で坪田譲治文学賞
2008年『婚約のあとで』で島清恋愛文学賞
2014年　菊池寛賞

み熊野の　浦の浜木綿　百重なす　心は思えど　ただに逢わぬかも

中学三年の一学期最初の国語の授業で、ヒラメはこの歌を黒板に書いた。柿本人《かきのもとのひと》麻呂《まろ》の歌だという。柿本人麻呂って誰だっけ、と隣の席の亜衣美《あいみ》にこっそり聞こうとしたら、

「はい、丹野《たんの》。これ、読んで」

指名され、しぶしぶ立ち上がった。

「みくまのの、うらのはまもめん、ひゃくえなす、こころはおもえど、ただにあわぬかも」

教室の何人かがクスクス笑っている。なんか間違ったか。

「丹野、はまもめんじゃない。はまゆうだ。知ってるだろ、浜木綿《はまゆう》の花は」

「知りません」と正直に答えたら、

「浜木綿ってのは、ここらの浜辺にもときどき生えているよ。お前ら、ぜったい見たことあると思うが、こんな花だ。といっても、今の季節はまだ咲いてないな。浜木綿は七月から八月に開花期を迎える」

そう言って、自分のスマホで浜木綿の写真を検索し、クラスに回した。スマホは原則、教室持ち込み禁止のはずだが、先生はいいらしい。ヒラメはときどき授業中にスマホを辞書代わりに使って説明する。

「かたちは彼岸花《ひがんばな》に似ているが、浜木綿の花は白い。香りが強いからすぐわかるぞ。夏になったら探してみろ」

自分たちの机にヒラメのスマホが回ってくるたび、三、四人が顔を寄せて画面に見入っている。

「なんだ、この花か。俺、見たことある。彼岸花の白パターンだと思ってた」

男子の誰かが声を上げると、

「だろ?」とヒラメが応《こた》えたついでに、

「あと、丹野。ひゃくえ、じゃなくて、ももえだ」

ヒラメが私の読み間違いを指摘した。

「じゃ、この歌の解釈、やってみろ」

え、私がですか？　と思ってもう一度立ち上がりかけたところで、

「丹野、座ってよろしい。はい誰かできるか？」

ヒラメが教室じゅうを見渡した。私はそうっと席につく。それから首を回してあたりを窺《うかが》ってみたが、誰も手を挙げそうな気配がない。ヒラメはやれやれとばかりにチョークを握り直し、黒板に向かった。

「いいか。まず、み熊野《くまの》の浦の浜木綿。この『み』は接頭語。お前ら、接頭語は前に説明したからわかってるよな。熊野は当時から霊的な力があると言われていて、今でいうとまあ、パワースポットみたいな場所だな。その霊力に敬意を表する意味で『み』がつけられている。おい、俺のスマホを勝手にいじるな。戻せ、ほら」

ヒラメのスマホを握ってクスクス笑っている生徒をチョークで指し、また話を続けた。

「その紀伊国《きいのくに》の熊野を訪れたときに人麻呂はこの歌を詠んだと言われている。熊野の海辺の浜木綿の花を、波に喩《たと》えて、また浜木綿の葉が幾重にも重なっているのと、とめどなく打ち寄せる波の様子を、恋の想いに喩えてだな、心は思えどただに逢わぬか

もと。そういうことだ」

「そういうこと……？」

それまで俯《うつむ》いていた生徒が揃って顔を上げた。と同時に鐘がなり、授業は終わった。

「きりーつ。礼」

「ありがとうございました」


波を見ているといつも思う。よく飽きないものだと。私じゃない、波がだ。

波はいったい何を考えているのでしょう。遠路はるばる遠い海の彼方から、自分の前をひたすら前進する横一列の先輩軍団と、同じ方向に同じ速度で同じように進んできて、そして結局、砂浜で砕けておしまい。砕けたあと、勢いを失ってズズズッと海に押し戻されるとき、ああ、俺の人生はなんだったのだろうと、せつなくなったりしないのか。

たとえばたまには先輩たちの後を追うのを止めて、ちょっと太平洋方面へ自分だけ逸《そ》れてみるとか、そこまで反抗しないにしても、スピードをあげて先輩を追い越すとか、もっと高い波をつくって先輩の上に覆い被さってやるとか、そういう衝動は起きないのか。

自然って、呆れるほど従順だ。何日も何年も何万年も、文句一つ言わず、喧嘩も嫉妬もしないで同じこと繰り返しているヤツラばっか。波も花も月も太陽も。

そういう万物のひとかけらに、私はなりたい……。ウソです。なりたくありません。っていうか、なれません。あいにく私はそんな従順な精神を持ち合わせていない。ならば独自の道を切り開くだけの才能があるかと聞かれたら、これがないんだよ。やっぱりあの波みたいに、なあんも考えず、余計な向上心なんか抱かずに、生まれ育ったこの土地で淡々と日々を過ごしてギャッと気づいたときには死んでたっていう人生のほうが私には似合ってるかも。

進路志望の書類提出の締め切りが迫っている。でも私はまだ決められない。

高望みは百害あって一利なし。東京に出て渋谷でスカウトされてアイドルになるんだとか、大谷翔平《おおたにしょうへい》のようにかつて誰も達成できなかったことに挑んで世界的スターになりたいとか、どうしてみんな、そういう無意味な夢を抱きたがるのだろう。分相応が一番なのに。だけど、この分相応ってのが実はやっかいだ。進学率の高い県立に行ったらその先の選択肢は広がるだろうけど、受験校だからけっこう勉強がきついって噂だし、かといって商業高校は、雰囲気はいいらしいけど、将来なにになりたいか今のうちに絞らなきゃいけないし。

机にほおづえをついて南房総の海を眺めながら考えていたら、階下がにわかに騒がしくなった。今日の海は陽の光を反射してひときわ穏やかなのに、ウチはなんでこう騒々しいんだろう。母ちゃんが買い物から帰ってきたらしい。

「だってしょうがないじゃん。これしかなかったんだから」

「なかったんだったら、買わなきゃいいだろうが」

「でも、なきゃ不便でしょ。使ってるうちに慣れるって。ほらね？　使いやすそうじゃない」

「どこが。慣れるわけないだろ。バアサンがこんなもん使ってたら、頭おかしくなったと思われるよ」

「そんなことないって。歳を取るほど可愛いもんがすっごく恋しくなるんだってよ」

「バカらしい。だいたい、何でもかんでも、『すっごい、すっごい』って。あんた、それしか言葉、知らないのかい。情けないったらありゃしない」

いつもの言い争いが始まった。高音と低い濁声《だみごえ》が交代交代に空気を揺らし、狭い階段を抜けて二階の私の部屋まで駆け上がってくる。母ちゃんがまた余計なものを買ってきたにちがいない。根本的にバアバとは趣味が合わないんだから。変わった親子である。趣味だけじゃなく、見た目もぜんぜん似ていないし声も違う。母ちゃんは突拍子もない甲高い声を出すのに、バアバの声は低くてしゃがれている。バアバも若い頃は母ちゃんみたいな高い声を出していたのだろうか。女に変声期があるなんて聞いたことないけど、でもバアバが子供の頃からあんな低音だったら気持ち悪かっただろうね。想像するとちょっと笑える。

声以外にも、母ちゃんは浪費家で、バアバはケチ。母ちゃんはカラオケが趣味だけど、バアバは大嫌い。母ちゃんは暑がりで、バアバは寒がり。バアバは肉が好きで、母ちゃんは魚好き。バアバは出かけるのをいつも面倒がるけど、母ちゃんはお出かけすると決まったとたん、小犬のようにはしゃぎ出す。なのに外ではバアバのほうがめっぽう愛想良くて、母ちゃんはコミュニケーション劣等生。バアバには男友達が知らず知らず寄ってくるけど、母ちゃんに男友達はいない……と思われる。この二人、本当は遺伝子が違うんじゃないか。

いずれにしろ、そういう祖母と母親の間に挟まれた子供はどうなるか。ごくまっとうな、くそ面白くもない性格になる。本人が言っているのだからまちがいない。争いごとを極力避けて、成績も松の下あたりをキープする程度の努力に怠りなく、将来の夢は特になし。『出ない杭は打たれない』方式で安穏に生きていければじゅうぶんだ。と、中学二年のとき、つまり去年のことですが、肝を据えたつもりだったけど……あぁ、かったるい。

私はシャーペンを置いて椅子から立つと、幅一メートルに満たない狭い階段をいつものように両手と両足を交互に壁につけて伝い降りていく。小さい頃からずっとこの方法で階段を降りてきた。私の優秀なる筋力はここで鍛えられたのだ。いずれこの筋力が我が身を救うっと。

「おかえりー」

「あら、紗季《さき》ちゃんったら、いたの？　またそんな降り方して。猿みたい」

「実は猿なの、あたし」

答えてから、ニッと口元を横に広げて肩をすくめてみせる。バアバのほうへ目をやると、食卓横の揺り椅子に細い身体をすべり込ませて、身体を前後させながら手にはセサミストリートのバートの鍋つかみをはめている。さっきの言い争いの種はこれだったか。

「鍋つかみ買ってきたの？ 可愛いじゃん」

「でしょ？ 昨日、焦がしちゃったから。古いヤツはもう捨てようと思って。あー、外は暑かったよぉ。エアコン、強にしていい？」

「どこが可愛いんだよ。憎たらしい顔しちゃってさ。紗季、エアコン弱めて」

ババのもう片方の手の先で、ビッグバードが黄色いくちばしの間から赤い舌を垂らして笑っている。

「ね、可愛いよねえ、紗季ちゃん」

母ちゃんがタオルで顔の汗を拭いながら同意を求めてきたので、すかさず私は、

「ババの嫌がる気持はわからないでもないけどさ。でも慣れるよ、そのうち」

「そうかねえ……」

しゃがれ声が少し和《やわ》らいだのを見計らい、「大丈夫。慣れる慣れる」。

場の空気を和《なご》ますのが孫のお務めだ。母ちゃんがこの家に戻ってきて二週間。七月いっぱいは期間限定母親感謝祭開催中。誰が決めたって、私だ。少なくともこの一ヶ月間、母ちゃんが戻ってきてくれて「うれしい！」娘を演じることにした。だって帰

ってきてからというもの、毎日のようにこの調子だ。油断するとすぐこの親子は諍《いさか》いになる。この内戦をなんとか収拾せずして世界平和は訪れない。この家に母ちゃんが必要だということを、母ちゃんとバアバの頭にしっかりインプットさせなければならない。……本当に必要なのかどうかよくわからないところもあるけれど、とにかく今、ここで母ちゃんとバアバの関係を修復しておかないと、のちのち苦労するのは私である、たぶん。だからこそ、多少の鬱陶《うっとう》しさには目をつぶり、十年間のブランクもなんのその。ウエルカムバック母ちゃんでいこうねと、約束していたのにバアバったら、我慢が足りないんだからもう。まるでガキ。私は母ちゃんがそっぽ向いている間にバアバに向かって歯をむき出し、「ガッ！」と噛みつく真似をしてやった。バアバは揺り椅子を揺らしながら、べーっと舌を出して応酬してきた。


「おお、丹野。お母さん、帰ってきたんだってな。よかったな」

下校時、昇降口に通じる渡り廊下を歩いていたら、すれ違いざまヒラメに呼び止められた。ヒラメは我らが陸上部のコーチでもある。

「あ、はい」

本名は平野浩司《ひらのこうじ》だが、色白扁平顔《へんぺいがお》に加え、細長い眼が眼鏡の両端からはみ出すほど離れているので、どう見ても魚にしか見えない。生徒の誰もがそう思うのだろう。私がこの学校に入学した時点で、すでにヒラメというあだ名がついていた。

「これでお前もようやく勉強に集中できるな」

嫌味か。一応、私も陸上部に所属していたが、競技会で上位に食い込むことのないまま、そろそろ引退だ。でもヒラメがニッと笑ったので、私もニッと笑い返し、

「あ、はい」

清々《すがすが》しく答えたあと、むしろ母ちゃんがいないほうが集中できるんですけどと、言いかけてやめた。話がややこしくなる。先生ってつくづく現実を見ていない。家族構成がしっかりしていれば子供はすくすく育つと信じている。っていうか、そう信じたいんだろうね。そんなの妄想なのにね。いつも理想ばっか大声で唱えて、エネルギー要《い》るよね、先生って。ヒラメみたいに志だけ高くても、結局、生徒は現実の中で生きているわけですから。人生に大事なのは、無謀な夢より、ほどよい諦めですから。

「あ、そうだ」

歩き出したと思ったヒラメがひらりと振り返った。

「は？」

「丹野のお母さんさ、リハビリのトレーナーだったって、ホント？」

「あー、なんか、よく知らないんですけど、病院のリハビリ室で働いていたとか言ってました……けど？」

「そうなんだ。もう次の仕事先は決まってんのかな。いやね、俺の大学の同期のヤツが、ほら南千倉《みなみちくら》の国道沿いに新しく老人ホームができたの、知ってる？」

「いやぁ……」

「あそこの事務長やっててさ。リハビリのトレーナー探してるらしいんだ。もし興味あるようだったら、お母さんに聞いてみてくれないかな？」

「あ、はい」

保護者の仕事の斡旋《あっせん》するんか、先生って？

「詳しいこと知りたければ、俺に連絡ください。返事は急がないけど、ま、ちょっと早めに、よろしくな」

「あ、はい」

片手を挙げて背中を向けたヒラメに一礼し、私は昇降口に向かって走り出した。

「で？」

帰りの道すがら、ヒラメにそう言われたと文太《ぶんた》に報告していると文太が急に質問した。

「でって、なにが？」

文太はいつも言葉を省略しすぎるきらいがある。前に一度、どうしてちゃんと主語とか目的語とかつけずに単語だけで会話しようとするんだと問い質《ただ》したら、「エコ」と一言返ってきた。呆れるよね。言葉省略して空気が浄化されるとでも思ってるのか。まあ、文太はそういうヤツだと半ば諦めているからいいんだけれど、話しているとときどき苛《いら》つく。

「ほら、さっきお前の話、途中だった」

「どの話よ？」

「お前の母ちゃんがなんで戻ってきたのかって話」

なんでだろう……。それがわかれば娘は苦労しない。防波堤で日向《ひなた》ぼっこをしていたカモメが一羽、グワッ、ギャアギャと私の代わりに声を発した。カモメって日焼けしないのかな。こんなに日差しの強いとこにいて。私はカモメのほうへそっと近づいてみる。その距離ほんの二メートル。近くで見ると、目玉が小さくてオレンジ色の嘴《くちばし》が曲がっていて、案外とぼけた顔をしている。カモメは察したか、グワッグワッと低く唸《うな》りながら横歩きを始めた。警戒しているのだ。

「ねえ、カモメとウミネコってどう違うんだっけ？」

カモメに視線を向けたまま文太に聞くと、

「そりゃ、♪かもめはかもめ、だろ。♪クジャクや鳩や、ましてや女には、なれないい～」

「意味わかんない」

文太は幼稚園に入る前からの幼馴染みで、文太の父ちゃんとバアバが同じゴルフ場でキャディとして働いていたせいもあり、ずっと家族ぐるみの付き合いがあった。だからなのか母ちゃんは、私を連れて出かけるとき、いつも文太を誘う。

小学生の頃、母ちゃんは年に何回か、前触れなく南房総に帰ってきて、よく私と文太をカラオケボックスに連れていった。子供が喜ぶ場所はカラオケがいちばんだと思い込んでいる。でも本当のところ、自分が歌いたいだけなのだ。実際、カラオケボックスに入ると、「さ、二人とも好きな歌、選んで。いくらでも歌いなさい」とか、一曲終わるとすぐ、「次、何を歌う？」とか私たちに聞くわりに、気がつくと先に母ちゃんが自分の歌いたい歌を入力している。だからいつのまにか私も文太も、母ちゃんの好きな歌ばっかり覚えてしまった。中島みゆきの『かもめはかもめ』はその代表的な一曲だ。文太はそのまま『かもめはかもめ』を絶叫しながら歩いている。

私は文太のクソ下手な歌を聴きながら、高さ一メートルちょっとある防波堤にジャンプしてよじ登った。同時に防波堤を横歩きしていたカモメが本気で危機を感じたのか、バサバサと羽音も荒く海に向かって飛び立った。

上空では仲間のカモメが旋回しながら友の帰りを待っている。沖合で漁船の汽笛がけたたましく響いた。上空を旋回するカモメたちがギュワッギュワと風邪を引いた猫のような声で呼応する。打ち寄せる波は、周囲の動きなんぞあっしにはまったく関わりのねえことでござんすとばかりに、一定のリズムでひたすらザザザ、ザザザッとBGMを奏でる。そして海岸沿いの国道をときどき自動車やバイクが、オーケストラの打楽器程度のたまの頻度でエンジン音を立てながら走り過ぎていく。

私はずっと、こういう音たちの中で育った。カモメと漁船と波と自動車が呼応する音とリズムに囲まれて生きてきた。その合間に文太の声が混ざり込む日も多々あった。それは幼稚園の頃からずっと変わらない。

母ちゃんはなんで突然、戻ってきたのだろう。仕事をクビになったのか。もしかして、なにか企んでいるのかもしれない。たとえば私が高校に進学する節目を機に、東京で三人一緒に暮らそうとか言い出すのか。それはないな。バアバがぜったいに嫌がる。バアバはこの海辺で生まれてここで育って、ここしか知らない人だ。見知らぬ土地に移り住むなんて無理。私だってかったるい。東京暮らしに憧れがないわけではないけれど、今さら新しい友達づくりに苦労したり、東京っ子に合わせて無理に気取ったりして生活するのは、なんか不気味っぽい。母ちゃんがああいう性格になったのは、思春期に東京で暮らしたせいだと私は睨《にら》んでいる。無理がたたった末路だ。ああはなりたくない。

「ただいまー」

「あら、紗季ちゃん。遅かったね、陸上部の練習？」

「練習は基本的にもう出なくていいの。中三だから」

「へえ。そうなんだ。私の時代は中三でも部活、続けてたけどね。受験のため？」

「まあね」

「紗季ちゃん、ごめん。お風呂場の窓の鍵、どうしても閉まらないんだけど、あれって」

「ああ、あれ、コツがあるの。あたしがあとで閉めとくからいいよ」

「あと、炊飯器の中蓋が消えちゃったんだけど。知らない？」

「消えた？　シンクの下の戸棚にない？」

「それがないのよ」

「おかしいなあ」と言って、上がりかけた階段をUターンして、シンクの下の戸棚を開けたら、あった。

「やだもう、さっき見たときはなかったのに。すっごーい。紗季ちゃん、天才！」

別に天才じゃないけど。

「あとごめん、もう一つ質問」

階段を上がりかけたところで母ちゃんにまた呼び止められた。

「冷凍庫にこんなもん入ってたけど、この不気味な物体はなに？」

母ちゃんの右手には霜の吹いたジップロックがぶら下がっている。

「ああ、たぶん三ヶ月ぐらい前にバアバが作ったカレーの残り。解凍すればまだ食べられるよ」

「そう？　なんかもう冷凍焼けしてるみたいだけど。味が落ちてるんじゃない？　捨てたらダメ？」

「うーんと、あたしはいいけど、バアバに聞いてからのほうがいいんじゃない？」

「聞かなきゃダメ？」

「勝手に捨てたらまた喧嘩になるでしょ？」

「わかった。了解でーす。で、紗季ちゃん、今夜、豚の生姜焼《しょうがや》きにしようと思うんだけど……」

「いいんじゃない？　手伝うことある？」

「あ、いいのいいの。大丈夫よぉ」

私は自分の部屋にようやく到着し、制服のままベッドに倒れ込んで、自分に言い聞かせる。

「大丈夫、慣れる慣れる」

思い返せばバアバと二人だけの生活はめっきり平和だった。めっきりって、こういうとき使うんだっけ。まあいい。とにかく安定感があって、静かだった。

でも暗かったわけではない。片頬六時間くらいのわりでバアバは私の話に笑ってくれたし、私は私でバアバのいろんな愚痴、たとえばゴルフ場に来たマナーの悪い客の話とか、仲良くプレーを始めたはずの夫婦が最後のホールで大喧嘩になって離婚すると怒鳴り合いながら別々に帰った話とか、そういう大人の事情をたくさん聞かされて、そのたびに面白がってあげた。実際、面白かったし。ときにはバアバの怒りを鎮める役も買って出たと思う。そう考えると、バアバは私をガキ扱いしなかった。歳は六十歳ちかく離れているのに、いつも対等に扱ってくれた気がする。いわばルームメイトみたいな関係だ。だから家事の分担も、決まりを作っていたわけではないけれど、自然にうまくまわっていた。

バアバはキャディになる前、プロゴルファーになろうと思っていたらしく、もともと運動神経がよかった。もう引退してずいぶん経つが、今でもときどき人手が足りなくなると駆り出されてキャディとして働きにいく。一日で二ラウンドすることもあるという話だから、七十五歳のわりには体力があるほうだと思う。

基本的に洗濯は私、トイレやお風呂などの水回りの掃除はバアバの仕事。アイロンはバアバだが、植物の水やりと部屋に掃除機をかけるのは私の役目。布団干しは共同作業。ただしこれは原則であって、例外……たとえば私が試験前で忙しいときとか、どちらかの体調が優れないときとかは、臨機応変に対応する。それが暗黙のルールだ。

ご飯の支度に関しては、朝はバアバと私の、先に起きたほうが担《にな》うことになっていた。コーヒーか紅茶を淹《い》れ、パンを焼くだけのことだから大した手間ではない。昼の弁当は前日の残り物を自分で適当に弁当箱に詰め込んで出来上がり。時間がないときは学校の購買部でパンを買ってすませる。そして晩ご飯はたいがい二人一緒に作る。まず私が冷蔵庫を開けて、あるものを確認してから献立を決める。足りないものがあったら私が買い物に走る。幸い、スーパーは歩いて五分のところにあるから苦にならない。献立が決まって材料が揃ったら、それぞれに行動開始。これが、自分で言うのもナンだが実にみごとなチームワークなのである。

たとえばバアバが米を研ぐ間に私がテーブルセッティングをし、バアバが野菜を洗って切ってくれたら、そのザルを受け取って私が炒めたり煮たりする。私の料理が終わると交代でバアバが火の前に立ち、次の惣菜を作る。その隙に私が食卓でサラダのドレッシングを調合し、いったんサラダを冷やそうと思って冷蔵庫の扉を開けると同時に横からバアバの手がするっと伸びて缶ビールを一つ取り出す。私がバアバのためにつまみの6Pチーズや南京豆を小皿に載せて食卓に置くと、代わりにバアバが私のために麦茶をコップに注いでくれると、こんな具合。決してぶつからない。かぶらない、障《さわ》らない。加えて会話はほとんどない。この巧みな二人の動線を見たら、「わあ、まるでレストランの厨房の光景みたい！」ってみんな驚くと思う。たまに、「ちょっと邪魔」とか、「そっち、あたし切る」とか、「お皿、出して」とか、その程度の声は発するが、なぜかたいていうまく運ぶ。バアバと一緒に晩ご飯を作るリズミカルなひとときが、私にとって一日のうちでいちばん充実した時間だったかもしれない。

母ちゃんが帰ってきてからリズムが狂った。三人揃って台所に立つと、どう避けてもぶつかる。まして母ちゃんは身体が横にデカい。私とバアバだったらすり抜けられるガス台と食器棚の間の通路が、母ちゃん一人で満杯になる。だから必然、三人一緒に台所を行ったり来たりできない。役割を交代したり分担したりすることも困難だ。よってバアバがまず引退宣言。「あとは任せる」と後ろ手に手を振って、自分の部屋に引っ込んだ。そのうち私も消極的対応を余儀なくされ、こうして私の至福の時間は失われた。

母ちゃんは、私が五歳のときにこの家を出ていった。その日のことを、私はあまり覚えていない。でも母ちゃん抜きの生活が始まったからといって、格別つらかった記憶はない。母ちゃんからは定期的に手紙と一緒にお小遣いが届いたし、ワンシーズンに一回くらいの割合で帰ってきたから、忘れるほどのご無沙汰感はなかった。それに、文太のお母さんやバアバのキャディ仲間がよくウチに来て、交代で相手をしてくれたおかげで寂しくなかったし、貧乏だからといって我慢させられたこともない。むしろバアバが頻繁にステーキを食べさせてくれたので、小さい頃、ウチはお金持ちなんだと信じていたくらいだ。あとで聞いたらそのステーキは、ゴルフ場の厨房から売れ残りを分けてもらってきたものだとわかったが、まちがいなくあのゴージャスなステーキ晩ご飯のおかげで「親がいないせいで自分はこんな惨めな生活をしている」という被害妄想を抱かずに済んだ。

私の前でバアバが怒ることはほとんどなかった。本気で怒ったら迫力は人一倍（一度、お節介で知られる町内会の吉本《よしもと》さんが、余計な噂話をしに来たとき、たぶん母ちゃんの噂話だったのだと思うけれど、バアバが突然切れて、鬼の形相《ぎょうそう》で吉本さんを追い返したことがあったが、あのときのバアバは本当に怖かった）だから、もちろん油断はできなかったけれど、基本的に放任主義だったので、たいていのことはバアバの許可を得ないで自分で決めた。親にいちいち断らなければ何もできない他の友達に比べたら、自分ははるかに自由で快適な環境に育ってるなと思ったものだ。

私が小学四年生になる年の正月に、バアバがさりげなく切り出した。

「母ちゃんはさ、母ちゃんと父ちゃんの両方をしなきゃなんないんだよねえ。父ちゃんってのは、外で仕事して家族を養うのが普通だろ。そんで母ちゃんが父ちゃんになって外で仕事をするようになったんだねえ」

まるで世間話をするような淡々とした話しぶりだったので、私も構えることなく、「あ、そうなのね」と納得してしまった。そうか、母ちゃんは父ちゃんの役もやらなきゃいけないから家にいないんだと、私は単純に理解した。しかし、疑問が残らなかったわけではない。

「でも、友達のお父さんはみんな、仕事に出かけても夕方には帰ってくるってよ。なんで母ちゃんは夜になっても帰ってこないの？」

するとバアバはこう答えた。

「母ちゃんの仕事場は遠いんだよ。だって東京だもん。ウチ、千葉の端っこだろ？いちいち帰ってくると疲れちゃうからねぇ」

そうか、疲れちゃうよねと、当時の私は素直だったので、すぐに納得した。でもついでにもう一つだけ疑問が湧いた。

「なんでうちには父ちゃんがいないの？　父ちゃんがいないのにどうやってあたし、生まれたの？」

するとバアバは、

「あーあ、惜しいねえ」

と、いかにも残念そうに目を細めた。

「惜しい？」

「その一言がなければお前も立派な大人になれたところだけどねえ」

私はたちまち後悔した。納得がいったわけではないけれど、「惜しい」と言われると、そうかもしれない気がしたのだ。実際、私と同じように両親が揃っていない友達はまわりに何人かいたし、そういう子に、「なんでお父さんがいないの？」とかストレートに聞くのは失礼だと自分でも思っていたので、たぶんそれに近い感じで「惜しい」と言われたのだと理解した。実は母ちゃんも、中学時代の三年間、母親、つまりバアバと離れて東京の学校へ行っていたという。詳しい事情は知らないが、簡単に言うと、気の強いバアバとジイジが喧嘩して別居状態となり、なぜか母ちゃんはジイジと二人で東京へ引っ越すことになった。

「もう取り返しつかない？」

バアバに恐る恐る伺いを立てると、

「挽回の余地はある。今後のお前の態度次第」

バアバが笑ってそう言ったので私はホッとした。

こうしてバアバと私の、この件に関する質疑応答は終了し、「では、今年もよろしくお願いします」と新年の挨拶をして、二人でほうれん草と大根と人参とブリとお餅の入った澄まし汁のお雑煮《ぞうに》を食べた。そしてその日を境に私は自らの出自の疑問についてバアバに問いかけることをやめた。素直な上に、諦めの早い孫娘なのである。

梅雨が明けた最初の日曜日の午後。その日は珍しくバアバが文太のお父さんに誘われて釣りに出かけて留守だったのだが、母ちゃんは、これまた珍しく、おにぎりでも持って一緒に浜辺へ行ってみようよと言い出した。

「今から？　暑くない？」

「でもこの時間なら風があるから気持ちいいわよ。ほら、こないだ私が買ってきてあげたムームーワンピース着ていったら？　ワイキキビーチ気分になって、きっと楽しいぞぉ」

「やだ、恥ずかしいよ」

「そんなことないって。行こ行こ！」

母ちゃんはふなっしーのように全身を細かく震わせて、さかなクンのような裏声で叫んだ。無愛想なバアバのもとに育った私には、どうもこの、母ちゃんのちょっと大げさとも思える愛嬌に馴染めない。でも、露骨に嫌な顔をしてはまずい。母親感謝祭はまだ継続中だ。私は唇を強く嚙む。

母ちゃんは鼻歌を歌いながら私のためにおにぎりを握ってくれた。ムチムチした白い手で、腰と指をこまめに動かしながら、一人二つずつでいいわよね？　食べ過ぎると晩ご飯、食べられなくなっちゃうしねと、ときどき私に語りかけ、鮭と梅干しでいい？　と私に問いながら、私が黙っているうちに握り終わった。

私は予感した。重大な発表がある。バアバに内緒で私に伝えなければならないことがあるにちがいない。私は心を引き締めた。

私と母ちゃんは家の前の急坂を下り、くねくね道を抜け、線路を渡って国道下のトンネルをくぐって砂浜へ出るまで、ほとんど口をきかなかった。じんわり噴き出る汗をときどき指先で拭いながら、耳に届くのは、坂をのぼっていく郵便屋さんのバイクの音と、遠くからかすかに聞こえる救急車のサイレン、木々を通り過ぎる風のざわめきと間の抜けたカラスの声、そしてトンネルをくぐった途端に音量が増した波の音とカモメの鳴き声と、ときおり遠くに響く漁船の汽笛ぐらいだった。

「ここらへんでいっか」

砂浜より手前の緑地の端に母ちゃんがビニールシートを広げた。

「え？」と私は思わず声を発した。たちまち母ちゃんの手が止まり、

「ダメ？」

「ダメじゃないけど、せっかくならもう少し海の近くに行ったほうが……」

「あっち行くと、日に焼けない？　でもそうね。少しぐらい焼けたほうがいっか」

母ちゃんは、一度地面に広げたビニールシートの端を持ち上げて、そのままだらだら引きずりながら海のほうへ歩き出した。機嫌を損ねたのだろうか。私は母ちゃんの後ろを、ハイビスカス柄のムームーの裾をつまみながらついていく。


「紗季ちゃん、ごめんね」

ビニールシートに腰を下ろしておにぎりを頬張りながら黙って海を眺めていたら、母ちゃんに突然、謝られて焦った。

「なんで？」

「なんでって、長い間、紗季ちゃんのこと放っておいたくせに、突然帰ってきて、紗季ちゃんにすっごく気を遣わせちゃってるし。ご飯もあんまりおいしく作れないし」

「このおにぎり、おいしいよ」

「ありがと。でもねえ……」

白波がいつもよりたくさん立っている。思ったほど蒸し暑くはないが風が強い。ときどきビニールシートの端が舞い上がって、砂も舞い上がって、そのたびに母ちゃんと二人でおにぎりを片手で覆いながらもう片方の手でビニールシートを押さえ込んで、傍から見たら、なにやってんだ、あの二人って思われるだろうドタバタぶり。どこがワイキキ気分なんだ。なんとか大きめの石を見つけてきてビニールシートの四隅に置き、一息ついたところで、

「勝手な母親だよね。グスン」

母ちゃんが手に握っていたタオルハンカチを眼に当てた。

「そんなことないよ、別に」

私は座り直して二つ目のおにぎりを選びながら答えた。答えた直後に、我ながら気持が入ってないなと思ったら、笑いがこみ上げた。母ちゃんも照れくさそうに肩をすくめている。

「ねえ、紗季ちゃん。なんで母ちゃんが戻ってきたか、わかる？」

「え？」

来た。なんで戻ってきたかって？　それは娘が愛しくて？　違うよね。バアバのことがそろそろ心配になったから？　まだ元気そうだけど。それとも東京でなんか問題を起こしたせい？　殺人事件に巻き込まれたとか？　まさかね。うーん、なんと答え

れば無難だろう。

「あのねえ」と、私の答えを待たずに母ちゃんが口を開いた。

「ガン」

「え？」

あまりにも想定外の答えである。横を向くと、母ちゃんは、目を細めて海の彼方に視線を向けたまま、しみじみとした顔をしている。そういう展開？

「ガンって、病気の癌？　誰が？」

母ちゃんの話し方は文太に似ている。肝心な言葉が欠けている。こういう真面目な話をするときぐらい、ちゃんと文章にしてほしい。

「誰が癌になったの？」

畳みかけると母ちゃんがゆっくりこちらに首を回してニカッと笑った。こういう話題には似合わない顔だ。

「さて、誰が癌になったのでしょうか。ここで問題です」

「問題？」

「一番、バアバ。二番、えーと、文太んちの犬のコロ。三番、私」

「なに言ってんの？」

私ははっきりと眉間《みけん》に皺《しわ》を寄せた。すると母ちゃんは笑ったまま、私を見つめる。答えを待つ司会者気取りか。

バアバは先月、鴨川病院で定期健診をしてなんの異常もなかったと言っていたし、一番を言うとき、えーとって迷った時点でこれははずれだとわかる。こんな問題、小学生だって当てるぞ。

「母ちゃん？」

「正解！」

母ちゃんは勢いよく人差し指をかざしたあと、

「では、なんの癌になったでしょうか」

「またクイズ形式ですか？」

「うん。一番、乳癌。二番、子宮癌。三番、前立腺癌」

私はイラッとして、「三番」とぶっきらぼうに答えてやった。すると、

「やーね、紗季ちゃんったら。前立腺って男にしかないんだから。やだあ、もう」

母ちゃんは私の腕を思いきり叩いて笑った。

「じゃ、乳癌?」とさらにぶっきらぼうに答えたら、「ピンポーン」って、どういう母親だ。

「でもね、聞いて聞いて。なんとラッキーなことに、鴨川病院に『神の手』って言われている乳癌の専門医がいらっしゃるの。週刊誌に載ってたの、『名医が教える名医』って特集に。たまたま見た週刊誌でだよ。これってぜったい運命でしょ。だって私がいちばん欲しているお医者様が、バアバと紗季ちゃんのすぐ目と鼻の先にいらしたのよ。運命以外の何ものでもないわよね。だから母ちゃん、戻ってきたってわけ。これは神様が、紗季ちゃんのところに戻りなさいって導いてくださったとしか思えないのよ」

「いや、そういう話の前に、そもそもなんで乳癌だってわかったの？」

「あのね」と母ちゃんは語り出した。

「前に勤めていた病院でやった血液検査でわかったの。もしかして癌がどこかにある可能性があります、そういう数値が出てますって」

「なんの数値？」

「よくわかんない。で、それから全身の検査をしたの。でもなかなかわからなくて。

マンモグラフィーとかもしたの。あれ、痛いんだから。アクリルの板の間におっぱいをギューッと挟んで、ギューッと挟んでしばらくお待ちくださいって。しかも縦横二回ずつよ。もう拷問みたい。でもそのおかげで、ちょっと気になる影が映っていますって言われたの。でもそれが腫瘍《しゅよう》なのか、腫瘍だとして悪性か良性かはわからないので、あとは専門医でちゃんと検査したほうがいいですねって」

「で、鴨川病院に決めたってこと？　じゃ、まだ確定したわけじゃないじゃん」

私が慎重に言葉を選んで促すと、

「でも、わかるのよ。だって自分の身体だもの。あ、これは乳癌だって。うん、わかるわかる」

母ちゃんはまるで死刑宣告を受けたにもかかわらず、気丈に平静を装うマリー・アントワネットのような高貴な首の動かし方をして、ゆっくり頷《うなず》いた。私は隣で溜め息をついた。この母ちゃん、思ったより手がかかる。話が論理的に進まない。

「鴨川病院で検査してくれるの？　そんな『神の手』なんて先生の予約、取れるの？　何ヶ月も待つかもしれないよ。何ヶ月も待たされてるうちに、ホントに癌だったとしたら、進行しちゃうよ。どうする気？」

私は捜査もののドラマに出てくる刑事になったつもりで矢継ぎ早に問い質す。すると母ちゃんが、マリー・アントワネットの目つきでじっと私を見据えた。

「いい？　紗季ちゃん、よく聞いて。いちばん大事なことは、私が癌か癌でないかってことじゃないの。そうじゃなくて、今、この時間を大切に生きていきたいって話。失われた十年間を挽回しなきゃ。私、決めたの。私がどうなろうと、最後まで紗季ちゃんとバアバのそばにいようって。そしてどんな結末が待っていようとも、最後までぜったい笑顔を忘れずにいようって。だからお願い、紗季ちゃん。私の残された命に協力して」

文太よりわかりにくい。私はしばらく俯いて、それから質問した。

「このこと、バアバは知ってるの？」

すると母ちゃんは目をつぶった。

「知らせてないの？　じゃ、なんであたしにだけ話すのよ？」

母ちゃんが黙った。

「バアバにも言わなきゃダメでしょう」

返事がない。

「まさか話さないつもり？」

母ちゃん、打って変わって寡黙になる。この沈黙の時間を利用して私は頭を整理してみた。まず、一般的検査はした。胸に腫瘍らしきものが見つかった。でも悪性か良性かはまだ判明していない。それなのに母ちゃんは思い込んでいる。乳癌になったと。でもって癌になったことを前提に、これからの余生をどう過ごすかということだけで頭がいっぱいになっている。いや、そう考えることで死への恐怖から逃れようとしているのではないか。

「あのね、紗季ちゃん」

母ちゃんがやっと口を開いた。

「ここに戻ってきてから、母ちゃん、ずっと悩んでたの。話そうかなあ、話さないでおこうかなあって。でもきっとバアバにこの話したら大騒ぎになっちゃうと思ったの。バアバって、ああ見えて弱い人なのよ。普段強がり言ってる分、大きな事件が起こるとヘナヘナってなっちゃうとこがあってね。ジイジが死んだときも長いこと元気なかったでしょ。ジイジも癌で亡くなったから、なおさらショック受けると思うのよ。もう歳だし。余計なことで心配かけたくないし……」

余計なことじゃないよ、大事なことだろうがと、私は心の中で悪態をついた。

「母ちゃんね、びっくりしちゃったの。だって紗季ちゃんったら、ちょっと会わないうちに本当にしっかり育ってたんだもの。どんどん逞《たくま》しくなってきたもんね。自分の娘とは思えない。私がそばにいないからよかったのかな、なんちゃって」

「別にあたし、逞しくなんかない」

私は片手に食べかけのおにぎりを持ったまま、腕を組み、立て膝の上に頭を載せた。泣いたわけじゃない。でも泣きたい気分ではあった。

また風が吹いた。潮の香りに混ざってかすかに甘い匂いがする。私は顔を上げ、風の吹いてくる方向を振り返った。もしかして浜木綿か。この砂浜の近くに浜木綿が群生しているのを私は知っている。

ヒラメの授業のあと、文太と一緒に浜辺沿いを歩いていたとき、見つけたのである。母ちゃんが帰ってくるよりずっと前のことだった。

「もしかして、これ浜木綿じゃない？」

確かに葉は幾重にも青々と生い茂っていて、ヒラメのスマホで見た厚みのある浜木綿の葉に似ていたが、花の姿はない。

「花が咲かないと、わかんねえなあ」

浜木綿は夏の花だとヒラメが言っていた。私と文太は浜木綿の前で、ヒラメが最後に言った「そういうこと」について語り合った。ヒラメ、恋愛疎《うと》いから説明できなかったんじゃないか、あの顔で真剣な恋愛は無理っしょとか文太が偉そうに語り、私はまっとうに、自分で考えろって言いたかったんじゃないのとか言って、いろいろ意見を出し合っていたら、文太が唐突に、「わかった。つまり恋愛は金がかかるってことだな」と自信たっぷりな顔をした。

「だって心ではすごく好きでも、無料じゃ会えないかもってことだろ？　平安時代から援交ってあったんかな」

本当に文太は可笑《おか》しい。よくそういうアホな発想ができるものだ。でも文太のおかげで、私は万葉集の歌の中で唯一そらんじられるのが、この歌になった。

母ちゃんの爆弾告白のあと、私はバアバと目を合わすことができなくなった。バアバとだけではない。母ちゃんともだ。家中がよそよそしくなって、なにか言おうと思うたび、スムーズに単語が出なくなった。バアバはそんな私の変化に明らかに気づいている。でも理由を聞こうとはしない。こういうとき、放任主義ってのは困る。急にバアバとの距離が遠くなった気がした。昔は互いに口をきかなくてもわかり合っているという確信があったけれど、最近は、バアバが何を考えているのかわからなくなった。私のせいだ。私が本当のことを言わないから、バアバも本心を出せないのだ。でも話すことはできない。母ちゃんとの約束だもの。

この居心地の悪い家庭内環境を改善するためには、他者の力が必要になる。まだジイジが生きていた頃、バアバがときどき漏らしたものだ。

「ジイジったら、あたしと喧嘩すると必ずその日の夜は友達連れて帰ってくるんだよ。他の人の前で言い争いできないだろ。で、お酒出したりつまみ出したりお喋《しゃべ》りしたりしているうちに、なんで喧嘩したか忘れちゃってさ。いつのまにか仲直り。いっつもその手でごまかされるんだ」

思い出した。だから今回の問題も、この手を使おうと私は決めた。

こういうときは文太しかいない。異種格闘技のような女三人家族の間にはまり込んで平静を保てるのは、鈍感な文太ぐらいのものである。鈍感って褒め言葉だ。文太がいると、バアバも母ちゃんもなぜかホッとするらしい。顔がほころぶ。幼稚園の頃からずっとそうだった。

文太は最初の頃、抵抗した。悪いじゃんとか恥ずかしいからやだよとか言って、ウチへ来るのを拒んだ。なに言ってんの、子供の頃はこっちが誘わなくてもズカズカ上がり込んで勝手にご飯食べて帰ったりしてたじゃんと言っても、いやあ、そういう無謀な年頃は過ぎたとか言って手を横に振った。でも私は諦めず、ほとんど強引に文太の袖を引っ張って、学校帰りに文太をウチの前まで連れてきた。

「こんちはー」

文太が遠慮がちな目つきで縁側からウチを覗き込むなり、

「あらあ、文太君。いらっしゃい」

母ちゃんが台所から出てきて右手にフライパンを持ったまま甲高い声で元気に迎えた。この家で今、陽気なのは母ちゃんだけだ。

「げっ」

母ちゃんと対面した途端、文太が声を発した。妖怪に出くわしたような顔をしている。

「おばさん、大丈夫なんっすか、起きてて」

「え？」と、私と母ちゃんが同時に反応した。文太は私と母ちゃんを交互に見ながら、

「だって、あれなんしょ？」

「あれってなに？」

私は反射的に問い質す。いや、問い質してはいけないんだと、気づいたときは覆水盆に返らず。

「だから……、癌とかって？」

「なに言ってんの！」

思わず声を荒らげたところへ、バアバが自分の部屋からひょっこり現れた。やばい。

私は慌てて、

「だからあたしはまだ今度の試験範囲聞いてないしさ。でも結局、医療問題とか時事問題が焦点になるって、文太はもう知ってたわけ？」

口から出任せで、自分でも何を言っているのかわからないけれど、とにかく喋り続けるしかないと、思いついた単語をつなげてどうにか学校の話題にすり替えるべく、あとは先生の悪口とか友達のドジ話とか、ヒラメが陸上部の練習中、一年生を特訓するのに「こう走るんだ」って見本見せようと思って走り出したら捻挫した事件とか、

そういえばすっかり忘れていたが、ヒラメに母ちゃんの仕事の話されてたのを言っていなかったから、そこらへんにつなげようかと頭をグルグル回転させていたら、いつのまにかバアバが文太の近距離にやってきて、さらりと言ってのけた。

「朋子《ともこ》が乳癌の疑いがあるって東京の医者に言われたらしいんだけど、こっちの鴨川病院で調べてもらったら、悪性じゃないことがわかった。そういうことで、心配かけて悪かったね、文太。父ちゃんにもよくよくお礼、言っといて。おかげさまで助かりましたって」

私は猛スピードで母ちゃんのほうを振り向いた。聞いてないけど、私。勢い余って髪の毛の先が口に入った。だいたいバアバがなんで知ってるんだ。内緒じゃなかったのか。毛先を口から引きずり出す。っていうか、なんで文太まで。文太のお父ちゃんもか？

「で、決めたんか？」

だから目的語、つけろ。お願いだからセンテンスにしてくれって。「なにを？」と私は防波堤の上を歩きながら後ろをついてくる文太に聞き返す。

「東京行き」

あれから一波乱があった。私はとんでもなく荒れた。こういうことをきっかけに、人は引きこもりになったり人間不信に陥ったり、無差別殺人に走ったりするんじゃないか。そういう心境がかすかに理解できる気がした。こんなに泣いたら脱水症状になると思うほど涙がとめどなく溢れ続けた。呼吸も苦しくなった。私が痙攣《けいれん》を起こすほどに泣いている間、母ちゃんはずっと小声で謝り続け、バアバは黙って私の背中をさすり、そして文太は帰ろうともせず、少し離れた籐椅子に座って口を半開きにしたまま心配そうにこちらを見つめていた。その三人の様子を涙越しにチラチラ見ているうち、だんだん恥ずかしくなってきた。まわりは全員が静かなのに、自分だけ泣きわめいている。どう見ても変だろう。滑稽でさえある。そう思ったら、急に気が晴れた。泣くだけ泣くとすっきりするというのは本当だ。

そして翌朝、私が目を思い切り腫《は》らして階下に降りていくと——その日ばかりは筋力強化降りをする気分にはなれず普通に降りていったのだが、バアバと母ちゃんが食卓に座って私を待ちかまえていた。二人が言い争いをせず、穏やかな顔で向かい合っている。快挙だ。

「おはよう」

二人揃ってバカに機嫌がいい。

「おはよう」と、私は俯いたまま応えた。

「あんた、何時に出る？」とバアバ。私は掛け時計を見上げ、「うーん、七時四十五分」

「よし、じゃ、十分だけ。話ししていい？」

母ちゃんは、慈愛に満ちた視線でバアバの発言にいちいち頷く。

「いいけど」

本当はこんな目で学校に行くのは嫌だから、午前中はさぼろうかと思っていたが、家にいるのも気まずい。

「あのね、あれから母ちゃんと話したんだけど。あんた、東京の高校、受験してみる気、ない？」

「はあ？」

「まあ、受かるかどうかわかんないけどさ。とりあえず下調べもかねて、夏休みだけ母ちゃんと東京で暮らすってのは、どう？」

そこまでの流れを文太に報告したら、「決めたんか」と聞かれたのだ。

「まだわかんないよ」

「でも気持は東京なんだろ、お前」

どうだろう。別に東京暮らしに憧れはない。ただ、バアバと母ちゃんにそう提案されて、バアバも何が根拠か知らないが、それがいいよ、そうしなさいよ、あたしのことは心配しなくても一人でなんとかやるからと拳を掲げて宣言し、かたや生涯、この南房総でバアバと私と三人で暮らすと言っていたはずの母ちゃんも、「紗季ちゃんが嫌じゃなかったら、どうかな、なんて思って？」と見事な変節ぶりを示したのである。

「でもあれだよね」と私が文太に言いかけたら、「なにが」と文太が聞き返した。やったね。仕返しだ。

「だってまさか文太のお父ちゃんが『神の手』の釣りの師匠だったなんてさ。偶然にもほどがあるよ。おかげで検査の予約、早めてもらえたんでしょ？」

「まあ、無理やりってほどでもないと思うけどな」

母ちゃんの話によると、案の定、『神の手』の予約は数ヶ月先まで取れないことがわかり、困っていたところ、鴨川病院のロビーでたまたま文太のお父ちゃんに出くわして、勢い事情を説明したら、「俺が聞いてやる」と請け合って、その結果をバァバに知らせたせいで、秘密が秘密でなくなったという経緯らしい。だから別に紗季ちゃんを騙したわけじゃないの、信じてと、母ちゃんは弁解していたけれど、だったら私に報告してくれてもいいのに。思い出すと腹が立つ。私だけバカみたい。

上空でカモメが輪になって鳴いている。「バカだあ、バカだあ」と笑っているように聞こえる。ふん。♪かもめはかもめ～、クジャクや鳩やぁ、ましてや女にはなれないぃ～　私は大声を張り上げた。

「違うよ」と文太が言った。

「なにが？」

「あれ、ウミネコ。カモメは冬の渡り鳥だって。ネットで調べた」

今頃？　質問したのって、だいぶ前じゃなかった？

「でもさあ」と文太が足を止めてこちらを振り返った。

「似てるよね、カモメとウミネコって」と私が言葉を継ぐと、

「そうじゃなくて。癌のこと、最初に告白した相手が紗季であるのは確かなんだからな。それだけおばさんは紗季を頼りに思ってるってことさ。一緒に東京、行ってやれ

よ。どうせ夏休みだけだろ？」

センテンスとして成立している文太の言葉を聞いたのは、初めてかもしれない。

「どうかなあ。そのままずっと東京に居座っちゃったりして」

文太の顔を横目で盗み見たら、

「あっ」と文太が叫んだ。

「今度はなに？」

「浜木綿」

文太の言葉はセンテンスになっていなかったけれど、私にはわかった。私たちは同時に防波堤を海側に飛び降りて、同じ方向へ向かった。走りにくい砂地を根性で走りながら、振動で声を震わせながら、私は唱えた。

み熊野の　浦の浜木綿　百重なす　心は思えど　ただに逢わぬかも

私は文太の背中を必死に追う。波の音が途切れなく鳴り響いていた。

（オール讀物２月号）

「かもめはかもめ」作詞・作曲　中島みゆき

緑の象のような山々

井上荒野

井上荒野（いのうえ　あれの）
1989年「わたしのヌレエフ」でフェミナ賞
2004年『潤一』で島清恋愛文学賞
2008年『切羽へ』で直木賞
2011年『そこへ行くな』で中央公論文芸賞
2016年『赤へ』で柴田錬三郎賞
2018年『その話は今日はやめておきましょう』で織田作之助賞

三月三日

やばい。

もう会いたい。

別れてから五分経ってないね。さくらが乗った新幹線、走って追いかければ追いつけそうな気がするw
ホームでこのメールを書いています。見送って、ひとりになった瞬間にがっくり心が折れて、待合室のソファに座って。ひとりの部屋に戻りたくない。日曜の夜がいちばんつらいね。また一週間、もしかしたら二週間？　さくらに会えないと思うと、正気でいられる気がしない。

それでこんな情けないメールを書いています。読んだら返事をください。そうしたら立ち上がるから。隣の席にいい男とか座ってないよね？w

21：42

＊

私もあっという間にさびしくなって、メールを書こうとスマホを取り出したら、一《かず》也《や》さんからのメールが届きました。

先を越されてちょっと悔しいw こんなにさびしいのに。きっと、ぜったい、私のほうが何倍もさびしいのに。

今週も素敵でした。一也さんと一緒の素敵な昼、素敵な夜、素敵な朝。金曜日の夜から今日の夜までの間に、一度しか部屋から出ませんでしたね。食事をしなくても生きていけるなら、きっと一度も外出しなかったでしょうね(でもあの一度の外出も、素敵でした。コンビニまでだったけど)。

隣の席はふつうのおじさんです。シュウマイ弁当を食べてます。ちょっと匂いがつらいw 泣いているのを気づかれないようにしないと。

もっと書きたいけど、早くメールを送信しないと一也さんがいつまでも東京駅から帰れないから。早く帰って、よく眠ってね。 21：50

言っておくけど、俺のほうがさびしいよ！　21:52

＊

わかったから早くお帰りなさいw　21:53

＊

三月十二日

ごめん。

今週は会えなくなった。

家族揃って来るらしい。来なくていいとは言えないから、了解と返事するしかなかった。最近はそういうことがずっとなかったから、安心（？）してたんだけど。まあやっぱり、夫を単身赴任させてる妻としては、たまには世話をしに行かないと世間体も悪いんだろう。

ごめん、本当に。こういうメールをさくらに書かなきゃならない自分が本当にイヤだ。さくらとまっとうな、こそこそしない関係になりたい。でも下の子が中学に入るまであと八年もある。待っててほしいけど、そんなに待たせていいのかとも思う。自分がさくらに甘えていることもわかっている。

会いたいよ。会いたくてたまらない。　00：01

＊

自分がイヤだなんて言わないで。一也さんが私のことを真剣に考えてくれてることはわかってる。

今週、会えないのは悲しいけど、しかたがない。奥様と子供たちの当然の権利だもの。八歳と四歳なんて、パパが大好きな年頃でしょう？　たくさん遊んであげてください。

待たされてるとは、私は思っていません。私にとって重要なのは、一也さんと結婚することではなくて、あなたに愛されていることだから。

ただ、罪悪感はどうしようもなくて。奥様との仲はもう修復できないとしても、子供たちの大事なパパを私は盗んでいるわけだから。はっきりさせて傷つけることと、嘘を吐《つ》き続けること、だまし続けることとは、どちらが罪深いだろうとこの頃よく考えています。

00：48

三月二十四日

昨日、新井薬師公園に行ったときのことを思い出しています。

さくら、きれいだったな。桜はまだ咲いてなかったけど、さくらがきれいだった。自然光の下で、肌が透けるようで、髪がふわふわ揺れていて。やっぱり人間はたまに日に当たらないとだめだね（笑）。

それで俺、うっかり興奮してしまい、どうしてもさくらに今すぐ（じかに、いっぱい、念入りに）さわりたくなって、部屋に戻るのを急ぎすぎたかもしれない。今日の後半、なんとなく元気がなかった気がしたけど、そのせいだったらごめん。

やっぱりふつうにデートとか、食事とか、したいよね？　来週はどこか店を予約して、食事しようか。店選びはさくらのほうが上手だけど、東京には気が遠くなるほど店があるからね、誰か詳しいやつに聞いておきます。

もう家に着いた頃かな。いつものことだけど、毎週来てもらってごめん。仙台から中野の俺のマンションまで、二時間とは言っても遠いよね、疲れるよね、やっぱり。

北仙台のさくらの部屋、懐かしいな。あの、二人で寝るにはちょっと狭いベッドも。どこでもドアがマジでほしい。

23：30

三月二十五日

あの公園、気持ちが良かったね。でもあの清々《すがすが》しい空気の中で、一也さんはそんなエッチなことを考えていたのねｗ
元気、なかったかな。そう見えたのならごめんなさい。本当に、私たちはいつも「じかに、いっぱい、念入りに」くっついてばかりだから、あんなふうに人目があるところを歩いていることに、たぶんアガってしまっていたのね。

いつもと違うこの時間を、いつもと違うふうに過ごそうと思いすぎたっていうか。いっぱい話したい（だっていつも、話すヒマもないほどくっついてばかりだものね）と思いすぎて、逆にどうしていいかわからなくなってしまったというか。私ってばか？

毎週、東京へ行くのは全然疲れません（正直言えば体力は使うけど、それは移動のせいじゃなくて、くっつきすぎているせい！）。ただ金曜日の夜から週末にかけて、私がどこかに行っていることは職場のみんなもそろそろ気がついていて、あれこれ推測されてるみたいなのが、ちょっと困るけど。まさか大森課長の東京のマンションにいるなんてわかったら、みんなどんな反応をするかな。

どこでもドア、セブンイレブンでさらっと売ってたりしないかなあ。　00：58

＊

こわいこと言わないでくれｗ　支店長とか、稲垣《いながき》ちゃんとかの顔が目に浮かんでちびりそうになったよ。

さくらが東京に通ってるってことはばれてないんだよね？　東京イコール俺、と思う人は少ないだろうけど、絶対いないとも言えないから、今のところは、厳重警戒wでお願いします。

07：42

＊

朝いちでメールが来たのでびっくりしました。もちろん厳重警戒していますのでご心配なく。ではこれから出勤します。支店長と稲垣さんに一也さんがよろしく言っていたと伝えますねw

08：19

三月二十七日

今週末は大丈夫？　土曜日は外で食事をしようという話になっていたけど、もしまだお店を予約してないのなら、できれば一也さんの部屋で食事したいです。

12：05

予約はまだ。ていうか、まだ店も決めてなかった、ごめん。俺の部屋で、コンビニ飯希望？　俺はまったく問題ないけど、でもどうして？　何かあった？　12・18

＊

三月三十一日

私たちはさっき家に着いたところです。

自分で書いてびっくり。私たち、だなんて。今、本当にごく自然にそう思ったの。一也さんに打ち明けたことで、急に実感が出てきたみたいです。

一也さん、ありがとう、あらためて。産んでほしいって言ってくれてありがとう。ずっとこわくて、ためらっていたんだけど、もっと早く打ち明ければよかった（そうしたら、昨日は「コンビニ飯」じゃなくて、おしゃれなレストランでお食事できたのにｗ）。

これからお腹が大きくなったら、これまでのようには東京に行けなくなるし、仕事のこととか、一也さんと一緒に暮らせる日まではシングルマザーで、父親について誰にも言えないこととか（これについては、約束通り、下の息子さんが中学生になるまで待つつもりでいます、本当です）、いろいろ困難はあるけれど、全部乗り越えられる気がします。一也さんがいてくれれば。

もう寝ちゃったのかな？　いつも新幹線が走り出すとすぐ来るメールが、今日はまだ届かないので、ちょっと心配しています。まさかまだ東京駅のホームにいるんじゃないよねw　23・32

四月一日

心配かけてごめん。

昨日、メールもらったときはもう寝てました。やっぱりびっくりしたし、ひとりになってからいろいろ考えて、考えすぎて脳が疲れたw

産んで育てるのはさくらだとは言っても、責任は男のほうが重いからね。とくに、俺たちみたいな関係の場合は。

　さくらには一度、つらいことをさせてしまっているからね。あのときのことは本当に申し訳なく思っているんだ。だから、さくらが「産むなって言われても産むつもり」という気持ちはよくわかる。

　正直言えば、もう少し早く教えてほしかった。検査薬で反応が出たときに知らせてくれればよかったのに。考える時間が足りなくて焦っている。こうしている間にも胎児は成長してるわけだから。

12：08

＊

　まだそれほど焦らなくてもいいんじゃないかしら？　赤ちゃんが産まれるのは何ヶ月も先なんだから。パパ、落ち着いてw
　お昼休みが終わるので、またあとで。今日は「樅《もみ》の木」に行ったんだけど、揚げものの匂いにウッときて、ほとんど食べられなかった。つわり、早い人はもうはじまるらしいから。ミカちゃんたちには、「胃が痛い」ということにしておいたけど、対策

を考えないと！　12：58

四月二日

忙しいのかしら？　メールが来ないので心配しています。一行でいいので、これを見たらお返事ください。今週末は会えますか？　10：15

＊

ごめん、ちょっとばたばたしてて。つわりがあるなら、レストランじゃないほうがいいよね。　11：59

四月五日

今どこですか？　私はマンションの部屋の前にいます。メールか電話ください。

＊

20:31

二時間待ちましたが、体もつらいので、ビジネスホテルにいます。駅の反対側のホテル××です。連絡ください。

22:38

四月六日

今、また部屋の前です。八時までここで待ちます。連絡がなかったら警察に行こうと思います。

07:24

＊

今、仙台にいる。ごめん。無事です。また連絡します。申し訳ないけど、さくらも仙台に戻っていてもらえますか。本当にごめん。

07：41

四月七日

さっき東京に戻ってきたところです。

今回は本当に申し訳なかった。金曜日の昼、会社に妻から、下の子が転んで頭を打ったという連絡。それで慌てて新幹線に飛び乗った。妻がひどく動揺していたので、それがこっちにも伝染して、車中でさくらにメールしなければならないということが、頭からすっぽ抜けていた。仙台の家に戻ったら、電話もメールもできる状態じゃなかったし……（電源を切っていました）。そういう事情です。幸い、息子のケガはたいしたことはなかった。血がけっこう出たので、大騒ぎになっただけのようです。

結果的に家族と三日間過ごすことになって、あらためて知ったり、考えたりすることもありました。認識が甘いのではないか、というのが、今の俺の正直な気持ち。「私たち」とか「パパ」とか、気持ちはわかるけど、そういうことばかりで出産や子育てはできない。俺は親だから、それがわかる。わかってたのに、言えなかったんだなと思いました。さくらがあんまり嬉しそうだったから。

未婚の女子社員が産休を取ったら（そもそも取れるのだろうか？）、どんなことを言われるか。詮索もはんぱじゃないだろう。生まれた子供だって幼稚園や小学校であれこれ言われるだろう。仙台は都会とは言っても、土地の人間の内面はやっぱり田舎だ。

金の問題。「一也さんがいてくれれば……」なんてきれいごとでは切り抜けられないと思う。俺がそんなに高給取りじゃないことはさくらもわかっているだろう。仙台の家のローンもまだ残ってるし。さくらが毎週来る新幹線代を半分払ってるのも、けっこうな負担になっている。もちろんこれはさくらだってそうだけど、俺には家族がいるからね。さくらが子供を産んだらふた家族になるわけで、現実的に考えて、不可能だと思う。

さくらも、現実を見てくれないだろうか。もう一度、大人として、きちんと考えてほしい。もうあまり猶予がないから、そのつもりで。

20：21

＊

一也さんからのメール、何度も読み返しました。何度読んでも、混乱します。一也さんが書いたとは思えない。誰か全然知らない人が、一也さんのふりをして書いているように思えます。

書かれていることは全部正しい。そう思います。でも、正しいことだけを言う、ってちょっと違うと思う。少なくとも私と一也さんの関係は、正しいことだけでできあがっているわけではなかったでしょう。

私は自分のお腹の中に授かった命を、今度こそなかったことにはしたくないの。そのこと、わかってくれていると思っていたのに。わかってくれて、この先の、一也さんが言う「現実」と闘うことを決断してくれたのだと思っていたのに、違うのですか。

自分は親だからとか、俺には家族がいるからとか、今更そんなことをなぜ言うの？その家族よりも私を選んでくれているのではなかったのですか。新幹線代？　私にとっても楽に出せるお金ではないこと、それこそ一也さんにはわかっているでしょう。でもずっと、そのことはふたりとも口にしませんでしたよね。私たちの愛を守るための、暗黙の取り決めだと思っていました。

仙台に戻っていろというから戻ったのに、私が仙台に着いたとき、一也さんも仙台にいたはずなのに、メールは東京からなんですね。まるで私を避けて行動しているみたい。もう一也さんという人がわからなくなりました。　22：03

＊

悪かった。いろんなことがいっぺんに起きて、俺も混乱してて。無神経な書きかただった、ごめん。

さくらを避けてるなんてわけないだろう。仙台では会わないほうがいいと思ったんだ。状況的に、会えても短時間だったし、妻がいる町で会うのはやっぱり危険が多すぎるし。

でも会いたかったよ。今も会いたい。

俺さ、さくらをめちゃくちゃ愛してる。

はっきり言って、まだかたちにもなっていない子供より、さくらのほうが大事なんだ。さくらだけいればいいんだ。俺たちの愛を守りたいんだ。今だってかなりの困難があるのに、このうえ困難を増やしたくないんだ。

金のこととか書いてごめん。楽じゃないのは本当だけど、あんなこと本気で思ってるわけじゃないんだ。毎週、さくらに会うことだけが、俺の幸せなんだよ。このまま妊娠を続ければ、毎週は来られなくなるよね。かといって俺が仙台へ行くのも難しい。それが耐えられないんだよ。身勝手なのはわかってる。でも俺に必要なのはさくらだけなんだ。

愛してるよ、死ぬほど会いたい。

22：41

四月八日

書きたいことがありすぎて、でも、どれだけ書いても伝えたいことは伝えられない気がして、一日経ってしまいました。返事が遅くなってごめんなさい。

今日は会社を休みました。出社しても到底仕事にならないと思って。一日中、一也さんのこと、一也さんのメールのことを考えていました。

私もごめんなさい。前回のメール、読み返しもせずに送信してしまった。とても感情的だったし、ヒステリックでしたよね。

一也さんの気持ち、よくわかりました。前のメールで、一也さんという人がわからなくなったと書いたけど、今はちゃんと理解しています。一也さんのことが私にわからないなんて――そんなことあるはずもなかった。

たしかに私は欲張りだったのかも。一也さんに愛されているだけで幸せだったのに、もうひとりほしがるなんて。焦っていたのかもしれない。「待たされているとは思っていない」なんて、えらそうに書いていたのにね。

自分に正直になることは、なかなかむずかしいですね。そうして正直になったら、一也さんの言う通りだと思えてきました。

10：38

＊

わかってくれてよかった！

俺もずっと考えてたんだけど、病院、あらためて中野で探したらどうかな。そうしたら当日、俺も付き添えるし。やっぱり心配なんだ。その間、ずっと一緒にいたい。もちろん会社は休むよ。


よければ俺が探しておきます。さくらが平日、こちらに来れそうな日を教えてください。最長、いつまでなら処置ができるのかも、もしわかれば。　11：05

＊

ありがとう。

病院、私もネットで探してみました。高円寺《こうえんじ》の××病院というところが良さそうです。中野の隣駅だから、一也さんが付添いに来てくれるとき、ご近所の人にばったり会ってしまう危険も少ないと思います。

いきなり処置はしてくれないだろうから、明後日診察に行ってきます。午後一番の診察時間に間に合うように行って、終わったらすぐ仙台に戻らなければならないので、残念だけど一也さんに会う時間はないみたい。手術の日が決まったら知らせます。
13：25

＊

××病院だね、了解。気を遣ってくれてありがとう。まあ、こちら東京砂漠wでは近所付き合いというものがほとんどないので、その点は心配いらないんだけどね。

ありがとう、さくら、あらためて。

今度のことで、ぶっちゃけ惚れ直しました。つらい決断だったよね。でも、俺たちにとって何が最善か理解してくれたあとは、俺を責めもせず、泣き言も言わず、着々と必要な行動をする、俺のさくら。いい女だなって、あらためて思った。

明後日、さくらが上京したときに会えないのはつらいなあ。十分でも会えないかと思って、いろいろ画策してみたけど、どうしても会社を抜けられない（泣）。

でも、その次にこっちに来たときには、たっぷり一緒に過ごせるからね。もちろん、さくらの体の回復が最優先だから、ワルイことはしないよｗもし元気があるようだったら、外で食事しよう。さくらが行きたい店に連れていくよ。その日の夜は、ずっとさくらを抱きしめている。

終わって、落ち着いて、体もすっかり良くなったら、どこかに旅行に行こうか。どうにかしてふたりの予定を合わせてさ。

これまでふたりで旅行したのは、花巻《はなまき》へ行った一度きりだね。俺たちの関係がはじまったばかりの頃だから、四年前か。俺もまだ仙台にいて、同じ新幹線に乗ったのに、「厳重警戒」で席は離れて取ったんだよね。トイレに行くときわざとお互いの席の横を通って、スパイみたいに目で会話したねｗ

今度は京都はどうだろう？　新幹線の席は続きを取ろう。一泊、いや二泊できたら最高だな。桜はさすがにもう終わってるだろうけど、ちょっといい旅館に泊まってさ。旨いもの食って。ゆっくり散歩して。腕組んで町を歩いて。どう？

楽しいことを考えるようにしようよ。今回のことが乗り越えられたら、俺たちの絆はこれまで以上に強くなると思う。

病院のほうの予定、なるべく早く決めてください。休みを取る都合があるから。

愛してるよ。

16：01

四月十日

××病院に行ってきました。さっき自分の家に帰ってきたところです。

手術は一週間後、四月十七日になりました。病院には朝九時までに入って、帰れるのは午後一時過ぎらしいです。

花巻へ旅行に行ったのは冬のはじめでしたね。寒かったのを覚えています。あまりいろんなところには行かなかったけど、イギリス海岸を歩きましたね。寂しい景色だった。ほかに人もいなくて、私たち、長いキスをしましたね。

一也さんはもう忘れてしまったのかな――それともあえて言わないようにしているのかしら。あの旅行は、一度めの中絶の後に行ったんですよ。一也さんって、きっと中絶と旅行がセットになっているのね。

四年前なんですね。もう四年も経つんですね、私たち。あのときは、一也さんの下の男の子が生まれたばかりだったんですよね。今はタイミングが悪すぎると一也さんに言われて、私は産むのをあきらめた。もちろん無理強いされたとは思ってません。

自分の意思でもあったんだと思います。

あのときは病院には私ひとりで行きましたね。ずいぶん離れた町の病院へ行ったんだけど、私と一也さんは同じ職場だったから、一緒に休みを取るわけにはいかないものね。「厳重警戒」でしたね。そのかわりに週末、花巻に連れていってくれた。奥さんにはどんな嘘を吐いたんだっけ。聞いたような気もするけど、忘れてしまった。きっとあの頃の私にとっては、どうでもいいことだったんでしょうね。

あの頃の私にとっては――奥さんにふたりめの赤ちゃんが生まれて大変なときなのに、一也さんが私のために花巻へ行く時間を作ってくれた、ということが重要だった。とても嬉しかった。愛されていると思った。旅館での夜、一也さんが私を抱きながら涙を流して、次に赤ちゃんができたらぜったいにこの世に送り出してやろうな、と言ってくれたとき、私も泣きましたね。幸せだった。一也さんが言う通り――あのときも、今も一也さんは同じことを言いましたね――これを乗り越えれば、私たちの関係はいっそう深まる、と信じていました。

四年前なんですね。私は二十九歳だったのね。何でもわかっているつもりだったけど、今考えれば、何にもわかってなかったみたい。

20・04

＊

日にちのこと、了解しました。高円寺の駅前で待ち合わせしようか。一緒に病院へ行こう。そのあと俺は一度家に帰るか、どこかで時間を潰すかして、終わった頃に迎えに行きます。それでいい？

セットだなんて、ひどいなあ。さくらを慰めたいと思っているだけだよ。

処置の日が決まって、不安なのかもしれないね。平気でいられるわけもないよね、簡単な処置で、危険はほとんどゼロだとは言ってもね。

当日まで、このことはあまり考えないようにしたほうがいい。旅行のことを考えようよ。何食べたい？　どこ行きたい？　ガイドブックを買っておくよ。　21：00

＊

それでいいです。十七日の朝八時半に高円寺の北口の改札で。

だるいのでもう寝ますね。 22:34

四月十七日

今どこ？ 高円寺の北口の改札でいいんだよね？ 08:39

＊

さっき南口にも行ってみた。行き違い？ 連絡ください。電話も繋《つな》がらない。 08:47

＊

九時過ぎました、病院に行ってみます。 09:02

＊

どういうことだ？

病院で聞いてみたら、早川《はやかわ》さくらという名前はカルテにないと言われた。偽名を使った可能性とか、個人情報を守るためにそういう返答になるのかとも考えてみたけど、そもそも今日は、××病院で中絶手術が行われる日ではないと。

嘘だったのか？　病院には行ってないのか？　今どこにいるんだ？

最初から俺をだますつもりだったということ？

何を考えてるのかわからないけど、堕胎っていつまでもできるものじゃないんだろう。できなくなる時期を待ってるってことか？　はっきり言うけど、そうやってなし崩しに産もうと思っているなら、もう俺に頼らないでくれよ。俺は責任取れないよ。認知もしない。

手遅れになる前に連絡をくれ。

09：37

五月十五日

久しぶりです。長い間連絡しなくてごめんなさい。

先月、高円寺に行かなかったこともごめんなさい。一也さんは会社まで休んでくれたのにね。もしかしたら、また一也さんの子供がケガをするとか、奥さんが急病で倒れるとかして、来てくれないかなとも考えてたんですが、ちゃんと来てくれたんですね。来ないと私が子供を堕ろしたことを見届けて安心できないものね。だから来てくれたのね、きっと。

一也さんの推察どおり、高円寺の病院はネットで検索しただけで、一度も行っていません。じつは仙台でも病院へは行っていません。行くつもりで、このときは本気でネットで検索して、岩沼《いわぬま》の産婦人科病院を見つけていたんだけど（だって前回子供を堕ろした病院にもう一度行くのはいやだったから）、行く前に生理が来たの。

妊娠したというのは嘘だったの。ごめんね。

新井薬師公園に行きましたよね。あのとき三日くらい生理が遅れていたの。私は毎月ぴったり二十八日で来ていたから、ほとんど妊娠が決まったみたいな気持ちでいたの。生理が来たのは、仙台に戻った翌日の朝でした。ほっとしたときに一也さんからのメールが来たの。覚えてるかしら。三月二十五日の朝のメールよ。私が毎週末出かけていることを会社の人たちに知られてるみたいって書いたら、一也さんが大慌てで送ってきたメール。厳重警戒w。

あのメールがひとつのきっかけだったと思っています。一也さんに、妊娠したと嘘を吐いたこと。試したんです、一也さんを。でも、今考えれば、わかっていたことを確認したかったというほうが正しいのかもしれない。私は、本当は、ずっと前からわかっていた。一也さんは絶対に私のためになんか家族を捨てないということ。二度目にできた子供を「この世に送り出す」なんて、絶対にできないということ。

それでも一度は一也さんは、「産んでほしい」と言ってくれましたよね。嬉しかった。本気じゃないだろうとは感じてましたが、いいえ本心かもしれない、と心のどこかで信じていた。すぐに裏切られたけど。次の週、一也さんは私に会うことを避けましたね。

一也さんも書いていたことだけど、仙台は東京とは違います。一也さんの家族は仙台に住んでいるし、一也さんは元々私の職場にいたひとだし、だから一也さんの子供がケガをして病院へ運ばれたというのが嘘かどうかなんて、私には知ろうと思えば簡単にわかってしまうのよ。(でも、あのとき一也さんが仙台に帰っていたというのは本当なのでしょう。ご家族と楽しく三日間過ごしたんでしょうね)

あのメール。あの、嘘ばっかりの。そしてあっさり前言撤回して、認識が甘いとか新幹線代が負担だとか書いてきたあのメール。

違うな。あれじゃなくて、本当に絶望したのはそのあとかもしれない。私が腹立ちまぎれに(腹を立てた、ということは、あの時点ではまだ一也さんを少し好きだったのかもしれません)書いたメールを読んだ一也さんが送ってきたメール。甘い言葉だらけのメール。子供よりさくらのほうが大事だとか、さくらだけいればいいんだと書いてきたあのメール。私の機嫌をそこねたら、ごねて堕胎しないかもしれないと思ったんでしょう?

あのメールで、私は一也さんという人のことがよくわかったの。違うな。それだと一也さんにだけ責任があるみたいだものね。私と一也さんの関係がどんなものなのかがよくわかった、というのが正しいのでしょうね。

このメールを送ったら、スマホの電源を切ります。このスマホの電源は、もう二度と入れません。会社は辞めました。理由をずいぶん聞かれたけれど「一身上の都合」で通したからご心配なく。

私たちは今、私の故郷に向かっています。今日はとてもいい天気。日差しが強くて、車窓には山が連なっています。大きくて、悠々としていて、象が何頭も寝そべっているみたいに見えます。

11・03

（オール讀物5月号）

ファイトクラブ

奥田英朗

奥田英朗（おくだ　ひでお）
2002年『邪魔』で大藪春彦賞
2004年『空中ブランコ』で直木賞
2007年『家日和』で柴田錬三郎賞
2009年『オリンピックの身代金』で吉川英治文学賞

1

早期退職の勧告に最後まで抵抗し続けていたら、総務部危機管理課という新設部署に異動させられた。実質的な〝追い出し部屋〟である。

三宅邦彦《みやけくにひこ》は四十六歳の家電メーカーの会社員で、専業主婦の妻と、高校生と中学生の子供がいた。家のローンはまだ二十年残っており、車の月賦《げっぷ》も支払い中であった。こういう状況下において、退職勧告を受け入れる人間がいるとしたら、よほどの自信家か、楽天家だろう。邦彦はそのどちらでもなく、いたって普通の中年であった。プライドを捨ててでも、しがみつくしかない。

妻の晴美《はるみ》は、夫の置かれた立場に大いに同情してくれたが、最初に発した一言が「だめよ。辞めちゃ」だったので、邦彦は秘かに落ち込んだ。本心を言えば、三十パーセントくらいは、「辞めてもいいよ。何とかなるよ」という言葉を期待していたのである。もっとも、自分も端《はな》から辞める気はなかったのだから、甘える相手が欲しかったただけのことなのだろうが。

危機管理課は総務部に属しながら、本社ビルではなく、電車で一時間かかる郊外の工場の、使っていない倉庫の一角にプレハブの小屋としてあった。それだけで気が滅《め》入《い》る仕打ちだが、会社とはそういうところなので、邦彦は諦めることにした。リストラ推進の人事課長が胃潰瘍《いかいよう》で入院したと聞いて、少しは気が収まり、達観するようにもなった。会社とは、何人かの犠牲者が出ることを織り込んで運営されるのである。国だってそうだ。

新しい部署、危機管理課とはずいぶん威勢のいい名前だが、仕事は警備員だった。五名いる課員は全員が四十五歳以上で、お揃いの（それもかなり安物の）ジャンパーを着させられ、工場内を警備する。もちろん会社は警備会社と契約を交わしており、各所に警備員が配置されているため、補助役に過ぎない。きっと社員を使えば警備費も節約できると会社は考えたのだろう。いいアイデアだが、命じられた側は傷つく。この懲罰人事を組合は傍観するのみだった。御用組合なので、仕方ないと言えば仕方ないのだが、会社とは、自分も含めて羊の群れであると痛感した。

邦彦は、下の息子が大学を出るまでは耐えようと思った。今中三だから、あと七年。終わりが見えていれば、何だって耐えられる。

この日、邦彦は工場の警備室に詰め、警備員たちと一緒にモニター監視をしていた。と言っても訓練を受けていないので、ただ見ているだけである。本職の警備員たちはやり難《にく》そうで、迷惑がっているのがわかった。

「異常を見つけたら、何でも声をかけてください」と言いつつも、必ず一人が同じモニターを監視している。素人に仕事は任せられないのだから、邦彦は邪魔なのである。

「工場東側、Bエリア。子供たちが鉄柵《てっさく》によじ登って遊んでます」

警備員の一人がモニターを見ながら報告した。

「誰か二名、行ってやめさせて来い。柵の外側一メートルは工場の敷地だから離れるようにって。子供だからやさしくな」

司令補という肩書の、年配の上司が指示を出す。たまたま人が出払っていて邦彦も行くことになった。初めての出動である。

もう一人の若い警備員が、部屋を出るなり駆け足で現場に向かう。邦彦も後をついて走った。若い警備員が結構な速さで先を行く。邦彦はたちまち息が上がり、二百メートルも走ったら心臓が悲鳴を上げた。

「大丈夫ですか？」

若い警備員が振り返って声を張り上げる。

「すいません。先に行ってください」

邦彦が息を切らして答える。動悸《どうき》は一層激しくなり、眩暈《めまい》を覚えた。まだ四十代なのに、これっぽっちの距離が走れないとは。

遅れて現場にたどり着くと、若い警備員はすでに子供たちに注意を与えた後で、子供たちは聞き分けよく、自転車で帰って行くところだった。

「すいません。急に走ったものだから、心臓がびっくりして」

邦彦は再度謝った。軽い貧血状態なのか、まだ足元がふらつく。

「普段運動してないと、誰でもそうですよ」

若い警備員は慰めてくれたが、邦彦は自分の脆弱《ぜいじゃく》さがショックだった。運動不足は自覚していたが、まるで老人の体力である。自分は何の役にも立たない。

警備室での当番が終わり、倉庫の隅の危機管理課に戻ると、邦彦は先ほどの一件を同僚の沢井《さわい》に話した。沢井は元営業部で、業務縮小によりポストを奪われた男である。

「ぼくもですよ」沢井が苦笑いして言った。「この前、警備員の朝礼に出て、警棒を使った護身術の型を一緒にやったら、それだけで息も絶え絶えになりました」

「なるほど。そりゃきつそうだ」

邦彦はその光景を想像し、同情した。

「そのとき、司令補に、あなたは見学でいいからって言われて、余計に情けなくなりましたね。考えてみれば、社会人になってから、ゴルフ以外で体を動かしたことなんかないからなあ」

「それはまだまし。こっちはゴルフもしない」

中年男が二人で嘆いていると、岩田《いわた》が話に加わった。岩田はエンジニアだったが、研究部門そのものがなくなり、肩を叩かれた男である。

「おれはさ、今回ほど自分が文弱《ぶんじゃく》の徒《と》であると思い知らされたことはないね。昨日なんか、施錠のために工場の外階段を上り下りしただけで、息が上がってしばらく動けなかったんだよね。たかだか五階相当の高さで、膝《ひざ》がガクガクだもんね。情けないったらありゃしない。ははは」

岩田が笑って見せたのは、せめてもの意地だろう。最初、危機管理課に集められたとき、邦彦たちは全員意気消沈し、ろくに口も利《き》かなかった。暗い顔で与えられた業務だけをこなし、定時になると逃げるように帰って行った。愚痴を言うのが嫌で、酒を飲みにも行かなかった。

半月ほど過ぎた頃、最年長の岩田が課員を誘い、食事会を開いた。そこで岩田が「会社もひどいと思うが、今は耐えるしかないんだから、前向きに生きよう」と課員を励まし、なんとなく気持ちがひとつになった。話してみれば、みんな真面目《まじめ》ないい人間なのである。

残りの二名も当番から戻り、危機管理課の全員が揃った。酒井《さかい》は元資材部で、晩婚だったためまだ子供二人が小学生である。高橋《たかはし》は元事業部で、認知症の父親を抱えている。みんな、耐えるしかない仲間である。

話の流れで、それぞれが体力の衰えを嘆いていたら、沢井が思い出したように言った。

「そうそう。ここの倉庫、運動具がたくさん放置してあるんだよね」

「何それ？」邦彦が聞く。

「東側の壁にコンテナがいくつか並んでるじゃない。何が入ってるのかなって、この前扉を開けてみたら、筋トレマシンやら、走高跳のポールやら、バレーボールのネットやら、そういうのが埃《ほこり》を被《かぶ》って置いてあった」

「わかった。会社が実業団チームを持ってた頃の備品だ」

それには岩田が答えた。そう言われれば邦彦が入社した頃、会社は陸上部やバレーボール部やヨット部など、いくつもの実業団チームを抱え、オリンピック選手を輩出したこともあった。業績が悪化するにつれ、ひとつずつなくなり、遂にはすべてが廃部となったのだ。

「ちょっと見てみようか」

岩田が言うので、みなでコンテナまで行った。ハッチのような扉を開き、中をのぞく。確かに運動具が詰まっていた。

「もったいねえな。まだ使えるのに」

「でも処分すれば二束三文でしょう。管理部署もなくなって、放置したままってところじゃないですか」

「おい、鉄アレイがあるぞ」

「こっちは縄跳びがあります」

口々に言って、運動具を手にする。邦彦は、縄跳びを持ってコンテナの外に出て跳んでみた。信じられないことに連続して跳べなかった。五回と続かない。

「三宅さん。動画に撮りましょうか。自分で見てみます？」

沢井にからかわれ、苦笑する。ただその沢井にしても、やってみたら似たようなものであった。おなかの贅肉《ぜいにく》が揺れ、見る者を笑わせる。

順繰りにやると、まともに縄跳びが出来たのは一人もいなかった。

「だめだなあ、おれたち」と岩田。

「ちょっと、我々も鍛え直してみますか」

酒井が額に大汗をかいて言った。

「そうだね。どうせ時間はあるし」

高橋が賛同した。警備室に詰めるのは一人四時間と決められており、あとは自由なのである。追い出し部屋だから、基本的に仕事はない。

「ねえ。うちの会社ってボクシング部あった？」

別のコンテナを漁《あさ》っていた沢井が言った。

「いや、知らないけど」

「だってボクシング用のグローブやらサンドバッグが揃ってるよ」

みなでのぞくと、確かにボクシング用品が一揃えあった。ヘッドギアも、マウスピースも、トレーナー用のミットも複数セットある。

「ボクシング部があったとは知らなかったなあ」

岩田が首をかしげて言ったが、あったとしても不思議ではなかった。かつて創業家の一族が役員名簿に名を連ねていた頃は、スポーツ選手や芸術家のパトロンとしても名を馳《は》せていた。フェンシングの日本代表選手が、社員として総務部にいたりしたのだ。

沢井がグローブをはめ、シャドー・ボクシングを始めた。へっぴり腰にみなが笑うが、本人は意に介さず、ボクサーになりきって体を揺すっている。

「ジャブ、ジャブ。右ストレート！」

「あしたのジョーのつもり？」

「いや。力石徹《りきいしとおる》かな」

いい歳《とし》の大人たちがボクシングごっこで遊んでいる。

「どうせなら、サンドバッグを叩こうよ」

邦彦が埃を被ったサンドバッグを引っ張り出し、適当な高さの鉄骨の梁《はり》に吊るした。

倉庫だから、スペースはいくらでもある。各自グローブをはめ、順にサンドバッグを叩いた。

「何か、気分出るね」

「おれ、日課にしようかな。どうせ暇だし」

久しぶりに会話が弾んだ。長く眠っていたサンドバッグも、うれしそうに跳ねている。

2

翌日、本社から人事部の石原《いしはら》という課長代理が部下を二名連れて、危機管理課にやって来た。胃潰瘍で入院した課長の後任である。石原はぎこちない表情で挨拶をした後、プレハブの事務スペースをぐるりと見回し、「ここに応接セットはいりませんね」と言った。

邦彦たちは返答に詰まり、黙っていた。応接セットと言っても、かなり傷《いた》んだ年代物で、粗大ごみにしかならない代物である。ただ、横になれるので邦彦たちは重宝《ちょうほう》していた。

「それから、パソコンは課全体で一台とします。みなさんの会社から支給されたノートパソコンは、三日以内に初期化して庶務課に返却願います」

「じゃあ、私物のパソコンならいいわけ？」

岩田が聞いた。

「だめです。社の規則で、個人のパソコンは持ち込めないことになってます」

「でも、それは機密保持のためであって、我々は関係ないと思うんだけど……」

「いいえ。例外は認めません」

石原が顔を強張《こわば》らせて言った。気まずい空気が流れる中、若い部下二名が応接セットを外へと運び出す。それを見届けながら、「では失礼」と石原も事務所を後にした。

「あの男、こんなことをしに、わざわざ本社から来たのか」岩田が顔をしかめて言った。

「上からの指示でしょう。リストラ推進は役員マターだから、現場は誰も逆らえないんですよ」邦彦が肩をすくめて答える。

「あら？　三宅さん、理解あるね」

「そうじゃないけど、我々はましな方ですよ。本社の資料室に集められた人たちなんて、窓のない地下室に二十人ほど詰め込まれて、昔の文書をワープロで打ち直すだけの仕事を毎日八時間やらされてるそうですから」

実際、噂に聞くだけでも追い出し部屋はあちこちにあり、非人間的な扱いを受けているようだった。そしてほかの社員たちは見ないふりをしている。大企業のダークサイドである。

「まあ、いいや。おれたちは本社から離れてるぶん、気楽なもんだ」と岩田。

「そうそう。物は考えよう」沢井が寂しく笑って言った。

応接セットがなくなり空いたスペースは、なんだか仲間が一人去ったようで、やけにうら寂しかった。

午後五時、工場の終業サイレンが鳴ると、邦彦はコンテナからダンベルを出して来て筋トレを始めた。昨日、運動具を使っていろいろ体を動かしたら、思いのほか気持ちがよかったので、続けることにしたのだ。どうせ定時で帰ってもすることがない。

ワイシャツを脱いで筋トレに励んでいたら、沢井がやって来て「あ、三宅さんだけずるいね」と笑って言い、自分は隣でサンドバッグを吊るしてボクシングを始めた。見ていると、そっちの方が楽しそうである。

「おれもそっちがいいな」

邦彦もグローブをはめ、交代でサンドバッグを叩いた。

「何よ。自分たちだけ。おれも入れてよ」

岩田が現れ、寄り道して遊んでいる仲間に出くわした中学生のように言う。ほかの二人もやって来て、また昨日同様、トレーニングの時間となった。

「なんか。放課後の部活みたいでいいね」と邦彦。

「三宅さんはスポーツ、何かやってたの？」沢井が聞いた。

「中学はバスケット部、高校は帰宅部。要するに、続かなかったってこと」

「ぼくも似たようなもの。ちゃんとやったことはないな」

そんなおしゃべりをしながら、ボクシングの真似《まね》ごとをしていたら、コンテナの陰から人が現れた。邦彦たちはぎょっとして動きを止める。

工場の制服を着た年配の男だった。まずいところを見られたか――。いや、まずくはないが、いい大人が何をしているのかと怪しまれる。

「あ、いや、そこのコンテナにあったから……」

邦彦は聞かれもしないのに言い訳をした。すると男は、それには反応せず、「基本がなっとらんな」と渋い表情で言った。

「はあ?」

「まず構え。左足を一歩前に出す。そして膝を軽く曲げる。ほれ、やってみ」

何だこのオッサンは、と思いつつ、言われた通りにやってみる。

「足幅が広い。それじゃあ素早く動けない。基本は肩幅」

「こうですか?」

「そうそう。それで前後に動いてみ。ステップ!」

男がコーチのように指示を出すので、戸惑いながらも従った。

「だめだな。体が硬い。おたくら、だいぶなまってるな」

「そりゃまあ、久しぶりの運動だから……」

邦彦が苦笑する。こんなところで知らないオッサンに叱られるとは——。横で見ていた岩田が、「あなた、工場の方ですか?」と聞いた。

「ああ。嘱託《しょくたく》だがな」

男が答える。どうやら定年退職後、嘱託として会社に残った人のようだ。

「OBの方でしたか。失礼しました。我々は本社総務部所属の人間で、怪しい者ではありませんから」

「それはいいから、もう一度。全員でやってみ。ステップ！」

邦彦たちは顔を見合わせ、指示に従った。妙な成り行きだが、とくに不愉快というわけでもない。

「左足はベタでもいいが、右足の踵《かかと》は浮かせること。それと体重配分。前に六割、後ろに四割。ほれ、やってみ」

男は邦彦たちの戸惑いなどお構いなく指示を出した。平均年齢四十八歳くらいのおじさんたちが、グローブを構え、前後にステップする。

「もっと速く！　前！　後ろ！」

たちまち玉の汗が噴き出た。一分続けただけで、心臓が早鐘を打っている。

「よし。じゃあ一分休憩」

男が腕時計を見て言った。邦彦たちがその場にへたり込む。

「座るな。立て。立ったままでゆっくり体を動かし、動悸を鎮《しず》めろ」

男が語気強く言い、慌てて立ち上がった。男の命令に素直に従ったのは、完全に相手のペースに巻き込まれていたからである。それにこの人は専門家のようだ。

「あなたは、ボクシング経験があるんですか？」

沢井が息を切らして聞いた。きれいに刈り込んだ白髪交じりの角刈り頭、浅黒い顔と引き締まった体は、いかにもスポーツ関係者を想わせる。

「まあ、少しね」男が答える。

「うちの会社、昔はボクシング部があったんですか？」

続けて岩田が聞いた。

「ああ、あったよ。八十年代の後半にな。あんたらの入社するずっと前のことだ」

「そうでしたか。で、あなたも関係者だったと」

「そんなことはどうでもいい。あんたら、ボクシングをやるなら、恰好《かっこう》だけは何とかしてくれ。ジャージの上下でいいから」

「はあ、わかりました」

なんとなく言いなりになる快感があって、邦彦たちは部活の先生に対する中学生のように振舞った。突然の闖入者《ちんにゅうしゃ》との予期せぬ展開が妙に楽しい。

「さあ、一分経った。休憩終わり。グローブを構えて。ステップの続きだ」

男が手を叩いて鳴らした。

「前！　後ろ！　右！　左！　もっと速く！」

邦彦たちが懸命に体を動かす。また一分と経たずに息が切れた。しかし気持ちは昂《たかぶ》り、こんなに息が切れるのはいつ以来かと邦彦は感慨に耽《ふけ》った。きっと子供の幼稚園の運動会で、全力で親子リレーを走って以来だ。

結局、一時間近くトレーニングをし、五人の中年男たちは立っていられないほど体力を使い切った。「はあ、はあ、はあ」各自の荒い息が倉庫に響いている。

「あんたら、きつかったか」男が白い歯を見せて言った。

「きついどころか、死にそうです」邦彦が答えた。

「すぐになれるさ。じゃあ、明日な」

そう言って男が踵《きびす》を返し、コンテナの裏側に消えていく。明日も来るの？　と思ったが、各自異存はなく、むしろ浮いた気持ちがあった。

「しかし、あの人誰よ」と沢井。

「さあ、見たことない人だったけど」と邦彦。

「大きな会社には、いろんな人がいるってことよ」

岩田が荒い息を吐きながら言い、みながうなずいた。

この後、全員でサウナに行き、汗を流したあと焼き肉を食べることにした。相当なカロリーを消費したはずだから、どれだけ飲み食いしても罪悪感はない。それに何やら高揚感があり、おしゃべりもしたかったのだ。


午後十一時過ぎ、邦彦が帰宅すると、妻の晴美が起きて待っていた。こういうときは、何か相談ごとがあるときである。

「有希《ゆき》の受験のことなんだけど……」と、少し憂《うれ》いを含んだ顔で言う。娘の有希は高校二年生で、そろそろ志望を決める時期にいた。

「有希は美大を受けたいんだって」

「あ、そう。いいんじゃないの」

邦彦は軽く返事をした。息子が芸術家志望だと心配だが、娘ならとくに文句はない。思えば、娘は子供の頃から絵が得意だった。

「でも、私立の美大ってお金がかかるのよ。入学金も授業料も平均の一・五倍」

「えっ、そうなの？」

邦彦はつい顔をしかめてしまった。この先、残業代がなくなるため、年収は百万円以上下がる。家計は苦しい。

「受かったらアルバイトしてね、とは言っておいたけど……」

「いいよ。そんな。子供にお金の話なんか」

邦彦は慌てて取り繕《つくろ》った。家長としての意地である。晴美はしばらく黙り込むと、

「すいません」と他人行儀に言った。

晴美は、危機管理課への異動以降、邦彦に会社のことを聞いてこない。聞くのが怖いのか、夫に気を使っているのか、たぶんその両方と思われた。邦彦だって聞かれたくない。今は強がって見せるしかない。

ふうとため息をついたら、晴美と目が合った。何か言いそうな気配を感じたので、邦彦はそそくさと寝室に向かった。

3

ボクシングのオッサンは翌日も、午後五時のサイレンが鳴った直後に姿を現した。前回同様、コンテナの陰からぬうっと出て来たので、邦彦たちはぎょっとした。そこで待機でもしていたかのようである。改めて見ると、男は昔の映画俳優のような味のある顔をしていた。どこか懐かしいのは、全体に昭和の匂いが漂っているからだろう。

この日は最初に、邦彦たちから自己紹介したが、男はうなずくだけで名乗ろうとしない。そこで邦彦たちは、彼をコーチと呼ぶことにした。

沢井が「コーチ。よろしくお願いします」と、顔色を窺《うかが》いながら頭を下げたら、男は満更《まんざら》でもない様子で苦笑したので了解事項となった。だいいち、首からストップウォッチと笛を提《さ》げているのである。本人もその気ということだ。

邦彦たちは全員ジャージの上下で、スポーツ・シューズも新調した。それだけでなんとなく気合が入った。

「今日は素手のまま、左ジャブからやってみようか」

コーチがそう言って、自ら手本を示す。還暦を過ぎた男が、目にも止まらぬ速さでジャブを繰り出し、邦彦たちは思わず「ほう」と感嘆の声を上げた。

「ストレートを小刻みに打ち出すのがジャブだ。相手を近づけさせないように牽制《けんせい》したり、相手との距離を測ったりするボクシングの基本。これが出来んと話にならん」

「わかりました」

それぞれがうなずき、ジャブをやってみる。

「もっと速く！　引くときも同じ速さで！」

「右腕を下げるな！　右はガードだぞ！」

コーチはひとつひとつに指示を出した。それが実にわかりやすく、素人にも理解出来た。恐らく本当にコーチの経験があるのだろう。

左ジャブを三十分ほど練習した後は、右ストレートに移った。コーチが手本を示し、それを真似る。

「ジャブとちがって、今度は腰を捻《ひね》ること。パンチを打つと同時に、体も回転させる。それで威力が増す」

言われた通りにやると、確かに繰り出すパンチは速くなり、上達を実感できた。これまでスポーツで専門家の指導を受けたことがないので、すべてが新鮮である。

「よし。じゃあ、スパーリングをやってみるか」

コーチが事もなげに言った。「えっ」邦彦たちは絶句し、その場で固まった。スパーリングとは、つまり二人で打ち合うことである。

「何だ、いやか」

「いやってわけではないけど、ぼくら素人だし……」

邦彦が答えた。ただのエクササイズのつもりでいたので、全員が困惑している。

「シャドー・ボクシングだけじゃつまらないだろう。せっかく覚えたものは、使ってみてこそ価値がある」

「でも人を殴るのは……。しかも同僚だし……」

「いっぺんやってみ。大丈夫だ。ヘッドガードを付ければ頭は守られるし、グローブは練習用の十オンスだ。あんたらがいくら全力で打ち合っても、痣《あざ》ひとつ出来んよ」

「はあ……」

邦彦がほかのメンバーを見回すと、とくに拒否する空気はなく、どちらでもという表情だった。

「じゃあ、お願いします」

好奇心もあって、やってみることにした。

邦彦は、まずバンデージを巻き、十オンスのグローブをはめて驚いた。何と重いことか。これでは数回ジャブを繰り出しただけで、腕が疲れてしまう。そしてヘッドギアを被り、マウスピースを口に含んで事務室のガラスに映る自分の姿を見たら、テンションが上がった。思えば子供の頃、男子なら誰でもボクシングの真似ごとをした経験がある。

「じゃあ、あんたとあんた」コーチが邦彦と沢井を指名した。「三分一ラウンドで、思うままに打ち合ってみ」

「あのう。何ラウンド戦うんですか？」

邦彦が聞くと、コーチは鼻で笑い「まずは一ラウンド戦ってみ」と言った。

「三宅さん、お手柔らかにね」

「こちらこそ」

互いに挨拶を交わす。ゴングの代わりに、コーチの吹くホイッスルで、スパーリングが始まった。これまで習ったように、前後左右にステップを踏んで、左ジャブを繰り出す。コーチの笑いがすぐ理解できた。たちまち息が切れ、三分もつか心配になって来たのである。

おまけに左ジャブはまるで当たらなかった。互いに右のグローブでガードしているので当然である。おまけにすぐ体が密着し、相撲《すもう》の押し合いになってしまう。

「ブレイク！　アウトで打ち合え！　決闘だと思え！」

コーチが乱暴なことを言った矢先、邦彦の繰り出した右ストレートが、ちょうどガードの下がった沢井の顔面にヒットした。沢井がよろける。

「そうだ！　いいパンチだ！」

コーチに褒《ほ》められ、気持ちが昂る。生まれて初めて、人を殴った――。

打たれた沢井は真顔になった。間合いを詰めて、ジャブを出して来る。さっきまでより明らかに力が入っていて、ガードしていても顎《あご》に衝撃を受けた。そして次の瞬間、腹部に衝撃が走った。ボディへのパンチを食らったのである。

「ナイス！　いいボディブローだ！」

コーチの声がいっそう大きくなる。一方、邦彦は我を失った。人を殴ったのも初めてなら、殴られたのも初めてなのである。憤然としてボディを打ち返した。しかし後方へのステップでかわされる。そしてパンチが空を切り、バランスを崩したところに、今度は右ストレートを顔面に食らった。視界に銀粉が舞う。沢井さん、あんた、そんな本気にならなくても――。

「ピーッ！」

そんな泣き言を心の中でつぶやいたところで、ホイッスルが鳴る。

「はい。一ラウンド終了」

コーチの声を聞くなり、邦彦はその場に崩れ落ちた。たった三分動き回っただけだが、体力は限界だった。沢井もしゃがみ込み、肩で息をしていた。

「三宅さん。ごめん、ごめん」

苦しげな表情で邦彦に謝っている。

「いや、いいです。ぼくの負けです」

邦彦は素直に負けを認めた。それに、負けたことよりも、本気で殴り合った高揚感の方が大きい。

「沢井さんはいいファイトだったな。三宅さんは一発打たれて慌《あわ》てた。そういうときは一歩下がってガードを固める。相手に手を出させて、疲れさせるのも作戦だ。ボクシングは相手を倒す気で臨《のぞ》むが、一方で冷静さが大切だ。基本はヒット・アンド・アウェイ。三分間の中で何をするかを考える」

コーチが講評した。なるほど、何事もプランを忘れ、むきになった方が負けるということか。

「じゃあ、次はあんたとあんた」

続いて酒井と高橋が指名され、グローブを交えた。邦彦たちのスパーリングを見ていたからか、最初から真剣な表情である。そして形になっていた。パンチを当てられたからと言って、むきになることもなくガードも忘れない。やはり前例があると人は学ぶのだ。

三分がたちまち過ぎ、二人とも床に尻もちをついた。

「こんなにきついとは思わなかった」

「まったく。心臓が口から飛び出そう」

汗びっしょりの顔で、愉快そうに話している。

最後の一人、岩田はコーチが相手をした。還暦過ぎのオッサンのくせに、メンバーの誰よりもフットワークは軽快で、上体を前後左右に揺らし、岩田のパンチを悠々とかわした。岩田はたちまち息が上がり、足元はフラフラである。

「ほら、一発当ててみろ！」

コーチが顎を突き出す。岩田が右ストレートを当てる。

「ナイスパンチ！」

コーチがわざと打たせて褒めた。ただその後、コーチは顔面とボディに次々とパンチを繰り出した。

「ほら、ガードせんか！　ここも、ここも、がら空きだぞ！」

岩田はよろけながらガードした。これが見ていて勉強になる。邦彦たちは久しぶりに学ぶ快感を味わっていた。

練習が終わると、外の自販機でスポーツドリンクを買い、倉庫で車座になって飲んだ。コーチの分も買ったのに、彼はいつの間にか消えている。

「何よ、黙って帰ることないのに」と沢井。

「変わった人だよね。行きずりのおれらに、ボクシングを教えてるんだから」

邦彦が苦笑して言った。みんな、コーチを好きになり始めている。

「でもさあ、おれ、グーで人を殴ったの、これが初めてかもしれない」

岩田が感慨深そうに言い、メンバーは口々に「ぼくも」「おれも」と言葉を重ねた。

「少なくとも、子供時代の喧嘩《けんか》を除けば、人を殴ったことも殴られたこともないかな」

「普通、そうでしょう。ツッパリ少年時代があればまだしも、ぼくはそういうのがなくて、どちらかと言えば真面目な生徒だったから」

「おれもそうかな。臆病だから、とにかく腕力沙汰は避けてた。いくら頭にくることがあっても、手を出す選択肢なんかなかった」

「そうそう。で、そういう人間が会社員になるわけだから、うちの会社なんか、九割以上の人間が殴り合いの経験ゼロだと思う」

「でもさあ、殴り合いって、どこか人間の根源に触れるものがあるね」

沢井が妙に哲学的なことを言い、全員がうなずいた。

「確かに。理性の反対が暴力だから、我々がずっと抑えてきたものなんだよな」

岩田もなるほどという意見を述べた。

「何か、スイッチ入った感じ」

「ぼくも」「おれも」

顔を見合わせ、苦笑する。邦彦たちは毎日やることを決めていた。もはや放課後の部活動である。

明日が待ち遠しいなんて、ずいぶん久しぶりのことだと、邦彦は感慨に耽った。人には日課が必要なのである。

4

数日後、本社人事部の石原が、また部下を引き連れてやって来た。落ち着きなく目を瞬《しばたた》かせ、「みなさん、お変わりないですか」と慇懃《いんぎん》に言う。

「今日は業務変更があって伝えに来ました。これまでは警備会社の補佐として、昼間の警備を担当していただいていきましたが、来週からは夜間警備もお願いすることになりました」

邦彦たちは黙って聞いていた。どうせ拒否権はないし、組合も助けてはくれない。受け入れるしかないのである。

「ここにいる五人でローテーションを組んで、一人週二回以上の宿直をしていただきます。仮眠室と浴場は工場の施設を使っていただいて結構です。尚、夜勤手当は付きません。何かご質問は？」

気まずい沈黙が流れる中、岩田が「ちゃんとやるかどうか、見張ってなくていいの？」と聞いた。

「みなさんを信じます」石原が顔を引きつらせて答えた。「警備順路については警備室の指示に従ってください。それとあらかじめお伝えしておくと、夜勤に伴う疾病《しっぺい》については労災が適用されません。簡単に言えば、不眠症になったどうしてくれると言われても、会社は聞き入れませんので、各自、健康に留意してください」

石原はそれだけ言うと、部下を従え、そそくさと帰って行った。部下を連れて来たのは、一人で来る度胸がないからだろう。

「この歳で夜勤はきついな」岩田がぽつりと言う。

「仕方ない。諦めましょう」邦彦が返答した。

「しかし、こういう嫌がらせを考える奴って、どういう性格してるんだろうね」

沢井が椅子に深くもたれて言った。

「性格じゃないよ。みんな自分の身を守るためなんだよ。拒否すれば、今度は自分に矛先《ほこさき》が向く」

「会社がこんなに冷たいとは思わなかった」

「言うな、言うな。船は沈んだら元も子もない。ときには乗組員も海に突き落とすってことだ」

全員でため息をつく。こんな日常にいつまで耐えられるのか、邦彦はたまらなく憂《ゆう》鬱《うつ》になった。

警備室には邦彦が代表して聞きに行った。いつもの司令補は、事務的な口調で「無理はしないでいいです」と言った。

「基本的に我々の仕事なので、あなた方は補佐役と考えてください。無線機は持ってないだろうから、必ず二人一組で動くこと。何か起きたら、一人が現場に留まり、一人が警備室に走る。それを守ってください。警備ルートと時間割は追って書面で渡します」

司令補の目には、同情の色合いがあった。邦彦たちに対する会社の仕打ちがわかっているのである。

「それと最近、市内の各種工場で銅線の窃盗《せっとう》被害が多発しています。ここの工場にも銅線があるので、警戒してください。外国人の窃盗団らしいのですが、荒っぽい手口で、見つかったら攻撃も厭《いと》わない連中ですから。危険を察知したら逃げてください」

「わかりました」

どうやら夜間は日中の警備より危険度が増すようだ。泥棒は夜活動するので、当然と言えば当然なのだが。

警備室を出たところで、本社勤務の同期に出くわした。藤田《ふじた》という男で、商品開発部で忙しく働いている中間管理職だ。

「おう、三宅」

名前を呼び、顔をほころばせる。しかし、邦彦が着ている安っぽいジャンパーを見て、すぐに表情を曇らせた。

「元気そうだな。工場勤務だってことは聞いてたけど」

「勤務地が工場ってだけのことだ。見ての通り警備員の仕事だ」

邦彦はつとめて明るく言った。事情はとっくに知っているはずだ。

「そうか。元気ならいい」

藤田がぎこちなく笑う。どういう態度を取っていいのか困っている様子だった。

「相変わらず忙しいか」邦彦が聞いた。

「ああ。この歳になってニューヨーク支社へ行かないかって話もあってな。そうなりゃあ単身赴任だし、悩みどころだ」

「贅沢な悩みじゃないか。出世コースだろう」

邦彦が言うと、藤田は少し間を置いてから口を開いた。

「会社もひでえよな。希望退職を募《つの》るなんて言っておいて、事実上は指名解雇だ」

「しょうがない。日本式の終身雇用はとうに崩れたってことだ」

「お前、どうして辞めないんだ。人事に辞表を叩きつけてやれよ」

藤田が少し怒った表情で言った。

「十年前ならそうしたかもしれないが、おれも四十六だ。正規採用での転職は難しいんじゃないかと思ってな」

邦彦が正直に答えると、藤田はひとつ息をつき、「よく耐えられるな」と顔を赤くして言った。

「おれなら辞表を叩きつけて、さっさと辞めるね。でもって、もっといい仕事を見つけるなり、起業するなりして会社を見返すよ。それが男の意地だろう」

「簡単に言うな。考えた末の結論だ」

「お前、今の仕事をこの先も続けられるのか」

「お前が怒るなよ。おれのことだろう」

予期せず言い合いのような形になり、気まずい空気が流れた。ただ、藤田に対する悪感情はなかった。この同期は、会社に対しても怒っているのだ。

「なんか、おれとしては、三宅にもっと意地を見せて欲しかったな」

藤田が非難するような目で言い、踵を返す。勝手なことを言うなよ——。そう口にしかけたが、すでに藤田は背中を向けていて、声にはならなかった。

得も言われぬ感情が体を駆け巡り、邦彦はその場に立ち尽くした。これまで気持ちを抑えていた分、揺れは大きかった。最も避けていた自己憐憫《れんびん》の思いが、津波のように押し寄せてきたのだ。

その日の終業後のボクシング練習は、グローブを軽くしてスパーリングをすることになった。

「ちょっと痛いかもしれんが、その方が真剣になる。まあ、あんたらのパンチで怪我をすることはないから、思い切り打ち合ってみ」

コーチが微笑《ほほえ》んで言う。実際、八オンスのグローブをはめたら、腕が自然に上がる感覚があり、邦彦はびっくりした。それはそうだ、十オンスのときより二割軽くなったのだ。

グローブが軽くなったらフットワークも軽くなった。なるほど、これまで重いグローブで練習してきたのは、こういう効果を狙ってのことなのか。

いつものように沢井とグローブを交える。左ジャブを普段より速く繰り出し、腰を入れて右ストレートを打つと、沢井の顔面にまともに当たった。沢井がうしろによろけ、そのまま尻もちをつく。パンチを打った邦彦も驚いた。

「いいパンチだ！　重心がちゃんと移動していた。今の感触を忘れるな！」

コーチが褒め、邦彦は気分が一気に高揚した。

沢井が立ち上がる。顔色が変わっていた。沢井の目には、これまで見せたことのない攻撃の意志がこもっている。

来るな、と思ったら、本当に突進してきた。体をぶつけ、邦彦がバランスを崩したところに、ボディブローがヒットした。苦しくて、今度は邦彦がうずくまった。

「いいファイトだ！　その調子。親の仇《かたき》だと思って打ち合え！」

コーチの言葉が降りかかる。沢井はどうだという顔をしていた。

その先は、完全な真剣勝負となった。互いに一切遠慮せず、相手を床に倒すつもりでパンチを打ち合った。沢井の鼻は真っ赤だ。たぶん自分もそうだろう。

ホイッスルが鳴る。一ラウンド終了。二人ともその場にへたり込んだ。

「まだ出来るか？」とコーチ。「出来ます」と沢井がすかさず言った。邦彦も「もちろん」と息を切らしながら告げる。

「よし。じゃあ一分休憩。今度はペース配分を考えろ。闇雲に三分間打ち合ったらプロでもばてるぞ」

コーチは弟子たちの真剣さがうれしそうだった。

第二ラウンドが始まる。今度はフットワークを意識した。左右に動き、相手が向きを変える瞬間、前に出て打つ。素人考えだが案外うまく行った。ただ、しばらくするとまた足が止まり、喧嘩のような打ち合いになる。

そうして二ラウンド戦うと、今度こそ立てなくなり、邦彦は床に大の字になった。

沢井も精根尽き果てたという様子である。

「どうだ。やってみた感想は」コーチが聞いた。

「はあ、はあ、はあ」

邦彦も沢井も、荒い息を吐くばかりで言葉が出てこない。

「二人ともいいファイトだったな。あんたら、これで一皮むけたな」

コーチの言葉を邦彦は納得して聞いていた。確かに、殴り合うことはもう怖くない。

一週間前は考えられなかった変化である。

ボクシングはスポーツかもしれないが、他の競技と決定的にちがうのは、血を見ることだろう。ボクシングの持つ暴力性は誰も否定できない。

見ていて刺激を受けたのか、次にスパーリングをした酒井と高橋も、最初から全力で打ち合った。酒井は顔面にもろにパンチを食らい、鼻血を出したが、怯《ひる》むことなく向かっていった。高橋はインターネットで予習でもしたのか、スウェーバックやクリンチといった技を繰り出し、周囲を感心させた。この二人も二ラウンドをこなし、全身汗みどろになっていた。

最後の岩田は、邦彦が志願して相手になった。今日覚えたことを、忘れないうちに試したかったのだ。最年長の岩田だが遠慮はしなかった。贅肉のたっぷりついたボディにパンチをぶち込み、しばし悶絶《もんぜつ》させたが、申し訳ないという気持ちはなかった。それよりも真剣に殴り合うことこそが礼儀であり、友情の証《あかし》であるように思えて来た。もはや邦彦たちのボクシングに和気藹々《わきあいあい》とした空気はない。ただし殺伐《さつばつ》としてもおらず、互いにリスペクトする気持ちがあった。最もふさわしい言葉は解放感だろう。なんだかハイな気分なのだ。

「あんたらたいしたもんだ」

コーチが相好《そうごう》をくずし、メンバーを褒め称えた。

「男は一回殴り合いを経験すると、怖いものが半減する。何事も経験よ」

まったくその通りだと邦彦は得心した。争いごとを好まず、臆病だった自分が、今は毎日殴り合いをして充実感を得ているのだ。

練習後、用具を片付け、事務室に戻って着替えた。メンバー同士、もう少し語り合いたい気分があり、岩田の提案でコーチを誘って飲みに行くことにした。少しくらいはお礼をしたい。

　ところが事務室を出ると、コーチは消えていた。

「あれ、さっきまで窓の外に立ってたのに」と岩田。

「そうそう。確かにそこにいた」沢井が顎でしゃくる。

「あの人、いつもすうっと消えるね。だいたい現れるときも、コンテナの陰からぬうっと出てくるし。ここの倉庫、六ケ所くらい出入り口があるけど、コンテナの裏側は扉なんかないはずだけどね」

　邦彦が首をかしげて言った。

「変な人。名も名乗らないし」

「嘱託とは言え、工場勤務なら役員以外は全員名札を付けるのが決まりなんじゃないの」

「実は役員だったとか」

「あはは」

　話が冗談に移ったところで帰り支度をする。不思議な人だが、アフターファイブが楽しくなったのだから、コーチには感謝の気持ちしかない。

5

グローブを軽くしてからというもの、邦彦たちのボクシング練習はますます白熱の度合いを増した。何しろ殴られると痛いのである。鼻血も出るし痣も出来る。一度、鼻を真っ赤に腫らして家に帰ったら、妻の晴美に「どうしたの」と驚かれ、うまいうそが思い付かなかったので、「終業後に会社の倉庫で同僚とボクシングの練習をやっている」と正直に打ち明けたら、しばし返答に窮していた。そして、「やっぱり辛い？」と顔色を見て言う。

「いいや。どうってことないよ」邦彦は即答した。

もちろん虚勢だが、以前に比べればその割合は減っている。少なくとも、仕事らしい仕事がなく、寄り道する先もなく、空虚な気持ちで家路についていた頃とは雲泥の差だった。だから明るくいられる。

「どこかいい転職先があればいいんだけど」晴美がそう言ってため息をつく。

「気にしなくていい。おれは平気だ」

邦彦は自分に言い聞かせるように言った。耐えると決めたのだ。

この日は、通行規制用のバリケードが倉庫にあったので、それを引っ張り出して来て四角いスペースを作り、リングに見立てて試合形式のスパーリングを行った。四方を囲まれるというのは、思いのほか恐怖で、実際の試合でロープに追いつめられるとはこういうことかと、メンバー全員身をもって知らされた。

ただ退路を断たれると、人間は覚悟を決める。スパーリングはいつにも増して激しい打ち合いとなり、もはやエクササイズでもサークル活動でもない、戦いの場と化した。一試合一ラウンドで、五人の総当たり戦。レフェリー役のコーチが採点も行い、その場で勝敗を告げる。そうなると余計に闘志が湧き、邦彦は全勝する気でいた。

まずは岩田との一戦が始まる。この太っちょの五十男にはまるで負ける気がしなかった。間合いを詰め、ワンツーパンチでガードを上げさせ、ボディに渾身の一発を見舞う。作戦は見事に当たり、岩田はダウンして立ち上がれなかった。わずか三十秒、人生初のＫＯ勝ちである。

「すげー」

沢井たちが中学生みたいに興奮し、顔を上気させていた。一方負けた岩田は、歯を食いしばり、「次は負けねえぞ」と語気強く言った。

笑ってごまかさないところに、邦彦は敬意を抱いた。全身で悔しがる様は、自分たちがとっくに忘れていた若き日の姿だ。

一試合見学し、次は酒井と戦った。背が高い酒井はリーチも長い。間合いを取ったつもりでもジャブがヒットし、その都度押されて下がった。そして背中がバリケードに当たり、下がれなくなったところで、右ストレートが飛んできて、顔面にまともに当たった。今度は邦彦がダウンする番だった。

「ワン、ツー、スリー……」

コーチがカウントする中、何とか立ち上がり、グローブを構える。そこに今度はボディブローを打ち込まれ、邦彦はマウスピースを吐き出した。

たまらずギブアップする。酒井は右腕を突き上げ、勝利のポーズをとった。

「くっそー」

邦彦は床を叩いて悔しがった。ただ、負けても戦意は喪失しなかった。それどころか次のリベンジを誓っている。

そうやって各自二試合ずつをこなすと、また新たに一皮むけた感じがして、メンバーたちは不思議な充足感に浸《ひた》った。

「おれら、相当変なことしてるよな」

床にしゃがみこんで岩田が言った。

「本社の連中が見たら、こいつらおかしくなったかと思うでしょうね」

邦彦が苦笑して答える。

「でもさ、この気持ちよさって何だろうね。殴られると痛いんだけど、何パーセントか快感もあるじゃない。もしかして、自分の中でマゾヒズムが芽生えたのかって思ったりもするんだけど」

沢井が晴れ晴れとした表情で言った。

「いや、マゾじゃなくバーバリズムへの回帰だとおれは思うね。人間には野蛮人のDNAが残ってるんだよ」と高橋。

「おお。インテリだねえ。おれなんか、不良になれなかった少年時代を、今になって取り返してる気分なんだけど」と酒井。

それぞれが自己分析し、語り合った。話すことが増えただけでもボクシングの功績は大きい。そして気づくと、コーチの姿はなかった。さっきまで、笑顔でメンバーの話を聞いていたはずなのに。

コーチについては、何となく触れたくない感情がそれぞれにあって、誰も何も言わなかった。謎の人物なら、謎のままでいい。邦彦たちの願いは、ずっと一緒に遊んで欲しいということなのだ。

週が変わり、邦彦たちの夜勤が始まった。午前零時まで工場の仮眠室で仮眠を取り、それから午前八時まで、本職の警備員たちと交代で工場内をパトロールする。最初は邦彦と沢井が担当した。警棒も何もないから、手にするのは懐中電灯だけである。

「真冬になったら防寒着の支給はあるのかなあ」

ところどころ外灯が照らす、人気《ひとけ》のない工場内を歩きながら、邦彦が言った。

「どうだろう。自分たちで買えって言われそうだけど」沢井が答える。

「沢井さん、夜勤が始まること、奥さんには何て言ったの？」

「ただの宿直だって言ってる。工場だから、みんな持ち回りでやるって……。三宅さんは？」

「うちも一緒。夜間警備だなんて言ったら、気にしそうだから」

邦彦は努めて明るく言った。耐えると決めたのだから、家族に愚痴は言いたくない。

「しかし、大企業に入ってこんなことになろうとは、二十五年前は考えもしなかったね」

「まったく。最近、自己責任論が流行《はや》ってるけど、途中からそれを言われてもね」

「そう、そう。経営陣が変わるとルールも変わるって、そりゃないよね」

二人でため息をつく。邦彦たちは立志伝中の創業者に憧れて入社した世代だった。進取の気性に富み、何でもチャレンジする企業風土で世界的ブランドに成長した企業である。しかし時代が変わり、創業者一族が経営から手を引くと、銀行が入り、ドラスティックなコストカットが始まり、会社は様変わりした。追い出し部屋など創業者が生きていたら絶対に許さなかっただろう。

そんな話をしながら、フェンスに沿って歩いていると、工場の一番奥の金網の外側にトラックの黒い影があった。

「何であんなところにトラックが停まってるの?」と邦彦。

「さあ、ただの路上駐車なんじゃない。どうせ交通量のない道だし」沢井が答える。

懐中電灯を当てたら、運転席に人影があり、慌てて頭を下げた。何だろうと思って二人で近づく。懐中電灯を上下左右に動かすと、フェンスの金網が一部欠損していた。何者かに破られたのだ。

邦彦は司令補が言っていたことを思い出した。最近、外国人の窃盗団が付近の工場を荒らして銅線を盗んでいると――。

そのとき黒い影が動く。はっとして振り向くと、男が二人、銅線をまいたロールを押して、倉庫から出てくるところだった。

「おいっ。何をしている！」

邦彦は反射的に声を上げ、懐中電灯を向けた。全身黒ずくめで目出し帽を被った男二人が、倉庫の壁を背に、映画のように映し出される。

邦彦は足が震えた。全身が固まって、前に出られない。賊《ぞく》は大きなワイヤーカッターを振り上げて威嚇《いかく》した。何かわめいているが、スペイン語らしくて何もわからない。

「三宅さん。警備室に応援要請をしに行ってください！」沢井が言った。

「沢井さんは？」

「ぼくはこいつらを阻止《そし》します」

「一人で？　それは無理だろう」

「大丈夫。せめて銅線は持ち出させません」

沢井は数歩前に出ると、「お前ら、すぐに警察が来るぞ！」と一喝した。その勇気に邦彦は驚いている。

「わーっ！　わーっ！」

負けじと邦彦も声を出した。ただし泡を食っていて台詞にならない。

「三宅さん、早く！」

「だめだ！　あんた一人置いて行けるか！」

そこへ賊の一人がワイヤーカッターを振り回して近づいて来た。

「わーっ！」

邦彦は大声を上げながら、ボクシングの構えで突進した。どうしてそういう行動に出たのか、自分でもわけがわからない。

気が付いたら左ジャブを賊に見舞っていた。続いて右ストレート。これも決まった。賊はワイヤーカッターを地面に落とした。振り返ると、沢井ももう一人と戦っていた。もう何が何だかわからない。

車から仲間が降りて来て、向こうは三人になった。三対二である。しかし逃げる気はなかった。上等だ。やってやろうじゃねえか——。邦彦の頭の中は、ランボーかターミネーターになっている。

後ろから飛び蹴りを食らい、前方に転んだ。顔面を地面に打ち付け、頭がくらくらした。しかし痛くはなかった。それを感じる回路が壊れていた。

邦彦は立ち上がり、鼻血を流しながら賊に向かって行った。向こうも必死なのか、懸命の反撃を見せた。殴り、殴られる。逃がす気はなかった。少なくとも、一人ぐらいは身柄確保するつもりでいる。

「待てーっ！」

そこに大声が降りかかった。数人の足音が響き、ライトを浴びせられた。警備員たちだった。異状を知り、駆け付けてくれたのだ。きっと防犯カメラに映ったのだろう。警備員たちはさすがにプロで、たちどころに三人の賊を取り押さえた。賊が被った目出し帽を引き抜く。中南米系の顔をした男たちだった。観念したらしく両手を上げ、「ノー、ノー」と懇願している。

「あんたたち、大丈夫か！」

声を発したのは司令補だった。顔面血だらけの邦彦と沢井を見て絶句している。

「大丈夫です」

邦彦が、荒い息を吐きながら答えた。

「どうして逃げないの！　丸腰で窃盗団に向かっていくなんて、無茶が過ぎるだろう！」

「いや、でも……」

適当な言葉が見つからなかった。ただ胸の中で膨らむのは、自分は逃げなかった、何かと戦ったという満足感である。

「担架で警備室まで運ばせるから、じっとしていて。その後、救急車も呼ぶから」

司令補の指示で、その場に横になった。沢井も同じように横たわった。

空を見上げると満天の星だった。吸い込んだ冷たい空気が胸に心地よかった。邦彦はその快感にしばらく浸った。

6

外国人窃盗団が逮捕された事件は、新聞とテレビで一斉に報じられた。内容は、警備会社と工場の宿直の社員が協力して三人の男たちを取り押さえ、警察に突き出したというものである。その際、社員が負傷したとも伝えられたが、賊に立ち向かって殴り合ったことは報じられず、記事としては中ネタといった扱いだった。明日になればみなが忘れるニュースである。

ただ、本社では大きなニュースとして各部署を駆け巡り、社員たちの噂となった。三宅さんと沢井さんが窃盗団を発見し、追いかけて捕まえたらしい——。賊に対して一歩も引かず、乱闘を演じたらしい——。多少の尾ひれもつき、実は二人は空手の有段者だったらしいと、まことしやかに語られた。

そして社内からは別の声も湧き起った。うちの会社は早期退職勧告に応じなかった社員に夜警までやらせるのかという非難の声である。とりわけ若い社員の中からは、これでは自分たちも将来が不安だと言い出す者が出て来た。

これには組合も看過《かんか》できず、役員会に説明を求める事態へと発展した。頬かむり《ほっ》していたら、今度は組合が信用をなくす。当初、人事担当役員は返事を濁し、逃げ回っていたが、今度は創業者一族の森村《もりむら》家が会社に乗り込んで来て説明を求めたため、役員会の議題に上げることが決まった。経営から手を引いたとはいえ、森村家は依然大株主である。社員はファミリーの一員であるとした創業時の経営方針はいったいどうなってしまったのか――。そう言われると、現経営陣は答えに窮する。

もっとも容易には方針転換されないだろうとも、邦彦たちは思っていた。会社はそんなに甘いところではない。経営には非情も求められる。情と非情を使い分けられる人間が、役員になるのである。

恐らく、今の危機管理課は一旦解散し、邦彦たちは本社に戻されるだろう。そして別の閑職が用意され、こっちが音《ね》を上げるまで待つのである。

邦彦はいたって平常心だった。どこへ配属されようが、与えられた仕事をこなすだけである。窃盗団を捕らえたというのは、自分史上最も大きな経験で、何でも来いという気になっている。逃げなかったことが、これほど自信になるとは思わなかった。何なら退職して警備員になってもいい。邦彦は泰然自若《たいぜんじじゃく》の構えである。

ただ、そんなことより――。

事件の翌日から、コーチが姿を見せなくなったのである。事件後は、警察の現場検証やら、怪我の治療やらでドタバタし、ボクシングの練習を中断していたが、五日も過ぎ、そろそろ再開しようかと話していたとき、コーチの不在に気づいた。

「そういえばコーチ、どうして来ないの？」

「さあ、わからない。事件のことは知ってるのかな」

「ニュースになったんだから、知らないはずはないでしょう。しかも工場内で起きたことだし、耳に入らないわけはない」

「じゃあ、どうして姿を見せないのよ。三宅さんと沢井さんに何か一言あって当然なんじゃないの」

そんな会話を交わし、みなで首をかしげる。

「おれさあ、コーチにお礼を言いたいんだよね。あのとき逃げ出さなかったのはコーチがボクシングを教えてくれたお陰だって」

邦彦が言った。実際、感謝の気持ちでいっぱいである。ボクシングだけでなく、生き方についても教えられた気がする。

待っていてもしょうがないので、時間を見つけてみなでコーチを探すことにした。およそ五千人が働く大工場なので、所属がわからないと大変な作業だが、嘱託という手掛かりがあるので、絞り込みだけはできる。

邦彦は工場の総務部に行ってみた。そして年配の事務員を見つけ、まずはコンテナに眠っていたボクシング用具のことを聞いた。

「ああ、あれね。八十年代の後半、わずか二、三年だったけど、うちにもボクシング部があったんだよね。ソウル五輪に選手を送り込むんだって、創部したんだけど、夢叶わなくて、すぐ廃部になっちゃった」

事務員が遠い目で懐かしそうに言った。

「そのときの指導者は誰だったんですか？　実はある嘱託社員を探していて……」

邦彦が聞いた。もしかしてコーチがその人ではないかと思ったのだ。

「森村さん。創業者の一族で、変わり者だったね。どこかの有名大学のボクシング部出身で、うちの会社に就職して、長く海外勤務をしてたんだけど、帰国後、どうしてもボクシングで五輪のメダリストを育てたいって、社長を説得してボクシング部を創ったの」

「森村家の人だったんですね」

邦彦は思わず声を大きくした。そう言われれば、侍然《さむらいぜん》とした佇《たたず》まいは、育ちの良さから来たものだったのかもしれない。

「結局、ボクシング部が廃部になったら、自分も会社を辞めて、ボクシング協会の仕事をしてたんじゃないかな。そのまま会社にいれば役員になれたんだろうけど、あっさり辞めちゃうんだから変わってるよね。わたしは何度か話をしたことがあったけど、気さくで好きだったなあ。顔見ると、君、ボクシングやらない？　なんて、よく言われたもんだよ」

「その人、今どこにいるんですか？」邦彦が聞いた。

「はあ？　とっくに亡くなってるよ。十年は経つんじゃない？　だってボクシング部を創ったとき、もう五十代後半だった人だから」

「えっ、故人なんですか？」

邦彦は呆然とした。と言うことは、あのコーチは——。

「写真があるはずだから、見せてあげるよ」

事務員は話が乗って来た様子で、棚からファイルを取り出した。

「懐かしいなあ。昔はここの工場の総務部にはたくさんの運動部員がいてね、みんな若いし、力があり余った人たちだったから、職場にも活気があったよ。今はすべての部が廃部になって、寂しい限りだよね……。ああ、あった、あった」

写真を見つけた事務員が、テーブルにファイルを開いた。

「ほら、この人」

指さした写真の人物を見て、邦彦は鳥肌が立った。それはコーチだったのだ。若い選手たちと並んで、穏やかに微笑んでいる。

「懐かしいなあ。森村さん。男気があって、ユーモアがあって、曲がったことが嫌いな人。会社を辞めたのは正解かな、あの人に会社は窮屈だよ」

事務員の言葉が耳を素通りする。コーチは、邦彦たちを励ましたくて、天国から降りて来てくれたのだろうか。創業家の一員として、会社のやり方に腹を立て、戦ってみろよとボクシングを教えてくれたのだろうか――。そんな想像をすると、全身がじんわり温かくなった。

「あなた、どうかした？」

「いや、何でも」

邦彦は、もう一度写真を見た。きれいに刈り込んだ白髪交じりの角刈り頭。浅黒い顔に引き締まった体。そして何事にも動じない意志を持った目――。

たぶん、コーチはもう現れないだろうと思った。自分の役目は終わったと、天国に帰ったのだ。メンバーに伝えたら、あとは自分たちだけの秘密にしよう。それがコーチへの礼儀のような気がする。

邦彦は写真に向かって心の中でお礼を言った。コーチ、ありがとうございました――。

そのとき、コーチの口元が少し緩んだように見えた。


（小説宝石11月号）

みみずロケット

柿村将彦

柿村将彦（かきむら　まさひこ）
２０１７年「権三郎狸の話」で日本ファンタジーノベル大賞
同作を改題・改稿した『隣のずこずこ』で作家デビュー

小さい頃からずいぶん器用な子供で、大抵のことなら何でもすぐにできるようになった。自転車や一輪車なんかは大した練習もなしにすぐ乗りこなせたし、囲碁や麻雀では大人たちをギタギタにした。学校へ通うようになってからはいよいよそれに磨きがかかって、周囲は私を天才だのなんだのと褒めそやした。

最初はそれが嬉しくて素直に喜んでいたが——しかし私はいつも微妙なずれみたいなものを感じていた。外からの評価と自分の感覚がぴったり重なっていないような違和感。大した手応えもないものを褒められるのはなかなか奇妙な感覚だった。もしかしてそういうのを天才というんだろうか？　と暢気に考えたこともあったが、年を経るにつれてそのずれはだんだん大きくなっていった。

そしてある時気づいた。私はやっぱり天才ではない。私はただ器用なだけなのだ。器用とはつまり要領がいいということだ。私は要領を掴むのがうまい。そして要領を掴むことさえできれば、大抵のことはそこそこできるようになるものだ。それは勉強でも遊びでも人間関係でも同じことで、いくら努力しても要領が摑めなければ上達はなかなか難しいし、要領良くやってさえいれば多少手を抜いてもそれなりの結果は出る。

しかしその結果はあくまでもそれなりのものでしかない。そこからさらに上達するためには要領の良さだけでは駄目で、それこそ才能とか努力とかが必要になってくる。

だが大した苦労を経験せずにきた私は、そこから改めて頑張ることがとてつもなく面倒臭かった。だからある程度で上達が止まるとそこでそれを諦めて、他の新しいものに手を出した。するとそれもまたすぐに上達したが、しかしやっぱりそこそこ止まりだった。それでまた違うことを始めて、上達して、そこそこで止まって……どこまでもその繰り返しだ。いろんな習い事をやったりもしたが、結局どれ一つものにならなかった。

でも世の中には要領を摑むのに難儀している人が結構多いらしく、そういう人から私は相変わらずえらく褒められ、大変うらやましがられた。佳乃《よしの》ちゃんって頭がいいんだね、何でもできるんだね……。そんなときに「いや、器用なだけなんですよ」なんて言うとなんだかスカしてるみたいだから、私は素直に喜んでみせた。「ありがとうございます」。あるいは「そんなことないですよ」と謙遜してみせた。私からすると他がどんくさすぎるだけだ。要領が悪すぎるだけなのだ。

要領を摑むのがうまい私は、人にものを教えたり説明したりするのもうまかった。何かを教える一番の方法は要領を摑ませてあげることだ。

摑んだ要領をそのまま手渡すことはできないが、すぐ近くまで導いてやることはできる。最短距離を教えることはできる。中途半端な私には中途半端な事までしか教えられないけれど、何であろうと全てを教えることなんかできっこない。要領やこつを教えることさえできれば充分で、そこから先は本人の頑張り次第だ。

というようなわけで、私は教師になることにする。大学で教員資格の授業を取り、その合間に個人指導塾でアルバイトをする。そこから派遣されて家庭教師をやったりもする。教えるのは小学生から高校生までの受験生たちだ。

読み通り、私は優秀な先生になる。自分で教えるようになると、私がかつて教わってきた先生がいかにどんくさかったかがよくわかった。なんであんな面倒で回りくどい教え方をわざわざ選んだんだろう？　と私はつくづく不思議に思った。どう考えてももっと解りやすい方法があるのに。要領の良いやり方があるのに……。

そう思った方法を私は自分の生徒に試した。すると子供たちの成績は見る見るうちに上がっていった。志望校にバシバシ合格した。

やがて大学を卒業した私は、しかし学校の教員にはならず、アルバイト先の塾にそのまま就職した。正社員になると勉強を教える他に教室の運営や細かい事務などの面倒な仕事もしなければならなくなったが、まあそんなの大したことではない。それこそ要領だけで何とでもなる。

勉強を教えることは楽しい。子供たちに要領を摑ませてやるのは面白い。教え子たちが模試でいい成績を取ったり志望校に合格して喜んでいるのを見ると、私はそこに満足とかやりがいみたいなものを感じる。同僚で先輩だった追坂《おいさか》さんは「よその子に勉強教えるのはもう嫌だー！」みたいなことを言って突然辞めてしまったけれど、私はそれを虚しいこととは思わない。「なんで他人の手助けで人生無駄にせなあかんのじゃー！」とも言っていたが、別にそうとも思わない。どうせ私は何事もそこそこより上達はできないのだ。もっとうまくやれる誰かの手助けができるなら、それは私の使い方として最も正しい。

私は補助ロケット。スペースシャトルを高度十五万フィートまで運んだ後、切り離されて海に落っこちてゆく。何機ものシャトルを宇宙へ送り出してきたが、自分で宇宙まで行ったことはないし、これからも行くことはないだろう。でもそれでいいのだ。宇宙に出るのはシャトルの仕事で、補助ロケットの役目ではない。私が地球の外までついていったらそれは切り離しの失敗で、余分な重量のせいでシャトルはちゃんと飛べなくなるかもしれない。満足に仕事を果たすことができなくなるかもしれない。補助ロケットはあっさり切り離されて海へ落ちなければならないのだ。私には打ち上げるべきシャトルがまだまだたくさん残っている。

私が教室を出たとき、すでに日付は変わっていた。このところはほとんど毎日だ。卒業していった生徒の後処理やら、新しく入塾してくる子供たちの手続きやらで、この時期は毎年忙しい。

コンビニで簡単なものを買ってから、裏の駐車場へ回る。うちの生徒らしい子が店の前でうろうろしていたが、私は別に何も言わなかった。疲れてそれどころじゃないし、私の受け持ちの生徒でもない。知らない子の生活指導は塾講師の役目ではない。車に乗って、エンジンを起動させる。

去年の四月、社会人になって二年目の頭に、私は車を買った。現金一括払いだ。まあ中古の軽だからそんなにえばれた話ではない。

走行距離が十万キロ近く、パワーウィンドウすら付いていないボロ車だが、私はこれを結構気に入っている。小回りが利いて扱いやすい良い車だ。少なくとも私の使い方と運転技術には見合っている。

片手でレバーを回すと、開いた窓の隙間から冷たい夜の空気が流れ込んでくる。風には甘ったるいような新芽の匂いが混じっている。

溜め池沿いの一本道を走っている時、前方左に人影を見つけて、私は少しぎょっとする。

私が行くのと同じ方向へ歩いているので顔は見えないが、髪が長くてスカートをはいているからたぶん女だろう。女装した変態という線もないではないが……どっちにしてもこんな時間にふらふらしているなんてろくなもんではない。

私はなるべくそっちに目をやらないように、まっすぐ前だけ見ながら車を走らせる。しかし一方で近づいてくる相手を視界の端で見ようともしている。

追い越す一瞬、ついにそっちに目をやってしまう。同時に相手が振り返って、ライトの中に顔がはっきり浮かび上がる。やっぱり女だった。しかも若い。高校生くらいだろう。あらあらまあ……と思って通り過ぎ、しばらく行ったところで車を止める。そのまま待っていると、さっきの高校生が車に追いついてきた。私は腕を伸ばして助手席の窓を開ける。

「やっぱり。佳乃さん」

窓枠越しに相手が私の名前を言う。

「……どうしたの？　乗ってく？」

亜子《あこ》ちゃんは「ほんとに？」と言ってドアを開け、助手席に座った。

宝川《たからがわ》亜子は私が初めて教えた生徒の一人だ。当時私は大学一年生で、亜子ちゃんは中学受験を控えた小学六年生だった。入ったばかりの私が亜子ちゃんに付いたのは、中学受験の経験者が他にいなかったからだ。もう五年も前の話だ。

頭が悪いわけではないようだったが、亜子ちゃんはあまり勉強ができなかった。致命的に要領が悪かったのだ。鉛筆を握って半泣きになる亜子ちゃんを見て、この子はおそらく悔しいのだろうと私は思った。充分な頭脳があるのに要領が悪いせいでうまく機能せず、それがどうしようもなくもどかしいのだろう。きっとどんくさい先生にばかり教えられてきたに違いない。

私は亜子ちゃんに勉強の仕方を教えてあげた。知識の体系立てた詰め込み方。数式の整え方。問題文の読み方。亜子ちゃんはすぐにそれらを掴み取った。止まっていた鉛筆が滑らかに動くようになった。頭が悪いどころではなかった。ちゃんと導いてくれる補助ロケットに巡り会えなかっただけで、むしろ亜子ちゃんはかなり頭のいい子だった。私のサポートを得た亜子ちゃんは力強く軌道に乗っていった。

勉強の合間の休憩時間を使って、私は勉強以外のことも教えてあげた。将棋を持っていって遊んだりもした。亜子ちゃんはそういう遊びごとをあまり知らなかった。駒の動き方を教えながら打った対局では楽勝した。当然だ。しかし私はすぐに亜子ちゃんに勝てなくなった。ルールを飲み込んだ亜子ちゃんは一局打つごとに力を上げていって、やがて私をメタメタにし始めた。逃げた先々に亜子ちゃんの駒が待ち伏せていて、私の王将はほとんど真っ裸になって惨殺された。五目並べでもオセロでもそれは同じで、私のちっぽけな自信は砕かれて粉になった。

頭がいいだけではなく、亜子ちゃんは熱量を持った子だった。新しい知識に触れることを喜び、あっちこっちに興味を振りまいては、倦まずにそれを研究した。私のように途中で面倒くさがるようなことはなく、そこそこの上達などには目もくれなかった。彼女の熱量の前ではちょっとやそっとの頑張りなど、大した妨げにはならなかったのだろう。

私は一年間宝川家に通ったが、その頃にはもう何においても亜子ちゃんに敵わなくなっていた。苦し紛れに講義で使う小難しい本を貸したりもしたが、亜子ちゃんはそれにすら興味を持って私より先に読み終えた。その時はさすがに笑った。

亜子ちゃんが余裕で試験に合格したことはいうまでもない。

「寒かったー」

言って、亜子ちゃんはエアコンの吹き出し口に手を当てる。

「寒かったじゃないよ。何してんのこんな時間に」

五年ぶりに見る亜子ちゃんは、当たり前だが五年分だけ成長していた。十代の五年は大きい。当時の面影も残っているが、私が覚えている亜子ちゃんとはずいぶん変わっている。

「佳乃さんこそどうしたんですか？　今頃」

「私？　私は仕事の帰り」

「こんな時間まで？　あー。残業ですか」

亜子ちゃんは体をごそごそ動かして、「あれ？　何この窓。手動？」

「そういう車なんだよ」

「これって佳乃さんの車なんです？」

「……そうだけど」

「えー。なんでこんな車買ったんですか」

「別に。安かったし、窓くらい自分で開けられるし」

続けて何か訊いてきそうな亜子ちゃんを遮って、私は言う。

「こんな遅くにうろうろしてたら駄目でしょうが。補導されるよ」

先生みたいな台詞だが、私も一応先生なのだ。

「ごめんなさい」

「……別に私に謝らなくてもいいけど。何してたの？」

「ちょっと遊んでたら遅くなって」

「友達？」

　このごろの高校生はこんな時間まで遊ぶのが普通なのか？

　亜子ちゃんは少し口ごもって、「友達っていうか……うーん。大学生なんですけど」

「大学生？　……男？」

　助手席の亜子ちゃんは小さく頷いた。

　ありゃりゃ……と思う。駄目だよー、と思う。年上ってだけでしょうもない男にホイホイ釣られるなんて、賢い亜子ちゃんのやることじゃない。会わなかった五年の間に、亜子ちゃんはひねくれてしまったんだろうか？　だとしたらなかなか厄介だ。頭のいい奴がひねくれた時ほど質の悪いものはない。

「……まあそれはいいけど」

　あまりよくはないけれどとりあえず言って、私は亜子ちゃんを見る。表情は笑っているが、なんだか不安そうな、どうしていいかわからないような色が透けている。その大学生とやらがどんな相手かは知らないが、高校生と遊んでおきながらこんな時間に一人で帰らせるような手合いだ。普段はあまり生徒の私生活に立ち入るようなことはしないけれど、私も一応教員免許を持っているのだ。

「あのね。困ったときは大人を頼っていいんだからね」

いくら昔のこととはいえ、亜子ちゃんは私の教え子だ。シャトルが軌道を外れて困っているなら何とかしてあげたいと思うし、うまく飛べずに戻ってきたなら再びちゃんと送り出してあげたい。でなければ私のいる意味がない。

すると亜子ちゃんは笑って、

「なんか先生みたい」

「……先生なんだよ」

そして亜子ちゃんはぽつぽつ話をしてくれる。聞いてみると、しかし話は想像したのとちょっと違った。広い意味では当たっていたが、肝心な部分がかなり違った。

「なんて言うか、その人ライギョなんですよ」

……なんですと？

「知りませんか？　池にいる魚で」

ライギョは知ってるけど。

「……ライギョが人間に化けてるってこと？」

私は整理して言うが……これで整理できてるのか？

「そんな感じです。普段は人間なんだけど、でもライギョなんです」

その学生は軽沢恭平《かるさわきょうへい》という名前らしい。何でライギョにそんな名前があるんだという話だが、それを言ったらライギョが大学に通っているところから全部おかしい。

軽沢は第八大学の三回生ということだ。私と同じ学校だ。軽沢が今三回ということは──亜子ちゃんの話が本当なら──私はそいつと少なくとも一年間同じ校内にいたということになる。大学にライギョが紛れ込んでいたなんて……！　しかもそれに誰も気づいてなかったなんて……！　わけが解らんものってのはそんなにまで解らないものなのか？

……いやいや。

なんでも亜子ちゃんは部活動でテニスをやっていて、そのクラブは軽沢が所属する八大のサークルと何かしら繋がりがあるらしい。そのよしみで時々合同練習みたいなことをすることがあり、練習後には一緒に遊びに行ったりもするそうだ。軽沢とはそこで会ったのだという。……げげ。練習はともかく、大学生にもなって高校生とコンパみたいなことすんなや……と思うが、八大生の実態がそんなもんだということは通っていた私がよく知っている。アホな奴はどこにいようがとことんアホなのだ。

接触してきたのは軽沢の方からだった。でも賢い亜子ちゃんのことだ。高校生に言い寄る大学生などは相手にもせず、軽くあしらっていた。

しかし軽沢がライギョらしいということを知って、亜子ちゃんはだんだん興味を持つようになった。

「なんでライギョだって気づいたの？」

「自分で言ってた。俺って本当はライギョなんだって」

「……それ信じたわけ？」

「まさか。頭おかしいんかと思いました」

でも亜子ちゃんは軽沢に興味を持ってしまった。亜子ちゃんは頭がいいが、一見アホっぽいほどの熱量を持った子なのだ。そして熱量は時に身を滅ぼしもする。

別に軽沢の恋人になったわけではなかったが、亜子ちゃんはたまに軽沢と二人で会ったりするようになったのだという。そして軽沢がどうやら本当にライギョらしいということを知った。少なくとも人間ではないということはわかった。

「人間とライギョですしね。すぐわかりましたけど」

まあそうか……いや、そうかなあ？

「ふーん……」

かなり早い時点でついて行けなくなっていた私はとりあえず頷いておく。ひょっとして亜子ちゃんにバカにされてるんだろうか？　と少し思う。

「でもこの頃なんか変なこと言い出して」

変といえば最初から変だけど。「どんな？」

「子供産んでくれないかって。それがライギョのためになるんだって」

「……ええ？」

嘘でしょう？

「いや、そんなの口実だって。やっぱりただのゴミ学生だよ」

「まあライギョなんですけどね」

「………」

あーもう解らん。全然解らん。

しかし軽沢は本気だったらしく、しきりに同じ事を亜子ちゃんにせがんできたのだという。そらそうだろう。

でも相手はライギョだ。ライギョじゃなくてもどうかと思うが、そんなわけの解らん理由を立ててくる相手なんかなおさらごめんだ。さすがの亜子ちゃんも引いて、軽沢を強く避けるようになった。

しかし軽沢は諦めず、通学路で亜子ちゃんを待ち伏せしたりするようになった。暇な大学生だ。なんでそこまでして亜子ちゃんにこだわるんだろう？　それもライギョ的な何かが関わってきてのことなんだろうか？　……解らないが、あんまりしつこい態度にいよいよ嫌気がさして、ついに亜子ちゃんは軽沢に話をつけに行ったそうだ。軽沢の下宿まで。直々に。

「そんなの危なくない？」

「うん。そしたらなんか閉じ込められそうになったから、隙見て逃げてきたんです」

……話が急に物騒味を増した。

「警察行った？　行ったほうがいいよ。行かなきゃ駄目だよ」

「うん。でもまあライギョですから」

そうだねライギョに法律は通用しないよね……じゃない。ライギョだろうが人間だろうが犯罪は犯罪だ。未成年者略取？　監禁？　とにかく何かに引っかかることは間違いない。

しかし私は交番へ寄ることもなく、亜子ちゃんを家まで送り届けてそのまま帰ってきた。亜子ちゃんが何もしてくれるなと言ったのだ。それを大人しく聞き入れる私もどうかと思ったが、実際できることは何もなかった。ここまでわけがわからんものは、さすがに私も要領の摑みようがない。

仕事の合間に、私はライギョのことを調べてみる。タイワンドジョウ、カムルチーなどの記事をいくつか読んだが、生態や釣り方について詳しくなっただけだった。繁殖期が夏だということは初めて知ったけれど、まあ大した情報にはならないだろう。締まった白身は淡泊でおいしいが、寄生虫には注意しなければいけない。これも関係ない。

異類婚姻譚についても軽く調べる。鶴が有名だが、他にも結構種類があって、犬、狐、馬、猪、鹿……変わったものでは蛤、蟹、亀、蜘蛛など。だがライギョは見つからなかった。近いもので魚女房というのがあるそうだが、たぶんライギョではない。物語になっているのはどれも昔からなじみのある生き物ばかりで、ライギョが持ち込まれたのは百年かそれぐらい前のことだ。昔話になるにはまだちょっと日が浅いのかもしれない。

しかし昔話に出てくる動物たちに比べて、ライギョはずっと身近な生き物だ。動物園以外で鶴を見るのはなかなか難しいが、ライギョはそのへんの池に行けば会える。なら現代においては鶴が恩返しに来るよりライギョに迫られる方がずっとあり得る話なのかもしれない。……そんなことがあればの話だけど。

近所の溜め池にもライギョはいるみたいで、ルアーで釣ることができるらしい。

……。

次の休日、私は釣具屋で安い竿のセットを買って溜め池に行く。入り口には「あぶない！」という赤文字と溺れる子供が描かれた看板が立っていたが、まあ大丈夫だろう。

使うのは餌ではなく小魚型のルアーだ。生きたカエルやミミズでもいいらしいが、さすがにちょっと気持ち悪い。糸の先にルアーを結んで、見よう見まねで竿を振る。

リールから糸が勢いよく出て、ルアーが着水する。

リールを巻くと、ルアーが水中で細かく振動しているのが糸を通して伝わってくる。

その動きがまるで生きた小魚のように見えて、魚は騙されて食いついてしまうのだ。手応えを感じて竿を立てるが、藻に引っかかっただけだったようで、戻ってきたルアーには小さな植物の切れっ端がついていた。

再び投げる。さっきよりもよく飛んだ。今度はリールを巻く速度に強弱を付ける。竿先を左右に振ったりもする。そうしたほうがより小魚っぽく見えるだろう。

また手応えがある。しかし先ほどのように重いだけではなく、何かが暴れているような激しい動きを感じる。私は急いでリールを巻く。ルアーが水中を物凄い速さで戻ってきて、食いついていた魚が護岸ブロックに打ち上がる。緑色の鱗。とげとげした鰭。平べったい体。ブラックバスだった。

暴れる魚を糸を引っ張って持ち上げ、ラジオペンチで針を外す。そのためには口のあたりを指で摑まねばならなかったが、針だけつまんで振り回すのも気の毒だ。狙った獲物ではなかったけれど、初めてにしてはいい滑り出しだ。まあこれくらいは軽い。

しばらくそこで竿を振り、もう一匹バスを釣ってから場所を変える。ライギョは植物が生い茂ったところを好むということだ。張り出した木の下を狙ってルアーを投げるとすぐにあたりがあるが、これもブラックバスだった。

いい大人が溜め池でルアー釣りなんて……と若干馬鹿にしていたが、やってみると案外面白いものだ。いろいろ工夫ができるのも楽しい。遠くへ飛ばすだけでなく、短く糸を出して水際を泳がせたり、水面から出た杭の近くを攻めたり、狙う水深を変えたりして、私は立て続けにブラックバスを釣る。引きを楽しむ余裕も出てくる。

そうして池の周りを半周ほどするが、しかし一向にライギョは釣れない。ライギョ用とあったでかいカエルのルアーを使ってみたが、釣れたのはでかいブラックバスだった。いくら釣っても上がってくるのはバスばっかりで、またしても食いついてきた一匹を私は黙々と巻き上げ、事務的に針を外して池に戻す。正直ちょっと飽きてきた。

「釣れますか」

不意に声をかけられて、私は声を上げそうになる。堪えて振り向くと、後ろに男が立っていた。釣り竿を持っているでも犬を連れているでもない男は、後ろ手を組んで微かに笑っている。

「……ぼちぼちです」

言って、私は竿を振る。

「上手ですね」

男が言う。私は「いやあ……」と薄ら笑いを作る。ずいぶん若く見えるが、池の持ち主だろうか？　それとも管理している市の職員とか？　この池は釣り禁止だったのだろうか。しかし男は注意するでもなく、私がルアーを投げるのを静かに見ている。

またあたりがある。リールを巻くと、やはりブラックバスが上がってきた。慣れた手つきで針を外し、池に返す。

「やりますね。ずいぶんされてるんですか？」

「まあ」私はいい加減に答える。

すると男がへらへらしながら言う。「本当はブラックバスって、殺さないといけないんですよ。外来魚だから、池に戻さずに駆除するんです」

「あー……そうみたいですね」

知ってはいたが、むやみに殺すのはやはり気が進まなかったのだ。「すみません」

「いや、僕はいいんですけど。魚は悪くありませんからね。勝手に連れてこられたのに、外来種とか呼ばれて殺されるのは気の毒ですから」

「……そうですね」

ルアーを投げる。何なんだこいつ？　さっさとどっかに行ってほしい。

「でもこのあたりも池が減って、魚の住み処が少なくなってるそうですよ。昔はもっとたくさんあったみたいですけど。こないだも戸亀《とがめ》の溜め池が埋められて宅地になったでしょう。外来種を減らすためには人間が増えればいいんですね。外来種以外も死にますけど」

「あはは……」

なんだか気持ち悪いから場所を変えようかと思って次の場所を探していると、群生する葦の間に私は細長い影を見つける。目を凝らす。黒っぽい体にうっすらと模様が見えた。

やや興奮しながら、私はカエルのルアーを投げる。相変わらず男がそばにいたが、それどころではない。茂みから少し離れたところに着水させて、鼻先を掠めるように泳がせる。

すると魚影が動く。カエルの後を追うように茂みを出て、ゆっくりと水面に近づいてくる。やっぱりライギョだ。私はカエルの動きを緩めて、いかにもカエルらしく見えそうな動きを付ける。

すると水面を乱してライギョがカエルに襲いかかる。私は竿を立てて、針をライギョの口に食い込ませる……が、ルアーだけが水面を跳ねた。急ぎすぎたらしい。幸いライギョは逃げもせず、同じあたりをゆっくり泳いでいる。私は再び鼻先を狙ってルアーを投げる。また食いつく。しかし糸を引くと、やはりカエルだけが泳いで戻ってくる。

何度かそれを繰り返すが、ライギョは一向に針に乗らない。興奮もだんだん冷めてきて、よく見るとどうもライギョは狩りがあまり上手じゃないようだ。威勢よく攻撃してくる割には、ほとんど止まっているルアーでもうまく咥えられずに取り逃がす。ルアーがでかすぎたこともあるかもしれないが、何度も襲われながら暢気に泳ぎ続けるカエルを不審に思わないのも含めて、なんともどんくさい奴だ。私はいらいらし始める。蛇のような模様がはっきり見えるところまで近づいているのに、ライギョはまたカエルを食い損ねる。

ようやくカエルを咥えたのを確認して、私はさらに少し待つ。そして竿を立てる。重い手応えがあって、途端に水中でライギョが体をよじる。竿をしゃくってリールを巻く。ライギョが沖の方へ体を向ける。

途端、鈍い音がして、竿が根元から折れた。

……やっぱり二千円のサビキ竿じゃ駄目だったか！

とっさに糸を摑んで引っ張ろうとするが、ナイロンのテグスは指の中で滑る。そうするうちにも糸は出てゆく。ライギョはもうかなり沖の方へ逃げている。

わたわたしているうちに手応えは弱くなり、巻き取ってみると糸が途中で千切られていた。カエルのルアーはそのまま連れ去られてしまったらしい。

いつの間にか男はいなくなっていて、私はようやく安心するが、これ以上はどうしようもない。折れた竿を持って池から引き上げた。


日曜日、私は久しぶりに宝川家を訪れた。念のために事前に連絡を入れておいてから、学生時代は自転車で走っていた道を通り、近くのコインパーキングに車を入れる。一応菓子折の用意もしてきた。

宝川家のリビングは通っていた頃とあまり変わっていなかった。壁に貼られていた習字とか表彰状の類はなくなっているが、家具の配置なんかは昔のままだ。

「久しぶり。立派になったね」

きちんと五年分年齢を重ねたお母さんが、居間で紅茶を淹れてくれた。

「いきなりお邪魔してすみません。お元気そうで」

私は持ってきた菓子折を押し出す。「亜子ちゃんは今どうしてます？」

「部屋にいるけど。呼ぼうか？」

「そうですか。いや、後で」

私は少し安心して、紅茶を一口飲む。

「ごめんねこの間は。亜子が迷惑かけたみたいで」

「……それは全然構わないんですけど」

すると宝川さんは溜息をついた。

「佳乃ちゃんだったからよかったけど、変な人だったら大変だったわ」

その変な人のせいで面倒な事になっているらしいのだが……亜子ちゃんはお母さんにその話をしていないんだろうか。

「最近はちゃんと話もしてくれなくて。こないだのこともライギョがどうとか、わけわかんないこと言って煙に巻いて」

「……ライギョですか」

どうやら亜子ちゃんは正直に話したらしい。だがお母さんにはそれが理解できなかったのだろう。無理もない。あまりにも突拍子もない話を理解するのはただ事ではないのだ。自分の範疇の外にあるものには、触れることすら難しいのだ。

しかし宝川さんはずいぶん思い違いをしているようで、

「親を馬鹿にしてるんです。小さい頃はいい子だったのに……中学に上がる前くらいからなんだか急に気難しくなって」

うん？と思う。なんだか私が余計なことを吹き込んだみたいな言い方だな？でもそれはたぶん私の考えすぎだろう。おばさんはそんなことを言っているのではない。少なくとも言葉の上では一言も言っていない。

「まあ微妙な年頃ですからね」

私は当たり障りのない相槌を打つ。

ぽつぽつ喋りながら紅茶を飲み干して、私は二階の亜子ちゃんの部屋に上がる。部屋の場所も変わらず、やはり内装もほとんど同じだった。

私たちは五年前にしていたのと同じように、部屋の床に将棋盤を置いて向かい合った。でも亜子ちゃんは高校生になっていて、私は学生ではなく会社員だ。

王と先手をもらった私は、とりあえず飛車を横に動かした。

「この前はありがとうございました」

言って、亜子ちゃんは銀を進める。

「お母さん心配してたよ」歩を動かす。

「はい。だいぶ怒られました」

「……あれから軽沢から連絡とかあった？」

「何回か電話ありましたけど、もう着信拒否にしました」

「……なんて言ってた？」

「同じこと」

私は池で見たライギョを思い出す。何度も失敗しながらも懲りずに食らいついてくるどんくさい魚。埋め立てで住む池がなくなりつつあるらしいライギョ——軽沢は、亜子ちゃんに子供を産んでもらうことで人間社会に紛れ込もうとしているのだろうか？　その場として大学のサークルというのは……まあどうあれ、亜子ちゃんを選ぶあたりはなかなか侮れない。しかしライギョの半魚人……あまり気持ちのいいものじゃない。

「……なんにしても、もう付き合わないほうがいいよ。絶対」

「そうですね。でも向こうが引き下がればいいんですが」

そして私の歩を取る。私は角を中途半端に動かす。

「やっぱり警察に言うのが一番だと思うけどな」

「でもまだ何かされたわけじゃないですし」

「こないだ監禁されかかったんでしょ？　何かされてからじゃ遅いんだよ」

「そうですけど、とぼけられたらそこまでですよ。向こうもそこまで馬鹿じゃないですから。それに警察行くにしても、どうやって説明すればいいんだって話じゃないですか。ライギョの大学生につきまとわれるって言うんですか？」

「……普通につきまとわれてるってだけ言えば充分だよ」

なんだろう。亜子ちゃんからはどこか面白がっているような気配がする。迷惑なのも本当なのだろうが、この事態を少し楽しんでいるような雰囲気がある。そのせいで事の重さを量り違えているような気がする。もっと深刻になって当たり前のはずなのに、好奇心がそれを曇らせているのかもしれない。

私は桂馬を動かしたが、それは亜子ちゃんの角によってあっさり取られてしまった。早くも私は戦略を見失っている。そうしているうちにも亜子ちゃんは着実に陣地を固めていって、私の駒を一つ一つ落としてゆく。

「こないだは訊きそびれましたけど、佳乃さんって今社会人なんですよね？」

私の飛車を討ち取りながら亜子ちゃんが言う。

「そうだよ。二年目」

「何の仕事？」

「塾で教えてるよ」

「え。あの塾に就職したって事ですか？」

「まあね」

「へー……何で塾の先生になろうと思ったんです？」

「うん？　まあ自分に合ってると思ったから」

「どうですか仕事は？　楽しい？」

「楽しいばっかりじゃないけど、まあやりがいはあるよ。給料もいいし」

車も買えたし。すると亜子ちゃんが笑う。

「……佳乃さんって、結構普通の人だったんですね。いろんな事知ってるし、もっと凄い人かと思ってました」

「あはは。それに気づくのが大人になるってことだよ」

知ったようなことを言って動かした香車は、一瞬で亜子ちゃんの手に落ちた。

……一体私は何がしたいのだろう？　と思う。どう考えてもこのところの行動はちょっと変だ。たまたま再会した昔の教え子の意味不明な話を信じ、外来種と昔話を真剣に調べて釣りにまで行って、縁が切れたみたいな相手の家に乗り込んでまでいる。要領を得ない。的を射ていない。人生相談に乗るのは塾講師のやることではない。私は勉強を教えるのが仕事だ。そういう事が面倒だったから、私は講師になったんじゃなかったのか？

やがて丸裸になった私の王は、大軍勢に取り囲まれてあっけなく命を散らした。

二日後の晩、電話が鳴る。画面には登録したばかりの名前が表示されている。宝川亜子。

「佳乃さん？　どうしよう。軽沢が」

聞いて、私はすぐに椅子から立ち上がった。

「何？　どうしたの？」

「わかんない。でも完全におかしかった」

「……今どこ？」

「駅。トイレの中」

携帯電話を耳に押し当てながら、私は鞄を摑んで教室から出る。

「すぐ行くから」

わかった、と返事を聞いて通話を切り、車をぶっ飛ばして駅前に向かう。ロータリーに車を駐めて電話を鳴らすと、亜子ちゃんが公衆トイレから走って出てきた。ロックを外して助手席に迎え入れる。暗がりでもわかるほど亜子ちゃんは青ざめている。

「何があったの？」

「……晩ご飯食べてたら、家に軽沢が来て」

気づいたときには、軽沢はリビングの入り口に立っていたんだという。ついこの前見たところだから、私はかなりはっきりとその場面を想像できる。

「亜子」

軽沢は言った。目つきが尋常ではなかった。

お母さんが電話に飛びついた。「警察……」そのまま電話台に突っ込んだ。軽沢が後ろから蹴ったのだ。お母さんは電話台を砕いて、そのまま動かなくなった。

亜子ちゃんはとっさに机の皿を投げた。皿は鰺の南蛮漬けをまき散らしながら円盤のように飛んで軽沢の顔面を直撃した。骨と陶器がぶつかる鈍い音がして、床に落ちた皿がばらばらになった。

手当たり次第に食器を投げつけ、軽沢がちょっとひるんだところで、亜子ちゃんは脇を通り抜けてリビングから出た。そして玄関に向かう。玄関にはラケットが置いてあった。

リビングにとって返すと、ちょうど軽沢が出て来ようとするところだった。亜子ちゃんはその頭にラケットを振り下ろした。球を打つガットの面ではなく、フレームを立てるように。それは亜子ちゃんが普段使っているカーボンのものではなく、中学生の時に初めて買ったアルミ製のラケットだった。手が痺れるような衝撃があって、アルミのフレームが大きく歪んだ。亜子ちゃんはそれをもう一度振り下ろした。……

「……死んだの？」

「知らない。見てない。すぐ逃げたから」

暴漢に皿とラケットで立ち向かうなんて胆が据わった話だと思うが、亜子ちゃんはそれなりに覚悟はしていたのかもしれない。ある意味想定内の出来事だったのかもしれない。でも母親まで巻き込まれたことについてはどうだろう？

「とりあえず警察に電話するね」

私が言うと、亜子ちゃんは大人しく頷いた。私は携帯電話を耳に当て、係の人に宝川家の場所と大体の状況を伝える。救急車の手配もしてくれるだろう。

電話を終えてから、私は亜子ちゃんに言う。「とりあえず家に戻ろっか」

お母さんのことも心配だし、軽沢がもしくたばっているなら、ちゃんと説明もしなければいけない。亜子ちゃんはまた小さく頷く。私はキーを回してヘッドライトを付ける。

その光の中に男が浮かび上がる。

亜子ちゃんが声を漏らす。「あ。軽沢」

ええ？

ハンドルを目一杯切ってアクセルを踏むと、タイヤが軋って車が反転する。シートベルトをしていなかった亜子ちゃんが窓に頭をぶつけたらしいが、謝っている暇はない。

信号のない道を選んでいたら、車はいつの間にか峠に入っていた。他に車通りがないから速度はいくらでも出せるが、この先はしばらく町がない。私はガソリンの残量を確認する。あんまり燃費のいい車ではない。

「来てる?」

私が言うと、助手席の亜子ちゃんが後ろを振り返る。「たぶん大丈夫です……暗くて見えませんけど」

暗いなら大丈夫だ。車が追って来ていればライトですぐに解る。ルームミラーがあるんだから自分で見ればいいのだが、暗い峠を飛ばしている私にそんな余裕はない。ヘッドライトに照らされたところにだけ道が浮かび上がって、通り過ぎると消えていく。

私はライトに照らされた男の姿を思い出す。薄手のコートを着た痩せ型の男。軽沢。なんだか中途半端な大学生丸出しで、なんで亜子ちゃんはあんなのに興味を持ったんだ? と思うが、そうじゃない。あれはこないだ池の畔で話しかけてきた男だった。

同じようにへらへらしてはいたが、光を反射する両目に白目はなかった。魚のように黒い大きな瞳。さすがにあれを見れば、相手が人間じゃないことくらい解る。

道はずいぶんな上り坂で、中古のボロエンジンは苦しそうに唸った。燃費どころの話ではない。あまり無茶をしたらエンジン自体が壊れるかもしれない。

「どこ行くんですか？」

亜子ちゃんが言う。どこに行くんだろう？　これからどこに行けばいいんだろう？　化け物だか何だかわからないライギョから逃げるにはどうすればいい？

依然山道は続く。ガードレールを突き破って谷に落っこちる想像を振り払いながら、私は必死にハンドルを握る。

やがて前方に小さな光が見えた。でもそれは町ではない。ダムだ。流れを遮る堤体の上に点々と明かりが並んでいる。地図上ではずいぶん山奥にあったはずだが……。

ダムのすぐそばまで来たとき、突然車の前に軽沢が立ちはだかる。

何で？　一本道のはずなのに？　というかこっちは車なのに？

などと考えている暇はない。このままだと轢いてしまう！　私はブレーキを踏み込む。

すり切れたタイヤが激しく鳴って、車は軽沢のぎりぎり手前でなんとか止まる。

「なんで?」

亜子ちゃんが言う。それが何に対しての言葉なのかはわからない。

近寄ってきた軽沢が、運転手側のガラスをこんこん叩く。

「降りて?」

私はアクセルを踏もうかと思うが、やめる。同じ事だ。逃げたところで軽沢はまた私たちの前に回り込むだろう。

大人しく車から出ると、「あんた誰?」と軽沢が言う。この前とはうってかわった乱暴な口調だった。私の事は覚えていないらしい。

「……家庭教師です」

私は間の抜けた返事をする。

「あっそ。何してんの?」

「あなたこそ何してるんですか」

「え? 繁殖。あはは」

その目はやっぱり魚みたいで、唇から覗く歯は小さく尖っている。

「……もう警察に連絡しましたから」

「いいよ別に。関係ないし」

「……」

完全に話が通じない。もともとそんな相手ではないのだ。私は覚悟を決める。

「あの、ちょっといいですか」

私が手招きをすると、軽沢が一歩近づいてくる。私は素早く左足に体重をかけ、それを軸に腰をひねる。右足を振って軽沢の顔面めがけて回し蹴りを放つ。私はちょっとだけ空手をやっていたこともあるのだ！　黄色でやめたけど！

蹴りは軽沢の肩に当たった。思ったより足が上がらなかったのだ。でもどっちみち同じ事だった。細身の軽沢は蹴ってみるとメチャクチャ重たかった。筋肉の塊を蹴ってるみたいだ。私の中途半端な蹴りは当然効かず、どころか向こう脛を打って痛い。さらにもう一発、今度は脇腹のあたりを狙って蹴りを出すと、また当たり損ねて足首が変な音を立てる。

蹴りを諦めて殴りかかると、その前に軽沢が私の顔を張った。捻《ひね》りのないビンタだ。だがそれがとんでもなく重い。頭ごと首がぐるんと回ってごきっと音がする。あ。そこへ腹にもう一発。これもシンプルな正面蹴り。だがやはり重く、私は体をくの字に折って後ろに倒れる。アスファルトに頭をいやというほどぶつける。いろんな骨がやかましい音を立てる。顔を張られて腹を蹴られて頭まで打った私は完全に闘志を失う。殺される、と思う。ライギョなんかに。私はひっくり返ったまま、根元から折れた竿を思い出す。

しかし軽沢は追撃を加えてこず、「もういいか？　死にたいか？」

怖い言葉を……。でも脅しで言っているのではない。こいつは私を殺すことができる。黄帯にもそのくらいはわかる。

いつの間にか亜子ちゃんが車から降りてきている。この前久しぶりに会ったときと同じ、どうしていいかわからなくてとりあえず微笑んでいるみたいな顔で私を見下ろしている。鼻血とか出てないかな？　ごめんね情けない先生で……。亜子ちゃんは何も言わず、やがて軽沢の方へ歩いて行く。

私にはもう何もできない。ライギョのやっつけ方なんか知らん。そんなもんが解っていれば外来種問題なんかとっくに解決されているのだ……というのは関係がないけど、たぶんどれほど頑張ったところで私の攻撃は通用しないだろう。死ぬまで殴り返されるのがおちだ。殴り殺されるのがおちだ。

「帰れ。もう来んなよ。次は殺すぞ」

　軽沢が言う。

　私は立ち上がって顔をさする。歯を噛みしめると顎の関節が刺すように痛む。首を動かすと頭がもげそうだ。

　……亜子ちゃんはもう私の手を離れたのだ。私の手の届かないところの人になってしまったのだ。大気圏外へ出たシャトルのことは補助ロケットにはどうしようもない。いや、そもそも亜子ちゃんは私の補助なんか必要としていなかったのだ。もともと住む世界が違ったのだ。

　私は車に乗り込んでハンドルを握る。体が痛いしなんだか疲れた。早く家に帰りたい。時刻はまだ早かったが、これなら残業の方がよっぽど楽だ。早く帰って眠りたい。

　キーを回す。

　去年の暮れ頃、私は追坂さんと食事をした。受験前の詰め込みにやって来る生徒の対応に追われて、教室を出た頃にはやはり日付が変わっていた。私たちは深夜営業の居酒屋に入って適当な食べ物を注文した。追坂さんはお酒も飲んだ。

それまで何の話をしていたか、私ははっきり覚えていない。でもまあたぶん保護者の悪口とか上司への悪態とか、そんなありきたりなことだったろう。追坂さんはまた「よその子供に勉強を教えるのは……」といつものように繰り返していたかもしれない。

しかし何が気にくわなかったのか、追坂さんは徐々につっかかるような口調になっていった。私のちょっとした言葉尻を論《あげつら》うようなことを始めた。

そしてついにこんなことを言った。

「佳乃ちゃんって、ちょくちょく自分のこと器用貧乏とか言うけど、やめたほうがいいよ。アホみたいだから」

いきなり始まった罵倒に私は面食らった。

「何でもできたとか言ってるけど、それって自分のできることしかやんなかっただけなんじゃない？　だって佳乃ちゃんが言う『何でも』って、結構レベル低い話だよね。勉強とか、ちょっとしたスポーツとか。そんなのって別に誰でもできることだからね。何か図抜けてる人ってのはその上で一つ選んだんじゃないの？　器用貧乏とか言ってる人はただ選ばなかっただけで、そういうのは器用貧乏じゃなくて八方美人って言うんだよ」

追坂さんの口ぶりはあえて鋭い言葉を選んでいるようだった。

「じゃあどうやって選べばよかったんですかね」

売り言葉に買い言葉みたいなことを言うと、

「そんなこと知らないよ。自分でやんなよ」

「……まあそりゃそうですね」

私は追坂さんから視線を外した。

「佳乃ちゃんは頑張るのが面倒なんじゃなくて怖かったんじゃない？　あはは。だよね。だって他を捨ててまで選んだ一つが全然ダメダメだったらしんどいもんね。だったら平均点かき集めといた方がよっぽど楽だもんね」

「……そうかもですね」

私は無理矢理笑って答えた。

すると追坂さんは私の顔を覗き込むように見て、

「あ。もしかして怒ってる？」

「……怒ってませんよ」

私が言うと、

「あはは。そういうところだよ」

意地悪そうに笑った。いよいよ私は沈黙した。

追坂さんは酔っていた。しかもかなり質の悪い酔い方だ。だが言っているのはもっともなことだった。正論だ。なのに、人から言われるとなんでこうも腹が立つんだろう？

口を開くと喧嘩になりそうなので黙っていると、また追坂さんが言った。

「ミミズを逃がさんようにする方法って知ってる？」

「……何の話ですか？」

塾で教えている癖に追坂さんの話は順番がメチャクチャで、その上あっちこっちに飛び回って、結局何が言いたいのか解りにくいことがよくあった。

追坂さんは口の中でげっぷを殺してから、「魚釣りの餌に、ミミズ使うでしょ」

「追坂さんって釣りが趣味なんですか」

「昔はね。今はそんな暇ないし」

苦い顔で言って、追坂さんはエビチリを食べた。

「あれって店でも買えるんだけど、本当はそのへんにいるミミズを捕まえた方がいいのよ。野生の方が匂いも強くて、よく釣れるから。まあ種類が違うらしいんだけど」

「……酔ってますよね。水もらいますか？」

「いいから。聞きなよ」

私は曖昧に頷いた。

「だから釣りに行く何日か前から集めといて、バケツとかに土入れて飼っとくわけ。でもあいつらってすんごい逃げるのね。どうやってるのか知らないけど、結構縁の高いバケツでも這い上がって。外に出ても干からびて死ぬのがオチなんだけどね」

追坂さんは指でミミズの動きを表現した。

「そこで問題です。ミミズを逃がさんようにするにはどうすればいいでしょう？」

「はあ」

私はちょっと考えるふりをしてから、「バケツに蓋すりゃいいんじゃないですか」

するとと追坂さんは嬉しそうに笑って、

「ぶー。ぶぶー。ぶひぶひ」

「……」

私は烏龍茶を口に含んだ。

「どうするんです？」

「んふふ。あのね、バケツの中を天国にするんだよ。腐葉土入れて湿らせて、餌もたっぷり用意して。で、この土より住みやすい場所は他にないってミミズに思わせるわけ」

どこを見てるんだかわからない表情のまま、追坂さんは続けた。

「そしたらその最高ふかふかベッドにミミズはメロメロのパーになって、そもそも逃げようって気すら起こさないようになるの。そこにいたら釣り餌にされて刺し殺されるのにね。あ、針に刺されるときのミミズってどんなか知ってる？　すごいよー。指でつまんだ時はだらってしてるんだけど、先っぽが当たった瞬間にメチャクチャ暴れ始めて、傷から黄色くて臭い汁まき散らして、ズブズブって……」

と、いかにミミズがむごたらしく死んでゆくか説明しだした追坂さんを無視して、私は皿に残った料理を片付け始めた。ここまで酔ったらもう飲めないだろう。ほどなくして人事不省に陥った追坂さんを車に乗せ、部屋まで送り届けてから、私は自分の家へ帰った。うっすら不機嫌だった私は、なんで追坂さんがそんな話をしたのかをちゃんと考えなかった。

追坂さんが職場を去ったのはその次の日のことだ。私が出勤した時にはすでに机は綺麗に片付けられていて、異様な筆圧で書かれた退職届が置かれてあった。あそこまで酔っぱらっていた人がどうしてそんなに早起きできたのか、私はつくづく不思議だった。

エンジンを起動させた私はシートベルトを付けずにブレーキを踏んで、シフトレバーを下げる。ドライブ。そしてライトをハイビームにする。ダムの駐車場の方へ歩いて行った軽沢と亜子ちゃんに背を向けるように車を発進させ、しばらく行ったところで車を反転させる。そしてアクセルを踏む。

私は何をしてるのだろう？　わからん。亜子ちゃんを助けることで自分を安心させようとしてるのだろうか？　かつて打ち上げた、しかし軌道を逸れてしまったシャトルを再び宇宙へ送り出してやることで、自分が優秀な補助ロケットだということを証明しようとしているんだろうか？　臆病なミミズだということを否定しようとしてるんだろうか？

そうかもしれない。でも違う。私は確かに、ミミズではない。でもロケットでもないのだ。亜子ちゃんはスペースシャトルなんかでもないし、だから軌道を逸れたわけでもない。全部が的を外れている。くだらん。馬鹿なのか？　補助ロケットなどという大げさなたとえを持ち出したのは、自分で外に出るのを怖がっていただけじゃないのか？

痺れる足でアクセルを床まで踏み込む。エンジンが吹っ飛びそうなほど大げさに唸って、ペチャンコのシートに体が食い込む。速度はどれくらい出ているんだろうと思うが、メーターを確認する暇はない。私がこれまで出したことのない速さであることは確かだ。

車が駐車場に突っ込むと、音に気づいた軽沢が振り返る。亜子ちゃんも。二人は並んで立ち止まっているが、先に勘付いたらしい亜子ちゃんが軽沢より一瞬早く体を動かす。やっぱり賢い子だ。

ライトの中の軽沢が迫る。

衝撃と音があって、フロントガラスに罅が入った。私はハンドルに顔をぶつけそうになるが、腕を踏ん張ってなんとか耐える。ふと見るとすぐガラス越しに軽沢の顔。黒い瞳が私を睨み、横に開かれた鋭い歯の間から血の筋が一本垂れている。……わあ。本当にライギョみたい。

ボンネットに軽沢を乗せたまま、しかし私はアクセルを緩めない。ハンドルを握って右足を突っ張り続ける。薄い車体はガタガタ震えていて、開いた窓から空気を切り裂く音が絶え間なく聞こえる。

軽沢の向こうに防護柵が迫ったのを見て、私は手探りでドアを開ける。ぎりぎりまでアクセルを踏んでおいて、なんとか車外に飛び出す。

一瞬後に車が柵を突き破るものすごい音がする。エンジンの断末魔に混じって「おおお」と、おそらく軽沢の叫び声が聞こえてくるが、まもなく地面に落下した私は転がるのに忙しくてそれどころではない。

柵の柱に腰を打ち付けて背骨が折れるかと思ったが、おかげでなんとか止まることができた。だが車はそのまま飛んでいったらしく、闇の中から波の音が聞こえてくるのはダムに突っ込んだ車が水面を乱しているからだろう。

「……なにしてんすか……」

いつの間にか近寄ってきていた亜子ちゃんが言う。

「……ライギョ退治」

腰を押さえながら私は答える。

ぶくぶく聞こえていた音もやがて止んで、あたりにはまた静けさが戻ってくる。完全に水没したらしい。……さよなら私のミニカ。一年足らずの付き合いだったけど、一緒に走った通勤路は忘れない。

亜子ちゃんが言う。「これって殺人になるんですかね」

「そうかもね」

私は腕をさする。飛び降りる時にドアの縁で擦ったみたいだ。暗くて確認できないけれど、たぶん赤く腫れているんだろう。

「その時は、ちゃんと証言してね。私を追いかけ回してた頭おかしいアホを佳乃さんが撃退してくれたんだって。こうしなかったらこっちがやられてたかもって」

「……まあ、できる範囲で」

亜子ちゃんがそう言うのが、私はちょっとおかしい。

車を失った私たちはそのままダムべりにいたが、軽沢が再び現れることはなかった。いくら瞬間移動じみたことができる異形でも、車で撥《は》ねればさすがに死ぬのだろうか。しかし明るくなった水面に死体などは浮いておらず、もちろんミニカの姿もない。もろともダム底に沈んだか、あるいはミニカだけが沈んでいるのかは調べようもなかった。渇水になったら現れるかもしれないけど。

明け方になって、私たちは事務所みたいなところから出てきたダムの職員に発見された。いくら規模が小さいとはいえダムなのだ。五時で閉まるわけじゃない。水面を渡る風を避けようと藪陰にしゃがんで震えていた私たちをおじさんは事務所に入れてくれて、当直明けの帰宅ついでに町まで送ってくれた。

もしかして昨晩の大騒ぎを知られてるんじゃないか？　と私は少し心配したが、幸いおじさんは何も気づいていなかったようだ。車もない私たちがこんなところにいるのを訝しがってはいたようだが、痣と傷まみれの私を見て「ふーむ……」と何か察したように唸り、「あれやで、ちゃんと警察行くんやで」

「わかってます」

私は言ったが……まさかねえ？　この傷はライギョにしばかれたんだと、車がないのはそいつを撥ねて一緒にダムに沈めたからだと、そんな話を誰が信用してくれる？……などと、どうやら私はこの事態を若干面白がっているらしく、今なら亜子ちゃんの気持ちがちょっとはわかるような気がした。

亜子ちゃんのお母さんは無事だった。いや、無事ってことは少しもなかったのだろうが、大事には至らなかった。頭にたんこぶができて首を少々痛めたようだったが、命の方は何ともなかった。ダムの一件をうやむやにするため私と亜子ちゃんが口裏を合わせたことで手がかりが少なく、事件は通り魔的な襲撃として処理されつつあるらしい。私はその小さな記事を朝刊で読んでから役所に行って、ミニカの廃車手続きをした。車検証が一緒に沈んだので多少手間取ったが、なんとかうまく行った。

私はちょくちょく亜子ちゃんと会うようになる。相変わらず賢い亜子ちゃんに私の指導は必要ないが、それでも宝川家に行ってはお母さんの首の具合を訊き、亜子ちゃんにバックギャモンでボコボコにされる。休日に七つ年下の子と遊んでるなんてどうかしてるかなという気はしないでもないが、どちらかというと私が遊んでもらっているような具合だ。亜子ちゃんはボードゲームにめっきり詳しくなっていて、私は聞いたこともないドイツの将棋みたいなものを教わる。ルールを覚えるのは早いが、亜子ちゃんにはやはり勝てない。

あれ以来、軽沢は亜子ちゃんの前に姿を見せていないそうだ。軽沢がいなくなったことが大学で問題になって私のところへ警察が来たら、その時は観念して全部話そうと思っていたが、今のところそういうこともない。やっぱりあそこで死んだのか、あるいは亜子ちゃんを諦めてどこかへ行ったかのどちらかだろう。

しかしどういうわけだか、最近あのダムでライギョが見られるようになったのだという。外来種を勝手に放してけしからんという人と、釣り場が増えて嬉しいという人の記事をそれぞれ読んで、私は部屋の隅にあるリールとルアーを見る。再び竿を買ってまで釣りに行くことはたぶんないが、まあ元気でやってほしいと思う。なんせ人に化けてまで新天地を目指した勇敢なライギョたちだ。溜め池に比べてだいぶ深いだろうダムの住み心地は私にはわからないが、いつ埋められるかもしれない場所よりはずっといいに違いない。

私は変わらず塾で働いている。四月になって新しく入ってきた子たちに要領よく勉強を教えてあげながら、深夜のコンビニで高校生に「補導されるよ」とか言って変な顔をされるどんくさい塾講師を続けている。忙しいけどその気になれば有休もちゃんと取れるし、給料もいいし……それに何より私に合った仕事だとしみじみ思う。亜子ちゃんには普通だと言われたが、やっぱりここは私の最高ふかふかベッドなのだ。

でも私は断崖に向かってアクセルを踏み込んだ感覚をはっきり覚えている。六五九ccエンジンの猛烈な唸りを覚えている。それを思い出すと、なんだかお腹の底の方がちりちりするような気がする。このままでいいんだろうか？　という焦りみたいなものを感じる。私はふかふかベッドにメロメロだが、しかしここにいたら死ぬこともまた知っているのだ。まあ実際に死ぬわけではないけれど……って、いかんいかん。ロケットとかミミズとかふかふかベッドとか、ごちゃごちゃ考えるのはもうやめだ。器用貧乏と言うのもなし。手に負える範囲のたとえ話で何でも解ったような気になるのはよくない。よくないかはどうあれ私はもうやらない。

……などと思いながら、しかし私は今日もやっぱり出勤して、いつものように子供たちを教えている。何事もなかったかのように普段通りの生活に戻って、焦りを抱えながら日々の安寧に身を任せている。……もしかしてミミズたちもそうなんじゃないだろうか？　新天地を求めて外へ飛び出すのはいいが、その結果干からびて死ぬのは、やっぱりちょっと怖いのだ。

（小説新潮12月号）

ミサイルマン

片瀬二郎

片瀬二郎（かたせ　にろう）
2001年『スリル』でENIXエンターテインメントホラー大賞（小説部門長篇）
2011年『花と少年』で創元SF短編賞大森望賞

事務所や倉庫、作業場を何度もいったりきたりするまでもなかった。ンナホナの姿はどこにもなかった。欠勤だった。こともあろうにきょうを選んで。朝っぱらから社長の機嫌が悪かった理由がこれでわかった。〈外国人労働者雇用管理責任者〉の責任はまぬがれられそうになかった。

毎月5のつく日は納品があるので会社は戦場となる。それが期末、それもきょうみたいな年度末とくれば、ただの戦場じゃすまされない。それこそ製造部門のみならず、営業も総務も社長の親族までが駆り出され、全社一丸となって総力戦にのぞまないことには乗り越えられない。どんな理由であれひとり欠けるのも許されない。一丸の部分をこそ、社長はなにより大切にしている。外国人労働者とて例外じゃない。

さいしょからそんなのを知っているわけがないから、就労初日のオリエンテーションでは、〈外国人労働者雇用管理責任者〉にして専務でもある俊輔が（古参の正社員からは若と呼ばれることもある）、ちゃんと説明することになっている。それでも百人のうち百人が大げさにいっているんだと考える。〈外国人労働者雇用管理責任者〉としての二年あまりの経験から断言できる、たいていの外国人労働者は現実をわかっていない。納品日の戦場がどんなものなのか想像してみようともしないし、そのくせ、だれでもできるかんたんな仕事とか、教えられたことをただなぞるだけでステップアップできるキャリアなんてものを無邪気に信じていたりする。現実は厳しい、じっさいの戦場がそうであるように。だから毎年、配属されて何カ月もしないうちにほとんどが脱落する。

ンナホナは乗り切った。はじめての年度末だけじゃなく、あの、いまでこそ語り草ですませられる三十五週におよんだ連続休日出勤も、四連徹も、一カ月あたり二三四時間もの残業までぜんぶ、文句ひとついうことなく。あいつはだれよりもまじめで勤勉だった。二度めの年度末を迎えるにあたってもなんの心配もしていなかった。むしろ何カ月もまえから体調を万全にととのえて、当日は早朝、まだ暗いうちに出社して、段取りを確認し、定時に正社員が出社して指示するのを待つことなく、できることはなんでも率先してはじめているとばかり思っていた。それがまさかの欠勤とは。裏切られた気分だった。

倉庫のまえでチェンさんとチョイさんとチーさんが梱包作業をしているのを見つけた。この三人は出身国も年齢も性別すらちがうのに、寮の四人部屋でいっしょに暮らすうちに同じ感じに太ってきて、同じ美容室にいくので髪型も似た感じになり、同じ洋品店で着るものを買い、いまではちょっと見ただけじゃ区別がつかないくらいそっくりになっている。

四人部屋のもうひとりの同居人がンナホナだった。

「あっども、せんむぅ。こんちには」

チェンさんなのかチョイさんなのかチーさんなのかはともかく、いつも愛想のいいまんなかのひとりが顔を上げて笑いかけた。

重要な問題について訊いていることをわからせるために、俊輔はあいさつを返さなかった。

「ンナホナが見あたらないぞ？」

「あいつきょう休み。社長カンカンだな」

答えるあいだも右にいるチェンさんかチョイさんかチーさんから渡されるダンボールの中身を検品し、配置が気に入らなければちょっと手を入れ、蓋を閉じては左のチェンさんかチョイさんかチーさんに渡しつづけていた。作業台のわきには見るまにダンボールが積み上がり、それをすばしこい若手が何人も入れ替わり立ち替わり、聞きなれないかけ声でつぎつぎに大型トラックの荷台に運びこんでいる。

「熱でも出たのか?」

体調不良はなんのいいわけにもならない。それは一丸となることをなにより重要とする社風を学んでいればだれだって知っているはずだった。

「ちゃう」

「ちゃうちゃう」

「ちゃうちゃうちゃう」

いらだたしげに俊輔は片手をふった。「じゃ、なんなんだよ?」

梱包のガムテープを取り替えがてら、左のチェンさんかチョイさんかチーさんが答えた。「ラジオ聞いてたな」

「ラジオぉ?」

「そ。知らない言葉のやつ、たぶんあいつの国の」

おもて向き、ンナホナの出身国はネパールだった。じっさいはどこだったか、俊輔はすぐには思い出せない。あの、やけによくしゃべる斡旋業者がそんなことを教えてくれたかどうかも。いくら専務が兼務しているからといって、〈外国人労働者雇用管理責任者〉が、すべての作業者のほんとうの出身国を把握しなくちゃいけない決まりもなかった。

南アメリカかアフリカの東海岸か、それとも東南アジアの山奥か、日本と国交のない貧しく小さな国だった気がする（だからこそ、最低賃金をはるかに下まわる賃金で、規制をはるかに超えた時間、働かせることができる）。その国にもラジオ放送ができる設備があるとして、それを日本のラジオが受信できるとも思えない。

それはともかく、これで有罪が確定した。ラジオに夢中になるあまり、大切な日に大切な仕事を投げ出すなんて、懲戒処分でも飽き足らない重罪だった。社長のまえに引きずり出せば、即刻、無慈悲な制裁がくだされるだろう。

「会社には報告してんだろうな」

「ああ。それはシェーマッサンに」

そこで社屋に戻った。

発音がむずかしいからか、末松さんはたいていの外国人労働者たちにシェーマッサンと呼ばれている。面倒見がよくて慕われてもいる。正社員のなかでも数すくない独身の二十代女性とくれば、あいつらがへんな下心を抱くようになっても不思議じゃない。総務で経理を担当していて、人事はたまに手伝うくらいだから、〈外国人労働者雇用管理責任者〉と業務でちょくせつかかわることはほとんどない。俊輔が専務で社長の息子で次期社長なのを知らないはずがないのに、いつもよそよそしい態度なのはきっとそれが理由だった。このあいだの親睦会の三次会で、愛車のレクサスでひとり暮らしのアパートまで送ってやった見返りに、部屋で茶の一杯も飲ませろと、しつこくせがんだこととは断じて関係ない。関係あったとしてもあれから何日もたっている。俊輔のなかではとっくに時効が成立していた。

末松さんが総務のある一階の奥のデスクで、ひとりで留守番をしているのは知っていた。専務にして次期社長ともなると、二十五人いる正社員と八人のパートさんがいまどこでなにをしているかくらいは完璧に把握しているものだ。いまはほかの全員が納品に駆り出されているので、総務もふだんのおしゃべりが聞こえず閑散としていた。

だれにことわる必要もないので来客用のカウンターを大股にまわりこんで席に近づいた。末松さんはパソコンを打ちながら横目でようすをうかがっているみたいだった。

専務の訪問となれば、高卒の事務職が身がまえるのもとうぜんのことだった。

「やあ」

「どうも」

緊張しているからかいつにも増して他人行儀だった。これじゃ聞きたい話もまともに引き出すことはできない。せめて親睦会のときのフレンドリーな雰囲気にならないといけない。

「あのさ。ちょっと聞きたいんだけどさ」

「なんでしょう」

顔をこっちに向けてはいても、目はディスプレイのエクセルファイルからそらさず、慣れた手つきでテンキーから数字を入力していた。

「ンナホナの休むって連絡、よしこちゃんが受けたってほんと?」

口に出してしまってから末松さんの下の名前をまちがえていないか大急ぎで記憶と照合した。だいじょうぶだった。外国人労働者の出身国は把握していなくても、社員のフルネームくらい、専務にして次期社長ならぜんぶ記憶していてとうぜんだった。それが独身の二十代女性となればなおさらに。

末松さんの応答はそっけないくらい簡潔だった。エクセルの入金と出金のデータをチェックするのに忙しくて、次期社長に気をまわすよゆうもないらしい。

「そうですけど」

「あいつ、なんで休んでるの？」

チッ、と短く舌打ちして、手元の伝票に目をこらし、テンキーを叩いて入金金額を修正した（けたがふたつばかり多かったらしい）。

さらに伝票をめくり、さらに数字を修正するあいまに、ほとんどうわの空の口調で答えた。「大統領が失脚したって」

「はあ？」

「クーデターですって。彼の国で。軍隊が議事堂を占拠して大統領は公邸に監禁されたんですって」

わけがわからない。この忙しい年度末に、どうしてその国の軍隊はそんなことをやったのか。いったいなにを考えているのか。もしかしてその国には年度末も納品もないのか。それでどうやって売り上げを確保し、利益を上げて、社員に給料を払えるのか。なによりそんなことが、こっちの国の納品となんの関係があるのか。

そんなニュースをやっていたことすら俊輔は知らなかった。すくなくとも朝のワイドショーではやっていなかった。いずれにしろ二歳になったばかりの娘が壮絶なイヤイヤ期のまっただなかで、妻の紗代子とふたり、服も床も汚さず、不機嫌にふりまわされる小さな握り拳に鼻を直撃されることもなく、目玉焼きとデザートのゼリーを首尾よく小さな口に押しこんでもぐもぐさせるまで、テレビも新聞も、そんなに集中して見ていられるよゆうはなかった。

「そんなニュースあったっけ」

「ネットですよ。現地のニュースサイトのニュースです」

それなら納得できる。ンナホンナもラジオじゃなくインターネットを使うんだと、へんなところに感心した。

「あいつの出身国ってどこだっけ」

こっちに顔を向けもしなかった。「セヤナ」

「え?」

あからさまにいらついていた。「セヤナ人民共和国ですよ。自己紹介のときいってたじゃないですか」

「ああ、そうだったそうだった」

県立高校を卒業してから就職するまでの一年あまり、末松さんはバックパックひとつを手に世界じゅうを旅してまわったと聞いたことがある。旅のとちゅうでそのなんとか共和国にも立ち寄ったのかもしれなかった。それが地球上のどのあたりにある共和国なのか訊いてみると、答えはそっけないをとおりこしてほとんど事務的だった。

「そんなの自分でウィキペディアで調べればいいじゃないですか」

「あー。さてはよしこちゃんも知らないんだあ！」

なんて、そんなふざけた返しができる雰囲気じゃなかったので俊輔はおとなしく引き下がった。

「で、それがあいつの欠勤とどう関係するわけ？」

またチッ、と舌打ちして（なんとか親しげな雰囲気を出せないものかとデスクに片手をついて身体を寄せかけたところだったので、俊輔は反射的に飛びのいた）、いらだたしげにキーボードを叩いた、いや、その手つきはほとんど殴りつけるようだった。

そしてまともに俊輔の顔を見つめ……いや、にらみつけた。

「ねえ。そんなことより尾上さんをなんとかしてくださいって、あたしこのあいだもいいましたよね？　先月と先々月と先々々月に。伝票の入力まちがいだらけなんですけど」

それはいま話し合わなくちゃならない問題じゃなかった。いつ話し合っても解決できる問題でもなかった。尾上さんのあつかいは公私ともに社長の専権事項で、いくら専務でも俊輔にはどうすることもできなかった。

「っていうか、こんな紙の伝票なんてさっさとやめて、電子化しましょうってあたしずぅっと、ずぅーっといってますよね？　先々々々月くらいから、ずぅっと。ちゃんと考えてくれてるんですか、ねえ？」

「いや、それは、」

すぐにでも話をそらさなくちゃならなくなった。「それで、大統領はどうしちゃったんだよ。死んだの」

末松さんの口調は辛辣だった。「死んでませんよ。あたしは死にそうですけどね！」

さらに話をそらさなくちゃならない。「だったら心配することなんかなんにもないじゃんか。どうせアメリカとかがどーんって軍隊送りこんでがーっとやっちゃうんだろ。あいつが休むことなんてなんにもないじゃんか」

やっと引っかかってくれた。

「どーんとかがーっはいいですけど、彼だってあっちに家族がいるんですよね。心配に決まってるって思わないんですか」

出身国がどこかと同じくらい、かれらの家族のことも俊輔は関心がない。それは専務の職責の範囲じゃない。

「そりゃそうかもしれないけどさ、こっちだってたいへんな日なんだぜ、そのくらいわかんだろ」

末松さんも会社の一員なんだから、わかっていないわけがなかった。人けのない総務で大声で怒鳴りあえるのも、きょうが年度末の納品日だからこそだった。

けんか腰で訊き返された。「じゃあ、どうすりゃいいっていうんですか?」

わかりきったことだった。

社員寮は市街地を挟んで市の反対側にある。社長が中学時代の同級生から格安で借り上げた、築三十五年の木造二階建てアパートだった。俊輔は〈外国人労働者雇用管理責任者〉だから何回もいったことがある。路線バスを使えば三十分、会社の送迎バス（一回の利用に百七十円払わなければならない）で十五分、俊輔のレクサスをぶっ飛ばせば十分の距離だった。

社屋の裏の駐車場の、役員専用区画に足を向けただけであからさまにいやな顔をされたのでレクサスはあきらめて（思いもしなかったことに、俊輔は針で突かれたように胸が痛むのを感じた）、一台だけ残っていた軽トラックを使うことにした。道中、ふたりともほとんど口をきかなかった。これがレクサスだったら（と未練たらしく俊輔は考えた）、目的別に取りそろえた豊富なプレイリストから、若い女の子がぜったいよろこぶ曲を再生して雰囲気をどうにかできたはずなのに。軽トラックじゃネットにもつながらない。せいぜいラジオで、年配のパーソナリティの説教くさいトークなんかは避けて、いまふうのＪポップを見つけるくらいしかできない。

寮に到着すると砂利敷きの前庭でエンジンを切って軽トラックを降りた。どの窓辺の物干しにも、へんな色の下着やＴシャツやジャージがびっしりとぶら下げられて、風にひるがえっていた。向かいに七階建てのマンションが新しくできたので日当たりは悪い。そっちのオーナーは社長の高校時代の同級生だと聞いたことがある。

階段を上がって二階の奥から二番めがンナホナたちが共同で暮らす六畳のワンルー

ム（二畳のロフトに電磁調理器つきのキッチン、ユニットバスのトイレには温熱便座を完備）だった。先に立って末松さんが足早に階段を上がり、外通路を迷いなく進むのを追ううちに、俊輔のなかで不愉快な疑念――末松さんとンナホナはどんな関係なんだ？　まさか。まさか――が頭をもたげた。あらためて考えてみれば、どうしてンナホナは〈外国人労働者雇用管理責任者〉であり実質会社のナンバーツーでもある俊輔じゃなく、高卒のもとバックパッカーで経理担当の末松さんなんかに休みの連絡を入れたのか？　人事担当の吉住課長でもなく？　ひょっとしてふたりはプライベートの連絡先をとっくに交換しあっているのでは……まさか。まさか。

末松さんが足を止めるとドアの横の呼び鈴を強く押しこんだ。築三十五年だから、呼び鈴のボタンも力を入れて押さないとちゃんと鳴ってくれない。

薄いドアの向こうで、チャイムが鳴るのがかすかに聞こえた。

ふたりは待った。向かいのマンションの影のおかげで外通路は寒く、末松さんは見るからに不機嫌な顔つきで、大きめのジャンパーのポケットに両手を深く突っこんでいた。その、決然としているように見えないこともない横顔から俊輔は目をはなせなかった。ふたりの関係について考えるのをやめられなかった。やっぱりレクサスでくればよかった。レクサスを乗りまわす専務にして次期社長がついていると思い知らせてやれば、いくら日本社会のしきたりを理解していない外国人労働者でも、気安く手を出すのをためらうはずだった。

待ちきれなくなったのか、末松さんは尾上さんの入力ミスを修正するときと同じ手つきでもういちど呼び鈴のボタンを押し……殴りつけた。その乱暴な手つきすら、俊輔には、ふたりが関係していることの明白な証拠にしか見えなかった。

応答はなかった。

路線バスで市街地に出て、パチンコでもしているのかもしれなかった。仕事がいやでさぼっているのなら、いつまでもこんなところに閉じこもっているはずがなかった。

「くそっ」

ふだんの末松さんからじゃ想像もつかない声で毒づくと、ドアノブに手を伸ばした。握ってひねるまでもなく……たぶんちゃんと閉じていなかったんだろう、蝶番をきしませて、ゆっくりとドアが開いた。

反射的にふたりは顔を見合わせた。相手の意思をたしかめあうようにふたりでうなずきあってから、末松さんがドアノブを握りなおしてドアを開いた。

部屋のなかは暗かった。奥にひとつしかない窓はカーテンが閉じていて、敷きっぱなしのマットレスと、小さな棚、私物でぱんぱんに膨れたいくつもの手提げ袋の輪郭が、かろうじて見わけられるだけだった。末松さんの鼻にしわがよっているのを目にして俊輔もにおいに気づいた。チェンさんかチョイさんかチーさんのだれかが持ちこんだ、なぞの香辛料のにおいだった。カップラーメンでも宅配ピザでもコンビニ弁当でも、なんにでもふりかけて故郷の味とにおいにしてしまうので、同室の三人からはいちじるしく評判が悪い。いちど会社の食堂で、ランチに盛大に使ったときには社長が激怒して、それいらい会社に持ってくるのは禁止になった。末松さんはハンカチで口と鼻を押さえていた。俊輔もできるだけ口で呼吸するようにした。ふたりは玄関で靴を脱いで部屋のなかに入った。

暗がりに目が慣れるまでの数秒間、俊輔は人の気配をまったく感じなかった。末松さんが窓に近づいてカーテンをいきおいよく開くと、こんどは窓からの外光がじゃまになって、大きめの家具にしか思えなかった影のかたまりが、壁に背中をつけて立つ人間だとすぐには気づけなかった。いつもとようすがあきらかにちがう。ンナホナだった。

「うわ、びっくりしたあ」

専務を驚かせてしまったことについて、張本人のンナホナも、カーテンを開いた末松さんも、なんの責任も感じていないみたいだった。末松さんはカーテンの端を握りしめたまま、口を開けてンナホナを見つめていた。ンナホナは決まり悪そうにその視線から顔をそむけていた。それは、どうやら会社をさぼったうしろめたさが理由じゃなかった。

「おまえ、なんだよそのかっこう！」

次期社長のあきれぎみの声にも、ふたりは見つめあったままなんの反応もしなかった。あらためて俊輔はやっぱりふたりは関係しているんだと思わずにいられなかった。いや、問題はそんなことじゃなかった。いや、その問題はあとでちゃんと追及するとして、いま問題なのはそこじゃなかった。

ンナホナのかっこうだった。

やっと末松さんが声を出した。「ねえ、それってまさか、」

どうやらこれがなんなのか知っているらしい。

「そです、」

同じくらいの小声でンナホナが答えた。「指令、大統領からあたです」

まだ目をまともにあわせようとしなかった。

深刻な口ぶりとは裏腹に、俊輔にはそれが忘年会の余興でやる粗末なコスプレにしか見えなかった。なにしろ先端を赤く塗った銀色の円錐形の帽子をかぶり、同じ銀色のかさばった胸あてをつけている。肩が二枚重ねのパットでも入れているみたいに盛り上がり、腰には両脇に操縦桿がついたぶかっこうなベルトとくれば、登場してすぐ野次の総攻撃にあうことうけあいの、ロボットの扮装にまちがいない。ここがへんなにおいのする薄暗い社員寮の一室なんかじゃなく、たくさんの社員が集まる宴会場だったら、ひょっとして俊輔も手を叩いて大よろこびしたかもしれない。そんな全社あげての宴会も、最近の景気低迷でめっきりやらなくなった。

ともかくそれがなんなのか、俊輔がウィキペディアで調べる項目がもうひとつ追加になった。どうせ遠い異国の特撮ヒーローとかそんなところだろう。

話をあわせているのか、末松さんの口調も意外とシリアスだった。「いつ?」

「けさです」

同じくシリアスにンナホナが答えた。「コードは待機コードですた」

なにがなんだかわからない。いっぽうの末松さんはそれがなんで、待機コードとやらにどんな意味があるかまでわかっているらしい、見るからに緊張をゆるめた（それを目にしてふたりの関係に対する俊輔の疑念が確信に格上げされた）。

「だったら出撃命令ってわけじゃないんだからきっとだいじょうぶだよ」

ンナホンナは首を振った。「うーん。どだかしらね。大統領、短気で気が短いとこあるですし」

こんな会話をいつまでもおとなしく聞いている場合じゃなかった。ここで専務の出番だった。いや、〈外国人労働者雇用管理責任者〉が強権を発動するときだった。ふたりの関係をぶっ壊せるならなんでもよかった。

「きみたち、わかってんのか！」

怒鳴りつけてやった。すくなからず俊輔が傷ついたのは、そのときやっとンナホンナが、そこに、専務にしてあと数年もして社長が引退すればあとがまに座ることになるはずの、現在は〈外国人労働者雇用管理責任者〉としてンナホンナたちの生活から仕事まで、いってみれば日本での人生の全般を統括しているといっても過言じゃない男がいることにはじめて気づいたみたいな顔をしたことだった（さらにがっくりきたのは、はじめて気づいたにしてはあんまり驚いてもいなかったことだった)。

いっぽうで末松さんは、現実に引き戻されたのか驚いた顔をしていた(おかげで俊輔はすこしだけ気をよくすることができた)。ここでいう現実とは、いうまでもなく年度末にして5のつく日の、戦場にたとえるなら総力戦といっていい納品日のことだった。そこにロボットだかなんなんだか、くだらないコスプレが入りこむ余地はない。いきおいに乗って俊輔はンナホナに詰め寄ると、さっき呼び鈴を押したときの末松さんの手つきにならってひとさし指で、胸の……なんて呼べばいいのか、装甲?を強く小突いた。

「元気そうじゃないか、え?」

もういちど小突いた。〈装甲〉は、てっきりダンボールか発泡スチロールを銀色のラッカーで着色しただけだと思っていたのに、思いがけなく本格的な感触だった。

「病気かと思ったぞ。こんなとこでなにさぼってんだよ。きょうがなんの日かわかってるはずだろう、え?」

末松さんがとりなしそうなそぶりを見せたので、ここぞとばかりに一喝してやった。

「きみは黙っていてくれたまえ!」

くやしそうな顔でおとなしく引き下がるのを見るのは、思いのほか痛快だった。

「これは彼とわたしの問題なんだ。なにしろわたしは、」

こほんと咳払い。「〈外国人労働者雇用管理責任者〉なんだからな！」

さらに説教をつづけようと向きなおったら、ンナホナのへんな叫び声に中断させられた。

「あp＊っ！」

顔を見つめた。ンナホナは天井のあたりを見上げていて、まぶたをせわしなく痙攣させていた。まばたきのあいまに見え隠れする目玉は、たぶん上向きにひっくり返っていて、俊輔にはゆでたまごみたいな白目が見えるだけだった。唇を動かしていた……ここにはいない何者かとしゃべっているみたいだった。しかし聞こえてくるのは言葉じゃなかった。それはこんな音だった。

「ヴwヴヴヴ・ヴヴ、ヴィ？　ヴ？　ヴ　ヴッヴヴ・ヴヴヴヴヴ」

それを聞いて俊輔は、さいきんめっきり使わなくなったファックスを連想した。

発作を起こしたんだと思った。くそっ、と俊輔は考えた、こんな病気持ちだったなんて、斡旋業者はひとこともいっていなかったぞ、と。

腰のレバーを両手でしっかり握りしめたのを目にして、末松さんが叫び声をあげて飛び出した。たいして身動きしたようにも見えなかったのに、末松さんがンナホナに弾き飛ばされて反対側の壁に叩きつけられるのを目にしても、俊輔はなにが起きているのかぜんぜんわからなかったし、どうすればいいかなんて、まったく見当もつかなかった。たぶん逃げればよかったんだろう、高卒の小うるさい経理なんかほうっておいて。そう気づいたときにはジェットが……屋内にもかかわらずンナホナは膝まである金属質のぶかっこうなブーツを履いていて、その靴裏からスチームアイロンみたいに蒸気が一気に噴き出していた。

そして部屋が——作りつけの家具や電磁調理器つきのキッチン、温熱便座まで完備したトイレとユニットバス、ロフトと私物をめいっぱい詰めこんだ手提げ袋もろとも——爆発した。

末松さんに後ろから飛びかかられて、ぶん投げるようないきおいで玄関から外に連れ出されていなければ、手遅れになっていたかもしれない。ふたりはそのまま、両手を高くふりあげたかっこうで、背中から外通路の柵を乗り越えた。三メートルあまり落下して砂利敷きの地面に叩きつけられるすんぜんに、猛烈な爆風で紙くずみたいに吹き上げられて空中で一回転し、けっきょく頭から地面に叩きつけられた。つかのま意識がとぎれた。

つぎに意識を取り戻すと倒れているのは軽トラックのすぐそばだった。軽トラックも爆風に勝てなかったらしく、道路のほうに何メートルか押しやられ、向きが微妙に変わっていた。

身体を起こして見まわしているうちに、末松さんが軽トラックに飛び乗った。末松さんは運転席側と助手席側の日よけを順番にためし、ダッシュボードから道路地図やファストフードのクーポン券をまき散らし、けっきょくめあてのものを見つけられなかったので窓を降ろすのももどかしく、俊輔を怒鳴りつけた。

「鍵、鍵はどこ！」

それなら俊輔のポケットに入っている。俊輔はやっとどうにか立ち上がり、ひたいを指先で探ってそこに特大のこぶが忽然とあらわれていることに気づいたところだった。とんでもなく痛かった。なんでこんなところにこぶができたのか、ぜんぜんわかっていなかった。

どうやらだれかに突き飛ばされたようだった。それでどうして寮の部屋のなかにいたはずが、外の地面に靴も履かずに立ちつくしているのかまでは、ぜんぜん頭がまわらなかった。まわりに敷きつめられていたはずの砂利が、いつのまにか何十メートルも向こうに掃き寄せられて山になっていて、地面のかなり広い範囲で黒土がむき出しになっていることには気づいても、それが強烈な爆風で吹き払われた結果だなんて思いつきもしなかった。ましてや、背後で、会社が格安で借り上げている社員寮が、その大部分を吹き飛ばされて、残った部分もまたたくまに炎に呑まれ、黒煙をいきおいよく噴き上げながら、いましも崩れ落ちようとしているなんて、気づいてもいなかった。

末松さんの金切り声に引き寄せられるように、おぼつかない足取りで軽トラックに近づいた。その胸ぐらをつかむと、末松さんは俊輔を助手席に引きずりこんだ。抵抗すればいいのかどうかも判断できないのをいいことに、末松さんは片っぱしからポケットに手を突っこんで、ズボンの左のポケットからイグニッションキーを引っぱり出した。

エンジンを始動させた。とたんにラジオがなにごともなかったみたいに饒舌にしゃべりはじめた。いつのまにか、さっきせっかく苦労して探しあてたＪポップの番組は終わって、年配のパーソナリティが、聞きかじりの豆知識を女性アシスタントに披露していた。

そんなの気にすることなく、末松さんはフロントガラスに顔をくっつけそうになりながら空を見上げていた。見たこともない太くて長い雲が、ありえないほどの低空を、市の中心部に向かって伸びていた。俊輔もそれを助手席からぼんやりと見つめた。

ラジオでは年配のパーソナリティがこんなことをしゃべっていた。「だからね、きみみたいな若い女性も油断せずにコラーゲンをね」

すかさず女性アシスタントが、含み笑いのあいまにこう返した。「いやいや。あたしもうそこそこいい歳ですけどね」

「えっ。ことしでおいくつでしたっけ」

サイドブレーキを解除すると軽トラックを発進させた。いきおいあまってアクセルを踏みこみすぎて、飛びだしかけたところでつんのめるようにエンジンが停止した。ふたりともシートベルトを締めていなかったので、末松さんは両手でハンドルを握りしめたままフロントガラスに顔から突っこむところだったし、俊輔は助手席から床に転がり落ちて、なかなか立ち上がることができずもがきまわるはめになった。

やっとシートに這い上がると、軽トラックは後輪をはでに右や左にふりながら、片側が田んぼの狭い道路を、大通りめがけて猛スピードで走行していた。ハンドルは末松さんが握っていた。その、身体じゅうの関節を固定したような姿勢を見て、俊輔はあれえ？　と首をひねった、この子、運転できるんだっけ？

その疑問をストレートにぶつけるまえに、とつぜんいきおいよく方向転換したので（県道との交差点だった）、また助手席から転げ落ちそうになった。反射的にシートベルトをつかみ、そのあとはせめて軽トラックが制限速度にスピードを落とすまで、ぜったいに手をはなすまいと自分に誓った。

年配のパーソナリティはまだトークをつづけていた。「じゃあさ。きみはＢＷＨがなんの略か知ってる？」

「えぇー、それってまさか新しいアメリカンジョークですかぁ？」

見ると、広い田んぼの上空を、道路と並行して、例の太く白い雲が、ときおり意味もなく大きな輪を描いたりしながら、長く、突き抜けるように伸びつづけていた。軽トラックはどうやらそれを追いかけていた。

「ンナホナさんです。はやく止めなきゃ」

ようやく落ち着きを取り戻したのか（運転経験があるかどうかはともかく）、全身の関節の固定をゆるめて、末松さんがいった。といっても髪が乱れて顔にかかっているのを、ハンドルから片手をはなして払いのけるよゆうはまだないらしい。あんなんでちゃんとまえが見えているのか疑わしい。

よゆうがないのは俊輔もいっしょだった。この数分間の記憶がばらばらで、きれいに整理して並べなおさないと、なにをいわれてもなんのことやらさっぱりわからなかった。

「なに？　なに？　なに？」

「だから、」

小刻みにハンドルを動かしながら（まっすぐ走っているぶんにはそんな必要はないのに）、もどかしそうに末松さんが答えた。

「あれが、」

ルームミラーのなかの目の動きで、窓の外、長い雲の尾を曳いて、空を飛んでいるあれのことをいっているんだとわかった。「シナホナさんなんですよ!」

俊輔にはこうくりかえすことしかできない。「え? ええ? えー!」

「だからあ、彼はミサイルマンだったんですよ!」

とたんに脳裏に、寮の部屋のなか、窓のそばに立って、宴会の余興みたいなかっこうのわりに、ひどくおびえているみたいだった姿がよみがえった。

あれは〈ミサイルマン〉っていうのか……

名前がわかったからといって問題が解決したわけじゃなかった。解決の糸口さえつかめていなかった。

しかし末松さんは、これでもう教えることはぜんぶ教えたと思っているのか、運転に集中するあまりおしゃべりすることもできなくなったのか、両手でむしり取ってしまいそうないきおいでハンドルを握り、フロントガラスのほうに身を乗り出している。県道に入ってから道幅が広がって、車の往来も多くなった。赤になるすんぜんの信号を突っ切り、まだ青になっていない信号を猛スピードで通過し、いくつものクラクションがわめきたてるのを無視し、追い越し車線なんかないので対向車線に大胆に乗り入れては突撃してくる軽自動車やワゴン車や同じような軽トラックを急ハンドルでたくみにかわし、目はひっきりなしに、左手上空の空を横切る雲を見つめている。話しかけられる状況じゃなかった。けれどだいじょうぶ、どんな疑問もスマホで検索すれば、そくざに答えを見つけられる。

ひどく揺れるのでスマホに文字を入力できそうになかった。

「オッケー、グーグル」

末松さんが運転席から横目を向けたのを、俊輔は気づかないふりをした。すでに市街地にさしかかっていたので、末松さんもそれいじょう気をとられていられるよゆうはなかった。ラジオでは女性アシスタントが、くりかえされるセクハラまがいのジョークに、おとなならではの上品な声をあげて笑っていた。

スマホがやさしく応えてくれた。「ご用件はなんでしょう」

「ミサイルマン、セヤナ、で検索して」

すぐさまスマホにグーグルの検索結果が表示された。

市の中心部といえどもたびかさなる公共事業のおかげで路面は軽トラックのサスペンションていどじゃ吸収できないほどのでこぼこだらけで、とてもスマホの画面を優雅にスクロールしていられる状況じゃなかった。俊輔は音声読み上げを選んだ。スマホが耳に心地よいやさしい声で、ウィキペディアを読み上げてくれた。

「ミサイルマンはセヤナ人民共和国の第三代大統領シバクデが、二〇〇九年に創設した特殊機械化武装親衛隊と、その隊員の通称である。セヤナ人民共和国では徴兵制が施行されており、国民は、通常、男子は十三歳から二十五歳まで、女子は十五歳から二十二歳まで、兵役をつとめることが義務づけられている。徴兵されると、二年間の訓練ののち、国内の、おもに国境に接した山岳地帯を中心に、三百カ所近くあるとされる軍事基地に駐屯する。この軍事基地の数は、テキサス州と同程度の広さの国土のたいはんを砂漠と岩山で占められた、総人口二九〇〇万人弱の国家としては異例の規模といわれている（要出典）。二年間の訓練期間において、数段階におよぶ適性検査を通過したひと握りの訓練兵が、ミサイルマンとして徴用される。ミサイルマンは国家を守護する英雄として国民的人気があり、子ども番組やドラマの題材としても親しまれている」

俊輔は顔を上げて窓の外に目を向けた。太く白い雲が、ねじくれながらどこまでも長く伸びつづけていた。〈ミサイルマン〉だった。あれは〈ミサイルマン〉だった。目をこらすと、銀色のボディと円錐形の帽子を装着した人影が、膨大な長さに伸びた噴煙の先端で、不安定に高度を保とうとしているのがかろうじて見えた。あれはンナホナだった。ンナホナは〈ミサイルマン〉だった。厳しい適性試験に合格した？　俊輔の知っているンナホナは、どんな試験であれ合格するようには思えなかった。

「まさか」

まるでジョークだった、アメリカンじゃなく、セヤナ人民共和国の最新のジョークにちがいなかった。運転席に向かって笑いかけたところで、とつぜん目のまえに路線バスがあらわれ、末松さんがなにもいわずに急ハンドルを切った。俊輔はまだシートベルトをひっつかんだままで締めてはいなかった（いつそんなよゆうがあったのか、末松さんはしっかり締めていた）。かろうじて衝突をまぬがれると、軽トラックはクラクションの一斉砲火から逃れるように、猛スピードのまま車道を斜めに横滑りし、どうにかコントロールを取り戻しかけたところで歩道に乗り上げ、ガードレールや自動販売機に車体を何度もぶつけながらランチタイムの通行人を追いたて、やっと車体をどすんと揺らして車道に戻ると、なにごともなかったように走りつづけた。俊輔はスマホを握りしめたまま、もういちど助手席に這い上がらなければならなかった。ラジオではまた女性アシスタントがわざとらしくないていどに笑い転げていた。

スマホは読み上げをつづけていた。

「ミサイルマンに採用されると脳内に回路と受信機を埋めこまれるとされる。二〇一二年までは電子回路だったが、現在は生体改造と心理操作を併用した実装が一般的である。肉体にも外科手術により数多くの兵装が移植される。胸部および背面に装甲、脚には推進装置、腰には推進装置のコントローラが埋めこまれる。両肩の兵装は交換可能であり、もっとも一般的な装備はガトリング砲だが、高出力のレーザー砲や電磁式レールガンのような最新兵器、敵を威圧するデモンストレーションの意味で、火炎放射器やチェーンソウの場合もあ」

末松さんが短く叫んだ。「あっ」

光った。

強烈な閃光が視界のはんぶんをすみれ色に染め上げてなにも見えなくなった。ラジオの軽妙なおとなのトークが耳障りなノイズでかき乱された。末松さんがハンドルを切りそこね、慌ててブレーキを力いっぱい踏みこんだ。軽トラックの車軸が聞いたこともないような音をたててとつぜんの制動に抵抗した。遠い街並みの向こうで巨大な火柱が突き上がり、わずかな時間差のあとで、腹に響くような地響きが、爆発のあったほうから広がって、またたくまに軽トラックの下を駆け抜けた。軽トラックが数十センチ近くも浮き上がったと思うと、着地のショックで大きくふらつき、どうにかバランスを取り戻した。おかげで俊輔は、いま爆発があったのは会社のあるほう――社長である父親が会長職に就任したあかつきには、自分が思うままに舵取りできることになるはずの会社の方角だと――すぐには気づかなかった。

末松さんが悲鳴をあげた。

「こっち！　くるくるくるっ！」

ラジオはこんなことをしゃべっていた。「だからさ、ぼくなんか毎朝グルコサミンをね」

俊輔が目を向けると、空を横切る太い噴煙が、ひねりをくわえながら大きな円を描いて、こっちに進路を変えたところだった。何百メートルも距離があるはずなのに、俊輔の目には、両手で腰の操縦桿をしっかりと握り、先端が赤い銀色の円錐を頭に載せたンナホナの、まったくあいつらしいきまじめな表情がたしかに見えた、ような気がした。右肩にはどこから生えたものやら物干し竿みたいなものが突き出ていて、左肩にはもうすこし幅のある、たばにした定規みたいなものが突き出ていた。それがなんなのか、ウィキペディアとグーグルのおかげで俊輔はそくざに理解することができた。右肩の、まだ放熱ちゅうでかげろうをまとわりつかせている物干し竿が高出力レーザーだった。左肩のは見た感じ一般的なガトリング砲じゃなさそうだから……もしかして電磁式レールガン？　かもしれなかった。

冗談じゃなかった。ンナホナは最新式だった。

あのよくしゃべる斡旋業者の男は、いったいどんなつもりでこんな物騒なものを身体のなかに埋めこまれた人間を入国させて、そのうえ地方の小さな中小企業に斡旋する気になったのか、さっぱり理解できなかった。

そのとき、右肩の物干し竿の先端が放射状に開くのを俊輔は見た。こんかいはような気がしたじゃなかった。まちがいなかった。

とたんに視界がすみれ色でいっぱいになり（やっぱり右肩のあれがレーザー砲だった）、道路の向かい側の〈岡田洋品デパート〉を、鋭い閃光が斜めにすばやく貫通した。創業四十年の老舗で、駅前にできたばかりの大型ショッピングモールに対抗するために、ついこのあいだ大規模な改装を終えて、はなばなしくオープンしたばかりだった。すぐにはなにも起こらなかったので、高出力なんていうわりにたいしたことないんじゃないかともうすこしで思ってしまうところだった。そこで、建物の上半分が斜めにずれた……、さらに、見まちがいじゃかたづけられないくらい大胆にずれたと思うと、とつぜんいっきにこっちめがけて崩れ落ちてきた。末松さんが悲鳴をあげながら狂ったようにブレーキペダルを踏み……蹴りつづけた。俊輔もスマホをほうりだすと悲鳴をあげながらシートベルトを両手で引っつかんで固く目をつむった。スマホはウィキペディアの記事をまだ読み上げていた。

「以上のとおり、ミサイルマンはすべての装備を外科的処置により体内に埋めこまれるため、兵役終了後も多くの場合、兵装を解かれることはない（手術で取り除くことは可能だが死亡率が高いとされる）。これは歴代のミサイルマンが、平時は国内で民間人として生活しつつ、シバクデ大統領による緊急コード発信によって、ミサイルマンとしての活動をいつでも再開させられることを意味する。このシステムは大統領に絶大な軍事力を集約させることになり、政権の長期継続を実現さ」

となるとこれはなんとか大統領の指令だった。クーデターで公邸に監禁されたとかいう大統領が、一発逆転をねらってミサイルマンの一斉蜂起を指示したわけだ。そのうちのひとりが、家族の生活のため、遠い異国で労働しているとも知らずに。

ラジオがいつのまにかおとなのトークをやめて、もっと切迫した口ぶりになっているのに気づいた。臨時ニュースだった。堅苦しいアナウンサーの声がこういっていた。

「メリカ政府が非常事態を宣言しました。日本とアメリカのほかにも、現在わかっているかぎりで、ドイツ、イタリア、イギリス、フランス、ロシア、トルコの各国も同様に攻撃されているもようです。くりかえします。現在、各国の複数の都市に何者かによる無差別かつ大規模な攻撃がおこなわ」

どうやら外国に出稼ぎにいっているのはひとりじゃなかった。ふたりや三人でもなかった。ひょっとして歴代〈ミサイルマン〉の全員が、世界じゅうの就職先で、ンナホナと同じ指令を受け取ったのかもしれなかった。なんとか大統領は、せっかく指令を出したのにもかかわらず、なぜか国内のどこにも戦火があがらず、いまごろ肩透かしを食っているのかもしれなかった。

そのいっぽうで、いま、世界のいたるところで覚醒した〈ミサイルマン〉が、指令に従いそこらじゅうを無差別に攻撃している。高出力レーザーとかガトリング砲とかチェーンソウとかで。

こらえきれずに俊輔は大声で笑いはじめた。

軽トラックが横倒しになりかけながら、すぐそこのコンビニに突っこむすんぜんにかろうじて停まった。エンジンが停止し、ラジオの臨時ニュースもとちゅうでとぎれた。その頭上を〈ミサイルマン〉が猛スピードで通過した。風が、軽トラックの車体や屋根に、かなりの量の砂礫を叩きつけた。〈ミサイルマン〉は上昇に転じ、よく晴れた年度末の青空に突き刺さり、そのまま突き抜けてしまいそうないきおいでさらに加速した。自分でもよくわからない衝動にかられて俊輔はドアを開けて外に転げ出た。末松さんは運転席で、ハンドルを握りしめたまま震えていた。

まともに立っていることもできず、その場に尻もちをついたまま、俊輔は空のかなたに向かって大声で叫びたてた。

「ここじゃない、だからここじゃないんだよ！　ンナホナ、おまえまちがえてんぞっ！」

そしてまたこらえきれずに爆笑した。

〈ミサイルマン〉にその声は届かなかったし、届いたとしても大統領の指令を忠実に実行しているだけだったから、まちがえているかどうかを気にすることはなかっただろう。はるか上空から〈ミサイルマン〉が撃ちはじめた。

レールガンの連射が市街をあとかたもなく穴だらけにしてしまうのに、それから十分もかからなかった。

（SFマガジン4月号）

くもなまえ

北原真理

北原真理（きたはら　まり）
2018年『沸点桜　ボイルドフラワー』で日本ミステリー文学大賞新人賞

僕はしゃべれない子供だった。

人を呼ぶには、泣くか、吠えるか、するしかなかった。

泣く。

すると白い前かけで手をふきながら、祖母がやってきて、僕の隣に座る。

「りっちゃん、ごめんね」

祖母が、あんまりよく〝ごめんね〟と言うから、幼い僕は、〝おはよう〟や、〝こんにちは〟と同様、〝ごめんね〟も挨拶《あいさつ》の一種なのだと、小学校にあがるまで、思いこんでいたものだった。

「お姫様は、ひとりぼっちで暮らしていてね」

祖母の物語は、いつも唐突に始まった。

「火事になっても、敵が攻めてきても、お城の、たかい、たかあい、天守閣からは、決して降りてはきませんでした」

だから僕はお話が始まると息をとめ、ひと言なりとも洩らさないように、必死に聞き耳をたてていたものだった。始まりは幾つかバリエーションが定まっていたが、物語の終わりが同じになることは二度となくて、だから余計に、神経を集中させていたのだろう。

今になって思うと、祖母も僕と一緒で、一番幸せな物語の結末を捜し続けていたのではないだろうか。完璧な物語は僕達の憧れで、それは、両親やきょうだいや祖父母がそろった完璧な——少なくとも外から見れば欠けたところのない桃源郷のような——家族同様、夢の彼方にあるものだった。

祖母は、信州は小布施《おぶせ》にある古い家を売って、僕と暮らすために東京にでてきた。母は、僕が三歳のとき、家をでた。父は、消えた母への憎しみを、僕にぶつけた。いつも痩せて餓《う》えて汚れて傷だらけで予防接種など無縁だった僕のために、福祉課の人がやってきて、祖母を呼んだ。すると、父も消えた。

「あれ、何と言うんだろうなあ。ほら田舎の便所の天井なんかにさ、足が長い、でかい蜘蛛《くも》がいるじゃないか」

「デスク、やめて下さい。私、蜘蛛、嫌いなんです。想像しただけで鳥肌がたっちゃう」

PC越しに、山田《やまだ》嬢が睨《にら》んだ。パーテーションの向こう側では、政治部の猛者《もさ》達が、霞《かすみ》が関《せき》がらみのスクープが夕刊に間にあうかの瀬戸際で、怒鳴りあい浮足だち、今にも机や隣の同僚を投げとばさぬばかりの勢いだ。

「山田さん、虫、苦手なんだ」

「虫ではありません。あれは節足動物です。慣習的に虫と考えられていますが、節足動物門鋏角《きょうかく》亜門に属す、昆虫外の動物です」

高校時代、網を手に列島中、昆虫採集しながら放浪してすごしたが故に、留年＋二浪のダブルパンチで親を泣かせたキャップの南原《なんばら》が、得意げに、鼻を蠢《うごめ》かせながら蘊蓄たれた。

「虫じゃないからなのかなあ。何かあれ、強い意志のようなものを感じるときがないか？」

「あるんじゃないですか。蜘蛛は喋るんですよ。蝙蝠《こうもり》みたいに」

僕が蜘蛛を怖がるので、祖母は必ずトイレまでついてきてくれた。

真夜中だろうが朝四時だろうが。

蜘蛛などでない季節になっても。

すぐに逃げだせるように開け放たれた戸の向こうで、冷たい床に足踏みしながら、僕を待っていてくれた。東京の郊外の、畑の隅に建てられた古い安普請《やすぶしん》の借家は、風を遮るものもなくて、霜柱《しもばしら》のたつ十二月の深夜など薄い板敷きの床からじんじんと寒さが昇ってきて、七十近い祖母は、さぞ辛《つら》かったろうと思う。

祖父は通販で、祖母を手に入れた。

満州のロシア国境に近い開拓団に入植した祖父は、日本から送られてきた花嫁候補の写真を見て、祖母と結婚することに決めたのだ。

大陸の花嫁という言葉を高校の授業で知った。

ある日、日本史の先生がプリントを配りながら言った。

君らと同じ年だ。

胸に花やリボンをつけてにこやかに微笑む女の子達から、しわしわで、僕の三分の二ほどの背丈しかない祖母を想像することは難しかった。

「満州って、どんなところだったの」

書道教室の生徒達が帰ると――祖母は僕を育てるために書道を教えて、日々の生計《たつき》を得ていた――、筆や半紙を一緒に片づけながら、僕は祖母に聞いた。

「広かったわねえ。ずうっとお日様の昇る地平線までまっ平らで、三キロ先からくる馬や人が見えるの。日本に帰ってきて、あんまり狭いので、がっかりしちゃった。あれ？　街や道って、こんなにちっちゃかったたっけ、って」

磨《す》りガラスの窓を開けると、しばらく黙って畑の隅に植えられた栗の木を見ていた祖母は、もうすぐ実が熟すわねえ、今年も、りっちゃんが好きな渋皮煮を作ってあげようね、とつぶやいた。

それから、ぽつりと言った。

「お祖父《じい》ちゃんのこと、知りたいの？」

うなずくのも、首を横にふるのも、はばかられて、僕は黙って祖母を見た。頰の筋肉を緊張させた、いつになく悲しそうなその横顔を傷つけない返事が何なのか、わからなかったからだ。

京都帝大をでた祖父、内山鱒二《うちやまますじ》は、開拓団一の高学歴の持ち主だった。学生のとき、友達に誘われて左翼活動をしたせいで国に居辛くなり、満州に新たな活路を見いだそうとしたらしい。文学少女で、一葉《いちよう》や与謝野晶子《よさのあきこ》と共にこっそりチェーホフなども読んでいた祖母は、愁《うれ》いを含んだ眼差しの六尺豊かな祖父の写真を一目見て、気に入った。

「手紙に、嫁入りするときは本を持っていらっしゃいと書いてあったのよ。ここは本屋さんに行くまで三日、かかるからって」

小布施高女を二番で卒業した祖母は、早速、ブリキの米びつに、米と本を詰めて送ったが、荷物は途中で消えてしまって、開拓団の村には届かなかったという。

その晩、僕は、祖母がお湯を使っている間に、友達から借りてきた『明星《みょうじょう》』のページをめくった。〈おニャン子クラブ〉の女の子達が華やかな笑顔を向けていた。テレビのない家なので、級友の話にでてくる〈おニャン子〉も〈とんねるず〉も、どんな顔をしているのか僕は知らなかった。

駒のように並んだ写真の可愛い女の子達は、誰かを拒絶するなどとは思いもよらぬといった風情で選んで貰えるのを待っている。一番、可愛い女の子の名前を声にだして読んだ。

「国生《こくしょう》さゆり」

　この子と恋人になれたら、いや、話したり、手をつないだりするだけでも、いやいや、隣の席に座ってくれるだけでも、もう、僕はそれだけで幸せになってしまうに違いない。でも、決してそんなことはおこらないのだ。色のさめたトレーナーを着て、焼けた畳の部屋で、田舎から運んできた古い文机《ふづくえ》に座っている貧乏でださい僕を、国生さゆりが選んでくれるはずがない。僕は彼女のつんと上を向いた鼻の頭に、指先を置いた。それから綺麗な首、肩、となぞっていった。胸までたどりついて、恥ずかしくなってやめた。

　祖父もこうやって祖母を選んだのだろうか。

　その祖母をどうして、異国の地で捨てることができたのだろう。

　生徒達の使った長い折り畳み机を片づけると、祖母は真っ白い前かけの紐をきゅ、と背中で結んで台所に立った。美味《うま》そうなだしの匂いが漂ってくる。多分、僕に聞こえないように言ったのだと思う。でも、包丁で胡瓜《きゅうり》を刻みながら、つぶやく声が届いてしまった。

「一番、初めに消えたのは、鱒二さん」

二番目は息子の嫁。僕の母。

三番目は息子。僕の父。

祖父に女ができて、離婚した祖母は、父を連れて日本に帰ってきた。終戦の前だったのが幸いした。祖母のいた国境に近い開拓団は、終戦後、ロシア人や暴民に襲われながら中国大陸を命からがら横断し、やっと引き揚げ船のでる葫蘆島《ころとう》にたどり着いたときには、八分の一しか残っていなかった。

日本史の先生はしたり顔で言った。

大陸の花嫁になった女の子達は、自分が何をしているか、わからなかったんだな。自分で、自分を品物のように売ったんだ。

人権の意識が希薄だった。愚かだった。国策に乗せられた。だから君達は自分で考える頭を持ちなさい。二度と軍国主義の奴隷になってはいけないよ。職員会議をさぼりデモにでかける平和主義者の先生は、だが、集団で同質な思想を強要する自分達の姿勢が、かつての軍国主義者達とそっくりであることに気がついていないようだった。

僕は先生を軽蔑した。祖母のことを、祖母を知らない人間が、語る権利はない。それに、自分が何をしているかその意味を、本当に知っている人間なんて、一体この世界のどこにいるのだろうか。

虫、もとい、節足動物の蜘蛛が喋るかはともかくとして、当時、トイレの天井から幼い僕を睨みつけ、恐怖のどん底に陥れた、あの黒く足の長い生き物の名前は、我らが蜜蜂のマークの文聞《ぶんぶん》新聞社三階に砦《とりで》を構える文化部の、誰に尋ねてもわからなかった。

昼休みに、資料室まで出張して、図鑑などもめくってみたのだが、どこにも、あの、ふさふさと毛の生えた長い足を四通八達の衢地《くち》の如くの胴体からかっと開き、巣を張るでもなく、如何《いか》なる用事があったのか、夜ごとに現れては僕を威嚇《いかく》した怪しい巨大な蜘蛛、便宜上、ただの蜘蛛と呼ぶ、の正式名称はわからない。

山田さんが笑った。

「デスクに知られたくないんじゃないですか？　ほら名前を知られたら、支配下に置かれるから嫌だとか」

「ケルト人ですか」

「中国でも、本名は親しい人にしか教えなかった時代もあったし」

「どこの馬賊かな」

南原の送ってきた、いつもの如くイミフメイナイヨウクウソゴタクナラベ〜ルの新人作家紹介原稿にケチをつけながら、ふと僕は小泉八雲の〝The Goblin Spider〟を思いだした。あれは日本語の題は怪奇蜘蛛男とかいっただろうか。いや、八雲の短編にそんなぶっとんだ邦訳をつけようとするのは南原ぐらいだ。

「ああ《化け蜘蛛》」

独り言をつぶやいていた。

また、山田さんが吹きだした。

「どうしたんですか。何か、蜘蛛の小説でも読んだんですか？」

「いや昨日、でたんだよ。うちに。子供の頃、よく見たのと同じ奴が。どの図鑑にも載っていない。黒くて、足の毛がゆらゆらしていて、両手を合わせたぐらい、でかい」

僕は、手遊びの蝶々のように、両親指を組んで残りの八本指をバタバタさせた。

「ぎょぎょ。それ大きすぎます。鼠《ねずみ》か何かじゃないんですか。それに冬ですよ、今」

「やはり鼠だろうか」

「いやいや、冬でもありう〜るなんだな、これが。それに、そのくらいの大きさのなら、いないこともないんだな〜これも」

南原がしたり顔で、また鼻を蠢かせた。

「デスクのお宅、江東区《こうとう》の海沿いですよね。埠頭の外国船から上陸したのかもしれない。或いは、ペットのルブロンオオツチグモが脱走したとか。沖縄や奄美あたりにも蝙蝠や鳥を喰うくらいでかい、オオジョロウグモなんての、いますから」

「パスポートのチェックはないのか、パスポートの」

六歳になっても、僕は言葉というツールを使えない子供だった。片言の単語ですら発しなかった。福祉課の人がやってきて、いつも化石のように黙りこくっている僕に、養護学校を勧めた。祖母はだが承知しなかった。

「頭は悪くないんです。ただ、言葉がでないだけなんです」

「でも小学校に入学して、友達についていけないのは、本人にとっても辛いことですよ」

その日から、祖母の物語はぐんと増えた。泣かなくても、吠えなくても、暇さえあれば祖母は隣に座り、僕に言葉のシャワーを浴びせかけるようになった。

六歳の十月だった。秋の冷たい長雨のせいで、外遊びのできない退屈な日々が続いた。ある晩、祖母は、ほつれた絹袋から手の平に収まる小さな硯《すずり》とちびた古墨を取りだした。

「邱《きゅう》さんの墨」

満州から帰ってくるときに貰ったというその蓮の葉を模した硯に、ティースプーンぐらいの水溜まりをこさえると、祖母は、軽やかな音をさせて、枯れた墨をすり始めた。それから丁寧に細筆の穂先を墨の中に寝かせた。僕は祖母の隣に正座し、真新しい白い紙の上で、筆が動くのを眺めた。

薄墨が雲になり、川になり、その川を泳ぐ竜の体を白く浮き上がらせた。

「毎日、毎日、日照りが続いてね、田んぼは乾き、畑の作物は枯れる。村の人達は困ってしまってお寺さんに集まって仏様に頼んだの。そうしたら白い竜が、千曲川《ちくまがわ》を上ってきて、ざあああああ。雨が降りました。村の人達は大喜び」

僕は確かに見た。

湿った薄暗い和室の、すすけた電灯の丸い笠が揺れた。その三角の影が、襖《ふすま》に映った。生暖かい空気がふわりと渦を巻いて流れた。

祖母の描いた雲が、紙の中から空中に浮き上がった。

お祖母《ばあ》ちゃん。祖母の着物の袂《たもと》を引いた。

「しっ」

祖母の人差し指が、静かに、と唇にあてられた。

雲は電灯の高さまで上って行った。きらきらと輝く雨粒が、ぱたぱたと小気味よい音をたてて、畳の上に降り注いだ。絵の川から跳び上がった鉛筆ぐらいの大きさの竜が、くるくると円を描いて飛び、甲高い不思議な笑い声をたてた。僕は目を丸くして、竜が、部屋の中を泳ぎ回るのに見とれた。笑い声は、竜が踊り疲れて、シャボン玉が弾けるように消えてしまうまで続いた。

いつの間にか竜の姿が戻っていた紙をくるくると丸めると、祖母は書道筒の中に入れた。

「明日も雨だったら、神社の山犬さんを描いたげましょうね」

次の晩、祖母は約束通り、ぽっちゃりと愛らしい山犬を描いてくれた。

「はい。のらくろさん。昔ね、お百姓さんの三之助《みのすけ》さんが、刈沼《かりぬま》神社の山犬の絵巻物を見ていたら、うおおおと大きな声で山犬が鳴いたので、驚いて……」

あまり獰猛《どうもう》に見えない黒と白の犬は、だが、とたとたと畳の上を走り回り、結構、野太い声で吠えた。塀の上にいた大家さんのキジ猫が、怯えて逃げた。

書道筒の絵は次々と増えていった。竜。山犬。蝶々。狸。雀。雨が降ると決まって加わるモノトーンの小さな仲間達と、僕は湿った畳の上で戯《たわむ》れた。古墨はますますちびてきて、小指一節ほどの大きさになってしまった。

「次は、熊さんを描いたげましょうね」

だが熊は描かれることはなかった。祖母の留守中に、僕が墨をすりつくしてしまったせいだ。その頃、小学校に上がって不便がないようにと、祖母が礼法や簡単な読み書きを教えてくれていた。山犬や竜達と遊ぶのにも飽きて、畳の上でごろごろしていた僕は、新しく覚えた〈あいうえお〉を書くことを、唐突に、思いついたのだ。いつものノートと2Bの鉛筆ではなくて、あろうことか邸さんの古墨を使って。

書道の道具は勝手に触ってはいけないと言われていた。でも僕は、真新しい半紙を引きだしから引っ張りだした。山犬が諫《いさ》めるように吠えた。僕は半紙を文机の上に広げた。文鎮を置き、正座をすると、寄ってきた竜や狸が心配顔で取り囲んだ。皆は僕をやめさせようと、小さな手足で引っ張ったり、一生懸命、叩いたりした。だが僕は皆を払いのけ、尤《もっと》もらしいしかめっ面で、力任せに墨をすった。古墨はキコキコと嫌な音をたて、真黒な水たまりになった。

あいうえお、あいうえおあいうえお。

何度、五十音を書いただろうか。帰ってきた祖母はぎょっとして、真黒な僕の手と顔と、紙の山と、それから、朝顔の種ほどの大きさになってしまった墨を見た。

「あらあらまああ」

祖母は今にも泣きだしそうだった。僕はとてつもなく悪いことをしてしまったのに違いない。山犬は耳を垂れ、項垂《うなだ》れて部屋の暗い隅に蹲《うずくま》ってしまった。竜も蝶々も空中を泳いで消えた。急に部屋中が静かになった。

ぺたん、と座った祖母は、じっと俯いて動かない。僕は祖母ににじり寄ると膝を揺すった。いつもならすぐに物語が始まるところだが、祖母は唇をきゅっと結んで、僕など忘れてしまったように、何かを考えこんでいる。僕は泣きたくなった。祖母は僕が嫌いになったに違いない。きっと父のように殴るだろう。母のようにいなくなるだろう。いいや、そんなことは決しておこらない。だって祖母は、毎晩、りっちゃんは、世界一おりこうで、大好きだと言ってくれるではないか。

では、一体これはどうしたことか。

彫像になってしまった祖母に寄り添いながら僕は考えた。そして結論を得た。

「昔、昔、あるところに、ちっちゃな山犬さんがいました」

祖母はぎょっとして、僕を見た。僕は、大きく口を開けて続けた。

「ちっちゃな山犬さんは、いつも、はらぺこでした。それで、お友達の竜さんと、川でお魚を釣ることにしました」

部屋の隅に縮こまっていた山犬が首をかしげてたち上がると、とことこと、やってきた。

「二匹は、一生懸命、お魚を釣りました。がんばって、沢山釣りました。そして、ご飯、しました。ご飯、をいっぱい食べると食べた分、大きくなります。お友達、にいっぱいニコニコすると、いっぱいニコニコしてくれるようになります。お話、をいっぱい聞くと、お話、が、いっぱいできるようになります。りっちゃんは、おばあちゃんに沢山お話します。だから、おばあちゃんも、がんばって、お話しましょうね」

竜がどこからか、ぽん、と現れた。

「りっちゃん、あなた」

祖母は目に涙を浮かべ、僕の両手をつかんで上下にふった。

「上手、上手、りっちゃんは、お話が上手」

緘黙児《かんもくじ》が何かのきっかけで、突然、喋りだすことはあるそうだ。祖母と暮らし始めてから、僕の中に蓄積された物語は、満水のダムの水となり、今日、突然、決壊して溢れ始めたのだ。話せるようになった僕は、近くの小学校へ入学することになった。十月の就学通知ぎりぎりの快挙だった。

だが世の中は甘くない。

初め、小学校へは近所の友達と五人で通った。ある日、下校途中に正男《まさお》の家へ皆で寄った。皆が玄関に黄色いカバーのかかったランドセルを放り出すので、僕もそうしようとすると、正男の母親が言った。

「文則《ふみのり》君は帰りなさい」

僕は、化粧がまだらに剝《は》げたおばさんの、巨大な鼻の穴を見上げた。

「一緒にうちで遊ぶって、お家《うち》の方は知らないでしょう」

ゴミのように玄関から掃きだされた。勢いよくリビングに駆けこんでいった皆は、そのとき、僕が一人帰されたのに気がつかなかった。けれどもその日から、僕と皆は放課後一緒には遊ばないという決まりが作られたらしい。僕は、得体のしれない家庭の子供だった。この街に現れたときから祖母と二人きりの暮らしだったら、それはそれでよかったのだろうが、皆の目の前で母が男を作って家出し、父も蒸発したとあっては、しようもない。

小学校時代には、思いだしたくもない経験を沢山した。庇《かば》って貰える親のいない子供をぞんざいに扱う卑劣な大人は多い。すると、そういう大人を子供が真似る。

「お先に失礼します」

同期と結婚して子供のいない山田さんは、いつも最後に文化部の島を離れる。ＰＣを睨んだまま僕が片手を上げて応えると、離れていった足音が止まり、また、戻ってきた。

「デスク、もうお帰りになったほうが。あまり無理しないほうがいいですよ」

「ありがとう。大丈夫ですよ。気をつけて」

「三点セットですね。いつも」山田さんは心配そうに微笑んだ。「ありがとう。大丈夫ですよ。気をつけて」

仕事にのめりこむことで、妻子に捨てられた虚しさを埋めようとしている上司を憐れんでいるのか。或いは、読み書き以外に芸の無いおやじのその行く末を儚《はかな》んでいるのか。顔を上げて、山田さん諸共、周囲を見回すと、いつの間にか天井の蛍光灯の灯りは、数列を残すのみである。

早くお家に帰りましょう、でないと

「蜘蛛がでますよ〜」と言って、山田さんは帰っていった。

「とんでもない言葉を残していきおるからに」

苦笑しながら窓の外を見ると、花びらのような雪が舞い始めている。

「ジューニガツニ、蜘蛛ガデル」

だが地球温暖化著しい今日この頃、コンクリートで囲われた温かい都会では何がおこってもおかしくはない。南原の戯言《ざれごと》も頭をよぎる。勘弁してほしい。あんなものが新聞社の便所にでた日には、登社拒否になってしまう。デスクどまりと嘲《あざけ》られるよりも、アパートで孤独死するよりも、蜘蛛は怖い。

地下鉄の階段の入り口で、雪に滑って尻もちをついた。

僕は悲鳴と共に、墜ちていった。

ぐしゃぐしゃに濡れた冷たいズボンの尻をつまみながら有楽町《ゆうらくちょう》線に乗ると、若い女の子達が、やだあれ飲み過ぎで漏らしたとか～、昭和のおっさん、飲みが好きだしねえ～と、囁《ささや》きながら羊の群れのように後退して、僕の周りには、丸い空間があいた。

量産というのはこの国の文化なのだろうか。激しく痛む腕をさすりながら、孤独のスポットライトの中で考える。若い女の子達は、プリントゴッコ顔負けのコピー的服装髪形で、明るく楽しくお喋りに興じている。ように見える。ように装っている。

僕が就職した当時も、コンサバ綺麗な量産型お嬢様が大量発生していた。あの頃から国生さゆりに似た女の子達は、もはや虹の彼方の生き物ではなくなっていた。心根や知性を問題にしなければ、向こうから寄ってきてくれるデザートだった。気に入れば食べる。メインディッシュではない。おあいこだ。大手新聞社の看板に引き寄せられる打算的な女の子達相手に、貧乏でださくて鼻も引っかけて貰えなかった頃の仇《かたき》を取っていたのだろうか。世の中というのはこんなものだ。バブルの軽佻浮薄《けいちょうふはく》さに感染した若造が、女性や人生を舐めていたのかもしれない。

たどり着いた古アパートは、三年後に取り壊し予定で、櫛《くし》の歯のように住人が欠けていき、今では灯りもまばらだ。黒く湿ったアスファルトに、雪が薄くふり積もる。次はどこに住めばいいのだろう。都内には、養育費を差し引いた給料で住める場所は少ない。金属製のドアノブを握ると、火傷《やけど》をしそうに冷たくて、思わず手を離した。

マンションは娘達の通学を考えて妻に譲った。一括で慰謝料を払った預金の残りで、ローンは完済した。だが妻は吐き捨てるように言っただけだった。

「こんなマンション一つ」

地方のそこそこ広い住宅地で育った妻にとっては、こんなマンションなのかもしれない。だが、僕にとっては一世一代の大きな買い物だった。今でも部屋の間取りは体で覚えている。傘たてが壁に貼りつくように置かれた猫の額ほどの玄関、毛の長いラグが敷かれた十二畳のリビングダイニング、簞笥《たんす》と化粧台できちきちの夫婦の寝室、白家具で統一された子供部屋。妻は、狭い、小さい、庭がない、といつもこぼしていたが、実は僕はあんなに広い空間に住んだのは、生まれて初めてだったのだ。

離婚した一週間後、荷物を片づけに寄るからと電話すると、妻は機関銃を撃つように一気に喋った。トランクルームに送っておきましたから。もうここには貴方の物は一つもありませんから。レンタル料は自分で払って下さいね。ああ、それから紀子《のりこ》と綾子《あやこ》の授業料の払いこみ、忘れないで下さい。私立の小学校はそういうところ、うるさいですから。タンタンタン、と無機質に撃ちこまれていくものに、僕は、ああ、としか答えられなかった。

突然の衝撃は、いつでも僕を、言葉の無い五歳の時代に引き戻す。

僕は妻に憎まれていた。今も妻に憎まれている。僕は娘達に嫌われていた。今はもっと嫌われている。バブルの味が忘れられず夜の街に遊び続け、妻を罵倒し続けた僕には、もう家族は無い。月一の面会では、娘達はスマホをいじりながら喫茶店のテーブルの向こうで押し黙り、僕が一方的に捲《まく》したてて、最後はヒステリックにキレて終わるのが常だ。そんなある日、僕は言った。

離婚したって、お父さんはお父さんなんだぞ。

するとと珍しく綾子がつぶやいた。

「うざい」

綾子を平手打ちして、それを紀子にスマホで撮影されて、面会もなくなった。

玄関で、また躓《つまず》いた。蝸牛《かたつむり》のように濡れ痕を残しながら台所にたどり着く。鞄を投げ捨て、しばらく放心して座っていた。溜めたゴミの悪臭が鼻をつく。抱えた膝に、何度もおでこを打ちつけながら、自分の口から洩れる細い呻きを聞いた。ああ手が痛い。尻も痛い。ジンジンする。もう動きたくない。ヒリヒリする。寒い。濡れたズボンが気持ち悪い。

でも当たり前のように、僕はひとりだ。

「死ぬかな」

白状すると今朝から何も食べていない。食べられない。ずっとコーヒーだけだ。時折、こんなふうになってしまうのだ。

「死ぬかな」

自分のつぶやきが、突然、耳に飛びこんできて、実は、大声で怒鳴っていたのに気がついた。

気力をふり絞り電気をつける。掃除と無縁の塩ビの床は、埃で真ん中と端の色が違う。ズボンを脱ぐと尻が広い範囲ですり剝けて、血が滲んでいた。ぐしょりと濡れたトランクスのまま冷蔵庫を開けて、立ったまま、消費期限切れのおむすびを白湯で流しこむ。透明に干からびた米を嚙みしだこうとして、誤って舌を嚙み涙がでた。泣きながら、血が混ざった赤い米を吐きだした。

祖母の、野沢菜を刻んだ混ぜご飯のおむすびは、あれは、本当に美味《おい》しかった。祖母の作る弁当は、どれも絶品だった。けれども僕は、いつもアルミの蓋をたてて弁当を食べていた。クラスメート達の母親が作る色とりどりのおかずが詰められた弁当と、祖母が作る質素な弁当とは、あまりに違っていたからだ。違うのはそれだけではなかった。体操服の名札も僕だけ墨で書かれていて、薄汚く滲んでいた。連絡帳も僕だけ縦書きだった。こづかいもない。野球カードもない。僕はいつも皆の笑いものだった。

近所の友達から仲間はずれにされているのを知った祖母は、毎朝、黄色いランドセルを背負った僕を見送るようになった。玄関をでると、門までついてくる。門をでると、道の角までついてくる。学校の塀に沿って歩きだすと、二本離れた電柱の横を歩いている。そうして校門に僕の姿が見えなくなるまで、見送るのだった。

するとと正男達がからかうようになった。一年坊主同士の小競《こぜ》りあいなら大したことはなかったが、六年生の兄達が加担するようになったから、性質《たち》が悪かった。

彼等は祖母に目をつけた。

「おおい。今日もハッスル婆《ばあ》さんがいるぞ」

「お前んちの婆さんは、ハッスル婆《ばば》あだ。ハッスル、ハッスル」

小さな祖母がたしなめると、徒党を組んだ男の子達は、げらげら笑いながら逃げて行く。

ある朝たまりかねて僕は言った。

「もう僕、一人で行くから」

祖母が必死で護ろうとしてくれているのはわかっていた。でも、からかわれるより虐められるほうがましだった。今では僕が学校に到着すると、誰彼となく校舎から首をだし、「ハッスル婆さん到着〜」と叫ぶのだ。祖母まで貶《おとし》められるのが、堪《たま》らなく悲しかった。

胸を張っていなさい。意地悪をするほうが悪いんだから。

祖母は言った。確かにその通りなのだ。でも言ってわかる相手なら、最初から年下の子を虐めるような真似はしない。正論を信じすぎるから、祖母はいつも世の中に邪険に扱われてしまうのだ。

長じるにつけ、こっそりと、僕も、祖母を邪険に扱う側に回った。

貧しくてオーバーが買えない祖母が、古い残り毛糸を編んだショールを腰に巻きつけている蓑虫みたいな姿が恥ずかしくて、街であっても他人のふりをした。授業参観に祖母がくるのが嫌で、手紙を渡し忘れたふりをした。

あの頃、僕は心の中で、いつも祖母に文句をつけていたように思う。どうして馬鹿にする奴等に、言い返さないのさ。どうしてこんなに貧乏なのに、生活保護を受けないのさ。福祉課の人に勧められたけれど、明治生まれの祖母は、体が動くうちは人様の世話になりたくないと言って役所に申請にでかけなかったのだ。祖母のささやかな矜持《きょうじ》は美しかったけれど、軽く、不真面目な生き方がもてはやされていた時代だった。金が無いのも、暗いのも、悪だった。

反抗期も手伝って、目に見えない僕と祖母の溝は、クレバスのように深く冷たくなっていった。氷河のクレバスに墜ちると、戻ってくることは難しいらしい。

ポケベルが鳴った。最終便に間にあうように乗った羽田行きのリムジンバスの中だった。ステップを降りるや否や、僕はタクシーに飛び乗り、祖母のいる病院にとって返した。

まだずっと先のはずだった。覚悟などしていなかった。入院させたのは、老人養護施設が満杯だからで、少し、記憶があやふやになり始めていた祖母が独りで家に居て、もしものことがあっては困るからだった。僕のいた地方支社からは、どんなに急いでも東京まで三時間かかったし、仕事中に厄介な連絡がきて煩わしい思いをするのも嫌だった。

ベッドに横たわる祖母は、眠るように穏やかな顔だった。

「申し訳ありません。ちょっと外にでていた間に。戻ってきたら息をしていらっしゃらなくって」

付添いの今迫《いまさこ》さんは涙ぐんでいた。僕はそっと祖母のしみだらけの腕に触れた。薄い紙のような皮膚の下に優しい柔らかい肉があった。一人、泣いていたら、この腕が頬に触れたのを思いだした。

祖母は、誰にも看取られずに逝った。

骨ばった指が、小さく折りたたまれた僕の作文の賞状を握ったまま固まっていた。

「ずっと大切にしていらしたんですね」

祖母は、誰にも看取られずに、一人で逝った。

看護師さんが、もうすぐ臨終の確認に医者がくる、と言いにきた。

「お孫さんが新聞社に勤めているって、いつも嬉しそうに仰《おっしゃ》っていらしたんですよ。小さい頃からお話がお上手だったって、伺っておりました」

老人性認知症が始まりかけていたせいで、何度も、何度も、繰り返しその話をしたはずの祖母に、何度も、何度も、嫌なそぶりを見せず、うなずいてくれたであろう看護師さんや付添いさんは、多分、僕よりも、祖母を大切にしていた。

奨学金とアルバイトで大学をでた僕は新聞記者になり、地方支社に配属された。

祖母は一度も寂しそうなそぶりを見せなかった。

「もう、戻らなくちゃいけないんじゃないの」

七日間の夏休みの間、二日だけ、家に戻るとそう言った。

「もう行きなさい。男の人は仕事を大切にしなくっちゃ」

仕事仲間とスキーにいく途中、家に荷物を取りに寄るとそう言った。

「大丈夫なの。忙しいんじゃないの。お祖母ちゃんのことはいいからね」

女の子とデートが忙しくて顔を出せなかったら、そう言った。

「いいのよ。お祖母ちゃんのことは気にしなくて、いいんだからね。今迫さんも、とても良くしてくれるし、看護師さんも優しいから。りっちゃんは、御仕事を頑張ってね」

僕は面会に行くたびに、新しい本を持って行った。宮尾登美子。遠藤周作。北杜夫。

祖母は、それを心待ちにしていた。

姑息な僕は、本に自分の代わりをさせようとしていたのに。

「お勝手も、お掃除もしないで、こうやって本を読んでいられるなんて、何て贅沢なんだろう」

丸髷《まるまげ》を結うために伸ばしていた長い髪は、入院生活では邪魔になるので、短く切られてしまったと、それだけは寂しそうだった。

「りっちゃんは？　この頃どんな本を読んだの？　何かお話を書いている？」

いつしか語り手から書き手に変わった僕は、大学在学中、物語を綴っては出版社に送ったが、本をだすことはできなかった。稼がねば生きていけぬ身には、諦めなくてはならない夢もある。

「もう、いいんだよ。お祖母ちゃん。記者は性にあっているから」

「松本清張さんみたいな人もいるからねえ。りっちゃんも頑張るのよ」

「まあね」

苦笑いしながら僕はポケベルをとめた。

「何か、向こうであったみたいだ」

それは本当は妻からだった。僕は病室からでた。大手新聞社のレッテルは、灯りに群がる蛾のように利に敏《さと》い花嫁候補達を呼び寄せた。独身時代には東京にも赴任先にもつきあっている子がいた。その中から一番美人で、男達の羨望の的になるような子を選んだ。僕は仕事ではなく拗《す》ねた妻の御機嫌を取るために戻るつもりだったのだ。

電話の声は甲高く、苛だっていた。

「信じられない。この前、見せて貰ったドレス、もうないって。由美《ゆみ》はジバンシィだし、加奈子《かなこ》はディオールよ。新郎の姉が国産の安いのなんて、恥ずかしいわ。それで、お祖母ちゃんの具合はどう？」

祖母には義弟の結婚を話していなかった。

祖母の名前が招待状の中になかったからだ。

「だって親戚がいないのに誰に世話してもらうの。私は仕事があるし。うちの母？　花婿の母よ。付添いさんに頼んで二人分の馬鹿高い旅費とホテル代を払うの？　だけど東京の病院からどうやってハワイまできてもらうの？　七十過ぎたお年寄りに遠くまでこさせるなんて残酷じゃない？　血は繋がっていないんだもの。式が終わって挨拶に行けばいいでしょう」

万事が派手で気の強い妻に、物静かな祖母はいつも押しまくられていた。妻はというと、一円でも無駄遣いをしない堅実な暮らしぶりの祖母を煙たがっていた。東京にでかけるときもブランドショップや流行《はや》りのレストランには行くが、彼女が祖母の病院に寄ることはなかった。

僕は卑怯だった。

僕は妻の側に立つべきではなかった。

ひと言、妻に言えばよかったのだ。

祖母は一人で旅だった。

本当は、今日、最終便に乗る必要はなかった。休暇はあと二日、とってあったのだから。

いつも僕が一人で泣いていると、祖母は横に座ってくれた。真夜中だろうが朝四時だろうが。夏だろうが冬だろうが。

僕は、祖母を一人ぼっちで逝かせてしまった。

世の中でたった一人、僕の味方になってくれた人だった。僕を捨てなかったのは祖母だけだった。けれども、僕は、捨ててしまった。

その晩、丸髷を結って、長く着続けたせいで張りの失せてしまったお召しの着物をまとった祖母が、小さな背中を丸めるようにして僕から離れていく夢を見た。おばあちゃん、おばあちゃん。何度も呼んだが、祖母は一度もふり返らなかった。

独りで葬儀の手配をした。妻は、葬式にだけやってきた。

翌月、荷物の整理に戻った。桐簞笥の引きだしに、大学ノートと、お話の絵が入った書道筒を見つけた。僕はノートを開いた。祖母の日記だった。

一九七七年十一月九日。文則が作文で賞を貰った。朝礼で、作文を読み上げているのを、運動場の、塀の外で聞いた。こんなに嬉しいことはない。

一九八六年三月十二日。合格発表。高校の先生から御祝いの御電話を頂く。あの学校で帝国大学に受かったのは、インド人留学生の他では文則が初めてだそうだ。頭が良いのは祖父ゆずりなのかもしれない。背丈も六尺を超えて、中学生のとき五尺に足りなかったのが嘘のようだ。

一九九〇年四月一日。入社式。文則が新聞社にでかけた後で、小布施の嘉子《よしこ》ちゃんに電話をした。苦労続きが報われたわねと、とても喜んでくれた。嘉子ちゃんは少し耳が遠くなっている。お祝に、甘精堂《かんせいどう》の栗かの子を送ってくれると言った。いつか文則を小布施に連れて行ってあげたい。晴れた日に悠々と連なる妙高山《みょうこうさん》、斑尾山《まだらおやま》、黒姫山《ひめやま》、戸隠山《とがくしやま》、飯縄山《いいづなやま》。小さい頃お話をしてあげた千曲川を見せてあげたい。一度、生きている間に戻りたい。一度だけでいいから、戻りたい。でもお金がない。

一九九一年九月二十七日。文則が九州支社に配属された。一人暮らしが心配だ。風邪をひいていないと良いけれど。寂しい。

一九九二年五月二十五日。今朝、新聞に文則の名前を見つけた。驚いて、卓袱台《ちゃぶだい》から お箸を落っことしてしまった。随分、大きい記事だ。嘉子ちゃんに電話すると、それは特ダネというやつよ、と笑っていた。良い記事を書くと御褒美に名前が載せて貰えるのだろうか。何度もくり返し、読んだ。孫の新聞記事を読めるお祖母ちゃんは、世の中には、そうそういないに違いない。

ノートにはきっちりと切り抜かれた三面記事が貼られていた。その横には、蟻の絵が描かれていた。ボルサリーノをかぶってペンを持つ、気取った背広姿の蟻の胸に、〈文則〉と名札がつけられていて、僕は思わず笑ってしまった。

日記の最後は、入院の七日前の日付だった。

一九九七年一月十三日。今日で日記はお終い。来週、入院。嘉子ちゃんの養老ホームに葉書をだした。お互い耳が遠くなってしまったので、電話は難儀。生きている間に一度、小布施には戻りたかったけれど、もう叶わない。嘉子ちゃんにも会いたかった。死んでから、戻ろうかしらん。

そして、ページをめくった僕は息を呑んだ。

川中《かわなか》文則様

りっちゃん、これを、りっちゃんが読んでいる頃、おばあちゃんはもう、この世にいないかもしれません。だから、最初に謝っておきます。ごめんなさい。おばあちゃんは、最近、忘れっぽいので、きっとこれを書き終わったときに、謝ることも、忘れてしまうかもしれないと思ったから。本当に、ごめんなさい。もう一つ、ごめんなさい。

また、りっちゃんに、ごめんねばかり言うと笑われそうですね。でも、おばあちゃんが、ごめんなさい、ばかり言う人間になってしまったのは、小さい頃から、それで身を守ってきたからなの。おばあちゃんは、本当の母親を小さい頃に亡くしました。後添えにやってきた継母は、弟達には優しかったけれど、おばあちゃんにだけ、きつくあたる人でした。ああ、またです。また脱線してしまった。まず一番、言いたいことを書かなくては駄目ね。

最初のごめんなさいは、お父さんのことです。

おばあちゃんは上手にお父さんを育てられませんでした。満州から帰ってきたお父さんとおばあちゃんは、小布施の家に戻りました。屋敷の離れで、ご飯を食べるにもお風呂を使うにも、いつも継母に気兼ねする暮らしでした。お金もなくて、昼間は、近所の畑仕事の手伝いをして、夜は御習字の先生をして、やっと暮らしました。

お父さんのこと、だから怒ってばかりだったのよ。行儀良くしなさい。黙っていなさい。従兄たちに虐められても、我慢しなさい。怒鳴ってばかり。

家をもらえるのはずっとあとの話で、あのころは、継母や弟達の気持ちを損ねて、追い出されてしまうわけにはいかなかったんです。そうなれば、親子二人、路頭に迷います。

でも、おばあちゃんが、馬鹿でした。大馬鹿でした。

もう少し、お父さんの気持ちを考えてあげれば良かった。

おばあちゃんは、自分が辛い辛いとそればかりで、もっと辛くて、もっと心細かったはずの、小さなお父さんに優しくしてあげることができませんでした。子供が頼れるのは親しかいないというのに。お父さんには、私しかいなかったというのに。

だからなのでしょう。いつかお父さんは、いじけて人の顔色をうかがう子供になってしまいました。高校を卒業すると、二度と小布施には戻らないと言って、東京に出ていきました。

お父さんがりっちゃんを虐めていると役所の人から連絡がきたとき、正直、その理由がわかったの。お父さんは、おばあちゃんがしたことを、くり返しているんだって。

二つ目のごめんなさいは、お母さんのことです。

小学校に上がる前、邱さんの墨で悪戯をしたのを覚えている？　あの日、おばあちゃんがでかけて、お留守番したのを覚えている？

あのとき、おばあちゃんは、福祉課の岡野《おかの》さんと一緒に、りっちゃんのお母さんに会いに行っていました。お母さんから、りっちゃんと暮らしたいという手紙を貰ったからです。

お母さんは良い身なりで、お金もありそうに見えました。一緒に住んでいる男の人が、子供を連れてきて良いと言ってくれたとのことでした。

おばあちゃんは悩みました。貧乏な年寄りが、時代錯誤な子育てをするより、お母さんと一緒のほうが良いのではないだろうか。それに、おばあちゃんは、お母さんよりも、ずっと先に死ぬのです。

家に戻ってきてから、だから、おばあちゃんは、本当は、りっちゃんとお別れしようかと考えていました。けれども、昔のことが頭をかすめて、どうしても決心できませんでした。

おばあちゃんが、どうして満州から帰ってきたのかは知っていますね。でも、どうして満州に行かなくてはならなかったかは、知らないでしょう。

おばあちゃんは小布施の川中家に生まれました。三人姉弟の長女です。おばあちゃんが七歳、弟達が五歳と三歳のとき、母が死にました。そして、継母に育てられました。

継母は、弟達は可愛がりましたが、おばあちゃんだけを、酷く嫌いました。叱られ、つねられ、ぶたれるのを避けるために、ごめんなさい、と言い続ける毎日でした。父は愛情がなかったわけではありませんが、気がつかない人でした。

それでも父が結核で死ぬまでは、旧家のお嬢さんとして、恵まれた暮らしをしていたと思います。綺麗な着物を着て、女学校にも通わせて貰えました。だけど、小布施高女を卒業した年、父が死んでしまうと、途端に厄介者扱いされて、あからさまに虐められるようになりました。悲しいことに、小さい頃は姉ちゃん、姉ちゃんと慕ってくれた弟達も、継母を真似るようになり、その頃、おばあちゃんは、家族中にごめんなさいと言う暮らしをしていたんです。

そして、新しい父がやってきました。ああでも、父と呼ぶのも汚らわしい。継父は、何と義理の娘のおばあちゃんを好きだと言って、追いかけ回すようになったのです。お陰で、押し入れに隠れて寝たり、嘉子ちゃんの家に隠して貰ったり、散々でした。

そんなとき、お隣のおばさんから、満州開拓団の話をききました。支度金も貰えるし、気に入った人がいなければ断っていいらしいのです。それで、役場から写真を送って貰ったの。

本当は、知らない土地に行きたくはなかった。小布施が大好きだった。でも、家に居場所はなかった。

満州から戻ると、継父は戦争で死んでいました。それだけが天の助けでした。

おばあちゃんは、だから思いました。新しい家族の中で、りっちゃんが、独りぼっちで虐められたらどうしよう。私のような目にあったら、どうしよう。

でも、実の母親が一緒に暮らしたいと言っているのに、これは年寄りの身勝手ではないだろうか。自分が孫と離れて独りぼっちになりたくないばかりに我儘を言っているのではないだろうか。とても苦しかったです。

お母さんは、言いました。酷い母親だってことはわかっています。でも夫が暴力をふるわなければ私だって家出なんてせずにすんだんですよ。自分の息子をまともに育てられなかった人に、孫が育てられるとは思いません。文則が喋れないのは、貴女のせいなんじゃないですか。文則が不憫《ふびん》です。あの子に会わせてください。

三歳の子供を捨てて、でていったのは、そっちでしょう。怒った岡野さんは味方をしてくれましたが、お母さんが帰ったあと、言いました。来週、もう一度、保健所の先生も一緒に三人で会ってみましょうか。文則君が話せるようになる可能性が少しでもあるのなら、あの子のためです。喋れないと、この先、様々なハンデを負うことになります。

そうして、家に戻ってきたおばあちゃんが、悲しくて、泣きたくなって、もうどうしようもなくなったときに、りっちゃんがお話を始めてくれたのよ。

あんなに嬉しかったことは、ありませんでした。

しばらくして、岡野さんから電話がありました。お母さんには大変な借金がありました。児童扶養手当というものを狙ったのではないかということでした。お母さんを悪く言って申し訳ないけれど、私が死んだ後、お母さんから借金や保証人を頼まれても、絶対に断って下さいね。まともな親はどんなに貧乏しても、子供にお金を借りないものです。利用されては駄目。お父さんに殴られたのも忘れてはいけませんよ。絶対に忘れないで。

りっちゃんと暮らせて本当によかった。毎日ご飯を作って、りっちゃんのお話をきくのが楽しくて楽しくて、あっというまに月日が経ってしまいました。

夢のようでした。

おばあちゃん、本当に幸せだった。

幸せなまま、死ねます。ありがとう。

りっちゃんが恵美《えみ》さんと結婚してほっとしました。仕事を持って学歴のあるひとだから、きちんとした家庭を作れると思います。おばあちゃん、りっちゃんには、他所《よそ》の若いお母さんみたいにしてあげることができなかったから、田舎のおばあちゃんで色々と知らないことも多かったし、おこづかいもあげられなかったから、本当にごめんなさいね。今度こそ、ちゃんとした家族を持って下さい。

最後に一つだけ。りっちゃんの夢は、いつも、おばあちゃんの夢です。りっちゃんの幸せは、おばあちゃんの幸せです。親がいない子は、欠けているものが多いけれど、その分、与えられるものが必ずあります。

りっちゃん、がんばれ。


ノートと書道筒は、それから、ずっと僕の手元にある。時折、祖母の絵を取りだして眺めるが、山犬や竜が動き回ることは、勿論ない。きっと幼子の想像力が、この生き物達に命の息吹を与えていたのだろう。

二年前、元妻が癌になった。二人の娘はまだ高校生だ。闘病のために会社を辞めた元妻は、途端に暮らしがきつくなったと言ってきた。義父母は他界し、義弟と分けた遺産は、とうに散財して彼女の手元にはない。だから僕は、月々の養育費に幾許《いくばく》かの金額を足して、彼女に送る。クリーニングにだしていたYシャツを自分で洗い、外食を控え、ボーナスで、病院代を払う。

娘達はありがとうと言わない。言えないから言わない。金を受け取るのは当然だと思っている。元妻もありがとうと言わない。言えないから言わない。でも僕が手を引いたら、三人の暮らしは行き詰まるだろう。祖母のような思いを彼女達にさせたくない。父の辿った道を辿らない。祖父の選んだ道を選ばない。それが僕の祖母への矜持だ。

古ぼけた文机に座ると、ラップトップの蓋を開いた。五十を過ぎたいいオヤジが、一人ぼっちで、死んだ祖母の〈がんばれ〉を噛みしめながら、今、生きている。キーボードを叩く乾いた音が鳴る。僕は三十年ぶりに物語を書き始めていた。

雪は雨に変わった。ブラインドの隙間から、群青色《ぐんじょう》の東京湾に浮かぶ大きな船に、水先案内人が昇る姿が見える。

ふと背中に視線を感じた。ふり返り、座布団から三センチばかり跳び上がった。天井の隅に、件《くだん》の蜘蛛が大脚を広げて、室内を睥睨《へいげい》している。

「またでたか。いつから、そこにいた」

僕は蜘蛛を睨みつけた。

「何か、言いたいことがあるのか。どこからやってきた？」

そろそろと立ち上がると、いや白状すると、大きな音でもたててあの八つ足のお化けが驚いて走りだしたりした日には救急車、消防車、パトカー、一式呼びたくなってしまうから、音をさせぬように慎重にブラインドを上げ、窓を開ける。途端に冷たい海風がびょうと吹きこんできて、机上のメモやコピーが一斉に、吹き飛ばされる。

「う」

だが、蜘蛛はありがたいことに、ちんとそこにいる。

天井の隅っこで足を踏ん張ったまま動かない。

「おりこうさん。おりこうさん」

敵に背を向けないように、忍び足で部屋を横切り掃除機のスティックを手に戻ると、蜘蛛のほうへと突きだした。

つつつ、と天井の横木の上を敵は窓のほうに移動した。

もう少し。

つつつつつ。

「ここは君の家ではない。外は寒いが、二階か一階。もしくは三〇二号室に転居したまえ」

　つつつつつ。

「何、ほんの少しの辛抱だ。三分程で引っ越しが済む。三〇二は一日中暖かくていいぞ。リタイアした御夫妻が住んでおられる。他に、空き部屋も沢山ある。どこでも好きな所を選べるぞ」

　ぽと、と彼が床に落ちたのと、僕が断末魔の悲鳴を上げたのとは同時だった。

　いやもうこれは逃げるしかない。外にでて一一〇番だ。だが蜘蛛は床に落ちると同時に、見事にイナバウアーのように足をふり上げ身体を反転させると、猛然と、僕のほうへ突進してきた。

「ぎゃあああっ」

　くる。もう駄目だ。

　しかし彼は僕の両足の間を抜け、ふり向いた僕の鼻先で壁に駆け上がり、丁度、目線の高さでとまった。僕はすさまじい速度で後退《あとずさ》った。

　蜘蛛は壁の真ん中で、くわっと脚を広げた。旭日旗の如く、太陽の光の如く。

　そして音もなく、爆発した。子供を産んだのか。僕の家で。やめてくれ。

もう声にならない絶叫を上げた。

黒い巨大な胴体からずるり、とはみだしたものが、壁の上を放射状にずるずると滑っていく。わさわさとゆれる足の毛は、黒い紐になってゆらゆらと蠢く。絡み合った黒紐は、ねじれを直すように回りながらほどけていく。そして僕は、呆《ほう》けて、ぽかんと口を開けた。

壁に、黒い文字が揺らめいていた。

り　つ　ち　や　ん
残りの四十五文字は、ぐるぐると、その周りを駆けまわっている。

やがて壁に一列に並んだ、り、つ、ち、や、ん、が力尽きたのか、ひらひらと剝げ落ちると、ぐるぐると駆けまわる文字達の中から飛びだした四文字が並んだ。

か　ん　は　れ
呆然と眺めながら、ああ、そういえば、初めて祖母から習った五十音には、濁点や句読点はまだなかったのだ、と僕は、ぼんやり考えた。

「デスク、蜘蛛の名前はわかりましたか」

翌日、山田さんから食事に誘われた。二年前に彼女が離婚していたのを南原から聞いた。僕は、正直に言った。娘達の養育費と癌にかかった元妻の治療費を払っているから金が無いのだと。

すると赤いオーバーを着た山田さんは、社員玄関でワンカップの入ったコンビニ袋を提げて、待っていてくれた。温かいワンカップを手袋の間に挟み、僕達は有明《ありあけ》の海の見える公園のベンチに座った。雪が桜吹雪《さくらふぶき》のように舞い始めていた。

「蜘蛛の名前は、あいうえお」

「あいうえお？」

山田さんは、くすくす笑いながら、あいうえお、とくり返した。祖母に少しだけ似た、苦労や悲しみは決して人にぶつけないだろうその凜とした笑顔に、この人になら祖母の、あの小さな借家での半生を話せるだろうと思った。

（小説宝石6月号）

密行

今野敏

今野 敏（こんの びん）

1978年『怪物が街にやってくる』で問題小説新人賞
2006年『隠蔽捜査』で吉川英治文学新人賞
2008年『果断 隠蔽捜査2』で山本周五郎賞、日本推理作家協会賞（長編及び連作短編集部門）

1

　夜明け前に、問題のアパートの前に集合した。世田谷区太子堂《たいしどう》の住宅街にある安アパートだ。オートロックの設備もなく、一階と二階に玄関ドアが並んでいる。

「高丸《たかまる》」

　徳田一誠《とくだいっせい》班長に呼ばれて俺は、小声で「はい」と返事をした。

　警察学校や地域課にいる頃は、とにかく大きな声で返事をしろと言われたが、機動捜査隊に配属されてからは、声をひそめることが多かった。

　徳田班長が言った。

「高丸とシマさんは、裏手を固めてくれ」

「了解しました」

　俺はこたえて、相棒の縞長省一《しまながしょういち》とともに、アパートの裏側に回った。そこからは、ベランダに通じるガラス戸が見えるが、今はカーテンで閉ざされており、明かりも点いていない。

渋谷署の刑事課強行犯係が、このアパートの一室にウチコミをかける。恐喝の被疑者が潜伏しているという情報があったのだ。

強行犯係は、情報の裏を取り、被疑者逮捕の態勢を整えたというわけだ。ウチコミは夜明けと同時に行われることが多い。

制度上、通常、家宅捜索は日没から日の出までできないので、夜明けを待つのだ。

その時間なら被疑者が部屋にいる確率が高い。

被疑者の名前は、下平茂雄《しもひらしげお》。年齢は三十二歳だ。かつて、広域指定暴力団の構成員だったが、今は組を抜けているという。いわゆるゲソ脱けだ。

中小企業の経営者を恐喝したというのが、今回の罪状だが、余罪がいろいろとありそうだ。

「被疑者が裏口から逃亡する確率はどれくらいだと思う?」

俺は縞長に尋ねた。

「さあな。だが、けっこう高い確率だと思うよ。だから、私らが配置されたんじゃないのか?」

俺は思わず笑みを洩らした。

「余裕の発言だね」

「私らコンビには実績があるからね」

たしかに縞長と組むようになって成果を上げるようになった。

「こっちに逃げてきてくれれば、また手柄が上げられるかもね」

「手柄なんて、どうでもいい。誰が挙げても同じことだ。大切なのは、犯罪者を検挙することだからな」

「シマさんは、優等生だからなあ。俺はまだまだ欲があるからね。早く機捜を卒業して、本部の一課に行きたい」

「捜査一課なんて、ろくなもんじゃない。こうして犯罪捜査の最前線にいるほうが、だんぜんいいと思うけどね……」

「シマさんは、刑事としての経験が長いから……。俺はまだまだこれからだからね」

「けど、機捜の経験は高丸のほうが長いじゃないか」

そのとき、受令機から徳田班長の声が流れてきた。

「集合だ。全員先ほどの場所に戻れ」

縞長もその無線を聞いている。二人は顔を見合わせた。

縞長が言った。

「確保したのかな……」

「被疑者、抵抗しなかったようだね」

二人は徳田班長のもとに向かった。徳田班の全員が集結した。総勢六名だ。やや離れたところで、強行犯係の連中が輪を作っている。

被疑者の身柄を確保した様子ではない。俺は、何事だろうと思い、徳田班長の説明を待った。

「空振りだ」

徳田班長が言った。「下平は部屋にいなかった」

「そんな……」

梅原健太《うめはらけんた》が言った。「所在を確認してあったんじゃないんですか?」

梅原は、縞長と組む前の俺の相棒だ。同期なので気楽にやっていた。

梅原の問いに、徳田班長がこたえた。

「そのはずだった。だが、下平は事前にガサを察知して逃走したらしい」

ガサもウチコミも家宅捜索のことだ。

縞長が尋ねた。

「部屋には誰かいたのかね？」

「下平と交際していると思われる女性がいた」

「芦田綾香《あしだあやか》だね。部屋の住人だ」

「そう。強行犯係では、彼女に任同を求めたということだ」

「同行に応じたのかね？」

「そうらしい」

任同、つまり任意同行はその名のとおり、同行するかどうかは任意なのだが、それを拒否する一般人は少ない。

警察官が「署まで来てくれ」と言えば、強制力があると、普通の人は思ってしまうのだ。また、断ることが何か悪いことのように思うのかもしれない。

俺も、警察官になるまではそう思っていた。そして、警察官になった今は、一般人のそういう思い込みをおおいに利用させてもらっている。

職質して任同。それで多くの場合、犯罪の芽を摘むことができる。人権団体などは、そうした警察官の行動に批判的だが、警察官が何もせずに犯罪が増えればまた批判されるのだ。

縞長が言った。

「だが、しゃべらないだろうね」

徳田班長はうなずいた。

「そうでしょうね。今のところ、下平の行き先は知らないと言っているようです」

俺は徳田班長に尋ねた。

「この先は、どうなるんです?」

徳田班長は、顔も声も無表情のままこたえた。

「空振りなんだ。どうしようもない。俺たちは撤収だ」

「強行犯の連中は?」

「家宅捜索の許可状を持っているはずだから、ガサをやるだろう」

「わかりました」

俺はこたえた。「では、このまま密行に出ます」

徳田班長は、再び無言でうなずいた。

俺と縞長はスカイライン250GTの覆面車に乗り込んだ。機捜235というコールサインが割り当てられており、このシルバーグレーの覆面車は、機捜車と呼ばれている。

目立たない車を選択したつもりなのだろうが、いつしか世の中にはSUVやミニバンがあふれ、セダンはあまり見かけなくなった。

だから、見る人が見ればすぐに機捜車だとわかってしまうが、一般人は気づかないだろう。

機捜車に乗って、担当地域を見回ることを「密行」と呼んでいる。だが、これは警察内部では特別な言葉ではない。物事を公にせずに行動することがすべて「密行」と言われる。

「強行犯係の連中は、さぞかし悔しがっているだろうね」

助手席の縞長が、独り言のような口調で言った。俺はそれにこたえた。

「下平は、事前にガサを察知していたと言ったよね。情報が漏れていたのかな……」

「だとしたら一大事だな。捜査情報が被疑者に漏れていたなんて……」

「渋谷署は大騒ぎじゃないのかな。恐喝の犯人捜しと同時に、捜査情報を漏らした犯人も捜さなきゃならないんだ」

「まあ、放ってはおけないだろうな」

内通者は組織の敵だ。必ず見つけ出して厳しく処分しなければならない。「罪を憎んで人を憎まず」などという言葉があるが、警察官も人の子なので、犯罪者に憎しみを覚える。

ましてや、裏切り者である内通者に対してはより厳しい眼が向けられる。

俺や縞長が、どこか他人事《ひとごと》の発言をしているのは、渋谷署に同居していても俺たち機捜は本庁の刑事部所属だからだ。渋谷署には分駐所として間借りしているだけなのだ。

夕刻、密行を終えて渋谷分駐所に戻ると、ほぼ同時に帰投していた梅原、井川《いがわ》組と駐車場で会った。井川は徳田班で一番若手だ。

「よお、今上がりか?」

梅原が近づいてきた。そして、声を落として言った。「聞いたか? 熊井《くまい》の話」

俺は眉をひそめた。

熊井猛《たけし》は、渋谷署強行犯係の巡査部長だ。無愛想で、会うと必ず厭味を言われる。

「何だ？　熊井の話って……」

「ウチコミの情報を漏らしたのは、熊井じゃないかって噂がある」

俺と縞長は顔を見合わせた。

縞長が梅原に尋ねた。

「それは、どこからの情報だね？」

「どこからって……。はっきりした情報源があるわけじゃないよ。あくまでも噂だ」

「その噂をどこで誰から聞いたかが重要だと思うんだが……」

「強行犯のやつらが立ち話しているのが、偶然耳に入ったんだ」

俺は言った。

「偶然耳に入った……」

梅原が油断のならないやつだということは、よく知っている。つまり、優秀な警察官だということだ。

味方にしている間は都合がいいが、敵には回したくないタイプだ。彼のことだから、誰かに探りを入れていたに違いない。

噂の出所は強行犯係ということなのだろうか……。

縞長が言った。

「確かなことがわかるまで、あまりそういうことを人に漏らしてはいけないんじゃないか……」

梅原は肩をすくめた。

「他のやつには言わないさ。相手が高丸だから言ったんだ。同じ徳田班の仲間だし、かつての相棒だからな」

「私らは決してしゃべらない。だから、梅原もこれ以上は噂を広めないことだ」

梅原は肩をすくめた。

「わかりましたよ」

梅原と井川が歩き去ると、俺は縞長に言った。

「熊井は嫌なやつだから、噂が本当だったら、ちょっと面白いことになるな」

縞長がこたえる。

「おそらく今、強行犯係の連中は疑心暗鬼になっているに違いない。火の気があればすぐに燃え上がるような状態だ。だから、決して余計なことは言わないことだ」

「わかってるよ。俺が言いたいのはね、熊井は嫌なやつだが、決して愚かなやつじゃないってことだ。刑事としては優秀なんじゃないかと思う。それが、被疑者に情報を漏らしたってのが、ちょっと信じられないんだ」

「同感だね。熊井はそんなつまらない不正をやるやつじゃない」

「じゃあ、ちょっと調べてみる?」

縞長が驚いた顔になって言った。

「そんなのは機捜の仕事じゃないだろう」

「機捜は何でも屋だからね。自分たちが仕事だと思えば仕事になる」

「そんなばかな……」

「表向きは、下平を捜すということでいいんじゃないの?」

「それは、渋谷署強行犯係の仕事だろう」

「乗りかかった船じゃない」

俺は真相を知りたかった。

もし、本当に熊井が漏洩の犯人なら、その事実を突きつけて、俺たちの立場を有利にすることができる。

もともと、所轄の機捜に対する扱いは雑だ。彼らは、機捜をパシリ程度にしか考えていない節がある。警視庁本部の捜査一課になると、もっと露骨だ。邪魔者扱いするやつすらいるのだ。

もし、熊井が内通者だったとして、その事実が明るみに出たら、おそらく懲戒処分を食らうことになるだろう。

必然的に彼らと機捜の力関係にも、おおいに変化が生じるはずだ。

俺はそんなことを考えながら、日頃使用する分駐所のデスクに向かった。今日一日の報告書を、パソコンに打ち込んでいると、縞長が一枚の写真を見つめているのに気づいた。今どきは、誰でもパソコンやスマホで写真を見る。こうして、紙焼きの写真を見る人は少なくなった。

俺は尋ねた。

「何を見てるんだ？」

縞長は写真をよこした。デジタル写真をプリントしたものだ。下平の写真だった。

「シマさんのことだから、もうすっかり人相は頭に入っているんだろう？」

「それでもこうして眺めていると、新たな発見があるし、印象を頭に刻みつけることができる」

「さすがに、元見当たり捜査員だね」

「そう。その当時は、五百人くらいの人相を頭に叩き込んでいたものだ。そのときに使用したのが、紙焼きの写真なんで、いまだにプリントしたものでないと、頭に入らない。不思議なものだ」

「あ、それ、わかるなあ……。グラビアアイドルの写真集は、やっぱり紙に印刷していないとなあ……。ネットで見てもありがたみがあまりないんだ」

縞長は戸惑ったように目を瞬いた。

「えーと、まあ、そういうこととは、ちょっと違っているかもしれないがね……」

俺は手にした下平の写真を見た。人相を覚えるときは、眼を見ろと言われる。変装しようと整形しようと、眼だけは変えようがない。

また、耳を見ろと言う人もいる。帽子をかぶろうが、マスクをしようが耳だけは出ていることが多いので、その特徴を捉えるのが大切だというわけだ。

どちらも一理あると思う。

俺は写真を縞長に返すと、言った。

「どうして、あらためて下平の写真なんて見てるんだ?」

「ああ」

縞長がこたえた。「明日から、下平を捜すんだろう」

2

渋谷署管内の密行を続け、下平の姿を捜し求めたが、一日目は成果はなかった。幸い、初動捜査の仕事もなく、密行を終えて渋谷分駐所に引き上げて来た。

署内で、熊井を見かけた。彼は、署の一階で誰かと話をしていた。いつもよりも不機嫌そうに見えた。

相手は俺も知っているやつだった。

東都新聞の柏田竜次《かしわだりゅうじ》というベテラン記者だ。こいつは、熊井以上にいけ好かないやつだと、俺は思っていた。

たぶん年齢は五十歳くらいだ。この年になって現場に出ているということは、よほどの変わり者であるか、出世できない何かの理由があるということだろう。

かつて、気概のあるジャーナリストは、現場主義で、とにかく常に外回りをしていて、現場に駆けつけることが重要と考えていたようだ。

今では、公式の記者発表をそのまま記事にしたり、インターネットで調べ物をする記者も多いという。

たしかに、警察の発表だけを記事にしてくれれば、警察官にとってこれほど楽なことはない。しかし、記者との間に緊張感も共感も得られない。それはちょっと淋しい気がする。

一方で、柏田はこちらの都合などお構いなく、ずけずけと話を聞きに来る。記者らしい記者ではあるのだが、その態度がいささか鼻につく。

猜疑心の塊のような男で、こちらの言うことを信じようとしない。コメントを出しても信じてもらえないのだから、話す気もなくなる。

それでもしつこく寄ってくるのだ。

しかめ面の熊井が何かを吐き捨てるように言って、柏田のもとを離れた。

熊井がいなくなると、柏田は俺と縞長のほうに近づいてきた。

「よう。ちょっと話を聞かせてもらっていい？」

俺はこたえた。

「これから第二当番と引き継ぎがあるんですよ」

「時間は取らせないよ。昨日のウチコミに機捜も参加したんだろう？」

「発表されたこと以外はしゃべれませんよ」

「誰が参加していたかはわかってるんだ。今さら隠しても仕方がないよ」

「知っているなら、俺に聞かなくたっていいでしょう」

「聞きたいのはさ、どうして下平を逃がしちまったのかってことだよ」

「そんなこと、俺にはわかりませんよ。被疑者だって必死ですからね。逃げられることだってあります」

「誰かが内通していたっていう話もあるよな？」

「何が言いたいんです？」

「刑事が被疑者と通じていたってことさ。下平に何か、弱みを握られていた刑事がいるんじゃないのか？」

「弱み……？」

「内部でも調べてるんだろう？　内通者のこと」

「さあね。もしやっているとしても、それは渋谷署の役目ですから」

「そいつが問題なんだよなあ」

「問題？」

「そうだよ。何か不祥事があっても、それを警察全体の問題として考えないんだ。だから、不祥事がなくならない」

「被疑者確保に失敗したのは、不祥事じゃありませんよ。うまくいく仕事もあれば、そうでないのもある」

「内部にいれば、何か聞こえてくるだろう？　機捜は本部所属だから、渋谷署に義理立てすることもない。何か知ってたら教えてよ」

柏田は熊井が内通者かもしれないという噂のことを知っているに違いない。その言《げん》質《ち》を取りたいのだ。

俺は腹が立った。熊井は嫌なやつだが、身内であることは間違いない。柏田は、俺に身内を売れと言っているのだ。

「何も知りませんよ」

俺は言った。「渋谷署内を嗅ぎ回ったところで、無駄ですよ。こんなことを続けていると、出禁《できん》になりますよ」

柏田は、笑みを浮かべた。

「俺はずっとこういうやり方を続けてきたんだ。それで、出禁になることもクビになることもなかった」

「とにかく……」

俺はきっぱりと言った。「俺たちは何も知りません」

「そうかい。まあ、またそのうちに話を聞かせてもらうかもしれない」

そう言うと柏田は俺たちのもとを離れて行った。

分駐所に向かって歩き出すと、俺は縞長に言った。

「どうして記者は、警察がヘマをやると、鬼の首を取ったようにはしゃぐんだろうな」

「権力の監視をしているつもりになれるからだろうね」

「つもり?」

「そう。本来なら政府を監視して批判しなければならないのだろうが、それほどの気概も根性もないから、権力の末端である警察を批判したがるんだよ」

「へえ。シマさんも辛辣なことを言うんだね」

「骨のある記者がいなくなったからね。私はね、本来のジャーナリズムは大切だと思っているんだ」

分駐所に戻る直前に、熊井が俺たちの行く手を遮った。

「おい、柏田と何か話をしていたな」

俺は「ああ」とこたえた。

「何を話していたんだ」

別に隠す必要もないので、俺は言った。

「どうしてウチコミが失敗したのか訊かれた」

「何てこたえたんだ？」

「ありのままをこたえたよ。ウチコミなんてうまくいくこともあるし、失敗することもあるって……」

「柏田は、他に何か言ってなかったか？」

「何かって、何だ？」

熊井がさらに不機嫌そうな顔になって言った。

「何かだよ」

「あんたこそ、柏田に何を言われたんだ？」

「別に何も言われていない」

「あいつと話をして腹を立てた様子だったけどな」

そのとき、縞長が言った。

「俺たちは、同じ警察官だ。そうじゃないか？」

熊井が縞長を見て言う。

「当たり前じゃないですか。今さら何を言ってるんです」

縞長が年上なので、いちおう丁寧語を使っているが、態度は決して相手を敬っているという感じではない。

縞長がさらに言った。

「私らは記者じゃないんだよ。腹の探り合いは必要ないと言ってるんだ」

熊井がちらりと俺のほうを見た。俺は言った。

「そっちが意味ありげな態度だから、こっちも警戒しちまうんだ」

熊井が言う。

「そっちこそ、なんかこそこそしてないか？」

縞長が言った。

「あんたが内通者じゃないかという噂があると聞いた」

熊井はむっとした顔になって縞長を見た。

「内通者だと？」

「そう。あんたが下平に情報を流したから、身柄確保に失敗したと……」

「ばかを言うな」

俺は尋ねた。

「あんたが情報を漏らしたわけじゃないんだな？」

「下平に情報を漏らすわけがない。そんなことをしたら、たちまち懲戒免職だ」

縞長が言う。

「それでもつい、内通してしまう者がいる。残念なことだけど、そういう不祥事は後を絶たない」

「下平に情報など漏らしていない」

熊井はそう言うと、くるりと踵《きびす》を返し、足早に去って行った。

俺はその後ろ姿を見ながら言った。

「熊井はああ言ってるけど、どう思う？」

「私は信じるよ」

縞長は歩き出した。「同じ警察官なんだからね」

翌日は第二当番の夜勤だ。夕刻から機捜車を引き継ぎ、密行に出た。強盗未遂や小火《ぼや》の初動捜査があり、落ち着かない夜だが、機捜の仕事はこんなものだ。

小火の検証を終えて、ススだらけで車に戻り、再び街を流しはじめたとき、縞長が言った。

「停めてくれないか」

「どうした？　トイレか？」

「今通り過ぎた交差点だ。確認したいことがある」

俺は機捜車を車道の端の縁石に寄せた。停車すると、縞長はすぐに車を下りた。俺も急いで縞長に続いた。

富ヶ谷《とみがや》の交差点の近くだった。縞長は立ち止まり、四方を見回した。彼が何かを見つけたのは確かだ。こういうときは声をかけないに限る。

やがて縞長が言った。

「あそこだ」

彼が指さした先を見た。背を丸めて歩く男が見える。

「あれが何か……？」

「下平茂雄だ。間違いない」

「え……」

俺はもう一度、その人物のほうを見た。山手《やまて》通りの向かい側の歩道を、代々木八幡《よよぎはちまん》駅のほうに向かって歩いている。

こちらに背を向けているので、人相は見て取れない。だが、俺は縞長の眼力を疑ってはいなかった。

見当たり捜査で鍛えた彼の眼に間違いはない。俺は言った。

「俺が尾行する。機捜車に戻って無線で連絡をしてくれ」

縞長が言った。

「熊井の電話番号を覚えているかね？」

「熊井の？　知ってるけど……」

「彼に知らせちゃどうかと思うんだが……」

「それ、どういうこと？」

俺は、遠ざかっていく下平らしき人物の後ろ姿を眼で追いながら尋ねた。縞長がこたえた。

「規定通り連絡しても、どうせ渋谷署強行犯係に知らせが行くんだろう？　だったら、直接知らせたほうが早い」

縞長が、決められた手順を守らないのは珍しいことだ。だが、ここで言い合いをしている時間はない。まずは直属の上司である徳田班長に報告する決まりだ。

「わかった」

俺は尾行を開始した。縞長もいっしょだった。

対象者を見失わないように注意しつつ、携帯電話を取り出して熊井にかけた。もし出なかったらすぐに徳田班長に連絡しよう。そう思い、呼び出し音を聞いた。

「はい、熊井」

「下平らしい人物を発見した。今尾行している」

「何だって？　どういうことだ？」

「言ったとおりだ」

「どうして無線で連絡しない？」

「シマさんが、あんたに知らせたらどうかって……」

しばらく沈黙があった。俺は言った。

「おい、聞いてるのか？」

「聞いている。今どこだ？」

「代々木八幡の近くだ」

「態勢は？」

「今、二人で尾行中だ」

「いいか。絶対に手柄を立てようなんて思うなよ」

「二人で確保するつもりなら、電話なんてしないよ」

「逐一状況を知らせてくれ」

あんたに命令される義理なんてないんだよ。そう言いたかったが、被疑者確保が第一だ。俺はこたえた。

「わかった」

そして、電話を切った。

「私はこのままこちら側の歩道を行くから、高丸は車道を横断して彼の真後ろから尾行してくれ」

「了解」

二人くっついて尾行すると気づかれやすい。だから離ればなれになって尾行するのだ。

人数が確保できる場合は、四人で対象者を取り囲むようにして尾行することもある。これをハコと呼んでいる。

一人が前方に回り込むのも高度な尾行の一つだ。対象者が急に逃走したような場合に対処しやすいのだ。

案の定、下平らしい人物が代々木八幡駅前の路地に入ったとき、縞長はそれを追い抜くような形で前に出た。

その男はさらに、細い路地に入っていった。縞長はその路地の角を通り過ぎた。怪しまれないためだ。俺は縞長の意図を察して、男を見失わないように路地に入った。

やがて男は、小さなアパートらしい建物に入っていった。俺は住所を確認した。渋谷区代々木五丁目だ。

そのアパートを通り過ぎてから、辻で立ち止まった。右に行くと代々木公園だ。しばらくすると、縞長がやってきた。

俺は言った。

「男がアパートの部屋に入るのを確認した」

「ああ。私も見た」

俺は携帯電話を取り出して熊井にかけた。

「マル対は、渋谷区代々木五丁目のアパートに入った」

詳しい住所とアパートの特徴を告げると、熊井が言った。

「部屋の番号は？」

「番号は確認していないが、一階の一番右の部屋だ」

「わかった。前回同様に、夜明けと同時に踏み込むことになる」

「張り込みは？」

「手配している。それまで見張っていてくれ。もし、マル対が部屋を出たなら……」

「わかっている」

職質をかけて任意同行を求める。もし、逃走したらその場で確保だ。

電話が切れた。俺は縞長に言った。

「しばらく二人で見張ることになりそうだ」

「問題ないね」

「機捜車を路上駐車したままだ。まさか、レッカー移動とかされないだろうな」

「今どきの交通課の連中はやりかねないね」

渋谷署強行犯の連中がやってきたのは、それから三十分も経ってからだった。熊井が近づいてきて言った。

「ご苦労だったな」

俺はうなずいた。

「あとは任せるよ」

熊井は一瞬戸惑ったような表情を見せた。

「それでいいのか？」

「ああ。機捜だからね」

深夜の住宅街に、強行犯係の捜査員たちが配置につくのを見ながら、俺と縞長は富ヶ谷の交差点のあたりまで戻った。

幸い、機捜車はレッカー移動も駐車違反の張り紙もされず残っていた。俺が運転席に、縞長が助手席に乗り込む。

「さて、密行を続けようか」

俺が言うと、縞長は無言でうなずいた。夜明けまではまだしばらくある。

下平茂雄確保の知らせを聞いたのは、機捜車を駐車場に戻し、分駐所に戻ったときのことだ。

それを俺たちに告げた徳田班長が続けて言った。

「下平を見つけたのは、おまえたちだそうだな？」

説教を食らうのだと、俺は覚悟した。

「はい」

「俺は無線を聞いていない。それはどういうわけだ」

「えーと、それは……」

俺が言葉を探していると、縞長が言った。

「私がそうするように言ったんです」

徳田班長が縞長を見て、表情を変えずに尋ねた。

「それはなぜです？」

「妙な噂が立っていましたからね」

「妙な噂？」

「渋谷署強行犯係の熊井が内通者だという……」

「ああ、それなら知っています。だから、何だと言うんです？」

「熊井だけに知らせれば、彼が内通者かどうかはっきりすると思いましてね……」

「試したというわけですか？」

縞長は小さく肩をすくめた。

「妙な噂を払拭するチャンスでもありましたしね……」

「そういう結果になりましたね」

「私は熊井を信じていましたから……」

徳田班長が言った。

「今後は、決められた手順を守ってください」

「はい、もちろんです」

滅多に笑わない徳田班長が、かすかに笑みを浮かべたので、俺はちょっと驚いていた。

第一当番への引き継ぎを終えると、あとは帰宅するだけだ。

俺は縞長に言った。

「なるほどねえ。熊井が内通者かどうかを確かめると同時に、あいつに名誉挽回のチャンスを与えたってわけだ」

「熊井は優秀な刑事だ。捜査における密行の原則がいかに大切かをよくわかっているはずだ」

「でも、魔が差すことだってあるだろう」

「熊井は、どうして下平が最初のウチコミを察知したのか、知っているんじゃないかねえ」

「熊井が……？」

「東都新聞の柏田と話をしているのを見ただろう。食いつきそうな顔をしていた」

「たしかにそうだったけど……。熊井が記者と話すときに無愛想なのはいつものことじゃない」

「だが、あのときはちょっと普通じゃなかった」

そうだったかな……。俺はそう思いながら、帰り支度をした。

縞長といっしょに階段を下っていると、熊井に会った。彼は階段を上ってくるところだった。

熊井は仏頂面のまま俺たちにうなずきかけた。すれ違ってから彼の声が聞こえた。

「おい」

俺たちは立ち止まり、振り返った。熊井が俺を睨んでいる。俺は言った。

「何か用か?」

「下平を偶然見つけるとは、ツイてるな」

「ただのツキじゃないよ。シマさんじゃなければ見つけられなかったはずだ」

熊井がうなずいた。何か言いたそうにしているが、言葉が出てこない様子だ。

「じゃあな。明け番で帰るところなんだ」

俺が言うと、熊井が言葉を返した。

「待てよ」

「だから何なんだよ」

「礼を言おうと思ってな」

「別に礼を言う必要はない。下平の恐喝はもともとあんたら強行犯の事案だからな」

「そういうことじゃないんだ。噂のことだ」

「あんたが内通者かもしれないという噂か？」

「そうだ。噂を知っているのに、あんたは直接俺に電話をくれた」

「シマさんが、そうしろと言ったんだ」

熊井が縞長を見て言った。

「だから、そのことについて礼を言いたい」

つまり、噂があったにもかかわらず信じてくれたことに感謝する、と言いたいのだろう。

縞長が言った。

「最初のウチコミのとき、どうして情報が漏れたか、わかっているんじゃないのかね？」

「ああ。疑いを晴らすためにいろいろ調べたからな。下平の身柄を取ったので、確認が取れた」

俺は尋ねた。

「もしかして、東都新聞の柏田か？」

熊井は顔をしかめて、一度周囲を見回してから言った。

「まあ、そうとも言えるが、あいつは故意に情報を漏らしたわけじゃなさそうだ」

「どういうことだ？」

「被疑者の周辺取材をしているうちに、やつは芦田綾香に行き着いた」

「あの部屋の住人だな？」

「下平のイロだ。記者が取材にやってくるということは、警察も嗅ぎつけているに違いないと芦田綾香は判断して、下平に逃げるように言ったというわけだ」

「迷惑な話だな」

「まったくだ。勝手な取材がどれだけ捜査の迷惑になっているか、やつらわかっていないんだ」

「自分の取材が、ウチコミの失敗につながったと、柏田は気づいていたんじゃないかね」

縞長が言った。「だから、あれこれ聞き回って、警察に落ち度がないか調べていたんだ。誰かのせいにしたかったんだね」

「そう」

熊井が言った。「噂の出所は、おそらく柏田だ。だが、芦田綾香に接触したことも、警察内部であれこれ聞き回っていたことも、取材活動だから罰することもできない」

縞長が言った。

「記者はやっかいだね」

「そういうことだ。じゃあな」

熊井は階段を上っていった。礼を言いたいと言う割には愛想がない。まあ、これが熊井にしてみれば精一杯なのだろうと、俺は思った。

「柏田を出禁にできないんですかね？」

「マスコミの扱いは難しいんだ。出禁にするより、そのうちに利用してやればいいんだ」

「シマさんは、やっぱり大人だなあ」

俺のつぶやきが聞こえなかったかのように、縞長が言った。

「さて、私は帰って寝るよ」

「そうだね」

俺はそう言いながら、何をしようかと考えていた。明け番は、疲れているがなぜかわくわくする。明日は公休だ。


（小説宝石1月号）

春雷

桜木紫乃

桜木柴乃（さくらぎ　しの）
2002年「雪虫」でオール讀物新人賞
2013年『ラブレス』で島清恋愛文学賞
　　同年『ホテルローヤル』で直木賞
2016年『蛇行する月』で北海道ゆかりの本大賞

雪の下から緑が顔を出し始めた。一日中どこかで水の流れる音がする。筋状に土を削りながら低いところへ水のあるところへと流れてゆく雪解け水の音がし始めると、マツは毎年浴衣の柄を思い浮かべる。

マツは着物の仕立てを生業としている母、酒蔵の番頭をしている父とのあいだに、十人きょうだいの下から二番目として生まれた。マツも上の姉ふたりと同じく、母親に習って仕立てものの手伝いをしている。

ここ数年、鰊《にしん》と海運に支えられた日本海の港町には、恐慌のために寒村から売られてくる少女たちが増えた。派手な柄の着物が増えたのもそのせいだろう。女郎屋で働く女たちの着物には腰のあたりに縫い付ける居敷《いしき》あてを二重三重にする。仕立仕事を習い始めた十代の初め、居敷あてが多い理由を訊ねると、母も姉も不機嫌な顔をした。数えで二十歳になり、届け物の際などに垣間見る女郎屋の内側に何があるのか、最近は余計な質問もしなくなった。

マツの下にはひとつ違いで末っ子の弟がいる。一軒家とはいえ、祖父母が生きていたころは十四人家族がそれぞれに部屋を持つほど広くはなかった。最初は五人で使っていた部屋からひとり抜けふたり抜けしたのだが、二十になる今まで、マツは弟の忍《しのぶ》と同じ部屋で寝起きをしている。

明け切らぬ寝床で、行き着く先を知らずに流れてゆく水の音を背に、しばらくのあいだ忍の寝息を聞いていた。枕元に置いたランプのそばに、忍が楽しみにしていた婦人雑誌が置かれている。毎月、父と母が寝静まってから隠れて開く「美女子倶楽部」だ。

寝息が絶え、ぱちりと音がしそうな勢いで忍の瞼が開いた。

「おはよう、おマッちゃん。枕の中から水の音が聞こえて目が覚めた。気づいてた？」

こんなときマツは、同じものを見て育ってきた弟が、自分と同じ音を聞いていることにほっとする。そば殻枕の中から聞こえてくる水音は、ふたりに与えられた六畳間を包みこんで、ここはまるで春の朝に漂う船のようだ。

「笹舟の上で目が覚めたみたいだね、おマッちゃん」

ときどきこちらの心が透けているのではないかと、忍の言葉に驚くのもいつものことだった。忍がゆっくりと起き上がる。寝間着の襟元が崩れていない。起きてすぐに襟や裾を直すマツとは大違いだ。

「ノブちゃん、今日はお稽古の日だけど、稽古着の丈が短くなってきたの気にならない？　去年の今頃より、また背丈が伸びたでしょう。今年はお稽古で着る浴衣を何枚か縫うから、好きな柄があったら言って。探しておく」

「ありがとうおマッちゃん。ずっとチビだったのに、十七過ぎてから急に伸び始めるなんてね。なんだか妙な気分」

「ほっそりして色白だし、ノブちゃんの舞いを見たひとはみんな、着流しを着せておくよりも緋縮緬の着物を着せたいって言ってるよ」

忍は文字より先に舞いを覚えたと言われる、町では評判の上方舞いの名取だった。舞いの名手と呼ばれるようになってもまだ、男のくせにと陰口をたたく人間がいることを、聡明な弟が気づかぬわけがない。けれど、顔にも口にも出さず稽古に通い続ける忍の姿はいつもすっきりと季節に溶け込み美しかった。あのね、と忍が枕元の雑誌を手に取った。

「おマッちゃん、今回の『美女子倶楽部』、面白かったの。着物の着こなしと美しい仕草の特集だって。稽古場でさんざんやってきたことなんだけれど、生活のそれとはまたちょっと違うんだと思って。けっこう夜更かししちゃったかも」

明日返す約束だから、今日はマツに貸してくれるという。マツはいつも弟のこうした親切をするりとかわす。

「一日中針仕事したほかに本まで読むと、もう目がかすんじゃいそう」

美しい仕草も着物の着こなしも、目立って縁のない生活だ。忍と一緒に舞いの稽古に通ったのも、半年足らず。忍は日に日に上手くなっていったが、もともと興味のなかったマツにとっては作法の厳しい稽古場は苦痛でしかなかった。それくらいならば母に竹定規で手元をたたかれながら針仕事を覚えるほうがいくらかましなのだった。

「おマッちゃんには針仕事があるものね。僕は舞うことしかないから」

惚れ惚れするような所作で布団を整え、たたみ始めた。

忍の上方舞いはマツと忍がそれぞれ六歳と五歳になった頃、母が行儀作法を習わせるつもりで当時から顧客だった師匠のところへ連れて行ったのが始まりだった。マツは早々に退散したが、忍は初日から見よう見まねで舞扇のかなめ返しが出来たということで、師匠が驚きながら喜んだのだった。

以来舞いの師匠には、かかる金のことは気にしなくても良いとまで言わせて、忍は若くして名取となった。

マツはこの弟が一歩外に出れば、誰もが振り返るくらいの美しさだと知っている。なで肩で細面、色白で柳腰。マツはといえば、いかり肩でどっしりとした体つき。ふたり連れだってお使いになど出かければ、ふざけた大人たちが「逆だったら良かったのにねえ」と苦笑いをする。

マツ自身がとりわけひどい容貌というわけでもなかろうと、ひとり鏡を見ているときは思うのだが、忍のいまにも折れそうな手足と透き通るような肌は別格だ。姉の心に巣くったほんの少しのやきもちは、弟が十六という若さで名取となったとき、見事に消えた。忍はマツにとって自慢の弟だった。

「この季節は、着物に泥がはねるといけない。雨コートの膝から下に有り布を縫い付けてあるから、それを着ていってね」

「ありがとう、おマッちゃんの針仕事はいつも気が利いてて細やかだ」

稽古場でもきっと、こんなふうににっこりと微笑みながら弟子を褒めるのだろう。

人気のあるのも当然だ。

四人いる姉たちはみな嫁ぎ、四人の兄のうち長男が父と同じ酒蔵に勤め、三男が小学校の教員として自宅から通勤している。教員の兄が転勤するときに、マツと忍の部屋を別にするという話はもう何年も前からされていた。マツとしては、毎日夜中までかさかさと交わされるおしゃべりは手放し難い楽しみのひとつだ。納品先の女郎屋にいた美しい遊女のことを話して聞かせれば、忍は婦人雑誌から得た知識を披露する。酒蔵へのお使いでもらったスルメを分ければ、忍からは砂糖とは思えない細工を施した干菓子が返ってきたりする。

マツにとって忍と過ごす毎日は、学校を終えてからもいつまでも続く修学旅行のようにただ楽しい。ひとつの話題でいつまでも話し込んでは最後にふたりで笑いあえる。マツは忍がいれば家の外に友人などいなくてもかまわぬと思っているところがあった。

朝餉の準備の時間だった。寝坊は父に怒鳴られる。そろそろ台所で火を熾さねばならない。マツは布団をたたんでさっと毛織りの着物に着替えた。前掛けを手に持って振り向くと、忍はもうすでに身支度を調えた後だった。壁にかかった鏡に顔と襟を映して短髪の寝癖をなでつけている。

カーテンを勢いよく開けた。窓から、海を照らし始めた朝焼けが入り込んでくる。ひとつふたつ空に居残る星の湿った輝きを見て、マツは一日ぶんの深呼吸をした。

「あとひと月もしないうちに、おおかたの雪も解けるねえ。そうしたら一気に花が咲いて、また毎日ノブちゃんにお花が届くよ」

いたずらっぽくそう言うと、忍はほんの少し眉を寄せて「やめてよもう」と返した。

反物屋も、父の勤め先の丁稚も、女も子供もみな、忍が稽古場へ通う際には話してみたくてなにがしかのお土産を口実にする。稽古の行き帰りで袂に二、三種類の菓子が溜まる。菓子を持たない子供は、道ばたの花を束ねて手渡すという。

道々の贈り物をマツの前に広げるときの忍は、嬉しいでも自慢げでもない、マツには容易に読み解けない表情になった。どうしていいのかわからないと漏らしたときマツが「くれるって言うんだからもらっておけばいいじゃない」と口を滑らせて忍の機嫌を損ねたことがある。その後しばらく経って忍の口から「断ることも出来ないし、なにをいただいたところで、僕はあの人たちになにも返せないじゃない」と言うのを聞いて、弟の生真面目に内心ひどく驚いたのだった。

春が来れば、雪に閉ざされた港町も活気が出てくる。群来《くき》があれば景気も加速する。

「昨日、空がカモメでいっぱいだった。そろそろ群来だよ。町に人がくれば、お稽古も熱が入るね。仕立ても特急が入って、またてんてこ舞いだ」

仕立てが重なってくると、嫁に出た姉ふたりを駆り出して、マツもまた一日いっぱい絹物と格闘する。鰊漁で景気のいいときは、春を過ぎると内地の問屋が次々にやってきて、驚くほど高い反物を何反も売ってゆくのだが、今年はどうだろう。

「景気のいいときは入門するひとも増えて、花嫁修業のお作法と『高砂』だけ手っ取り早く覚えて辞めてくの。舞いの稽古にはお金もかかるから」

「わたしもたった半年しか通ってないのに、お見合いの身上書には趣味は日舞、手職に和裁って書かれるんだろうな」

嫁ぎ先の祝い事でなにか舞ってくれと言われたときに「高砂」ができればまあまあ面目が立つ。忍はそんな弟子がやってくるたびにあきれ顔でため息をついた。

朝餉を終えてみながそれぞれの仕事場へと散ったあと、雨コートを羽織った忍が台所にやってきた。マツは洗い物の手を止めて弟の羽織った品の良い茄子紺の雨コートを見た。裾には泥よけになるよう、有り布を扇状の紋様にして縫い付けてある。

舞いの師匠のお下がりを、マツが仕立て直したものだった。泥が跳ねたら、また新しい紋様を作り縫い付ければいい。忍の着こなしをさっ引いても、我ながらよい案だった。

稽古場での忍は、師匠に習うのが半分であとは子供を含めた初心者の指導を受け持っている。習いながら教えることで、月謝や扇の購入は賄えている。

忍が体をひねって、雨コートの裾を見せる。

「おマッちゃん、こんなはいからな泥よけ、誰も見たことないと思う。稽古場で訊ねられたらおマッちゃんがやってくれたって言っていい？」

「もちろん。ノブちゃんが外で宣伝してくれたら、また持ち込みの仕事が増えてありがたいもん」

機嫌良く勝手口から出てゆく弟の背中を見送り、マツは再び朝餉の後始末を続ける。冬場より水が温んできたのを感じながら、考えるのはやはり家族のために縫う浴衣だったり忍の稽古着の柄だった。

食器を棚にしまい、さて裁縫部屋へ行こうと前掛けを外した。廊下からマツを呼ぶ母の声がする。前掛けを丸める手を早め返事をした。酒蔵の帳場で働く男の女房として、十人の子供たちを育てながら裁縫を生業にしてきた彼女は、もとは秋田の商家の娘だった。息子たちはみなどことなくこの母によく似た細面だが、娘たちは父に似て顎のあたりがたくましい。逆だったら良かったのに、は娘たちがみな心に秘めつつ口に出すことのできない不満だった。

「マツ、お前に話があります。ちょっと来てちょうだい」

少し口調が硬い。なにか大きな失敗でもしたかと肩が持ち上がった。おそるおそる母の部屋へ行き、縫いかけの留め袖が置かれた裁ち板の前に正座した。

母は障子戸を閉めるとその場に座り、開口一番「縁談があります」と言った。

「縁談、ですか」

誰の、という質問は母のまっすぐなまなざしによって声にならなかった。マツに来た縁談に決まっている。つまらないことを言って小言が増えてはかなわない。飲み込む唾もないほど喉が渇いている。とうとう来たかというそら恐ろしい気持ちと、どうにかこうにか行かず後家にならずに済むという安堵と、何に対してかはっきりとはつかめないさびしさが一気に体に押し寄せてくる。

「このご時世、恐慌で家屋敷を手放さなくてはいけなかったひとが山のようにいたのはお前も知ってのとおり。このたびの縁談の先方も、もともとは運輸会社の社長のご子息だそうです」

母は少し言いよどんだものの、すっきりとした目元に有無を言わせぬ気配をためていた。

「一家離散となったお家といえば聞こえは悪いけれども、もともとの育ちはいいわけだし。ご本人もしっかりとした運輸関係の事務を執っているそうだよ」

母の言葉に一抹の渋さが残っているのは、その嫁ぎ先というのがずいぶんと遠いところだという、その一点だった。

「釧路って、どこでしょうか」

「太平洋側の、東の外れと聞きました」

「山の向こうですか」

「ここからは瑞と瑞くらい離れていると聞いて、どうしたものかと思ったんだけれどね」

なぜ降ってわいたようにそうした話が持ち上がるのか。不思議に思い始めたマツの疑問は母の口調がほんの少し華やいだところで解けた。

「まさか弟の縁談のほうが先というわけにもいかぬだろうと、お父さんがおっしゃってね」

ずいぶんと前から、忍は舞いの師匠から養子縁組を望まれていた。裕福ではないが、たとえ末の子といえども、父はそれだけはご勘弁くださいと言い続けていた。恐慌で酒蔵がいっとき人切りを始めたときも、現場で耐えた父だった。

けれど養子縁組を断っても、師匠は今までどおり忍をかわいがってくれた。母はそのことに礼を尽くさねばいけないと言うのだった。

子供に恵まれなかった師匠は、大阪の家元に頭を下げ、来年の春に女学校を卒業するという遠縁の子を養子に迎えることになった。なので、忍をその子の婿として迎えたいというのだ。

「日本中、もうどこを探しても忍のような舞い手には会えないとまでおっしゃるんだ。ご自分は大阪からこんな遠くに嫁に来て、ずいぶんとさびしい思いもされたようだが、忍を恥ずかしくない舞い手として育てられたので一生ぶん満足しているそうだ」

そこまで言うと、母はひと仕事終えたような穏やかな表情になった。静かな部屋に、明け方よりも大きな音で雪解け水の音が響いていた。

忍の縁組みと東での縁談と聞かされ、マツの心にはわずかな陰ができた。それもまた自分のような器量の女には充分な話だと思わざるを得ない。幼いころから何をやっても忍にはかなわなかったし、少なくともこの縁談が進めば弟も身を振りやすくなるという遠回しな母の勧めもあった。

その夜、並んだ布団に潜り込んだあと、忍が雨コートの泥よけの評判がとても良かった話を始めた。マツは喜びながらもどこか上の空で、そんな気配はすぐに忍に伝わった。

忍がランプのそばで開いていた本をぱたりと閉じた。

「おマッちゃん、なにかあったの」

「なんも」

「おマッちゃんはなんでも顔に書いてあるから。隠し事は無理だよ」

縁談があったことを告げると、忍は喜びも落胆もせず静かに「そうなの」と頷いた。

「どこもかしこも、縁談流行りで今日だけでふたつも耳に入ってきた。まさか二つ目がおマッちゃんだとは思わなかったけど」

ひとつ目は誰なのかと問うと、酒蔵の伊三さんだという。丁稚時代から父の気に入りで、まだ上の姉が嫁ぐ前はよく家に遊びに来ていた。父は娘のどれかと伊三を添わせたかったのかもしれないが、もくろみは外れて姉は地元の教師に嫁いだ。

「お稽古に来ていたお嬢さんが、この秋に嫁ぐんだって。花嫁修業であれもこれも習っていて、毎日お稽古ばかりで嫌になっちゃうって言ってた」

「伊三さんのお嫁さんとなると、きれいなお嬢さんなんだろうね」

マツは酒蔵で前掛けを提げて立ち働いている伊三が、遊びに来て母の作った手料理を褒めていたころの姿を思い浮かべる。鼻筋の通った美男ではあったけれど、かえってそれが仇になるような話し上手な男だ。女子供相手に楽しい話を出来るようになったのは、彼が女系の家族で育ったせいと聞かされたが、それゆえ職場では少々軽く見られるというきらいがあったという。ただ、伊三は家にやってくる者のなかでも、忍がいちばん楽しみにしていた客でもあった。

「本当にあちこち縁談流行りだねえ」

弟がその話を避けている気がして、マツは三つ目の縁談話が忍の婿入りだとは口に出せなかった。

「おマッちゃんの嫁ぎ先はどこなの。お相手はどんなひと？」

「釧路って、知ってる？　北海道の東の外れだって。運輸会社の勤め人だそうだよ」

いつかと問われて、来年の春と答えた。忍は布団の上に正座すると、両手の爪を美しくそろえて頭を下げた。

「ご良縁、おめでとうございます」

「ふざけるのやめてよ、ノブちゃん」

忍は「ふざけてなんかいない」と言って、微笑みと泣き顔が混じった不思議な表情でマツを見ている。仕方なくマツも正座をして「ありがとうございます」と両手をついた。

突然、部屋の中が昼間と見まごうほど明るくなった。一瞬のことだったが、ふたり同時に「ああ」と言いながら窓辺に駆け寄る。どすんと雷鳴が響いた。

ランプを消してカーテンを開けた。窓の向こうに広がる日本海が、真夏の太陽に照らされたときのような光を跳ね返す。空を割いて見事な稲妻が走り、沖に雷が落ちる。そのたびに雷鳴が町を震わせる。

子供のころから、雷が鳴るといつもふたりで窓辺に立っていた。まだ十歳にもならぬ忍が「怖さよりも美しさが勝って見ないではいられない」と言ったのを思い出す。あの日からマツがいたずらに雷を怖がることもない。

雷鳴に誘われるように、マツは訊ねた。

「今日お母さんから、ノブちゃんがお師匠さんのところに婿入りするって聞いた。いずれそういうこともあるかもしれないって思ってたけど。わたしの縁談を先にまとめないと、末の弟を先にというわけにはいかないみたいなの」

できるだけ恨みがましくなく言ったつもりだったが、忍から返ってきたのは「ごめんなさい」のひとことだった。やはりこんなことは言うべきではなかった、と思ったとき、目玉が痛くなりそうな稲光が走った。続けて突き上げるような雷鳴が地から響いてくる。

忍が一生舞い続けられる環境をあまり喜んでもいないように見えて、マツはそれ以上の言葉を飲み込んだ。雷は半時ほど空を割り、轟きながら去って行った。光と音ほどに、現実と心もずれていた。

翌日の昼時、マツは書棚に戻された本を手に取った。詩と短歌の投稿誌だ。押し花のしおりが挟まったページを開き、ちいさな声で読んでみる。

「私が両手をひろげても、お空はちっとも飛べないが、飛べる小鳥は私のやうに、地《じ》面《べた》を速くは走れない」

声に出せばそのまま、忍の叫びのようで苦しい。忍はいったいなにがつらいのか、それを誰がどう理解してくれるものか、マツの頭では思いつかなかった。

マツの嫁入りは年明けの三月、忍の婚礼は六月と決まった。一年先のことではあるが、それまでにひととおり嫁入り道具をそろえなくてはいけない。マツは母が用意しておいたという喪服の反物を、婚家の家紋を入れて自分で縫うことになった。嫁入り先が汽車で十時間以上かかるところと聞き多少尻込みしたものの、炭鉱が盛んな港町での安定した給料取りとなれば、生活の心配はないだろう。写真で見た結婚相手のしかめ面も、会えば穏やかな笑みに変わるかもしれない。

マツは自分の着物を縫いながら、母に隠れて忍の着物も縫い溜めた。反物は貯金をはたいた大島や鮫小紋だ。美しい弟は、そのしなやかな手足をさらに伸ばし続けている。この先まだ身長が伸びるかもしれないと思い、五分ずつ丈を伸ばした。婿養子となれば、自分の着物を買いたくなっても言いだしにくいかもしれない。浴衣は柄を違えて三枚縫った。

弟子たちで催す、夏の浴衣会の準備が始まった。

忍がマツに頼んだ浴衣地は、濃紺に灰色の花火という柄だった。

「ノブちゃんが花火柄とは、ずいぶん思い切ったねえ。いつもはもっと地味なものを選んでいた気がするけど」

「今年はなんだかパッといきたくて。演目が『黒髪』なので、逆にいいかなと思ったの」

地唄舞「黒髪」は、頼朝の恋人辰姫が、政略結婚をする北条政子に頼朝を譲るという内容ではなかったか。

マツのおぼろげな記憶では、二階で政子に会っている頼朝を慕って舞っているうちに、辰姫の黒髪が白くなり、やがて雪が舞うという話だった気がする。

夏に舞うには少し重たい演目だった。そのまま訊ねると忍はいたずらっぽく笑いながら答えた。

「独身最後の浴衣会だから、艶っぽいものがいいかなと思ったの。師匠が僕を気に入ってくれた最初の演目だし」

花火の浴衣で雪景色を舞うというのは、忍の内側になにか相反するものが育っている証のような気がして息苦しい。新たに巻き尺をあててゆきと丈を測ると、案の定背丈が三分伸びていた。帯は濃い灰色がいいのではないかと提案すると、忍は嬉しそうに自分もそう思っていたと返した。

浴衣会の当日、町は雲のひとつもない晴天で、いったい誰の精進が良かったものかと会う人ごとに高らかな会話が弾んだ。

できるだけ季節の行事に協力するというのが町の酒蔵の務めであるとして、会場は蔵元の本条家が屋敷を開放した。仕出しから振る舞い酒、紅白餅やご祝儀と手厚い。マツは朝から弟子たちの着付けを手伝い、帯を結び終えてから開放された広間に入った。

ふすまをすべて取り払った広間は、本条家の冠婚葬祭をすべてまかなえる広さだ。マツは忍の舞いを見るために、人の背中をかき分けて三列目の中央寄りに席を得た。

蟬の声と三味線と長唄――静寂が訪れると空咳が響く広間に、上背のある男が顔を出した。端のあたりで少しざわめいたあと、あれよあれよという間に前の席へと押し出されてきたのは、すっかり旦那風になった伊三だった。

婚礼を控えた許嫁が舞うので冷やかされている。気恥ずかしそうに顔を下に向け、注目されていることを意識しているのか前髪を直したりしている。

短い夏が、いっとき広間に集まった人々を暑さでもてなしてでもいるようだった。マツは忍から今日の礼にともらった舞扇で顔を仰ぎたいところを堪えた。この席でそんな無作法なことをしたらどこから仕出しの梅干しが飛んでくるかしれなかった。

伊三の許嫁が舞ったのは「高砂」で、少々危なげな扇使いではあったものの、やがて夫となる男の前で気丈に舞い終えたときは拍手が起きた。

会も終りに近づき、マツもいい加減汗で帯の内側が湿るほどになった。弟子たちの中でも上席の忍は、今回の浴衣会ではとりを務める。やっと弟が現れたとき、マツは自分の目を疑った。うっすらと白粉をのせて唇に紅をさした忍は、今まで舞った誰よりも妖艶で、客席も次期の師匠のただならぬ美しきにどよめいた。弦の音と歌声が響く。

黒髪の結ぼれたる――

忍にとって舞いは「我慢」だといつか聞いた。動きたくても動かず、立ち上がりたいところで中腰を保つ。その動きの無理が弟の名前に重なるのだった。

人間、どう考えても忍ぶほうが格上で、待つだけのマツは早々に諦めて正解だったと忍を笑わせた日を思い出した。

昨夜《ゆうべ》の夢の今朝覚めて、ゆかし懐かし、やるせなや。

積もると知らで、積もる白雪——

正面を向いたときの忍のまなざしが何度か伊三に投げられていることに気づいたマツは、脇や背中を湿らせていた汗がいっぺんに冷えてゆくのを止められなかった。

浴衣会を無事終えて本条家への挨拶を済ませた午後三時。まだ照り返しのきついなか、屋敷から出た忍が清々した顔で言った。

「我ながらしっかり舞えたと思うんだけど、おマッちゃん、どうだった」

「どのお弟子さんよりきれいだったよ。みんな驚いていたの、気づかなかった？」

忍は「気づいてますよ」と言いながら、ふふっと笑った。その笑みが更に艶めいて見えたので、いっそう伊三に向けた視線の一方通行がかなしくなった。

町の本通りを、日陰を探しながら歩いていると、不意に忍が「おマッちゃん」と言って立ち止まった。マツは弟の指が示す方向を見る。町で一軒の写真館だった。

「ねえ、写真を撮ってもらおうよ。おマッちゃんとふたりで、写真を撮りたい」

「今日はずいぶん汗をかいたの。写真を撮るのならもっといい着物で髪もちゃんと結っているときに——」

いいわけを連ねるマツにはかまわず、忍は写真館へと足を向け、さっさと建物に入ってしまった。仕方なくマツも扉を開けると、忍はすでに交渉を始めている。

「姉とふたりのが一枚と、僕ひとりのが一枚お願いします」

こんな暑い昼の日中に浴衣姿で撮影する客もいないのか、店主は頬に昼寝の枕痕を残した顔で撮影室へと案内した。気乗りしないままマツは忍とふたりで写真におさまった。忍ひとりで写すときは、写真屋も「お」という表情に変わり、目が覚めたように見えた。


忍が上りの一番列車に飛び込んだのは、秋が深まり海岸線に白く波の花が舞い始めた日だった。

マツが知らせを受けたのは朝餉の支度をしている最中で、目覚めたときすでに畳まれていた忍の布団に首を傾げてから、小一時経ったころだ。

父も母も、駆けつけた兄たちも嫁に行った姉たちも、何が起こったのかわからず、めくれ上がった心が海を荒らす北風に持って行かれたような顔をしていた。みな化粧を間違って白粉をたたきすぎたみたいに顔が白い。誰も、すぐには泣けなかった。マツも、泣けなかった。

丁寧な文字の短い手紙を、両親やきょうだい、師匠へと遺していた。手紙が見つかったのは、畳まれた布団のあいだからだった。

右脚の膝から下、左腕を肩から失った忍だったが、死顔にはひとつの傷もなかった。そのことが却ってあわれを誘うのか、弔問に訪れた親族以外のみなが、大声で泣いた。

「坊ちゃん、忍坊ちゃん――」

なにも気づかず嫁を娶った伊三はひときわ大きな声で泣いた。浴衣会の日の忍は、報われぬことを承知で辰姫を舞いきり、いっとき伊三の目を奪った。あの日忍は、マツに見破られることなど百も承知で悲恋を舞いきったのだ。誰かに知って欲しかったのかもしれぬと思うのは、残されたマツの勝手な感傷だろう。それでいいと、誰でもない忍が決めた結末だ。

通夜から葬儀、出棺、荼毘に付したあとも、不思議なことにマツの瞳にはひとつぶの涙もわいては来なかった。稲妻は走ったけれど、いつまで経っても雷鳴がない。マツは自分の心も死んでしまったのだからと、無理やり心に言い含める。父も母も姉も兄も、早く悲しまなければいけないとでもいうように、忍の遺影に手を合わせ続けた。

マツに遺されたのは、夏に一緒に撮った写真が二枚と一編の詩と舞扇、結局袖を通してもらえなかった着物だった。桐の箱に収められたお気に入りの舞扇は、師匠が形見にすると言って持ち帰った。

初七日の読経が響く家を、雪が包んでいた。

死ねばなにもかも、生きていたことさえも形見の品に取って食われてなくなってしまうのだと、マツの心には鬼のような思いが芽生え始めている。家族たちはみな、いいかげん泣くことを決めたようだった。ひとり泣いて、ふたり泣いて、母が最後に涙をこぼして、忍は本当の死者になった。

ごめんなさいお許しくださいと綴られた手紙ばかりが束になっていたのだった。死を選ぶ理由はひとつも書かれていなかったので、誰が言い出したのか忍は心の病だったということになった。

暮れも正月もなく、四十九日の法要を終えたあとで、マツは再び朝餉のあとに母の部屋に呼ばれた。顔の筋肉も動かず、言葉を忘れたようになっている末娘を前にして、すっかりやつれた母が言った。

「このうえお前まで遠くに行ってしまうのでは、わたしもやりきれない。マツ、嫁ぎ先にはあの子のことを正直に話して、この縁談を白紙に戻してもいいと思ってるんだけど、お前はどうだい」

心が死んだマツには、母の涙声もうまくは響いてこなかった。舞うための脚と扇を翻す腕を失った忍とともに、生き死にとは別のところを漂っているようだ。

「かあさん、こんなに差し迫ってからの破談では先方もたいそう困ることでしょう。予定どおり、釧路へ行かせてください。婚礼は喪中ということで遠慮させていただくことにします。わたしは忍のぶんも幸せになります」

心にもない言葉が次から次へとわいてくる。母に対してこんなにもつよく何かを言い切ったのは初めてのことだった。すっと喉元につかえていた小石が胃まで落ちた。

三月、マツは荷物の中に忍の写真を入れた。明日は旅立ちという日、真夜中の海にいくつもの稲妻が落ち、そのたびに真昼のように明るくなる海を見ながら、マツはしおりの挟まれた頁の文字を目で追った。

私が両手をひろげても、お空はちつとも飛べないが、飛べる小鳥は私のやうに、地面を速くは走れない――

伊三さんはたくさん泣いてくれたよ、ノブちゃん。あんたは、それで満足だったの。

今はただ、そんな心のかたちもあるということしかわからなかった。

天が光り、稲妻はいっそう大きく空を割る。雪解け水も春の嵐も溶かすことのできない氷の塊が、マツの胸にどっしりと居座っていた。

複数の稲妻が同時に起こり、裾をいくつにも分けて散った。

忍が選んだ浴衣の、花火によく似ていた。

（小説新潮1月号）

夜の子

佐々木愛

佐々木 愛（ささき あい）
2016年「ひどい句点」でオール讀物新人賞

いつもの検査のために病院に行くことは聞いていた。猛暑日と猛暑日に挟まれた夏の隙間だった。

「今日からわたし、入院するって」

夜子《よるこ》は正午過ぎになって、他人事のように電話を寄越した。朝、体を重たそうにしてはいたが、「涼しそうだから病院まで歩いてみる」と言っていたから、こんな展開になるとまでは思っていなかった。

電話を受けたとき、僕は食べ歩き記事の下見のため、東京から電車で二時間かかる港町にいた。夜子はかかりつけとは別の、電車で数駅先、さらに専用送迎バスに乗らなければたどり着けない総合病院に移っていると言う。予定を早めに切り上げて一度家に戻ると、指示されたタオルや下着類などを旅行かばんに詰めた。さらに書店に立ち寄り、頼まれた本数冊を抱えて病院へ向かうと、もう日が沈み始める時刻になっていた。

病室に案内してもらうと、夜子は窓のカーテンをすべて開けたままでそこにいた。西の空の明るさが入り込んで、部屋全体が橙色《だいだいいろ》にやわらかく光っているように見えた。昼とも夜とも呼べないこの時間が一番好きな、いつもの妻だ。少しほっとしたが、腕には点滴が入っている。呼びかけると、窓から僕のほうへゆっくり振り向いた。

「急にこんなことになって、ごめんね」

申し訳なさそうに言ったが、表情は朝と変わらなかった。借りものの病衣も似合っておらず、入院が必要なほどには見えなかった。

「母はついさっき帰ったの。先生の説明を一緒に聞いてくれて」

「うん、それで体はどう」

荷物をかばんから取り出しながら聞いた。夜子は「うん」と頷《うなず》いてから少し考えこみ、僕から目をそらして口元だけで笑うと、

「ねえ、あと二ヵ月しかない」

と言った。

病室はナースセンターに近く、廊下のほうからは絶え間なく話し声や足音がし、ナースコールの呼び出し音も聞こえていた。

「先生は、もしかするともっと早まるかもしれないって」

夜子は淡々と付け加えた。

今年の、まだ寒いころだった。初めての診察から帰ってきた夜子が、検査結果を話してくれたとき。あのときに覚悟はしたはずだったのに、その期限をはっきりと聞かされると、なんと返したらいいのかわからなかった。「縁起でもないこと言うなよ」が違うということはわかる。ベッドの白い枠を見つめながら、言葉を探している間にも彼女は、

「今はとりあえず個室で、様子を見ながら相部屋に移るかもって」

「この点滴もね、入れてからずっと動悸《どうき》が止まらないの」

「詳しいことはあとで先生から聞いて。突然手術になった場合の説明もあると思うし」

ひとりで、どうってことないことのように話し続けていた。頷くのが精いっぱいだった。

「ねえ、どうしてそんな顔するの。笑ってよ」

と顔をのぞきこんでくる。

「笑う？」

「変な人。笑うしかないじゃない。今からそんなで、これからどうするの」

針が刺さっていないほうの手で、僕の背中をたたいた。点滴の管が揺れていた。自分はとっくに心の準備が出来ているのだとアピールするみたいに、余裕溢《あふ》れる表情で僕を見ている。

「それでね、落ち着くまではテレビとか携帯電話とか、電子機器の強い光もできるだけ控えるんだって。なんか、良くないらしいの」

やはり他人事のように言う。なんか良くないらしい、とは何がどのように良くないのだろう。声にできずに頭の中で夜子の声を繰り返した。

「だからお願いした本、買ってきてくれた？　すごく暇なのよ」

「あ、うん」

今に引き戻され、床に置いたままだった紙袋から本を取り出した。ベッドをまたぐテーブルに積み上げる。

「なかったのは取り寄せを頼んできたから。あと、これも」

彼女が愛読している公募情報誌は直接、手渡した。

「ありがとう」

夜子は順に、表紙を確かめ始めた。最後の一冊まで終えると、

「ねえ、春太《はるた》くん。これから毎日、ひとつ書き上げて、わたしに読ませてよ」

と突然言った。

「え？」

「なんでも、どんなに短いのでもいいから。毎日書いてお見舞いに持ってきて。だって、あと二ヵ月しかないんだから」

そういう本があったことを思い出した。余命を宣告された妻のため、毎日一編ずつショートショートを書いて贈った作家が、その体験を綴《つづ》った本だ。ベストセラーになっていたが、実話だからこその避けられない結末があった。夜子は知っていて話しているのだろうか。

「どうしたの。縁起でもないよ、そういうのは……」

言いかけると、

「縁起でもないってなに」

早口で問い返される。

「だって本当に、長くてもあと二ヵ月よ。二ヵ月しかないのよ。あと二ヵ月で終わるのよ。わかってる？　あと二ヵ月だけなのに、まだ自覚がないの？　どうしたのって、こっちがおかしいように言わないで」

表情を変えない夜子は、言葉の速度だけを上げて僕を追い詰める。ついさっきまでの余裕を湛《たた》えた態度はすっかり消えて、違う人が乗り移ったようにも見える。繰り返される「あと二ヵ月」の意味が、だんだんわからなくなってくる。窓の外の夕焼けが消えていた。

診察時間が終わっているからか、帰りのバスは混んでいなかった。駅に着くと、ホームで意味もなく電車を数本見送った。帰宅ラッシュの人波で身体を洗うようにしてしばらく立っていると、ようやく自分を取り戻し始めた。

「あと二ヵ月」は、夜子の出産予定日までの時間だ。そうでしかない。

おなかの張りが続いていることと、今日の健診で血圧が高かったことで、念のため入院をして安静を保つことになった。それだけだ。その客観的事実が、夜子と話していると、彼女に引きずられるようにしてわからなくなってしまうのだ。

「だから、書いて。それが春太くんのあと二ヵ月でやるべきことよ」

病室を出る間際にも、彼女は真剣な顔でそう言った。

もっと前から、書けない日々が続いていた。

数年前、結婚する少し前に、小説の新人賞を受賞した。受賞作はまもなく単行本として出版された。売れ行きは芳《かんば》しくなかったが、最初はこんなものなのだろうと悲観しなかった。思い描いていたのだ。軌道に乗っていたフリーライター業を続けながら、空き時間と休日を使って二作目、三作目と書き続けて、やがてほかの出版社からも依頼が来る。本は徐々に売れ始める。めどが立ったら仕事は小説だけに絞り、妻と二人の生活を守っていく。そのとおりになる自信もなぜか当初はあった。

ところが受賞した途端、苦しんでも苦しんでも、書けなくなった。少し書けても次の日になると面白いと思えず、ほとんどを消してしまう。二作目を書き上げられないまま、最初の担当編集者が異動してしまった。新しい編集者からは「何か書けたら送ってください」というメールを受け取ったきり、やりとりは途絶えている。彼の顔は見たことがない。

どんな言葉も摑《つか》めない時間、作家たちのインタビュー記事を検索して読むようになった。インタビューを受けているくらいだから、売れている作家だ。彼らのうち何割かは、いかに自分が生まれながらにして小説家だったのかについて語っている。特別なことでも何でもないように。

「ふつうは、お母さんが寝かしつけに絵本を読みますよね。私の場合、違ったそうなんです。私は、私が勝手に作ったお話を、自分が眠ってしまうまで延々と母に話していたらしいのです。母はそのストーリーをメモにして残しておいてくれました。それがデビュー作のもとになっています」

「中学生の時に友達と交換日記のようにして書き始めたんですけど、五日目でそいつが『お前だけが書いたほうが面白い』って言って、抜けちゃったんです。僕は一人で書き続けて、毎日そいつに読ませるようになりました。クラスのやつらにも読ませたら、だんだん噂が広まって、図書室の司書の先生が、書き終わった分を図書室に置いていいと言ってくださいました。それで違う学年の生徒も読んでくれるようになったんです。続きが読みたいという意見に応《こた》えているうちに、最終的には四百字詰め原稿用紙六百枚分になっていました。その司書の先生が、新人賞に応募したらって勧めてくださったんです」

「いつからというのは、覚えていません。気付いたら頭の中に物語があったんです。生まれたときから、たぶん私の中に何個も世界があるんです。その世界で起きていることを、文字を覚えてからは順番に書いていきました。今も同じような書き方をしています。小説を書く人ってみんな、そういうものなんじゃないんですか？　小説家になりたいから書くのではなくて、書けるから小説家になるんじゃないでしょうか。つまり小説家とは職業の名前ではなく、人間の種類のひとつなんです」

こういうエピソードを見つけるたび、僕は専用のノートに書き写していた。一度では気が収まらないので、最低でも三度は同じ文を一字一句違《たが》わずに書き写した。当たり前だけれど、何度書き写しても、ノートがどれだけ埋まっていっても、そのエピソードは自分のものにならなかった。いつまで経っても僕は、生まれながらの小説家を神のようにあがめてしまう、後天的に書きたいという欲が強いだけの、ただのつまらない人間だった。

夜子は、僕がただのつまらない人間だと、出会った日から知っていたはずだった。

「こういう講座ですから、まずは隣に座っている方同士で自己紹介をして、お互いの名前について話し合ってください。はい、今から五分」

あのとき、講師がそう言ってくれなければ、言葉を交わすこともなかったかもしれない。

「ヨーコさん、ですか」

口頭で名乗り合ったあと、聞き返した。長い髪は後ろでひとつにまとめただけで、化粧を落としたばかりのようなつるりとした顔をしていたが、机の上に載せられていた手の爪には、一ミリもはみ出すことなく丁寧に、濃い紺色が塗られていた。

「いえ、ヨ・ル・コです。夜の子どもと書きます」

「夜子さんか。朝子さんという方には会ったことがありますけど、夜子さんは初めてです」

そう言うと、彼女は笑い出した。暗く白っぽい蛍光灯の部屋の空気が弾んだ気がした。

「自己紹介のとき、たいていヨーコと聞き間違いされるんです。わたしの滑舌《かつぜつ》が悪いので。すみません。それで、夜子ですと今みたいに説明すると、『朝子さんには会ったことがある』という方がたまにいらっしゃって。春太さんで四人目です」

「数えていたんですか。朝子さんって意外に多いんだ」

「そのようです。だから、そう言われたときに返す台詞《せりふ》も決めているんです」

「当ててもいいですか」

「どうぞ」

「次は昼子さんに出会えたらいいですね」

「すごい、当たりです」

夜子は、僕の言葉にとてもよく笑ってくれた。区民センターの小さな会議室には似合わない明るさだった。だるまによく似た顔の講師が僕たちのほうを見たが、何も言わなかった。

一回限りのその講座は、「あなたにもできる！　たのしいネーミング」というものだった。平日の夕方で、参加者は少なかった。数人の老人と、兄妹らしい小学生がいたことは覚えている。

僕がそこにたどり着いたのはまったくの偶然だった。そのころは、大学の先輩が立ち上げた編集プロダクションに所属して、ライター業とDTPの作業もしていた。近くで予定していた打ち合わせが急にキャンセルになり時間を持て余していたとき、古めかしい区民センターの入り口でその講座の案内を見つけ、興味本位で潜り込んだのだった。そのころ、新人賞に応募する小説を書き始めていたから、何かきっかけを摑めるかもしれないと思っていた気もする。

彼女のほうは、わざわざ半休を取って来ていた。

「小さいころは、あまり自分の名前が好きじゃなかったんです。ヨーコと間違えられるし、夜に生まれたわけじゃないし、夕方のほうが好きだし、暗いイメージだし。それで、気付けばネーミングの公募にはまっていたんです。まだ名前を持たないものたちに、わたしが〝ふさわしい名前〟を付けたいって思ったんです。聞いたこともない村にできた新しいごみ処理施設とか、北海道の動物園に来た子カバとか、和歌山の水族館に引き取られたイルカとか、交通安全キャンペーンのキャラクターとか。とにかくジャンルは問わずなんでも、応募しました。中学生から高校生にかけてです。でも一度も採用されたことはありませんでした。この講座のことを知ったとき、久しぶりに思い出したんです。あの講師の方も、わたしが最も熱心に愛読していたころの公募情報誌で、ネーミング講座の連載を持っていた方なんですよ」

と小さな声で、でも熱っぽく語った。

「夜子さんってすてきな名前だと思うけど」

「ありがとうございます。でもわたしはいっそのこと、ヨーコが良かったです」

言ったあと、さらに声のボリュームを落として口ずさんだ。

「オノヨーコ、アラキヨーコ、ノサカヨーコ、ヒラオカヨーコ、ムラカミヨーコ、サノヨーコ、オノヨーコ、アラキヨーコ、ノサカヨーコ、ヒラオカヨーコ、ムラカミヨーコ、サノヨーコ……」

独特のリズムとメロディーにのせて、呪文のようにヨーコを並べた。何度も口に出したことがある様子で、途中でひっかかったり、おかしな間《ま》が生まれたりすることはなかった。

「それ、なんですか」

「ヨーコ並べ歌です。このヨーコたちは、みんな、すごくいい男に愛されたんです。『ヨーコはいい男に愛される』。これを、わたしは『ヨーコの定理』って呼んでいます」

すぐに思い出せたのは、オノヨーコを愛した男の顔だけだった。

「その、すごくいい男って……」

聞こうとしたとき、とてもよく響く音で講師が手を三回打った。五分が経過したのだった。

講座が終わったあと、講師に握手をしてもらっていた夜子を待って、食事に誘った。

彼女がリクエストしたのは、区民センターのそばのこぢんまりとした洋食店だった。

「大学生だと思ってました、すみません。若い子に食事に誘われるなんて、わたしもまだやるなと思ってました、今まで」

僕が年齢を言ったときも夜子は笑った。形の良いオムライスを端から崩しながら、年齢は僕の二つ下で、職場は都心の百貨店の一階だと教えてくれた。三十に近い男でも聞いたことがある老舗《しにせ》の化粧品ブランドのカウンターに立ち、「お客さまの唇に似合う色を探したり、肌のケアのアドバイスをしたり、五色入りアイシャドウの塗り方を教えたりしている」という。仕事を終えると化粧はすべて落としてから帰宅するのが彼女の決まりらしい。

「プライベートで、いつも塗っているのはネイルだけなんです。うちのマニキュアは百八色あって」

「百八も？」

「はい。百八の色、それぞれに名前がついているんです」

夜子はくちびるのケチャップを一度ぬぐい、手のひらも丁寧に拭いてから、かばんからそのパンフレットを取り出し、広げて見せた。常に持ち歩いているようで、少しだけくたびれていた。

「『水飲み場』『枕投げ』『調乳』『余計』『背泳ぎ』、これがわたしの好きな名前の色、トップ5です」

ひとつひとつ、紺色の爪の先で示しながら、大まじめに語った。

五つの色味はばらばらだったが、眺めていると、与えられた名前しかふさわしくないように見えてくる。「水飲み場」は、小学校のずらりと並んだ蛇口のことを僕に思い出させたし、「背泳ぎ」は、ゴーグル越しに見た夏の空の色だった。

「このネイルのことを大学生のときに知って、ここで働きたいって思ったんです」

「それで、夜子さんが塗っている色は」

「これです、『夜の子』です。どこにでもありそうで、でもなかなかない、生まれての夜の色だと思いませんか。この色を見てから自分の名前が好きになりました。手には、これしか塗りません」

パンフレットを元の大きさに折りたたむと、僕にくれた。それを一通り眺めてから、

「あの、さっき歌っていたヨーコ並べ歌だけど、あれってどこで知ったの」

講座を聞いている間もずっと気になってしょうがなかった、あの歌について質問をした。

「どこでというか、わたしが作ったんです」

夜子は当然のことのように答えた。それから、「ヨーコを愛したすごくいい男」について、ひとりずつ教えてくれた。どのように天才で、どのように愛にあふれていて、どのようにヨーコと接するか。パートナーの名までは知らなかったけれど、僕が好きな作家の名前もあった。彼らのことを語るとき、夜子は恋をしているような表情と口ぶりになったので、嫉妬をしていたのかもしれない。

「夜子さんの思うすごくいい男に、僕は当てはまらなそうだな」

と口を挟むと、

「大丈夫ですよ。わたしは、ヨーコではなく夜子ですから。すごくいい男に愛されるのはヨーコであって、夜子ではありません」

彼女は胸を張って言ったから、ただのつまらない男である僕は、安心して夜子を好

きになった。

次に会う約束の日、百八の色と名前を覚えられるだけ覚えて行った。パンフレットをいくら眺めても結局は三十色ほどしか覚えられなかったけれど、彼女はとても喜んだ。その次には、自分の右足の爪に、夜子の好きな名前トップ5の色を一色ずつ塗っていったが、見せる機会は逃した。四度目の夜、彼女の足の指の爪がとても小さいことと、その爪すべてを違う色で塗っていることを知った。僕の右足の色も、まだ残っていた。それを見ると「今度、きれいな塗り方を教えてあげる」と夜子は言って、僕の足の甲をさらさらと撫《な》でた。

付き合うようになって夜子がひとりで暮らす部屋に入ったとき、マニキュアの瓶が至る所に落ちていたので驚いた。それを除けばシンプルな部屋で、「春太さんを招くために片付けを頑張ったんです」と夜子は自己申告した。散らばるマニキュアは、夜子にとっては「片付け」の必要がないものらしかった。僕が誤って踏みそうになると、ハムスターを掬《すく》い上げるようなしぐさでマニキュアを拾い、何事もなかったかのように別の場所に移した。

少しだけおかしなその習性にもやがて慣れ、出会ってから一年で結婚を決めた。式は、とてもこぢんまりとしたものになった。僕の両親、夜子のお母さんと妹、それに数人の親族だけ招いた。夜子のお父さんだった人は、夜子が二歳のときに家を出ていた。よその女性を愛したらしい。

「わたしの名前はお父さんが付けたんだけど、その人のことは覚えてない。どんな人なのかお母さんに聞いても、わたしには『すごくいい男よ』としか言わないから、そんなの絶対に嘘だってわかってるけど、恨みそびれてるの」

足の指の爪を見せてくれた夜にそう教えてくれた。

夜子はウエディングドレスにも、いつものネイルを合わせた。指輪交換のときのその色を、僕はすぐに思い出すことができる。

夜子の異変は、今思えばマニキュアをすべて仕舞い込んだときからもう、始まっていたのだと思う。妊娠八週目であるという検査結果を聞いて数日後だった。暗くなってから帰宅すると、夜子は暖房を入れていない寝室で、鏡台の前の床にぺたりと座り込んで作業をしていた。家中のマニキュアをかき集めたらしく、それらをパンフレットの記載順に従って、鏡台の三段ある引き出しの中に並べている最中だった。

「赤ん坊って生まれてすぐ動き回るわけじゃないんだから、まだ片付けなくてもいいんじゃない」

僕は立ったままで言った。

一緒に暮らし始めてから、夜子のマニキュアの散らかし方は独身時代に増して派手になっていた。僕に気を許したからかもしれない。テレビとソファーの間の床、クッションとクッションの隙間、調味料置き場のタバスコと粉チーズの間、本棚の隅、電子レンジの上、トイレットペーパー置き場、脱衣所の入浴剤の隣——。夜子は気が向けばどこででも、足の爪の色を塗り、塗り終わるとその辺に放っておいた。除光液で落とすことはせず、いつも重ねて塗っていた。

全色きれいにまとめられているのを見たのは、今の家に引っ越してきた初日だけだった。マニキュアたちは、僕の見ていない隙に引き出しから這《は》い出し、遊び疲れてそのまま各々《おのおの》お気に入りのスペースで寝てしまったみたいに、徐々に移動していった。僕にはそれが夜子の縄張りの印のように見えて、前日までなかった場所でそれを見つけると微笑《ほほえ》んでしまうくらいだった。

黙々と片付けをする夜子に、おなかのふくらみはまだ見られず、姿勢に無理はないようだった。

「寒くないの」

と聞くと、無言で頷いた。視線がパンフレットと引き出しの中の小さな暗がりと、家じゅうから拾い集めた色とりどりのマニキュアの上を忙しく行き来して、手はやたらてきぱきと動いていた。夜子は瓶の底に貼られた品番のシールをいちいち確認しなくても、それが何色で何番目に並べられる色であるかわかるらしく、動きに無駄がなかった。

「これからどんどんわたしの身体は動きにくくなるんだし、生まれてからじゃ遅いでしょう。生まれたら最後、何もできなくなるんだって。それに、こういう細々《こまごま》したものが一番危ないの。何でも口に入れるらしいから」

僕のほうに目線を上げずに言った。「春太くんがやると時間かかりそうだから」と、手伝いも断られた。夜子はその作業を日付が変わるまで続け、ひとりでやり遂げたのだった。

マニキュアを仕舞い込んだことで、気が向いたときに目に入った色を塗るというそれまでのスタイルは不可能になった。夜子の足の爪の色が変わる頻度がぐっと落ちた。

それと同じころから顔つきも変わり始めていた。子を宿すと柔らかい雰囲気になるという話を聞いたことがあったが、夜子は反対だった。元々が柔和《にゅうわ》な方だったからかもしれないと思い、深く考えなかったのが僕の失敗だった。

妊娠五ヵ月に入ったころだった。帰宅すると、夜子は照明を点《つ》けず、テレビから漏れる明かりだけを浴びて、じっと座っていた。映画でも見ているのかと思ったが、映っているのは数人の力士で、ちゃんこ鍋の作り方を教えていた。バラエティー番組らしかった。照明を点けてから、どうしたのと声を掛けて隣に座った。何も答えないので、

「暗くして、どうしたの」

ともう一度聞くと、夜子はテレビを見つめたまま、

「わたし、おかしくなったのかもしれない。嫌われるだろうと思ってずっと言えなかったけど」

と言う。画面の中の力士は、三人がかりでとても快活に、湯気の立つ巨大な鍋をかき回していた。

「お医者さんに出産予定日を告げられたとき、予定日までのカウントダウンが、わた

しの余命のカウントダウンみたいに聞こえたの。自分が自分でいられる時間のカウントダウン。その日にわたしの人生は終わる。不謹慎でしょ、ばかみたいでしょ、だけどそう思ってしまうの」

「……本当に、自分が死んじゃうと思うの」

まさかそんな飛躍した思考に妻が囚われているとは思っていなかったので、冗談を聞かされているような気持ちだった。

「わからない。妊娠してからずっと、頭の中に砂糖がぱんぱんに詰まってるみたいな感覚があって、前のように考えることができないの。直感的にそう思う、としか言えない。もう半分、死んでるのかもしれない。あと五ヵ月なんだ、五ヵ月しかないんだ、残されたその五ヵ月で何かをしなければって、すごく焦《あせ》りながら思うのに、体も頭も重くて何をしたらいいかもわからない。戻りたい、五ヵ月が怖い、あんなに子どもが欲しかったのに。子どものことは考えられないの、もうすぐ消える自分のことばかり考えてしまう」

夜子は涙を流れるままにしながら言った。泣く姿はそれまで見たことがなかった。

「きっと疲れてるんだ」「別に何もしなくていいんだよ、仕事だって、しんどければ休んでいい」「おかしくなったわけじゃないよ。体の変化に気持ちが付いていってないだけだ」

ありきたりな言葉で慰め続けたが、効果はなかった。涙は湧くようにこぼれ続けていた。終わりがないように思えて途方に暮れかけたとき、ふと夜子の足の爪の根元が目に入った。もう何日も、ネイルを上塗りしていないようで、裸の部分がはっきりと現れていた。夜子の本当の爪の色や質感を、初めて知った。これが夜子のバランスを崩している原因じゃないかと根拠なく思った。

「足の爪、塗ってあげようか」

と聞くと、夜子は無言で頷いた。

「どの色がいい？」

「何でもいい」

僕は一番上の引き出しの端から順に十色を取り出し、時間をかけて夜子の足の爪を塗った。むくんで皺《しわ》や血管が見えにくくなった足は、かかとまで不自然に温かく、触れていると指先から夜子の混乱が染みてくるみたいだった。

ちゃんこを作っていた力士は消え、ニュース番組が流れていた。来年、飛び立つ予定の宇宙飛行士の話題だった。この人が宇宙にいるとき、夜子はちゃんとここにいるのだろうか、いるに決まっている、いてくれますように。現実感のない自問自答を繰り返しながら、小さな刷毛《はけ》を動かした。前に塗り方を指導してくれたときには、集中できないほどうるさく口を出してきた夜子が、ただ大人しく塗られていた。

「塗りたくなったら言って。いつでも塗ってあげるから」

と言うと、「ありがとう」とだけか細い声で答えた。

やがて落ち着いた夜子は、シャワーも浴びずベッドに入り、そのまま寝てしまった。背中を丸め小さくなった姿が胎児のようにも見え、かすかに聞こえる寝息は簡単に止まってしまいそうに思えた。少しの間見つめてから隣に横たわった。細かい作業をしたせいで目が疲れていた。力士と宇宙飛行士が手招きする眠りに落ちていきながら、自分の中から何かがひとつ消滅していく感覚があったが、それに抗《あらが》って目を覚ますことができなかった。

翌朝になると、夜子が言っていた「頭の中に砂糖がぱんぱんに詰まってるみたいな感覚」が、僕にも移っていた。ますます書けなくなったのは、その日からだ。書くための苦しみかたまで自分から離れたところに行ってしまった。本当にただの一行も書けない。目には見えているのに、そのすべてに触ることのできない世界に来てしまったみたいだった。

自分の中にあった、言葉が湧いてくる働きを持っていた部分が、何かの拍子に夜子の身体に移動してしまって、それが夜子の腹の中で腐るように別のものに変わりながら、日に日に大きくなっているのではないかと思った。

「ねえ、春太くん。これから毎日、ひとつ書き上げて、わたしに読ませてよ」

だから、夜子のこの言葉はとても恐ろしいものだった。

入院した翌日も、仕事の都合をつけて見舞いに向かった。夜子は顔を見るなり、

「あっ、書けたの？」

ベッドに寝たまま、とてもうれしそうに言った。なんとなく、前日の約束はなかったことになっているのではないかと都合の良い期待をしていたけれど、夜子は本気だったのだ。

「ごめん、書けてない」

「そっか、了解了解」

何でもないことのように夜子は相槌《あいづち》を打った。安静にしているからだろうか、ここ数ヵ月の中で最も、妊娠前の夜子に近い顔をしていた。

「ねえ、そこのカーテン開けてくれない。朝から日差しが強くて、ずっと閉めてたの。でも今くらいの光なら、大丈夫な気がする」

夜子が窓を指差した。すぐにわかった。手の爪から、いつもの色が消えていた。

「夜の子、落としたの」

カーテンを開いてから聞いた。

「うん、きのう。入院中は塗らないでくださいねって言われて。除光液は貸してくれた」

「足も？」

と聞くと頷いて、足元の布団を少し除《よ》けて見せた。彼女の足ではないみたいに、弱虫で怖がりな生き物に見え、「そうか」としか言えなかった。

サイドテーブルには、公募情報誌が開いたままになっていた。いくつか付箋《ふせん》が貼られていた。

「わたしのほうは、一日ひとつ名前を考えることにした。小説をひとつ書くのとは、全然労力が違うのかもしれないけど」

「同じだよ」

僕の書くものなんかより、この世にたったひとつの〝ふさわしい名前〟のほうが何倍も尊く、存在意義があるように思えた。公募情報誌を手に取ってぱらぱらと捲《めく》った。

「今考えているのは、どれに応募するの」

と聞くと、夜子はただ微笑んで首を横に振った。

「僕にも教えてよ。夜子の考えた名前を一日ひとつずつ」

「どうかな。春太くんの小説と交換だったら、いいよ」

言ってから、口角をきゅっと上げた。

「……書けるのかな、僕は」

誰かに聞いてわかるものではないと知りながら声に出してしまう。僕がいくら女々しく弱音を吐いても、彼女の答えはいつでも決まっていると知っているからだ。

「書けるよ」

ごく一部のデータに基づいただけの「ヨーコの定理」について自信満々に語ったときと同じ顔をして、夜子はそう言い切る。

趣味で小説を書いているんだと打ち明けたときも、新人賞の選考で何度目かの落選をしたあとも、いつかこういう小説を書けるようになりたいんだと話したときも。同じ顔で同じ言葉を言った。受賞を伝えたときも、夜子だけはあまり驚かなかった。一度、理由を聞いたこともある。

「わたしの名前は残念ながら夜子だけど、あなたはいつかヨーコを愛した男みたいに、なる気がするから」

と夜子は言った。

「ヨーコに浮気なんてしないよ」

そのとき僕は茶化したが、夜子は笑いはしなかった。

「書けるよ」と言ってくれることはうれしかった。それが、優しくて希望にあふれた嘘であることとくらいわかっていた。夜子がついてくれる嘘なら信じたいと僕が強く思うことも、彼女は知っているのだ。

腕時計を見た。面会時間には、限りがある。会話を切り上げて休憩室に向かった。夜子に読ませるため、パソコンではなくて原稿用紙を広げ、ひざの上には、先天的小説家たちのインタビューを書き写したノートをお守りのように置いた。

原稿用紙を睨《にら》んでいると、マス目が浮かんで見えた。埋められないそれは、何も塗られていない夜子の爪と重なった。さっき目にしたばかりの、やけに白っぽく、干からびた貝殻のような爪。それを思い浮かべたとき、夜子は「あと二ヵ月」で本当にいなくなるのではないか、という思いがよぎった。僕も「あと二ヵ月」で消えてしまうのかもしれない。少なくとも「あと二ヵ月」で書けなければ、書きたい自分、書かなければいけない自分は死ぬ。力士はちゃんこを食べる、宇宙飛行士は大気圏外へ行く、そういうことと同じくらい当然のこととして、そう思った。

どんなことでもいい、下手でもいい、とにかく書かなければいけない。自分に言い聞かせてシャープペンシルを握る。いくつも断片をひねりだして、そのうちのひとつからやっとぽつぽつと言葉を並べるが、手を止めた瞬間にもう次の手がかりがなくなった。

言葉を作る部分が自分にないことを、また確信する。前は「そこにある」と直感した場所を注意して手探りすれば触れられていたはずの言葉が今はどこにもない。考えれば考えるほど頭に詰まった砂糖が溶けて、甘ったるいものがどろどろと上から下へ、身体全体に広がった。

書いては消して、消しゴムのかすだけ増えた。額や首筋や手のひらに気持ちの悪い汗がにじんだ。日が傾いて、気付かないうちに誰かが休憩室の照明を点けてくれていた。面会時間が終わる間際に、ただ汚くなった原稿用紙を持って病室へ行った。

「今日は、だめだった」

暗い顔をしてはいけないと思ったから、苦笑いの顔を作って言ってみた。夜子はいつもよりさみしい指先を原稿用紙に伸ばした。迷ってから手渡すと、消したあとのシャープペンシルの筆跡を読み取ろうとするみたいに、何も書かれていないマス目をじっと見つめていた。

「了解了解」

目線を上げると軽い声で言って笑った。

夜、ひとりの家に帰ってから、自分の爪が気になってしょうがなくなった。縦に線がいくつか入った、艶のない爪だ。この空白を埋めなければ、と思った。手ではさすがに仕事にも支障が出る。でも足であれば、靴下を脱がない限り他人に見られることはないだろう。

シャワーのあとで、鏡台の引き出しを開けた。上から見ると隙間なく並んだキャップが蜂の巣のようだった。出会った日にもらったパンフレットと照らし合わせ、夜子の好きな名前の五色と、「夜の子」を取り出す。あとの四色は、なるべく明るく前向きな感じがする名前のものが良かった。時間をかけて選んだ挙句《あげく》、手に残ったのは「一毛作」「揺れないシャンデリア」「蘇生法」「愛鳥週間」になった。四色とも、くすんだ色味だった。自分に色選びのセンスがないことを痛感して思わず笑ってしまうと、肩の力がふっと抜けた。

リビングのソファーで一色ずつ足の爪に塗った。その最中は、何かとても建設的なことをしている気持ちになった。塗り終えると、使ったマニキュアを引き出しに戻さず、その場に置いたままにすることに決めた。思い立って、撫《な》でられすぎたセキセイインコのような色の「愛鳥週間」は出窓に置いてみた。ほんのわずかに、かつての二人の家が戻ってきた気がした。

この六階西病棟に入院している人はみな、似たような顔色をして似たような歩き方をする。あと〇ヵ月、もしくはあと〇日を、あの人もあの人も、抱えているのだ。なんとなく目を合わせてはいけない気がして、僕は下を向きがちになる。

病室へ向かう前に、ナースステーションの近くにある休憩室で原稿用紙を広げることを決まりとしていた。空から見るとゆるいV字型をした建物のちょうど谷の部分にあたり、広い窓から光が差す。右側に進めば夜子のような出産を待つ人が入院する西病棟で、左側に進めば新生児室や出産したばかりの人が入院する部屋がある東病棟だという。僕はどうしても左側に目を向けることができない。

窓からは、背の低い住宅地の向こうにビル群も見える。音を消した点けっぱなしのテレビがあり、自販機があり、無料のお茶があるが、いつもひと気は少ない。集中しやすい場所のはずだが、入院から二週間経っても、まだひとつも書けていなかった。書いて消したただの原稿用紙を儀式的に手渡した。情けない行為だった。

その間、夜子は個室から四つのベッドがある相部屋に移った。当初に比べたら状況は良くなっているらしい。先に入っていた二人と世間話をするようになったそうだが、三日後にひとりが消え、もうひとりもその四日後に消えていた。東側の病室に移ったのだろうけれど、僕にはもっと別の場所に消えてしまったように思えて仕方なかった。

余命がどうこうという話を、夜子はしなくなっていた。出産後に必要になるもの、例えばガーゼや哺乳瓶や消毒液などについて、僕に買い物を頼むようにもなっていた。

「一日ひとつ名前を考える」ということも続いているらしく、公募情報誌の付箋は増えたり減ったりを繰り返していた。でも僕のほうは、まるでだめだった。ひとり置いてきぼりにされた気持ちで、カウントダウンに縛られ続けていた。

時折おかしな薬が切れたみたいに、「そのカウントダウンは子どもが生まれるまでのカウントダウンだ」「楽しみに待つべきものだ」と我に返り、その瞬間には悪い夢から覚めた安堵《あんど》から笑い出しそうになるのだが、原稿用紙に向かうたび、夜子の爪を見るたび、また飲み込まれた。一秒一秒減っていくことが恐ろしくて堪《たま》らなくなるのだ。

ゼロになるまでに何としてでも、ひとつでも、書かなければいけなかった。病院の休憩室でも、仕事場代わりのカフェでも、空き時間の駅の待合室でも、家の食卓でも寝る間際のベッドの上でも。毎日書こうとはしていた。だけれど、はたから見たら僕は、ひざの上に薄汚れたノートを載せ、原稿用紙を広げてシャープペンシルを握り、ただ座っているだけの人だ。

ただ座ったままで夜子と過ごす時間を減らしているなんて。こんなことをしているなら、素直に見舞いに行くべきだ、顔を見て話をするべきだ、書けなくなっちゃったみたいなんだ、と言うべきだ。でも、できなかった。面会時間の終わりに「今日は、だめだった」と言いに行くのが精いっぱいだった。夜子は僕を責めなかったし、悲しそうな顔もしなかった。ただ「了解了解」と言って笑う。

「もうやめていいよ。普通にお見舞いに来るだけでいい」

そう言ってくれたらいいのに。どうして言ってくれないのだ。詰め寄りたくなって耐えた。


三週間が経ってしまったころだった。最後まで書けた日があった。

メールだけのやり取りだった新しい担当編集者に連絡を取った。仕事で数日滞在しているという軽井沢まで行き、合間に会ってもらった。編集者の時間を奪う申し訳なさより、カウントダウンへの焦りのほうが勝った。

「遠くまでお越しいただいて、申し訳ありません」

待ち合わせていた喫茶店に先に来ていた編集者は、恐縮するこちらを気遣うような柔らかい笑みまでたたえてそう言った。想像していたよりずっと若かった。僕と同じくらいか、もしかすると年下であるようにも見えたが、かっちりとしすぎていないジャケットとニット地のタイが似合っていた。軽井沢が東京より涼しいことに、彼の装いを見てやっと気付く。同時に、学生のころから変わっていない格好の自分が急に恥ずかしくなった。

会ってもらったことと時間をとらせたことを詫びたあと、まったく書けないことを一方的に話した。近くに座っている人が聞いたら、あわれな自称小説家の男と、その話に付き合わされている気の毒な編集者だ。でも気にしていられなかった。彼は相槌のプロだった。気付けば、作家のインタビューを書き写していることまで話していて、それがようやく途切れたとき、

「そういうエピソードが全部本当だって思っているんですか」

編集者は言った。

「作家は嘘をつくのが仕事です。小説はもちろんですが、エッセイやインタビューだって嘘だらけの方もいます。インタビューのたびに毎回違うことを話す編集者泣かせの方だっているんです」

ふと顔を上げると、すべて見通したような冷たい目でこちらを見ていた。

「そういう作家と仕事をする僕らも、嘘が上手くなっていくんです。つくのも、見破

るのも」

それから手を挙げて、アイスコーヒーをもう一杯注文した。ひと口飲むと彼は、だんだん会った当初の品の良い表情を取り戻して、ジャン・コクトーはひらめきを得たいがために角砂糖一箱分を一度に舐《な》めたという記録があるらしい、など僕からかけ離れた偉大な作家の苦悩について、にこやかに穏やかに、語り続けた。まるで世界史の授業を受けているような気持ちだった。チャイムが鳴るまでの時間つぶしとして語られる、こぼれ話。耳にはほとんど入ってこなかった。

「大丈夫です、書けますよ」

別れ際、編集者は言った。

東京へ戻る電車の中、インタビューを受けている小説家になったつもりで、小説を書き始めたきっかけについて書いた。

「幼稚園児のころは、枕とか水飲み場とか海水パンツとか、そういうものの言葉がわかったんですよね。彼らが言ってることを、自分の中で物語に書き換えて、ひとりで楽しんでました。いつの間にか言葉は聞き取れなくなっていたんですけど、それでもじっと見つめていると、何か言いたいんじゃないかなってことはわかるんですよ。それを予想する形で、高校生のあたりからは書いていました。同じ手法で、長編も気付いたら書けるようになっていたんですよね。小説って誰か人間に教えてもらって書けるものじゃないんだなって、思いました。人間じゃないものに教えてもらいながら、書くものなんですよ。今はもう、どこにいても、何も見なくても、書けますよ。遊園地の行列に並んでいる間とか。満員電車の中でも携帯電話を使って書けますしね。それくらいじゃないと、やっていけないですよ。自分の頭の中の物語の進捗《しんちょく》に、文字が追い付かないんです――」

原稿用紙二十二枚分にもなった。小説とは言えないけれど、ともかく、やっと書けた。達成感に包まれたが、すぐ我に返った。一度読み返しただけで鳥肌が立ち、吐き気がし、とても今の状態の夜子に読ませられる代物《しろもの》ではないと気付いたのだ。この文章は、上手な嘘でも何でもなく、ただの嫉妬だ。駅に降り立つとすぐに捨てた。僕は嘘をつくのも見破るのも上手くないのだと知った。

そのまま病院に向かい、休憩室で腰を下ろした。暗くなるのが早くなっていた。窓の向こう、遠くのビルの赤い点滅に重なって映る自分を見ながら、

「オノ・ヨーコ、荒木陽子、野坂暘子、平岡瑤子、村上陽子、佐野洋子、オノ・ヨー

コ、荒木陽子、野坂陽子、平岡瑤子、村上陽子、佐野洋子……」
夜子が酔うと必ず歌った「ヨーコ並べ歌」を、口ずさんでみた。ヨーコを愛した「すごくいい男」たちであればきっとどの男でも、毎日確実にひとつずつ作品を仕上げて夜子に捧げることができる。カウントダウンと背中合わせの夜子は、どんな笑顔を見せるだろう。どんな言葉で喜ぶだろう。彼らのようになりたかった。病室には寄らずに帰った。そのまま三日間、見舞いに行く気になれないまま過ぎた。

「忙しいの？　もし明日来られたら、引き出しの中からネイルをどれでもいいから十本持って来て」

三日目の夜にメールが入った。

大量のマニキュアが、リビングに転がっていた。夜子が家中に散らかしたほどではないにしろ、引き出しの中にはほとんど残っていない。帰宅して靴下を脱ぐと、足の爪に色を重ねることが習慣になっていたのだ。このところ唯一の没頭できる作業だった。

夜子の好きな名前の色を集めて持っていきたいと思ったが、散乱する中から見つけ出すのは至難の業《わざ》だったから、出かける直前に近くの十色を適当に選び、かばんに入れた。

病室に入るなり、

「靴と靴下を脱いで」

夜子は、ベッドの縁《ふち》に足を乗せるよう促した。

「浮気防止よ。塗ってあげる」

やけに明るい声色《こわいろ》で言った。

「いや……」

「どうしたの、マニキュア持ってきたんでしょ？　早く脱いで」

説明するより早い気がして、言われるまま足を見せた。十色の爪は、青い夕方の中ではすべての色が陰って見えた。

「勝手に借りて塗ってたんだ、ごめん」

片付けていないことまでは言わなかった。夜子はくすくす笑い出した。

「塗り方、やっぱり下手ね。貸して、重ねて塗ってあげる」

清潔なベッドを汚してしまう気がしたが、逆らえず右足から差し出した。来客用の丸椅子に座ってその姿勢をとると、腹に力を入れなければいけなかった。震えそうになるのをずっとこらえていた。夜子は左手に点滴が入ったままでも、僕より上手く塗った。爪は、自分で選びとったのに名前を知らない色に染まった。

まだカウントダウンの数字は残っていたはずだった。

電話が鳴ったのは午前二時だった。僕はマニキュアが転がる食卓で、原稿用紙の白いマス目を見つめている最中だった。嘘だと思った。その日の夕方も、お決まりになったやり取りをしたばかりだったのだ。

「今日は、だめだった」

「了解了解」

部屋着のまま大きい通りまで走った。タクシーを捕まえて病院の名前を告げる。運転手はそれで事態を察したのだろう、何も話しかけては来ず、黙々と走らせた。近道をしてくれているらしい。静かな住宅地の見慣れない路地を、幾度も曲がりながら器用に過ぎていく。

夜子は既に手術室に入ったと電話で伝えられていた。

「違うんですよ、子供が生まれそうなんです」と、言えばいいのだ。そうしたら運転手は笑うだろう。「なんだ、おめでたいほうでしたか。こんな時間に病院って言うから……。すみません」と。僕も「いえ、いいんですよ。寝ている間に破水していて、急きょ手術で出すことになったらしくて。驚きましたよ」と笑う。

でも、できなかった。突然ゼロになった数字の先にあるものが本当にそれなのか、信じることがまだできなかった。

湧いてくるのは後悔だけだった。なぜひとつも書いてあげられなかったのだろう。違う、どうして僕は、書けないのに書きたいと思ってしまったのだろう。才能が足りていないただの人間であることが、ちゃんとわかっているのに、どうして。ヨーコを愛したような「すごくいい男」に、逆立ちしても及ばないだめな男なのに、どうして。

「大丈夫ですよ。わたしは、ヨーコではなく夜子ですから。すごくいい男に愛されるのはヨーコであって、夜子ではありません」

夜子の声を思い出す。

書きたい、書かなければと、ひとりで座っていた時間、素直にお見舞いに行っていたら、ふたりで静かに、どれほどの会話ができただろう。もっと笑わせられたんじゃないか。むくんだ手や脚をさすり、少しでも楽にしてあげられたんじゃないか。彼女が僕の書いたものを待っていたとしても、ただの人間である僕がすべきことは、そっちではなかったのか。ふたりの時間は、終わるのだから。僕はヨーコを愛する男じゃなくて、夜子を愛する男なのだから。

病院へ続く、緩《ゆる》く長い坂道に入った。暗い舗道を上っていく人も下りてくる人もいなかった。街灯の間隔が開いていくように感じた。闇の濃さは増して、夜子が手の指に塗っていた色よりずっと深い色になっていく。バックミラーに映る運転手は神妙な顔のままでスピードを上げた。

病棟にたどり着くと、ナースセンターにひとりだけいた看護師が、僕に気付いて椅子を鳴らして立ち上がった。

「先ほどお義母《かあ》さまのほうが先に」

病室に走った。ドアは開いたままだ。

一目見て、理解した。妻がいたベッドには新しいシーツが敷かれ、もう次の人が入ることができそうなくらいに整えられていた。薬袋も、公募情報誌も、義母が山ほど買ってきたお守りも、お気に入りのタオルも、何も書かれていない原稿用紙が溜まっていたはずのファイルも消えていた。もうすべて終わったあとなのだ。

「春太さん」

義母の声がして振り向く。廊下の薄青い明かりを背負い、ついさっきまで泣いていたらしい顔で立っていた。

やはりあのカウントダウンは――。

「春太さん、おめでとう」

僕の背中を叩いた。おめでとう、とは、こういうときに使う言葉だったろうか。からからとキャスターを引きずる軽い音と、急ぐ看護師の足音が近づいて、僕たちの後ろで止まる。

「おめでとうございます。女の子ですよ。やっぱりまだ小さかったので、このまま保育器に入りますね」

「妻は」

「大丈夫ですよ、処置が済みしだい、手術室から戻られます」

笑顔の看護師が手を添える中身を覗《のぞ》いた。小さくて赤い生き物がいた。

実際に見たらきっと、おかしな妄想も消える――。その期待はかなわなかった。自分が死んでいくのがわかった。

どちらも本当だったのだ。今までの自分が、そしてたぶん夜子も消えて、子どもは生まれた。

そうだ、もっと早くわかるべきだった。僕と夜子は今までと同じようにはもう生きられないのだ。僕たちは、死ぬものを生み出してしまったからだ。生まれたら、あと○年、あと○ヵ月の数字は減っていくだけだ。それを僕は、夜子は、どんな手を使ってでも、遠ざけてやらなければいけないのだ、この先限りなく。

望んだことだった。覚悟もしていた。だけれど、これほどの恐怖を想像することができなかった。こんなにも恐ろしいことを背負ったのに、今までどおりに仕事をする。書きたい書けない書かなければと、のたうち回る。そうやって暮らしていかなければいけないのだ。そんなことができるのだろうか。

おめでとうございます。おめでとう。おめでとう。

おめでとうが、小さなものに降りかかり続けている。

生まれることは死ぬことで、本当は嘘で、嘘は本当で、幸せは恐怖だ。どちらの名前で呼ぶべきか迷っている間にも、昼と夜のように繰り返し反転する。きっとこの

「おめでとう」という本当で嘘の言葉がなければ立ち向かえない、恐ろしい幸せだ。これは、「おめでとう」も、本当で嘘だ。

看護師に連れられ、小さくて赤いものが遠ざかっていく。それが自分の見えないところへ行くことの安堵と不安が代わるがわる押し寄せる。

「ほんとに、おめでとう」もう一度、義母が言う。

そのとき、思い出した。どうして僕は書きたいのか。この「おめでとう」のような言葉を、見つけたいからだ。いつの間にか忘れていたことにも気付いていなかった。

義母に頭を下げた。なかなか元の姿勢に戻ることができずにいると、義母は夜子とよく似た声で笑った。

夜子の荷物は東側の部屋に移されていた。この部屋にはまもなく朝日が入るはずだ。どこかの部屋から赤ん坊の泣き声が聞こえていた。

麻酔が残る夜子が、少し遅れて戻った。鼻から酸素を入れられ、まだ焦点の定まらない目をしていたが、肘から先だけをぎこちなく動かし、サイドテーブルの上の公募情報誌に挟まっている紙を指差した。四つ折りにされていたそれを広げる。いくつもの候補の中にひとつだけ、大きく赤い丸で囲まれたあの名前があった。

僕は「ヨーコ」も愛する男になろうと決めた。
マニキュアを元通りに仕舞うことから始めなければならない。
「おめでとう」と言うと、夜子も「おめでとう」と口を動かした。

（オール讀物2月号）

遭難者

佐々木譲

佐々木　譲（ささき　じょう）
1989年　『エトロフ発緊急電』で日本推理作家協会賞（長編部門）、日本冒険小説協会大賞、山本周五郎賞
1994年　『ストックホルムの密使』で日本冒険小説協会大賞
2002年　『武揚伝』で新田次郎文学賞
2010年　『廃墟に乞う』で直木賞
2016年　日本ミステリー文学大賞

その光は、照明弾が上がったのか、と思えるほどの強い明るさだった。

もちろん児島志郎《こじましろう》は、最初からその光を見ていたわけではない。南方向の空が明るくなったと気づいて身体の向きを変えた。そのとき初めて児島は、空に浮かぶ光源に気づいたのだ。ゆっくりと夜空を落ちてくる。梅雨も終わりかけの空は曇っていたが、さほど低いわけではなかった。

光源はごく近かった。月島《つきしま》の上空にある。いや、もっと近い。隅田川《すみだがわ》の水面の上だろうか。光源の高さは、この病院の、いま児島が立つ七階のテラスより少し上ぐらいか。落下中だ。

四年前に竣工《しゅんこう》したこの病院の新館は、このあたりでもっとも高いビルディングだ。七階のテラスからは、東京湾から日比谷《ひびや》方向の市街地まで、よく見渡せた。

いま月島西岸の倉庫群の屋根が照らし出されている。川面《かわも》もその光を反射していた。小さな蒸気船が、川下からちょうどその光の下に入ってくるところだった。ポンポンというエンジンの音が、ここまで響いてきている。

照明弾とも見えるその光源は、煙を引いてはいなかった。火薬が燃えているようではない。ただ、白熱して強力に明るいのだ。

児島は視線をその光源の上に移動させた。気球が電灯でも吊り下げているのか？すぐに、自分がずいぶん馬鹿馬鹿しいことを想像したと恥ずかしくなった。この照度だ。やはり照明弾とか、花火が打ち上がったとでも判断したほうが合理的だ。でも、照明弾だとしても、どこの砲台が撃ったものだろう。光に気づいてからもう七、八秒はたつが、いまだに爆発音や破裂音は聞こえてこないのだ。東京湾要塞の猿島《さるしま》砲台だとしても、もう砲声は響いてきていい。夜であれば、砲声はずいぶん大きく聞こえるのだ。

手すりに両手を置いて見つめていると、やがて光は落下しながら急速に小さくなり、消えた。蒸気船の小さな灯《あかり》だけが、闇に残った。

児島は手すりから離れ、屋上階の出入り口に向かった。建物の中に入ってから腕時計を見ると、午後の九時三十分をまわったところだった。

十五分前まで、児島は外科の宿直医のひとりとして、緊急処置室で待機していた。

さいわいきょうはまだ、外科医が対応すべき救急患者はひとりも運ばれてきていない。

児島は文京区にある私立の医科大学を大正十一年に卒業し、研修医を経て、この病院で勤務を始めた。在職してもう十五年近くになる。まだ二日続きの宿直勤務でもなんとかこなせる年齢ではあるが、それでも自分の出番がなく、平穏な夜であることは喜ぶべきことだった。児島はエレベーターで一階へと降り、緊急処置室に隣り合う宿直室へ戻った。

それから十分もしない時刻だ。夜間の出入り口付近が騒がしくなった。誰か怪我人が運びこまれてきたようだ。宿直の看護婦たちが廊下を駆けていくのが聞こえた。児島は白衣のボタンを確認してから、宿直室を出た。

廊下の先から、男がふたりで担架を運んでくる。男たちは警視庁消防部の救急隊員ではなかった。病院勤務の助手たちだ。担架の両横に、看護婦がふたりずつ。担架の後ろから、頭に手拭いを巻いた中年男がついてくる。船員と見える男だった。

その場で最年長の看護婦が、児島に駆け寄ってきて、小声で言った。

「築地《つきじ》の川岸から運ばれてきました」

彼女はこの病院の看護婦としては二十年以上経験を積んでいる。佐藤昌枝《さとうまさえ》。児島が頼りにしている看護婦のひとりだった。

昌枝は続けた。

「男性が隅田川の水面に浮いていたそうです。呼吸、脈はあります。水は飲んでいませんが、意識不明です」

児島は訊いた。

「身投げ？」

「わかりません。助け上げた船の船長さんがついてきています」

「処置室へ入れて」

昌枝は児島の脇を抜け、処置室のドアを開けた。担架が中に運びこまれた。児島も処置室に入ろうとすると、手拭いを頭に巻いた男が児島に訊いた。

「あたしは、どうしたらいいでしょう？」

児島は男に顔を向けた。

「旦那さんが引き上げてくれたんですね？」

「ああ。いましがた空が明るくなって、また暗くなったと思ったら、光が消えたあたりであのひとが浮いていた」

「さっきの光のこと？」

「そう。船の行く手で、いきなり花火でも上がったのかと思ってたまげた」

「ちょっとここで待っていていただけます？　事情次第で、処置も変わってきますんで」

「いいすよ」

児島は中に入った。入れ代わりに男たちが、畳《たた》んだ担架を持って処置室を出ていった。

処置台の上には、男が横たわっている。シートをよけると、男は裸だった。年齢は二十代なかば、あるいは後半ぐらいだろうか。頭にはまったく髪がなかった。丸刈りではない。剃《そ》り上げたばかりの頭だろうか。それとも何かの薬物による脱毛症なのか。顔だちは若いけれども、案外年配なのかもしれない。身体全体は皮下脂肪が薄く、筋肉質だ。栄養状態は悪くない。

一瞥《いちべつ》したところ、大きな外傷はなかった。出血も見当たらない。

昌枝が男の左腕に血圧計を当てた。

児島は若い看護婦のひとりに訊いた。

「着物は？」

若い看護婦が答えた。

「裸でした。船長さんが脱がせたのかもしれません」

男は呼吸している。聴診器を急患の胸に当てた。大動脈破裂はなさそうだし、肺にも異常な音はなかった。さらに手首を取って、脈を診《み》た。三十から四十くらいか。軽い心筋挫傷《しんきんざしょう》が考えられる。まぶたを広げて瞳孔を診た。反応があった。

患者の口のまわりを見て訊いた。

「吐血《とけつ》していた？」

「いいえ」と、同じ看護婦が答えた。

昌枝が言った。

「血圧は九十、六十です」

児島は頭から顔、首にかけて、触診していった。骨折や陥没はなかった。脳震盪《のうしんとう》からくる脳浮腫《のうふしゅ》もない。右の耳の下に、黒子《ほくろ》が三つ、ちょうどオリオン座のベルトラインの星のように並んでいた。

肩、胸、腕、手首にも、異常は見当たらなかった。腰から脚、足先までも同様だ。

内臓破裂もないようだった。

　看護婦たちに手伝ってもらい、男の身体を少し持ち上げてみた。背中と腰の上に、軽度の新しい内出血がある。その輪郭は不鮮明だ。硬いものに激しく打ちつけられたものとは違う。内出血の一カ所を押したとき、男はうめいた。触診を続けたが、脊髄《せきずい》は損傷していないようだった。腰にも外傷はなく、骨盤の損傷もないと見えた。

　両手の指を見た。肉体労働をしている男の手ではなかった。筋肉が特に発達しているわけではないし、傷やタコもできていない。皮膚は荒れておらず、爪も切られたばかりと見える。

　口を開けてみた。歯にも、口蓋《こうがい》にも損傷はない。虫歯もなく、奥歯が治療されていた。銀色の金属が埋められている。初めて見る治療痕のような気がしたが、歯科は専門外だ。治療の種類についてはわからない。呼気を嗅《か》いでみたが、酒の臭いはしなかった。

　若い看護婦のひとりが、体温計を男の左腋下から取り出して言った。

「三五度です」

　低体温症と呼ぶほどではない。

児島は首をひねった。川面から引き上げられた急患。意識はないが、大きな怪我はしておらず、心肺ともに危険という水準ではない。水を飲んでいなかったのだから、何かの拍子に川に落ちて溺れたようでもなかった。どうして彼は水に浮かび、意識を失っているのだろう?

さきほどテラスから見た光のことを思い出した。あの光は、川面に向かってゆっくりと落ちていったが、この男と何か関係はあるのか?

児島は佐藤昌枝に指示した。

「血液検査。それと静脈注射の用意」

はい、と昌枝が言った。

児島は処置室を出た。外の廊下で、船長が待っていた。頭の手拭いは取って、手に握っている。

「少し伺っていいですか?」

男は児島に顔を向けてうなずいた。

「助かりそうかい?」

「ええ。大怪我はしていません。溺れかけていたんですか?」

「いや、川に浮かんでいたんだ。仰向けで、丸太ん棒みたいな恰好《かっこう》で。あわてて船を近づけて竹竿《たけざお》で引き寄せた。素っ裸でしたよ」

「妙な光があったときなんですね？」

「ああ、正面で光っていて、その光がゆっくり水面に落ちていった。こっちも何かと警戒しながら船を操ってた。そのうち水面から波紋が広がって、目をこらすと、波紋の真ん中にあの男が浮いていたんだ」

「あの男が落ちてきたということでしょうか？」

「いいや。ちがうと思う。水しぶきが上がったわけじゃないし、水音もしなかったな。そもそもあの男が、どこから落ちる？　大川《おおかわ》の真ん中だよ。勝鬨橋《かちどきばし》はずっと先だったし」

「男は川を流れていたんでしょうか？」

「どうかな。こっちは光に気を取られていた。だけど、光とあの男が関係あるのかどうかもわからないよ。おれ、もう帰っていいかね」

「念のため、連絡先を教えていただいていいですか？」

「待っているあいだに、名前も住所も書いたよ」

「では、帰っていただいてもかまいません。人命救助、ありがとうございました」

「ほんとにたまげたな」

船長は手にしていた手拭いを頭に巻きなおすと、夜間出入り口の方向へと歩いていった。

処置室に戻ると、昌枝が、レントゲンは撮りますか？ と訊いてきた。

「朝まで様子を見よう」と児島は言った。「病室に移してくれ」

そのとき、宿直の男性職員が処置室に飛び込んできた。

「新橋操車場で、列車事故がありました。ふたり、怪我人が運ばれてきます」

児島は確認した。

「怪我の具合は？」

「貨車が脱線して、鉄道員が積み荷の下敷きになったんです。ひとりは重態のようです」

処置室の空気が、たちまち緊張した。

児島がふたりの怪我人の手術を終えて、仮眠に入ったのは午前四時だった。六時には目を覚ました。仮眠室から廊下に出ると、昌枝が声をかけてきた。

「昨日の裸の急患、目を覚ましています」

児島は訊いた。

「何か言ったか？」

「まだ何も」

児島は男が移った相部屋の病室に行った。病室は八人入ることのできる部屋で、男の寝台は左側のいちばんドアに近い位置だった。

寝台の上でその男が首をめぐらしてきた。昨日と違い、病院の寝間着を着ている。男は、堅気と見える。粗暴な、あるいは野卑《やひ》な印象はなかった。

児島は言った。

「おはよう。昨日、あんたは意識不明で運ばれてきたんだ。見たところ、大きな怪我はしていない。どこか痛むところはあるかい？」

男は児島をまっすぐに見つめているが、顔に感情は表れなかった。完全には意識を回復していないのかもしれない。

「しゃべれるかな？」と児島は、寝台の脇まで歩き、男の横でしゃがんだ。「わたしは昨夜は宿直だった。昨日何があったか、覚えているかい？」

男は黙ったままだ。

児島は、男の記憶回復を助けるために言った。

「隅田川から助け上げられたんだ。ポンポン蒸気の船の船長が、川に浮いているあんたを見つけた」

男はもう一度まばたきし、ゆっくりと病室の中に視線をめぐらしてから言った。

「いま、いつです？」

「水曜日の朝だ」と児島は答えた。

「いつの？」とまた男が訊いた。

児島は男の質問に戸惑った。いつ？　とは、どんな意味なのだろう。

「七月二十一日」それから軽口のつもりでつけ加えた。「昭和十二年のだよ」

男が驚愕《きょうがく》したのがわかった。声さえ出さなかったが、瞳孔が開いた。

なぜ、そこまで驚くのだろうか？

児島も男の反応に驚いて言った。

「いつならよかったんだ？」

男が二度まばたきしてから、オウム返しに確認してきた。

「昭和十二年？」

言葉がわかっていなかったのかもしれない。日本人ではなかったのか？

「わたしの言葉は、わかるのかな？」

男は小さくうなずいた。

児島は言い直した。

「西暦で言えば、一九三七年だ」

その意味を吟味するようにまばたきしてから、男が訊いた。

「ここはどこなんです？」

それはふつう、患者の意識の清明具合を確認するために、医師がする質問だ。でも彼は意識不明で運ばれてきた。ここがどこかわかっていなくてもおかしくはない。

児島は病院名を答えた。

「あんたは急患で運ばれてきた。わたしは医者だ」

「東京ですか？」

「そう。築地」

男の顔からは、築地とこの病院名が結びついたかどうかわからなかった。東京の住人なら、この病院の名を聞けば、所在地の築地を思い出す。この男は、東京の地理に明るくないのか？　いや、自分がこの病院の医師だから、東京で知らない者はいないと思い上がってしまっていたか。

男がさらに訊いた。

「わたし、ひとりですか？」

「そうだ。誰かと一緒だったのか？」

男は不安そうな顔となった。目が左右に泳いだ。

「誰かと一緒に、何か事故に遭《あ》ったのか？」

男は右手を額に当てた。自分で自分の意識の確かさをはかっているかのようにも見える。

児島は言った。

「いくつか質問させてくれ。簡潔に、短く答えてくれたらいい」

「はい」

「自分の名前は？」

男の口もとが動いたが、答えられなかった。

「生年月日は？」

やはり男は、口を開けたが答えない。

「どこに住んでいる？」

男の目に、困惑が浮かんだ。質問の意味がとれなかったようでもあるが、答え方に迷ったとも見えた。たとえば、出身地を言うべきなのか、臨時の宿を言うべきなのかと。男はけっきょく首を振った。

児島は男の目の前に、右手の三本の指を突き出した。

「何本？」

「三本」

「わたしを見たまま答えて」児島は右手を右方向に移動させて、指を二本立てた。

「何本？」

男は視線を児島に向けたまま答えた。

「二本」

「こっちは？」児島は左手を左方向に移動させて人指し指を立てた。

「一本です」と男は答えた。

「昨日の夜は、どこにいたか、覚えている?」

「いいえ」

「川に浮いていたところを助けられたんだ。何があったんだ?」

「川って?」

「隅田川。何があった?」

答えるまで、少し間があった。指の本数を答えたときとは、反応の速度が違う。

「よくわからない。覚えていない」

「裸で助けられたんだ。ご家族に連絡して、迎えにきてもらったほうがいい。奥さんはいるのか?」

男のまばたきが激しくなった。懸命に思い出そうとしていると見えた。脳震盪を起こしていたか。名前も思い出せないのだとすれば、その症状がまだ続いているのだろうか。数秒待ったが、男は答えなかった。

児島は質問を変えた。

「名前は思い出せなかったけれど、あんたは外国人ってことはあるかな?」

「外国人？」

「もしくは、外地で日本語を覚えたとか。外国に住む日系の二世とか」

「どうしてです？」

「なんとなくだ。あんたの言葉は東京訛りじゃないし、すらすら答が出てこないのは、あんたはふだん別の言葉を使っているのかなとも思うから」

「よくわかりません」

「自分のことを話すのにいちばんラクな言葉でしゃべってもかまわない」

「何も、思いつきません」

「旅行で日本に来ているのかい？」

「旅行？　そうです。旅行中、です」

その答え方で通じるのかどうか、不安がある、とも言っているような調子だった。

児島は言った。

「川岸から落ちたのかもしれないな。頭部打撲で、一時的な健忘症となったか」

「わたしは、大怪我はしていないんですね？」

「ざっと診たところはね。でも、痛むような場所があれば、レントゲンを撮ろう。立てるかな？」

男は寝台の上で身体を慎重そうに回転させた。顔をしかめることはなかった。痛みはないようだ。彼は夏掛けの下から両足を出して、外に垂《た》らした。

「ゆっくりでいい。立ってみて」

児島も立ち上がり、男を支えるつもりで左手を男に差し出した。男は児島の手に自分の右手を重ねると、寝台から腰を上げた。

「痛い」男は動きを止めた。「腰が痛い」

男は、寝台にまた腰をおろした。

「いまは痛まないか？」

「ええ」

「痛んだ場所はどこ？　見せてくれるかい」

男は寝間着をたくし上げると、右手で右臀《でんぶ》部の下を示した。昨日はなかった内出血が確認できた。児島はその内出血部分に触れた。

「少し痛い」

「水に落ちたときの打ち身だと思う。背中に痛みは？」

「ありません」

児島は振り返り、昌枝に消炎鎮痛剤の塗布を指示した。

男が訊いた。

「わたしの持ち物はどこです？」

「裸で、身ひとつで運ばれてきた。助けてくれたひとも何も言っていなかったが、何を持っていたんだ？」

「いえ、たいしたものは」

「鞄とか？」

「いいえ」

「自分は鞄を持っていなかった、とわかっているんだね」

「あ、いえ」男は少し動揺を見せた。「何か持っていたんじゃないか、と思うだけなんですが」

「仕事は何だい？　お坊さんか？」

「いや、よくわかりません」

「たとえば？　体格がいいので、軍人さんに見えないこともないけど」

「軍人、兵隊？」

語尾が、質問したかのように上がった。その意味で訊いたのか、と逆に質問された
ように感じた。少し間を置いてから、男は続けた。

「そういう仕事をしていたような気になってきました」

兵隊に取られたが、いまは除隊しているということか。では、いまはどんな職業
に？

「いちばん最近は、何をやっていたんだい？」

「すいません、覚えていません」

「謝ることはないが、思い出したら教えてくれ。何か自分のことを思い出す手がかり
はないかな」

「たとえばどういうものです？」

「昨日のことが思い出せなくても、少し前にはどこにいたとか、何を見た、というこ
とでもいい」

「だめです。思い出せない」

病室のドアが開いて、看護婦が児島に声をかけてきた。

「先生、そろそろ」

昨日の怪我人の容態も診なければならなかった。

「明日の朝、また来る。いろいろ思い出しているといいな」

病室を出て廊下を歩きながらも、奇妙な急患だという思いは募《つの》った。健忘症の患者は何人か診たことがあるが、彼の場合、教科書に例示されているような典型的な症状からは少しはずれているようにも思えるのだ。部分的に記憶は回復しているのかもしれない。しかし、だとしたらなお記憶喪失を装う理由がわからない。雰囲気と言葉づかいからは、多少の教育を受けてきた者のように見えるし、まっとうな社会生活を送っていた者だろうとも想像できる。彼を待っている家族なり組織なり地域社会なりがあるはずなのだ。何か事故に遭遇したのだとしても、すぐに社会復帰できるだろう。自分の身元を隠したりごまかしたりする理由は、薄いのではないか。たとえば詐欺師でもないかぎりは。

何者なのだろう?

その答がみつからないまま、児島は次に診るべき怪我人の病室へと向かった。

長い宿直の夜が明けた。

引き継ぎを終えて病院を退勤しようという直前、休憩室ではほかの宿直の職員たちが話しているのが聞こえた。昨夜の奇妙な光のことだ。児島は番茶を飲みながら、聞くとはなしにその話題を聞いていた。

同じ光のことを話しているはずなのに、目撃の様子がひとりひとり違っていた。川面に光の波紋が広がった、という者がいたし、川面から垂直に光の柱が立った、という者もいた。児島が見たように、光が川面に落ちてきたという者もいたが、その男の話では、児島が見たものよりもずいぶん高い位置から光が落下したようだ。十個ばかりの小さな光が、ちょうどブドウの房のようなかたちを作っていた、という目撃談も聞こえた。どの話も、たぶん事実なのだろう。見た者の位置、見たタイミング、受け入れる感覚の差が、その情報の違いとなって現れているのだ。

休憩室には今朝の新聞が届いていたが、ざっと見たところ、その光についての記事は出ていなかった。午後の九時過ぎのことだったから、新聞の締め切りには間に合わないできごとだったのか。新橋操車場の事故の記事も、紙面には載っていなかった。一面に載っているのはどの新聞も、政府が内地師団動員を下令した記事だった。

ほぼ二週間前、北京郊外の盧溝橋《ろこうきょう》で起こった日中両軍の衝突は、いよいよ全面戦争へと拡大する雲行きだった。

白衣を脱いで休憩室を出たところで、佐藤昌枝が声をかけてきた。

「先生」

彼女はまだ看護婦の制服のままだ。

「あの患者さん、名前を思い出しました」

昌枝が問診票を渡してきた。児島は受け取って、患者名の欄を見た。

欄はていねいに黒く塗りつぶされ、欄外に槙野淳《まきのじゅん》と書かれている。

「どうしてここは黒くつぶされているの？」

昌枝が答えた。

「最初に書いた文字を消したんです。違う字を書いてから、あわてて」

「別の名前を書いたということか？」

「最初の文字が、槙という字ではありませんでした」

漢字を書き慣れていないのだろうか？

それとも嘘を書こうとした？　いや、ほんとの名前を書いてしまって、まずいと訂正したのか?

問診票の下のほうを見ていったが、住所も本籍地も職業も空欄のままだった。既往症、現在治療中の病気についても、記入はない。

児島は問診票を持って、その病室へと向かおうとした。

病院受付の男性職員が、児島を呼び止めた。

「先生、築地警察署の方が、昨日の急患のことで」

職員のうしろに、五十代だろうか、いかつい顔で、白い開襟《かいきん》シャツ姿の男がいる。

その男が職員の横に出てきて、警察手帳を示した。

「築地署警備係の古川《ふるかわ》と言います。昨日の月島の妙な光の件で近所を調べています。光った直後に、川から引き上げられた男がいるとか」

「ええ。今朝、やっと意識を取り戻しました」

「その男から、話を訊いてもいいですか?」

職員が言った。

「先生の許可をもらわないといけないと伝えたんです」

児島は職員にうなずくと、古川と名乗った警察官に言った。

「一緒に病室に行きましょう。ただ、患者の容態次第では、やめていただきますが」

「かまいません」

児島は、男のいる病室へと歩き出してから、築地署の刑事に訊いた。

「何か事件があったのですか？」

古川が答えた。

「それを調べているんです。爆弾でも破裂したのかもしれない」

「ちょうどわたしもその光を見ました」

「先生も！」

「隅田川の真上で光った。爆発音は聞こえなかったな」

「聞いた、という証言もあるんです」

「急患の男とは、どう関係するんです？」

「こういうご時世です。どうしても、スパイの可能性を考える。主義者とかね」

スパイ。主義者。

もう何年も前から、外国人スパイには気をつけろと政府は国民に訴えている。映画を観に行けば、本編上映の前にはスパイの手口についての啓蒙短篇映画も観せられるのだ。ただ、破壊活動を企てるような反政府思想の団体は、特高警察による徹底的な摘発ですでに壊滅した、と聞いていた。

児島は少し皮肉をこめて訊いた。

「彼がスパイで、爆弾を月島あたりで爆発させたと?」

「誤爆させたのかもしれない」

「火傷《やけど》などしてはいませんよ」

古川は、児島の答に反応せずにさらに訊いた。

「名前は?」

「問診票には、槙野淳と自筆で記入しました」

「間違いなく日本人でした?」

「言葉を聞く限りでは」

「出身地はどこだと?」

「生年月日も、住所も、自分の仕事もわからない」

「言うわけにはいかないのかもしれない」

「もし彼がスパイだったら、適当な話を作って答えるでしょう。黙り込むのではなく」

病室のドアを開けると、ドアに近い寝台で槙野はちょうど朝食を食べ終えたところと見えた。

児島は槙野に言った。

「警察のひとが、話を聞きたいと」

槙野の顔がわずかに緊張した。

古川がドアの脇の腰掛けをずらして寝台の脇に置き、腰掛けた。昌枝が手早く盆を片づけて、病室の外へ出ていった。

古川が訊いた。

「名前は？」

横柄な口調だった。

槙野が平板な抑揚で答えた。

「槙野淳」

古川と名乗った警察官は、さらに住所、本籍、職業など、昨日も児島が訊いたことを男に尋ねた。完全に、取り調べという調子だった。槙野の答え方には、古川への反発が明らかに感じ取れた。槙野は、名前以外は何も思い出せない、わからないと繰り返すだけだった。

五つばかりの質問のあとに、古川が声の調子を少し落とした。

「ふざけたことを答えていると、いやでも思い出させることになるぞ」

脅しにかかったのだ。

児島は割って入った。

「医学的には、よくある症状です。ショックのせいで、逆行性の健忘症になっているんだと診断しています」

「芝居ですよ」

「何を思い出せば、スパイじゃないとわかります？」

聞いていた槙野の顔がこわばった。スパイ、という言葉に反応したのかもしれない。

古川が答えた。

「身元。身元を答えたら、こっちが裏付けを取ります」

「とりあえず名前までは思い出しているんですがね」

「裏付けの取りようがない」

児島が頭をかくと、古川が立ち上がった。ドアを視線で示す。児島の意見を求めたいということのようだ。

一緒にドアのそばまで歩くと、古川が小声で訊いてきた。

「先生の診断では、健忘症なんですね?」

視線の片隅で、槙野がこちらを見たのがわかった。彼にも聞こえたのだ。

児島は言った。

「医者に嘘をつく必要はありませんから」

「すぐ回復します?」

「個人差はあります」児島は、さほど声を落とさずに言った。「数年かかる患者もいるし、その場合も、発症時点までの陳述記憶のすべてが戻らないこともあります」

「なに記憶と言いました?」

「陳述記憶。ざっくり言ってしまえば、自分が何者か、どういう人生を送ってきたかというような記憶です」

「それ以外の記憶って、どんなものがあるんです?」

「手続き記憶というものがあります」

「それはどういうものです？」

「自転車の乗り方のような記憶です。言ってみれば、身体で覚えたような記憶は、失いません。だからあの患者は、箸も使えるし、たぶんほかの日常の行動にも支障はありません」

病室のドアが開いて、昌枝が顔を出した。

「先生、もうそろそろ交代したほうが」

古川が言った。

「もう少し、わたしひとりで事情を訊いていてかまいませんか？」

児島が拒絶する前に、槙野が寝台から言った。

「先生、自分の仕事のことを思い出したような気がします」

児島は驚いて槙野に目を向けた。

「どんな仕事だった？」

「ピアノを弾いていたように思うんです」

「クラシックの？」

「いえ。たぶんその、軽音楽という種類、です。自信はないんですけど」

古川が愉快そうに児島に訊いた。

「この病院には、ピアノはありますか？」

試してやろうという顔だ。ここはキリスト教の教団が運営している病院だから、礼拝堂にはオルガンがある。二階の談話室には、篤志家《とくしか》から寄贈されたアップライトのピアノもあった。ときおり東京音楽学校の学生が、患者への慰問で弾いてくれる。

昌枝が、不安そうに児島を見つめてくる。この患者を警察に引き渡すことになるかもしれませんと、その顔が言っていた。

児島は槙野に言った。

「ありますよ」

古川が言った。

「この男に、ぜひピアノを披露してもらいたい。ほんとに弾けるようなら、とりあえず引き上げますよ」

児島は、少しだけ古川という刑事を哀れんだ。槙野がもしピアノを弾いたとして、それはスパイではないことの証明にはならないはずだが。ただ、ピアノを習えるだけの資力のある家庭の出身だろうと想像がつくだけだ。

児島は昌枝に指示した。

「車椅子を用意してくれ。二階の談話室まで、槙野さんを運ぶんだ」

昌枝はくるりと踵《きびす》を返して廊下に出ていった。

談話室に入ると、槙野は車椅子からピアノ用の椅子に移った。昌枝が横に立って、背中に手を当てた。脇の棚に、楽譜集がいくつか重なっている。槙野はその楽譜集をさっと見てから、一冊を選んだ。

槙野はピアノカバーをはずすと、鍵盤蓋を持ち上げた。白と黒の鍵盤が現れた。槙野は鍵盤を見つめ、指の筋肉をほぐす仕種を見せてから、そっと両手を鍵盤に置いた。音の具合を確かめているようだが、なんとなく児島は、槙野がピアノに触れるのは久しぶりなのではないかという印象を受けた。

やがて槙野は弾き始めた。最初のうちは、ささやくような音量でだ。病院の談話室に陽光が差し込むように、軽やかな旋律が流れ始めた。

よく知っている曲だ。慰問演奏でも、ラジオでもよく聴く。

昌枝が小声で言った。

「ドリゴのセレナーデですね」

次第に演奏のテンポが上がっていった。槙野自身が、自分の指がほんとうに動くのかどうかを、弾きながら音で確認しているようにも聴こえた。曲は途中から雰囲気が変わった。弾き始めた曲の終わりを待たずに、べつの曲を弾き始めたようだ。曲想が少し違う、スローテンポの曲だった。

また昌枝が言った。

「ブラームスの子守歌」

児島は黙ったまま、槙野のピアノに聴き入った。それがどれほどの水準の演奏なのか、児島には判断はつかない。でもけっして拙《つたな》くは聴こえなかった。慰問にくる音楽学生の演奏には多少劣るにしても。

歌声の入らないその曲は、やがて少し退屈にも聴こえてきた。それを察したか、やはり曲の途中で槙野はテンポを上げていって、すっと演奏を終えた。最後の締めの部分の音は、たしか分散和音と呼ぶのではなかったろうか。

児島は古川を見た。

古川は居心地が悪そうに言った。

「自分の仕事だけは思い出したんだな」

児島は槙野に言った。

「もしかしたら、ピアノが記憶回復の手がかりになるかもしれないな。弾いているうちに何か思い出していたんじゃないか」

槙野は首を振った。

「自分がどうしてこの曲を弾けたのかも、わからないんです」

昌枝が言った。

「病室に戻りましょう。もう交代時間をとっくに過ぎているんですから」

児島は槙野を昌枝にまかせ、古川を正面玄関まで送った。

ドアを抜けたところで、古川が訊いた。

「ああいう健忘症っていうのは、よくあることなんですよね？」

そう問われれば、多少の疑問がないではない。さっきも感じたが、これが確実に健忘症の症状なのかどうか、判断が難しいところがあるのだ。でも児島は答えた。

「よくあります。戦地ならいっそう多いはずですよ」

「また来るかもしれません」

古川は、なんとなく合点がいかないという表情で、正門へと通じる道を去っていった。

翌朝、児島が槙野の病室に行くと、彼はもう寝台の横に脚を下ろしていた。ちょうど看護婦が血圧をはかっている。佐藤昌枝が、書類挟みを手にしていた。寝台の夏掛けの上には、新聞が畳まれている。

「どうかな」と児島は槙野に訊いた。「顔色もよくなっている」

槙野が答えた。

「よくなりました。腰の痛みも、だいぶ引いています」

「記憶はどうだい？　住んでいた場所や家族のことは、思い出したかな」

「いえ、そちらは全然」

聴診器を当て、臀部の内出血の具合も見た。たしかにかなり回復している。明日には退院させていいかもしれない。

児島は訊いた。

「ピアノはどこで習ったんだ？　音楽学校に行ったのかな？」

槙野は首を振った。

「思い出せないんです」

「あれが仕事だという記憶は確かだな」

「そうだと言い切る自信もないんですが」そして槙野のほうから質問してきた。「たぶんそろそろ退院できるんですよね」

「あんたは救急患者だ。歩けるようになったら、退院してもらうきまりだ」

「退院して、どこに行けばいいんでしょう？」

それは救いを求めたのではなく、単純に情報が欲しいと言っている顔だった。

「自分のうちを思い出せば、そこに帰るのがいい」

「思い出さなければ？」

「何か仕事をしながら、完全に記憶が回復するのを待つしかないだろう。裸の身体で、何も持たずに運び込まれたんだ。仕事と住むところが必要だな」

「仕事が見つからなければ、浮浪者になるんですね？」

「役所と相談してみる。名前も思い出せない場合、仮戸籍を作るという方法もあるが、あんたは名前も、ピアノが弾けることも思い出した。もう少しだ」

「はい」

槙野が運ばれてきて三日目の朝となった。

児島は、寝台で上体を起こしている槙野に訊いた。

「記憶はどうだい？」

槙野は首を振った。

「まださっぱりです」

聴診器を当て、ついで内出血の様子を見た。もうかなり引いていた。

「きょう退院できる」

槙野は、うれしそうではなかった。むしろ不安そうだ。

児島は、シャツのポケットから、用意してきたメモ用紙を取り出して槙野に渡した。

「浅草のダンスホールだ。知り合いが支配人なんだ。楽士がひとり兵隊に取られて困っている。ピアノが弾けるなら、面接に来てくれと言ってくれた。行ってみるといい」

槙野はとまどいを見せつつ言った。

「浅草ですか」

「浅草はわかるかい？　繁華街だ」

「わかります」

「酔漢相手に軽音楽を聴かせる仕事だけど」

「どんな仕事でもするつもりです」槙野は逆に質問してきた。「先生は、浅草にはよく行くんですか」

「家があっちなんだ」

「タイトークなんですね？」

なんと言われたのかわからなかった。

「え？」

槙野はあわてて言った。

「何でもないんです。いいんです」

児島は退院の手続きのことを簡単に話した。とりあえず衣類は、病院の運営団体が古着を用意してくれる。当座数日分の食費と、木賃宿に泊まるだけのカネも。次に具合が悪くなった場合、自力で来られるならこの病院の自分を訪ねるようにともつけ加えた。

話し終えると、槙野が言った。

「ひとつお願いがあるんですが」

「聞けることならいいが」

「計算尺があれば、貸してもらうことはできますか？」

「計算尺？」児島は驚いた。「計算尺を使えるのか？」

「ええ。使っていたことを思い出しました」

「ドイツ製は高いぞ。うちの医者の誰かが持っているかもしれないが、わたしは持っていない。何を計算するんだ？」

「あ、いや、なんとなく、計算尺が頭に浮かんだので。何か計算したいわけじゃないんです」

「数年前から、国産でヘンミの計算尺ってものが売られてるな。値段はドイツ製よりは安いんだろうが。仕事では計算尺を使っていたのか？」

「似たようなものを使っていました」槙野は言い直した。「使っていたような記憶が少し。計算尺でも、いくらかは代用できるんじゃないかと思ったんです」

「何を計算したくなったのか、気になる」

「自分がどうしてここにいるか、計算でわかるかと」

「計算尺で、答が出ることか?」

槙野が苦笑を見せた。自嘲とも感じられる表情だった。

「ありえませんね」

児島も笑って、次の患者の寝台へと移った。

計算尺を借りたいと言ったことで、彼の仕事は技術者か理系の研究者なのではないかと想像できる。ピアノを弾くことは職業ではない。たぶんそちらは余技なのだろう。この分なら、自分が何者か、何をしていたか、彼が完全に思い出すまでさほどの時間は必要ないだろう。


槙野は退院したあと、児島が紹介したダンスホールに出向き、そのままピアノ弾きとして採用された。大陸での戦争が激化してナイトクラブやダンスホールの営業が禁止された昭和十五年の十月末まで、そのクラブで働いていた。児島も二度そのナイトクラブに顔を出し、槙野の様子を見たことがある。記憶の回復は進んでいなかったが、生活には困っていないようだった。感謝していると、会うたびに彼は言った。自分を助けてくれて、仕事まで紹介してくれて、と。このご恩は一生忘れません、と、やや古めかしい言い方でも謝意を示してきた。

クラブが閉鎖となったあと、彼は行方がわからなくなった。どこに行ったか、どんな仕事をしているのか、噂を耳にすることもなくなった。

その槙野と久しぶりに会ったのは、日米戦争が始まってから四年目の三月のことだった。槙野がひょっこりと病院に児島を訪ねてきたのだ。

「児島先生！」

槙野は国民服に、陸軍払い下げの外套《がいとう》を着込み、帆布《はんぷ》の背嚢《はいのう》を背負っていた。旅行中か、これから遠出するというところにも見えた。かなり痩せていたし、顔には深い皺《しわ》が目立つようになっていた。

待合室に呼び出されたとき、児島は診察の途中で、長話をしている余裕はなかった。立ったままで、槙野の近況を聞くつもりだった。

「相変わらずです」と槙野はあまり自分のことは言いたくない様子だった。そしてぶしつけに訊いてきた。「先生、浅草におうちがあるんでしたよね」

「そうだ。浅草から通っている」

「ご家族は？」

「母と、女房と、子供が三人だ」

「お子さんたちもご一緒なんですね？」

「まだ小さいので疎開はさせていない」

槙野は真顔で、周囲のひとの耳を気にしたのか小声で言った。

「だまされたと思って聞いてください。三月九日は、ご家族で東京を離れてください。どこか手近な田舎へ」

「何があったんだ？」槙野は笑いながら言った。「九日に浅草に空襲があるとでも言うのか？」

このところ、本州でも神戸や大阪、名古屋といった大都市、それに航空機工場のある武蔵野市などが、次々にアメリカ軍の爆撃機によって空襲を受けている。こんどはいつだ、次はどこだろう、とはよく話題になる。

「そうです。詳しくは言えません。九日は、仕事を休んで、ご家族と一緒に田舎に逃げてください。田舎にご実家があれば、そこに」

「あいにくと」児島は待合室の壁にかかった暦を見ていった。「九日は宿直だ。十日の朝まで、身動きできない」

「逃げてください」

その目には強い光があった。児島は不気味なものを感じた。その目の光の強さは、ちょうどヒロポンなど覚醒剤を使用している最中の男の目のようにも見えたのだ。医師の立場でもっとはっきり言ってしまえば、薬物中毒患者の目だ。

その思いが自分の表情に出たのかもしれない。槙野の表情がすっと哀しげに変わった。自分が狂人と見られたと槙野は感じ取り、いたたまれなくなったのだろう。

槙野は視線をそらして言った。

「それだけです。お世話になりました。失礼します」

槙野は踵を返すと、病院の待合室を大股に歩いて出ていった。外は寒風が吹いており、ガラスドアの外に出た槙野の外套の裾が、ばたばたとあおられた。三月の六日、お昼近くのことだった。

それから四日後、陸軍記念日の朝、未曾有の規模の空襲から一夜明けた病院は、運びこまれる無数の火傷患者で大混乱となった。九日深夜から、アメリカ軍の爆撃機の編隊は東京の下町に焼夷弾の雨を降らせたのだ。広い範囲で下町が燃え、焼けた。朝の時点での推測では、被災者の数は、十万とも二十万とも言われている。児島は運ばれてくる被災者の救命処置に当たったが、救うことのできた命は、死者と比してあまりにも少なかった。児島の家族も、全員が行方知れずとなった。

その大空襲からほぼ二カ月たった五月の平日、病院に築地警察署の刑事が訪ねてきた。八年前の七月にもやってきた古川という刑事だった。

「スパイを追っているんです」と古川は言った。「あの下町大空襲の直前、ある男が、日にちを正確に予言して、下町が大空襲に遭うと言って回っていたらしい。つまり、爆撃の目標を敵さんに伝えていたスパイが、いたってことです。敵と無線か何かのやりとりをしていたんでしょう」

「それで」と児島は意地悪く訊いた。「わたしが何か？」

「いえ。その男は、日米戦が始まる前まで、浅草で楽士をやっていたんです。槙野淳という名前だった。先生、覚えてらっしゃいますね」

「記憶喪失の患者は、そう名乗っていた。古川さんも、槙野には会っていますね」

「名前だけは思い出した記憶喪失患者ってことで、気にはなっていました。ピアノを弾きましたね」

「わたしたちの前で、ピアノを披露した」

「あの男が退院したあと、会っていますか？」

「浅草のダンスホールで働いていたころに一、二度」

三月に病院に訪ねてきたことは言わなかった。たしかに彼はあのとき、空襲の日にちを正確に予言し、浅草からの避難を児島に強く勧めて行ったのだ。どうして敵の空襲をそのように細かく言い当てることができたのか、軍や警察関係者であれば、それはその男がスパイだからと言いたくなるのかもしれない。でも児島にしてみれば、敵が目標の都市を移動させつつ、爆撃の規模を段階的に拡大しているということでしかない。日本に制空権がもうない以上、次の空襲の日にちや地域は、スパイでなくても、かなりの精度で言い当てることができる。槙野の予言と思える言葉は、論理的帰結にすぎないとも言えるのだ。今月中に、次は東京の山の手が爆撃されるだろう。

古川は病院待合室の中を見渡した。

「ここもたいへんなことになってますな」

「戦争ももう終わりですね」

あの大空襲で下町の大病院もすべて焼けたから、この病院はもう外地の野戦病院の趣なのだ。病室だけでは足りず、廊下にも講堂にも談話室にも、そして待合室にも寝台を並べている。

古川は、児島の言葉が単純な相槌《あいづち》ではなかったと気づいたようだ。

「そういうことは」ととがめるように言う。「先生みたいな責任ある立場のひとが……」

児島は言った。

「あと五十人、空襲の被災者が運びこまれたら、ここはもう病院として機能しません。ただの検死機関になる」

こんどは古川は、児島の言葉が聴こえなかったように言った。

「もし槇野がまた来たら、築地署のわたしまで連絡をください」

「ええ」

じっさいに児島が次に槇野に会うのは、それから十九年もたってからのことになる。

あとひと月ほどで、東京オリンピックが開催されるという時期だった。

児島の勤める病院では、この年の初めから、大規模災害に備えた救急医療態勢を整え、繰り返し訓練を行ってきた。東京オリンピックに合わせて東海道新幹線も開通したし、高速道路の建設など東京の都市構造も大きく変わった。交通事故ひとつとっても、これまでのような救急医療態勢では対処できないことが起こりうると予測できたせいだ。病院は都内の他の大病院に先駆けて、救急医療態勢を充実させたのだ。大規模な食中毒やガス爆発、あるいは多人数を巻き込んだ化学的な災害などにも備えたものだった。

この日は、訓練の総仕上げの日だった。児島はすでに現役を引退していたが、病院の理事のひとりとして、病院運営には深く関わっていた。昭和二十年の下町大空襲の際、被災者の受け入れと救急医療の現場指揮を執った経験から、この態勢の強化充実を強く主張してきたひとりである。この日も、白衣こそ着ないものの、訓練の一部始終を観察し、後日評価をつけることになっていた。東京消防庁と警視庁も、この訓練には協力してくれている。

午前十一時に、銀座の商業ビルで火災が発生、負傷者が多数、という設定で、病院内にアナウンスがあった。関係者たちがあわただしく動き始めた。

その救急車が到着したのは、アナウンスから二分後だった。病院の関係者は、最初その救急車を訓練で来たものと勘違いした。運ばれてきたのは、患者役の医学生だろうと。

救急隊員たちが、ストレッチャーを押しながら、訓練じゃありません、と大声で何度も言った。有楽町でトラックがひとをはねる事故があり、その被害者を運んできたのだと。

児島はその場にいて、この偶然の救急搬送患者への対応を見守ることにした。関係者も偶然の事故の発生で、いっそう気分を引き締めることだろう。

運ばれてきたのは、禿頭で、初老といっていい外貌の男性だった。トラックにはねられたので、全身打撲、大腿骨、骨盤の骨折も疑われた。児島はその患者が救急出入り口から治療室へと運ばれてゆくまで、ストレッチャーの後ろについていた。控室や各科の診察室から、次々と医師が集まってきた。

救急隊員のひとりが言っている。

「身元はわかっていません。所持品はリュックサック。中身を確認しましたが、身分証明書などはありません」

救急治療室で、男はストレッチャーから処置台に移された。意識はない。治療が始まった。

看護助手が、部屋の隅のテーブルの上に、リュックサックの中身を広げた。何枚もの着替えが入っている。野宿を続けていたと想像できる持ち物だった。中にひとつ、細身の算盤《そろばん》を入れるような布の袋があった。

助手が中身を取り出して、意外そうな声を出した。

「計算尺です」

その言葉で、瞬時に児島は思い出した。あの逆行性健忘症と見えた男性患者のこと。自分に、三月九日は田舎に行けと強く勧めてくれた男。自分が紹介したダンスホールで、一時はピアノを弾いていた男。築地警察署が、スパイの疑いをかけていた、正体不明の男のこと。

児島は思わずテーブルに駆け寄って、その計算尺を手にした。竹製のヘンミの計算尺だ。かなり使い込まれている。

児島は処置台に歩くと、医師や看護婦の後ろから男の右側の耳の下を確かめた。黒子が三つ並んでいる。

間違いない。槙野淳と名乗っていた、あの男だ。

ただし、顔にはあのころの面影はほとんどない。痩せているし、老《ふ》け込んでいる。皺が深く刻まれ、肌は荒れていた。児島よりもずっと年齢が上の男のように見える。顔色からは、槙野は肝臓に機能障害を抱えているのではないかとも推測できた。

男が言っていた言葉のいくつかがふいによみがえってきた。

何より印象的だったのは、あの最初の質問だ。

「いま、いつです?」

七月二十一日と答えてから、冗談のつもりで、昭和十二年と自分はつけ加えたのだった。そのときの槙野は、いきなり棍棒で背中を殴られたように激しい衝撃を見せた。まるで、自分が世界の終わりの年に飛んでしまったのだと知ったかのような……

病院内にまたアナウンスがあった。訓練として、救急車が五台、病院に向かっている。運ばれる患者は、まだまだ増える模様であると。

治療台を囲む医師たちの言葉が、切迫したものになってきた。児島は、その患者たちの受け入れ具合も見なければならなかった。

児島は、助手のひとりに頼んだ。

「応急処置が終わって、意識が回復したら、呼んでくれ」

若い助手の男は、理由を訊くこともなく、はい、と返事した。児島は男の横顔を見つめ、テーブルの上の計算尺にも目をやってから、病室を離れた。

男が意識を回復したのは、相部屋の病室に移されてかなりたってからのことだった。児島を呼びにきた看護婦が言った。

「かなり危険です。まだ血液検査の結果は出ていませんが、多臓器不全が進行しているようです」

「わかった」児島は言った。「ちょっと話をさせてくれ」

「お知り合いなのですか?」

「たぶん。ずいぶん前、私が現役だったころに運ばれてきた」

病室に入り、児島が寝台の脇で椅子に腰をかけると、男はかすかに目を開けた。

「槙野さんかな」と児島は訊いた。「前にもあんたを診たことがある」

男は首を少しだけ回してきた。目の焦点が合った。

「児島先生?」と男がかすれた声で言った。やはり槙野だ。覚えていてくれたのだ。

「無理して声を出さなくていい。お礼を言いたかった。あの空襲を事前に教えてくれて」

槙野が吐息をもらした。その頬が少しゆるんだ。

じっさいには、と児島は深い後悔で思い起こした。自分は槙野の言葉を信じず、家族を避難させなかった。宿直だったので自分だけが助かったが、妻と三人の子供たちは、遺体さえ見つからないままだ。おそらくは猛火に包まれて燃え尽きたのだろう。あのとき、自分が槙野の言葉を信じていれば、家族は空襲の中で焼け死ぬことはなかった。自分もその後こんなふうに孤独に生きることはなかったのだ。いまごろは何人もの孫に囲まれていたことだろう。なのに……

児島は続けた。

「あんたの言葉をずっと反芻《はんすう》して、その意味を考えてきた。最近ようやく、こういう解釈ができる、と思うようになったのさ」

槙野は児島を見つめたままだ。何を言い出すか、注視している。

「あんたの記憶喪失は、かなりの部分、嘘だと思っている。ただ、あんたは真実も話した。どこが真実だったか、いまならわかるように思うんだ」

槙野の吐息が少し荒くなった。しかし、この話題を嫌がってはいないようだ。嘘をついた、と言われたのに、目には反発の色も表れない。

「あんたは、あの日が何年のいつかも知らなかった。自分がいるべき時代、時刻は、べつのところにあると知っていたんだ」

いったん言葉を切ってから、児島は同じ調子で続けた。

「そして、あの大空襲があることを知っていた。東京の下町が燃えることを知って、浅草に住むわたしに避難を強くうながした。あんたはそういう戦争の成り行きを、もっと言えば歴史を、すでに知っていたんだ。違うかね？」

槙野は児島を見つめたままだ。否定しない。首を振らず、違うとも声にしない。

児島はかまわずに続けた。

「あんたは、自分は旅行中だと言った。計算尺があれば、自分がなぜここにいるのか、わかるかもしれないとも言った。つまりあんたは、旅行中に事故に遭って、あの年あの夜の東京に落ちてきたんだ、ということだろう？　たぶん同行者もいたんだ。どんな旅行か、あんたは言わなかったが、それはたぶん時間を遡《さかのぼ》る旅行だったんだ」

槙野はやはり否定しない。それどころか、少し微笑したようにも見えた。わかったのですね、とその目は言っているようでもあった。

「おかしいだろう」と児島は苦笑しながら言った。「こんな突拍子もないことを思うようになったのは、人類が宇宙を飛ぶようになったせいかもしれない。この数年のあいだに、人類が何人も宇宙空間を飛んだ。そんなこともあって、わたしはあんたを、同じような機械で飛んでいるあいだに事故に遭ったのだと思うようになったんだ。あんたはたぶん、救出を待った。いつ、どこに救出が来るかを、計算しようとした。でも、救出隊とは遭遇できないまま、きょうまでの年月が過ぎた。悪くない解釈だろう?」

こんどは槙野ははっきりと首を縦に振った。うなずいたのだ。

「こう解釈してみても、わからないことがひとつある。あんたの旅行の目的だ。時間を遡る旅行の目的は何だったんだろう? いつがあんたの目的の日だったんだろう? まさかただの過去の物見遊山《ものみゆさん》ってことはないだろう。あのときのあんたの鍛えられた身体、健康さ、そして受けたに違いない教育の程度を考えれば、あんたはたぶん選ばれた男だ。何か使命があったはずだ。そんな旅行ができるまでに科学を発達させた人類が、どうしても誰かにやらせなければならなかった使命を、あんたは背負っていたはずだ」

槙野は首をもとに戻した。横を向いていることがきつくなったのかもしれない。しかし児島の話を拒絶したようではなかった。彼は児島の話になお意識を向けている。

児島は言った。

「あんたが下町大空襲を事前に周囲に知らせて、たぶん何人かは被災を免れただろう。歴史を知っていたから、できたことだと思う。でも下町大空襲を事前に周囲の何人かに教えることが、あんたの使命だったわけじゃあるまい？　科学理論を飛び超えるような冒険旅行に出すときに、人類があんたに与えた使命としては、それはささやかすぎることのように思えるんだ。たった一度だけ、あの日の空襲から何人かを救うためだけに、あんたがその旅行に出たとは、思えないんだ」

槙野の目から、ふいに涙があふれてきた。口が開いた。何か激しい悔悟《かいご》か無念に、いたたまれなくなったような顔を見せた。

苦しげな吐息が漏れた。

「ああ」と、槙野は漏らした。地獄の底からの遠鳴りとも聞こえるような、深い絶望の嗚咽《おえつ》だった。

児島はやっと確信できた。彼にはやはり使命があったのだ。でも事故に遭った彼は、使命を完遂できなかった。事故が彼をあの日の東京に置き去りにして、それを不可能にした。どうあがいても無理という時代に彼は降り立ち、救出されることもなく、つまりやり直しの機会も与えられずに、彼は自分がすでに知っていた歴史を生きた。戦争と、焼け野原から始まった歴史を、きょうまで。おそらくは戦後の東京のどん底で。

児島は椅子から立ち上がり、寝台の上の槙野を真上からのぞきこんだ。

槙野は、目を開いたままで動かなくなった。児島はあわてて槙野の首に手を当てた。脈はもうなかった。

病室のドアが開いて、いましがたの看護婦が顔を出した。槙野の様子を見て、彼女は即座に悟ったようだ。

「先生?」

児島は言った。

「いま、息を引き取った」

看護婦が寝台の反対側へと向かって、槙野の左手を取った。

児島は看護婦に、あとはまかせる、と目で合図して病室を出た。

廊下を歩き出すと、意外なまでに自分の脚が重く感じた。自分の脚は、これほど弱っていたのだったか？　考えれば、槙野を初めて診た日から、もう二十七年もたっているのだ。北京郊外で日中両軍が衝突し、とうとう全面戦争となった夏の日。あのとき自分は、四十歳になったばかりという年齢だった。あれから二十七年、かなりの時間が過ぎていたのだ。

児島はエレベーター・ホールへと向かった。この建物は、増築や改修を重ねながらも、病院の本館としてまだ残っている。あの夜自分がいた七階のテラスもそのままだ。もちろん病院から隅田川までのあいだにはいまや高いビルが建ち並び、あの夜と同じ風景を見ることができるわけではない。東京の風景は、このオリンピックを機にずいぶん変わってしまったのだ。

でもあの日、遭難して落ちてきた男がついに死んだ日、彼とのことをもっと細かく追想し、彼をめぐる謎のあれこれを推理し妄想するのに、あのテラスよりふさわしい場所があるはずはない。あそこがいい。

（小説新潮1月号）

本部長の馬鈴薯

北海道京《きょう》極《ごく》町《ちょう》・新《にい》美《み》農場

瀧羽麻子

瀧羽麻子（たきわ　あさこ）
２００６年『まゆちゃん』で「きらら」携帯メール小説大賞グランプリ
２００７年『うさぎパン』でダ・ヴィンチ文学賞大賞
２０１９年『たまねぎとはちみつ』で産経児童出版文化賞フジテレビ賞

八月最後の日曜日の晩、家に電話がかかってきたとき、淳子《じゅんこ》はリビングにいた。夕食をすませた後、親娘三人でテレビを見ていた。

正しくいうと、見ているのは淳子だけだった。孝宏《たかひろ》はダイニングテーブルで雑誌を広げ、舞花《まいか》はソファの上で膝を抱えて携帯電話をいじっていた。その隣に座っていた淳子が、テレビのほうへ身を乗り出したのは、ちょうど天気予報がはじまったからだ。

画面いっぱいに映し出された北海道の地図の上に、ぴかぴか光る太陽のマークが散らばっている。明日は全道的に晴れるらしい。

「お母さん、電話鳴ってるよ」

ん、と淳子は生返事で舞花に応えた。画面が切り替わり、週間予報が続く。京極《きょうごく》町《ちょう》の属する北海道中央部は、水曜日までは晴れてくれるようだ。木曜以降はくもりになっているものの、傘のマークはひとつも見あたらない。降水確率は何パーセントだろう。雲は多くても、雨が降らない限りは問題ないのだが。

「ちょっと、聞いてる？　お母さんってば。切れちゃうよ」

舞花がうっとうしそうな声を上げ、片足を伸ばして爪先で淳子の腰をつつく。ただし催促《さいそく》するだけで、自分がかわりに立ちあがるわけでもない。

結局、電話機から一番遠くにいた孝宏が腰を上げて、受話器をとった。

「はい新美《にいみ》です。ああ、どうもご無沙汰しております」

礼儀正しく応対し、ソファの妻まで子機を持ってきてくれる。

「芳子《よしこ》さんだよ」

「ありがと」

まだ半分テレビに気をとられながら、淳子は電話に出た。

「もしもし？」

「淳ちゃん？　ひさしぶりね。相変わらず忙しいかい？」

おっとりした口ぶりで、叔母が言った。

芳子叔母は、淳子の父親の妹だ。五人兄妹の長男と四女で、十五も年齢が離れている。淳子と叔母は十七歳差なので、ほとんど変わらない。

「うん、明日からね」

淳子は答えた。新美農場にとって一年で最も忙しい季節が、いよいよはじまる。ひと月半かけて、数十ヘクタール分の馬鈴薯《ばれいしょ》とにんじんを収穫するのだ。

「そう、ちょうどよかった。実はさ、急で悪いんだけど、ひとつお願いがあって」

「お願い？」

淳子は聞き返した。今はどう考えても、叔母の「お願い」を引き受けるのに「ちょうどいい」時期とはいえない。収穫が終わるまでは、時間の面でも体力の面でも、それから精神的にも、他のことにかかわる余裕はない。結婚して家を出たとはいえ、農家の娘として生まれ育った叔母も、それはよく知っているはずだ。

が、断ることはできない。芳子叔母なら、たとえどんなに余裕がなくても、必ず姪《めい》に手をさしのべてくれるのだから。

「なあに？」

おそるおそる、淳子はたずねた。

翌朝は天気予報どおりにからりと晴れた。

家族三人で朝食をとり、舞花が高校へ、孝宏は仕事に、それぞれあわただしく出かけていった直後、叔母が車でやってきた。挨拶もそこそこに、顔の前で手を合わせてみせる。

「淳ちゃん、ごめんね。勝手なことをお願いして」

知人に農作業を手伝わせてもらいたいというのが、叔母の頼みだった。

知人といっても、叔母も面識はないらしい。中学時代に親しかった女友達の、連れあいだそうだ。定年まで東京の総合商社に勤め、退職後も夫婦で都内に住んでいたのだが、老母の介護で妻がしばらく実家へ戻らねばならなくなり、夫もついてきた。

「ご主人、家のことは一切できないらしくてね。ひとりで東京に置いとくわけにもいかなくて、連れてくるしかなかったんだって。けど、こっちに知りあいもいないし、やることもないっしょ。とにかく毎日たいくつしとるみたい」

妻は妻で、母親の世話に追われ、夫ばかりにかまってもいられない。不慣れな介護の疲れもたまってきて、だいぶまいっているようで、見かねた叔母が新美農場の話をしてみたのだという。誰かが困っていると、どうしても放っておけない性格なのだ。

面倒見のいい叔母に、淳子自身も昔から世話になってきた。

淳子が物心ついた頃、農地の一画に建つこの家には、祖父母と両親に加え、まだ独身だった叔母も同居していた。喘息《ぜんそく》持ちで、畑に出ると咳がとまらなくなるので、家業は手伝わずに町の商店で働いていた。姪のことをかわいがってくれる若い叔母を、淳子はヨシコ姉ちゃんと呼んで慕っていた。

七歳のときに実母を病気で亡くしてからは、淳子にとって叔母は姉というより母親がわりと呼ぶべき存在になった。祖父母も父も、もちろん淳子のことを気にかけてはいたのだろうけれど、まめに子どもの相手をするような性質《たち》ではなく、なにより畑仕事で忙しかった。淳子の他愛《たわい》ないお喋《しゃべ》りに耳を傾けてくれるのも、手作りのおやつや遠足の弁当をこしらえてくれるのも、参観日や運動会に出席してくれるのも、叔母だった。眠れない夜、淳子は叔母の部屋に押しかけて、あたたかいふとんの中にもぐりこんだ。姪が寝入るまで、叔母は辛抱強く背中をさすってくれた。

中学に上がったばかりの春、叔母の縁談が決まり、淳子はおおいに衝撃を受けた。自分を置き去りにする叔母を恨み、叔母をさらっていく叔父を憎んだ。おなかが痛くて結婚式にも出なかった。仮病ではなく、本当に痛かったのだ。せめて淳子が小学校を卒業するまではそばにいてやりたいと叔母が言い張り、何年も叔父を待たせていたというのは、ずいぶん後になってから知った。

「淳ちゃん、ほんとにありがとね。ミヨちゃんも感謝しとったよ。しろうとだから役には立たんだろうし、バイト代なんかもいらねって」

「え、いいの？」

「いいいい。むしろ、お金払ってでも預かってほしいみたい。ここだけの話、ご主人、会社で役員をねらってたらしくてね。まだまだ現役でばりばり働くつもりだったのに、社内でごたごたがあって、ま、要は出世争いに負けたんだね。そんで一気にがっくりきちゃったんだってよ」

「なるほどね。サラリーマンも大変だ」

淳子は苦笑した。

「でも、人手が増えるのはこっちも助かるよ。この時期は猫の手も借りたいくらいだし」

馬鈴薯の選別は、そこまで複雑な作業ではない。よほど筋が悪くなければ、じきにこなせるようになる。家事がまったくできないという話は多少ひっかかるが、不器用だからできないのではなく、やろうという発想がそもそも頭にないのだろう。そういう世代なのだ。

ふと、不安が胸をよぎる。そういう世代の男性が、淳子はあまり得意ではない。

「足手まといにならなきゃいいんだけど」

姪の懸念が伝わったのか、叔母が眉根を寄せた。

「いや、ほら、安井《やすい》さんだってさ、定年までは経験ゼロだったんだよ。だけど今となっては、うち一番の戦力だもの」

淳子はわざと明るく言った。

「ああ、そだねえ。安井さんにもしばらく会っとらんわ。せっかくだから顔見て帰ろうかね。あと、舞ちゃんにも会いたかったけど」

「あの子も残念がってたよ」

舞花も大叔母にとてもなついている。小さい頃、たびたび子守をしてもらったのだ。自分の息子たちに手がかからなくなってきたので、家事を手伝おうかと叔母のほうから申し出てくれたのだった。当時、淳子は父の跡を継ごうと決意したばかりで、農場経営のことで頭がいっぱいだった。町役場に勤める孝宏は残業がほとんどなく、ひととおりの家事はこなしてくれるとはいえ、叔母の助けは本当にありがたかった。

「あ、来たかね」

車のエンジン音を聞きつけて、淳子と叔母は窓辺に立った。畑の間をぬって、銀色の軽自動車が走ってくる。斉藤《さいとう》氏と、夫を送ってきた妻を出迎えるべく、淳子は玄関口に向かった。

風貌も印象も、対照的な夫婦だった。

妻は女性にしては長身で、ほっそりとやせている。やつれている、と表現したほうがいいかもしれない。目の下に浮かんだ濃いくまは痛々しいが、ととのったおもだちで、品のいい笑みを口もとにたたえている。対して、夫は小太りで背が低い。こけしを連想させる細い目をすがめ、口をへの字に結んでいる。

「はじめまして、斉藤です。どうぞよろしくお願いします」

斉藤夫人が深々とおじぎした。東京暮らしが長いせいか訛《なま》りはない。隣の夫は腕組みをしたまま、ほんのわずかに頭を動かした。

淳子がガレージをのぞくと、三人の従業員はすでに来ていた。

トラクターや収穫機《ハーベスター》といった大型車両が何台も停《と》めてある間で、立ち話をしている。

安井と芙美《ふみ》は、春から夏にかけても顔を合わせているが、収穫の短期間限定でやってくるレンとは一年ぶりの再会になる。互いの近況報告で盛りあがっているようだ。

彼らに淳子も加えた四人が、今期の収穫にあたる主戦力となる。週末には孝宏にも手を貸してもらうつもりだ。

それから、斉藤氏にも。

淳子に続いてガレージの中へ入ってきた彼は、きょろきょろと周囲を見回している。見慣れない車や機械に気をとられているようにも、いきなり未知の場所に放りこまれて警戒しているようにも見える。

こちらに気づいた安井が、帽子をとって会釈した。

「おはようございます」

彼は淳子の父と同い年で、生前は公私にわたって仲がよかった。二年前の葬儀では、棺《ひつぎ》の前で静かに涙を流していた。

安井の場合も、会社の定年を機に農業をはじめた。これといった趣味もなく家にひきこもっている夫を、妻が半ば心配し、半ばうっとうしがって、なにかやることを見つけるように強くすすめたらしい。新美さんのおかげでうちは熟年離婚を免れました、と前に言われたことがある。色白でひょろひょろとやせていて、いかにも農業とは縁遠そうに見えるけれど、手先が器用で作業も正確だ。また、会社員時代は経理部にいたそうで、帳簿や税金にまつわる疑問は、彼に聞けばたちどころに解決する。それでいて腰が低く、年輩の男性特有の——たとえば淳子の父のような——尊大な態度や男女差別的な言動がないところもすばらしい。

「おひさしぶりです」

レンも一礼した。彼はまだ二十代で、大学を出て就職したものの一年で辞め、以来、アルバイトをしながら日本各地を転々としているという変わり種である。あたたかい季節には北へ、寒い季節には南へ、全国を渡り歩いているらしい。

「ひさしぶりね。元気だった？」

「元気っす。収穫に備えて、体力ためてきました。今年もよろしくお願いします」

「頼もしいね、レンくん」

芙美がからかう。

彼女と淳子は、娘たちが同じ小学校に通っていた縁で知りあった。子育てが一段落したのでパートの勤め先を探していると聞き、うちで働かないかと淳子から持ちかけた。嫁ぎ先は代々続く税理士事務所だが、実家が北陸の農家なので、農作業の基礎は身についていて勘もいい。おまけに大型特殊免許も持っている。

「あの、そちらは……」

芙美が言った。レンも安井も、興味を隠せない様子で、見知らぬ新入りに注目している。

「斉藤さん、です」

黙りこくっている本人のかわりに、淳子が紹介した。

不機嫌そうに押し黙っているのは、妻にていよく厄介払いされたのが気に食わないからだろうか。とはいえ自ら決断した以上は、もう少し感じよくふるまってもよさそうなものだ。どうにかして夫を家の外へ出そうとした、もっといえば、追い出そうとした妻の気持ちもわかる。こんなのが家に居座っていたら、それだけで気がめいる。

「はじめまして、レンです。よろしくお願いします」

レンがはきはきと言い、安井と芙美も順に名乗った。斉藤は相変わらずの仏頂面《ぶっちょうづら》で、小さく頭を下げた。

「社長、今日はどう進めますか？」

安井がたずねた。従業員たちは、淳子を社長と呼ぶ。新美農場は会社組織として法人化しているので、その長である淳子は「社長」に違いないのだが、就任してしばらくはくすぐったかった。くすぐったかったけれど、気持ちが浮きたった。

「午前中は、芙美さんとレンくんと斉藤さんで、馬鈴薯の収穫をやってもらいましょうか。芙美さんが運転手で、レンくんと斉藤さんは選別ね。安井さんはわたしと組んで、にんじんをやりましょう」

話しつつ、斉藤の視線を感じた。社長という呼び名に意表をつかれたのかもしれない。

こういうぶしつけな反応には慣れているから、もはや動じない。動じないどころか、どうだ、と胸を張ってみせたいくらいだ。このあたりでは、いや、よそでもそうなのかもしれないが、女性の農場経営者はまだまだ少ない。先祖伝来の畑地は長男が、なにかの事情で長男がだめなら、次男なり三男なりが譲り受ける。娘しかいない家は、婿《むこ》をとって後継ぎに据える。

「じゃあレンくん、斉藤さんにやりかたを教えてあげてくれる？」

「はあい」

そんじゃ行きましょうか、とレンは斉藤に声をかけ、ガレージの奥へと踵《きびす》を返した。

「こいつがポテトハーベスターです。日本語でいうと、芋収穫機。はは、直訳っすね。そっちのトラクターにひっぱってもらって、畝《うね》に沿って走るんです」

解説しながら、側面のはしごをするすると上っていく。斉藤もへっぴり腰で後に続いた。ハーベスターの上部はトラックの荷台のようになっていて、作業員が乗りこんで収穫した芋の選別作業にあたる。

地中の馬鈴薯は、車体の下についているショベルで、土ごとどんどん掘りあげられる。とりこまれた芋はベルトコンベアーで上へと運ばれ、作業員が手で選別する。規格内のサイズなら出荷用、大きすぎたり小さすぎたりする分は加工用のコンテナに、すばやく振りわけていくのだ。

規格からはずれた芋の買い取り価格はおそろしく下がるから、できる限り基準にあてはまるよう、農家は細心の注意を払って収穫の時期を決める。早すぎても遅すぎてもいけない。畑ごとに試し掘りを繰り返し、芋の生育状況を確かめ、今だ、とみはからって一気に掘る。

「斉藤さんはそのへんに立って下さい。あっちから芋が流れてくるんで。あ、走り出すとけっこう揺れます。気をつけて下さいね」

ハーベスターの上からレンの声が聞こえてくる。前方につないだトラクターの運転席では、芙美が準備をしている。

「そこのコンテナがいっぱいになったところで、いったんトラクターをとめて、もうひと回りでっかいコンテナに移すんですよ。こう、がばっと」

レンの説明の合間に、へえ、ほお、と斉藤の相槌も聞こえる。いくらか気持ちがほぐれてきたのだろうか。へそを曲げていただけで、そんなに悪いひとではないのかもしれない。

気を取り直して、淳子ももう一台のトラクターの運転席に乗りこんだ。後ろに牽引するにんじんハーベスターでは、安井が発進を待っている。

なんだかんだと気がかりはあっても、畑に出れば心は軽くなる。

まっすぐにトラクターを走らせながら、淳子は行く手を見渡す。視界に入るのはすべて、新美農場の土地だ。

つまり、わたしの土地だ。

なんて広いんだろう。それに、なんて美しいんだろう。社長、と淳子が呼びかけられたときの、斉藤の面食らった顔つきが脳裏によみがえり、思い出し笑いがこみあげてくる。

広大な畑が果てしなく続く先には、羊蹄山《ようていざん》がそびえている。優美な稜線は、蝦夷富士《えぞふじ》とも称される。近隣の町、たとえば倶知安《くっちゃん》やニセコからも見えるものの、京極町からの眺めにはかなわないと町民は自信を持っている。毎夕、畑仕事を終えた後には、淳子は羊蹄山をあおいで手を合わせる。父から受け継いだ習慣だ。明日も好天に恵まれますように、事故やけががありませんように、という願かけである。安井たち従業員も淳子にならって、一日の終わりには山を拝んでいる。

「社長、もうちょっとスピード上げてもいいですよ」

薄く開けた運転席の窓越しに、安井の声が届いた。

「はいよ」

鼻歌まじりに、淳子はアクセルを踏みこんだ。

速度が安定したところで、ダッシュボードの上にとりつけたカメラのモニターに手を伸ばした。数か所の映像を手早く切り替え、異常がないか確認する。ハーベスターをはじめ、新美農場の農業車両には、そこかしこにカメラがついている。淳子が自分でつけた。車体が大きい分、どうしても死角が増えてしまうので、事故を防ぐための工夫である。

北海道の大規模農業は、大型の機械や車両を駆使する。それらの整備や修理も、農家にとっては重要な仕事のひとつになる。新美家の場合は、孝宏も淳子に負けず劣らず機械いじりが好きで、夫婦で力を合わせればたいていなんとかできる。

淳子は子どもの頃から、機械や乗りものが好きだった。かわいらしい人形や雑貨には目もくれず、ミニカーやプラモデルをねだった。家の中でままごとをするよりも、畑の周りに広がる林の中を駆け回ったり虫を捕ったりして遊ぶのを好んだ。友達も男の子のほうが多かった。幼稚園から小学校にかけては、クラスで一番足が速かったし、けんかもめったに負けなかった。

「淳子は強いなあ。女にしとくのはもったいねえべ」

祖父はよく言ったものだ。祖母もうんうんとうなずいていた。

幼いうちは、それがほめ言葉だと淳子は思っていた。男勝りで活発な孫を、誇らしく感じてくれているのだと。必ずしもそうではないのかもしれないと気づいたのは、中学生のときだ。

祭りの打ちあげだったか、農協の集まりだったか、家で酒宴が開かれたのだった。近所の男たちが大勢やってきて、夜遅くまで酒を酌みかわしていた。酔っぱらいの大声は、淳子の寝ている子ども部屋にまで響いてきた。

「新美さんも、とっとと若い嫁さんをもらえばいいっしょ。今度こそ、男の子が生まれるかもしれねえべ」

今度こそ、と淳子は寝床の中でつぶやいていた。体をまるめ、耳をすました。そうだそうだと賛意を示すざわめきにまぎれて、父の返事は聞きとれなかった。

結果的には、父が後妻を迎えることはなかった。どんな心境で独身を通したのか、淳子にはわからない。わかっているのは、淳子自身の心境があの晩を境に変わったということだ。

男なんかに負けたくない。女だからって文句を言われたくない。

はっきり口に出したら角が立つので、おいそれと本音はもらさないように心がけているけれども、その想いはなにかにつけて淳子の背中をぐいと押す。押すばかりでなく、時には乱暴に蹴飛ばして、前へ進めとけしかける。

十二時過ぎに、作業を中断して昼の休憩をとった。淳子はふだん、昼休みにはひとりで家に戻る。食事のときくらい、社長がいないほうがくつろげるだろう。でも今日は初参加の斉藤がいるし、レンとも一年ぶりに会うので、皆と一緒に食べることにした。

ガレージの裏に据えた丸太のテーブルを、五人で囲む。おそろいのベンチと合わせ、淳子と孝宏で協力してこしらえたものだ。何年も風雨にさらされるうちに、いい味わいが出てきた。

「初仕事はどうでした?」

芙美が斉藤に話しかけた。

「いやあ、へとへとですね。なにせ運動不足だから」

作業中にレンと話してうちとけたのか、斉藤は朝とはうってかわって愛想よく答えた。広い額に汗をにじませ、疲れてはいるようだが、顔つきは目に見えて明るくなった。

「お仕事はなにをなさってたんです?」

今度は安井が質問した。

「商社で、営業を」

「本部長だったんですよね？」

レンが横から補った。ハーベスターの上で聞いたのだろう。

「はあ、本部長ですか。すごいなあ」

「いやあ、それほどでも」

斉藤は得意げに小鼻をふくらませている。なんというか、わかりやすいひとだ。役員になれなくて残念でしたね、と淳子は言ってみたくなったけれど、こらえた。

各自、持参した昼食を広げる。レンがコンビニのおにぎりを手に、うらやましそうに斉藤の弁当箱をのぞいた。

「おいしそうですね」

妻が作ったのだろう、何種類ものおかずが彩《いろど》りよく詰められている。

「わたしはどうもね、できあいのものは受けつけなくて。舌が敏感すぎるみたいで。会社に勤めていた頃も、ほとんど毎日弁当でした」

「へえ、いいなあ。やっぱ、手作りって違いますもんね」

レンは素直に感心しているが、その隣の芙美は菓子パン片手に、向かいの淳子に目くばせをよこした。妻に同情する、と顔に書いてある。同感だ。淳子の横で、同じく愛妻弁当をつついていた安井が、気まずそうに目をふせた。

「レンくんも作ってみれば？」

芙美が言った。

「あっ、その手があるか。でもなあ、朝がきついんだよなあ」

「がんばりなさいよ。かっこいいじゃない、料理のできる男って」

「かっこいいかどうかは別として、ありがたいよ」

ほの甘い卵焼きを咀嚼《そしゃく》してから、淳子も口を挟んだ。この弁当は孝宏の手製だ。平日は毎朝、家族三人分をまとめて作ってくれる。愛妻ならぬ、愛夫弁当である。そのかわり、屋外の農作業がほぼ休みになる冬の間は、家事全般が淳子の担当になる。

「いいよねえ、料理上手のだんなさん。うちのも見習ってほしいわ」

「へっ」

斉藤が妙な声をもらした。

「奥さんは、あの、結婚してるんですか？」

奥さん、と呼ばれるのはひさしぶりだ。

「はい。一応」

「じゃあ、その、ご主人は……」

頭の中にさまざまな可能性が渦巻いたようで、目が泳いでいる。

「役場で働いてます。繁忙期は、週末だけ手伝ってくれますけど」

新美農場の運営体制を知った相手は、たいがい驚く。妻が農場を経営し、夫はよそに勤める、この役割分担は、確かに一般的とはいえない。当事者ふたりは最善だと確信しているのだが、実の父にさえ認めてもらうのに手こずった。

「いいよねえ、公務員のだんなさん」

芙美がにっこりしてパンをほおばる。

淳子と孝宏の出会いは、二十年近くも前にさかのぼる。

夏のはじめに、淳子は芳子叔母に誘われて、バーベキューに出かけた。叔父の勤める役場の同僚たちが、家族もまじえて集まるという話だった。

呼ばれた理由は、淳子も承知していた。二十代も半ばを過ぎたというのに、まるで男っ気のない姪のことを、叔母はつねづね案じていた。顔を合わせるたび、誰かいいひとはいないのかい、早く淳ちゃんの花嫁姿が見たいなあ、と冗談めかしてせっついてくる。本来なら女親が口にしそうなせりふを、かわりに言ってやらなければという、使命感のようなものもあったのかもしれない。淳子が中学生や高校生の頃から、叔母は折にふれてその手の話題を出した。好きなひとができたらちゃんと教えてね、お父さんには絶対に喋らんから、叔母ちゃんにだけは隠さんでね、と真顔で念を押していた。

隠していたわけではない。淳子は生まれてこのかた、異性とつきあった経験が一度もなかった。つきあうどころか、片想いすらしたことがなかった。

淳子は同年代の男子を、競争相手もしくは仲間とみなしていたし、向こうからもそのように扱われた。短髪と一七五センチの身長は、彼らの中にまじっていてもなんら違和感がなかった。かわりに、同性からはめっぽう人気があった。女子バレー部の主将であり花形選手でもあった頃は、バレンタインデーにそこらの男子に負けない数のチョコレートが集まった。甘いものはほとんど食べないので、まとめて叔母に横流しした。甘党の叔母は複雑な表情で受けとってくれた。

高校を卒業して実家を手伝い出してからも、相変わらず恋愛にはさっぱり縁がなかった。

若い独身男性と出会う機会が少ないだろうと叔母は気をもんでいたけれど、そうでもなかった。新美農場には他に若者はいなかったが、近隣の若手農家とは交流があった。勉強会も講習会も、参加者は男ばかりで淳子は紅一点だった。それでも気にせず通い続けていたら、じきになじんだ。淳子はそこではじめて農業の理論や基礎知識を学んだ。友達もたくさんできた。厄介な天候不順や、慢性的な人手不足や、横暴な父親について、心ゆくまで悪態をつきあった。悩んでいるのは自分だけではないのだと知って、救われた。

それまでの一、二年は、仕事が全然おもしろくなかった。あれをやれ、これをやれ、と父は頭ごなしに指図するばかりで、それらがなぜ必要なのかはちっとも教えてくれなかった。淳子のほうも、作業をこなすのにせいいっぱいで、いちいち質問するひまもなかった。しかも、父の計画どおりに事が進まなければ、遅いとか雑だとか文句をつけられる。もう農業なんかこりごりだ、さっさと辞めて家を出よう、と思い詰めたことも一度や二度ではない。

踏みとどまったのは、祖父が亡くなり祖母も体調をくずして、新美農場が深刻な人手不足に陥っていたからだ。それに、農業を辞めても、他にとりたててやりたい仕事があるわけでもない。町内では働き口も限られている。札幌のような都会に出れば、なにかしら職にはありつけるだろうが、それも気が進まなかった。自然豊かな京極町を、淳子は好きだった。

そしてなんといっても、負けたくなかった。どうにか耐えぬいて、男でなくても役に立てると証明してみせたかった。

農家仲間にすすめられ、仕事の合間に専門学校にも通った。作物のこと、肥料や農薬のこと、土壌のこと、理解が深まるにつれて日々の農作業が俄然《がぜん》おもしろくなってきた。農場経営にまつわる法律や会計制度も教わった。

学ぶのは楽しかった。子どもの頃は、勉強なんて苦痛でしかなかったのに。

「淳ちゃんは頭が理系だもんね。理屈がのみこめたほうが、すっきりするんだわ」

淳子の話を聞いた叔母は、そう納得していた。

「理系は関係ないんじゃない？」

どちらかといえば、性格の問題だろう。わけもわからず、父の決めたとおりに動かなければならないのが、淳子はいやでたまらなかった。

むろん、わけがわかったからといって、万事が解決したわけではない。父の命令に疑問を呈《てい》したり、新しい農法を提案したりしても、お前はなんもわかってねえべ、とつっぱねられる場合も多かった。それでも、農業を辞めてしまいたくなるようなことは、もうなかった。頭の固い父にいらだつ半面、もっと勉強しよう、もっと経験を積もう、と闘志もわいた。

「お友達もたくさんできて、よかったよかった」

叔母は思わせぶりな笑顔になった。

「ねえ、その中で誰かいい感じの……」

「いない」

最後まで聞かずに、淳子はさえぎった。

そんないきさつを経た上での、バーベキューなのだった。

叔母には悪いけれど、淳子の興味は運命の出会いよりも上等の羊肉に向いていた。

下戸《げこ》の叔父が車で送り迎えをしてくれるので、ビールも存分に飲める。

叔父は妻に命じられたのだろう、嬉々《きき》として肉に食らいついている姪のところに、次から次へと独身の同僚を連れてきた。さすが公務員だけあって、皆まじめで誠実そうだった。あるいは、そういうひとばかりを選んでいたのかもしれない。

孝宏は、その日ひきあわされた男性の中では最年少だった。

かわいい男の子だな、というのが第一印象だった。童顔で華奢《きゃしゃ》なせいか、学生のようにも見えたが、社会人になって二年目だという。大卒ということはわたしよりも三つ年下か、と淳子は頭の中で計算した。札幌出身で、市内の大学を卒業して役場に就職し、公共施設の管理と整備を担当しているらしい。

「どうして京極町に？」

他の職員は、ほとんどが地元の出身だった。

「自然の多いところで働きたいなと思って。この町の雰囲気、すごく好きなんです。いいところですよね」

「田舎ですけどね」

謙遜してみせたものの、地元のことをほめてもらえて、淳子も悪い気はしなかった。

「あと、募集職種もぴったりで。大学の専攻が土木工学だったんです。でかい建物とか橋とかにあこがれて。船や飛行機も好きなんで、機械工学とも迷ったんですけど」

とにかく大きいものに興味があるようだ。

「じゃあ、車はあんまり？」

なにげなく、質問してみた。淳子は断然車が好きだ。

「いや、もちろん車も好きですよ。特に、働く車っていうか、特殊なやつ。クレーン車とか、タンクローリーとか。そういえば、農業も専用の車がありますよね？」

「はい。うちでも何台か使ってますよ」

「へえ、いいですねえ」

心底うらやましげに言われ、淳子はさほど深く考えずに誘った。

「見にきます？」

「いいんですか？」

孝宏が目を輝かせた。

この時点ではまだ、淳子は彼を異性としてことさら意識したわけではなかった。会話の合間に、もりもり肉をたいらげ、ごくごくビールを飲んだ。孝宏もよく食べ、よく飲んでいた。やせているわりに気持ちのいい食べっぷりだな、と好感は持ったけれども、それは恋ではなかった、はずだ。

半分は社交辞令かと思っていたら、翌週末に、孝宏はさっそく新美農場へやってきた。すげえ、でけえ、と子どものように興奮しながら、ガレージの車両や機械類をくまなく見て回った。ひとしきり写真を撮りまくった後、どうしてもお礼をしたいと言い張るので、道の駅に併設されたレストランで昼食をごちそうになった。食事中も話ははずんだ。車のことばかりでなく互いの仕事や家族のことまで、話題はとりとめもなく広がった。

食後は腹ごなしがてら、ふたりで軽く散歩した。道の駅の周辺は公園として整備されている。ひなたは汗ばむほどの陽気なのに、木陰はひんやりと涼しかった。林に囲まれた遊歩道を進んでいくと、湧き水の滝にぶつかった。湧水口から澄んだ水が勢いよくほとばしり出ている。思わず手を伸ばしてしまい、淳子は失敗に気づいた。拭くものがない。

濡《ぬ》れた手をぶんぶん振っていたら、孝宏がハンカチを貸してくれた。

「すみません」

淳子は恐縮して受けとった。ハンカチにはぴしりとアイロンがかかっていた。なんだか無性に恥ずかしくて、湧き水で冷えた手のひらを頬にあてた。熱かった。

脈絡もないことを口走ってしまったのは、動揺していたせいだろうか。

「ここに誰かと来るの、はじめてかも」

孝宏が首をかしげた。

「いつもはひとりで来るんですか？」

「うん。失敗したときとか、落ちこんだときとか、ここでぼんやりしてるとちょっと気が楽になるんです」

ほう、というような声を孝宏はもらし、滝を見上げた。

「ずぶとく見えて、くよくよしちゃうときもあるんですよ」

淳子がおどけて言い足したのは、同じことを男友達に打ち明けたとき、目をまるくされたのを思い出したからだ。うそ、新美でも落ちこんだりするの？　揶揄《やゆ》するでもふざけるでもなく、純粋に驚いている顔だった。

豪快で、思いきりがよくて、細かいことにこだわらない。淳子は昔から友人知人にそう評されてきた。十代の頃は、自分でも自分がそういう人間だと考えていた。そういう人間でありたいという願望もあったかもしれない。実際、そのようなたくましい一面を持ちあわせているのも事実だ。

でも、少なくとも周りが思っているほどには、淳子は豪快でも思いきりがいいわけでもない。見かけによらず神経質だし、けっこう根に持つし、物事を暗いほうへ考え出すととまらなくなるときがある。

「ずぶとく？」

孝宏がつぶやいて、淳子をしげしげと見た。

「全然、そんなふうには見えませんけど」

淳子はぽかんとして孝宏を見つめ返した。こうして向かいあってみると、淳子よりも少しだけ背が高い。

孝宏の頰も、ほんのりと赤くなっていた。

金曜日まで、収穫作業は順調に進んだ。週の後半は雲が多かったものの、かろうじて雨は降らず、馬鈴薯の育ちぐあいも悪くなかった。五日間の収量は淳子の予想を上回っていた。

唯一の悩みの種は、斉藤だった。

「なんなんですか、あのひと？」

はじめに音を上げたのは、芙美である。初日の作業が終わり、迎えにきた妻の車で斉藤が帰っていった後、淳子をつかまえて訴えた。

「べらべら喋ってばっかりで、ぜんっぜん手が動いてないですよ。しかも、五十億の商談をまとめただの、部下が百人いただの、銀座《ぎんざ》の高級クラブの常連だっただの、自慢話ばっかり」

淳子も一度、斉藤とふたりで馬鈴薯の選別作業にあたったので、芙美の言いたいことはよくわかった。わかるもなにも、そっくり同じことを思った。だから、斉藤と組むのはその一度きりでやめた。ただでさえ大変なのに、そんなところでいらいらして神経をすりへらしていては、多忙な収穫期を乗りきれない。

「あと文句も多すぎ。足がだるいとか、腰が痛いとか。あげくの果てに、なんて言ったと思います？　こんな単純作業は機械化できないんですか、人間のやる仕事じゃないですよ、ですって。ろくにできてないお前が言うなって感じ」

芙美は鼻息荒く言い募る。

「わたしたちのこと、ばかにしてません？　羊蹄山のお祈りだって、鼻で笑ってたし」

なるほどね、農村の山岳信仰ってやつですか、と斉藤はせせら笑ってみせたのだ。田舎者の迷信だと決めつけられたようで、淳子もかちんときた。

「社長、ひとが好《よ》すぎます。そりゃあ奥さんには同情するけど、あんなの押しつけられて、こっちだって迷惑でしょ。託児所じゃあるまいし。本人が感謝してるならまだしも、こんなのは俺様の仕事じゃない、っていばるんだから」

「まあまあ。肉体労働に慣れてないから、疲れて愚痴っぽくなっちゃうんですよ。初心者なんだし、しばらくは大目に見てあげましょう」

横で聞いていたレンが、芙美をなだめた。

「定年後って、精神的にもきついんですよ。世間に置いていかれる気がしてあせるから。それでどうしても、古きよき時代を思い返してしまうんでないかねえ」

似たような経験があるからか、安井も斉藤に同情的だ。

「あと、うまくできないのが、内心では悔しいんでないかい。それでつい、憎まれ口をたたくのかもしれない。負け惜しみっていうか、やつあたりっていうか」

「みんな心が広いなあ」

芙美がため息をつく。

「レンくんだって、いろいろめんどくさいこと言われてたじゃない？　ほら、おやつ休憩のときとか」

「ああ、あれはちょっと、あれでしたね」

頭をかいているレンに、淳子はたずねた。

「なんて言われたの？」

「こんなふうにぶらぶらしてて将来が心配じゃないのかとか、まだ若いんだから社会に貢献すべきだとか、まあ、そんな感じのご指摘をいただきまして」

「よけいなお世話だよね。レンくんはきちんと働いてるもの。少なくともあいつよりは何倍も、いや何百倍も社会に貢献してる」

芙美が吐き捨てた。

「あはは、ありがとうございます、光栄っす。ま、ああいうこと言ってくるひとって、どこにでもいますから。慣れてます」

レンは飄々《ひょうひょう》と言った。芙美が唇をとがらせる。

「わかったわかった、あいつはレンくんと安井さんに任せる。だから社長、わたしとはもう組ませないでよね」

淳子の心証も、安井やレンよりは芙美のそれに近い。これは性別の差か、それとも

性格の差か、どちらにしても、なるべく斉藤とはかかわりあいたくない。

ところが彼のほうから、いそいそと淳子に寄ってくる。

自慢や不平は聞き流すにしても、どこで聞きかじってきたのか、農場運営について

もっともらしい意見をのべるようにもなった。いわく、利益率の高い小豆《あずき》の栽培面積

を増やすべきではないか、六次産業化をめざして加工食品の製造も視野に入れたほう

がいい、消費者向けの直販もやってみてはどうか、云々。

そんなことは淳子だってとうに考えている。実現できていないのは、それだけの理

由があるからだ。栽培品目の構成や比率は、土壌の性質や輪作の計画をふまえて慎重

に決めなければならない。六次産業化にせよ直販にせよ、新しい試みをはじめるには

人手も資金もかかる。口先だけのきれいごとでは、現実は進まない。しろうとが思い

つきでわかったようなことを言わないでほしい。

が、いちいち反論するのも面倒くさいし、おとなげない。おいおい検討してみます、

と淳子は型通りの返答でやり過ごしている。それでもうんざりした気持ちは顔に出て

しまっているだろうに、斉藤はめげるそぶりもなく、得々と自説をまくしたてるのだ

った。

「おつかれさまです」

げっそりしている淳子を、安井は気の毒そうにねぎらってくれる。

「本部長、今日も絶好調でしたね」

レンがくつくつ笑い、芙美がいまいましげに言い放つ。

「口だけはね」

斉藤を陰で本部長と呼びはじめたのも芙美だ。あだ名はすぐに定着した。向こうは淳子のことを、奥さん、と引き続き呼んでいる。年下の女を社長とは呼びづらいのかもしれない。

土曜日は、早朝から小雨が降り出した。

降っている間は馬鈴薯の収穫ができない。ぬかるんだ圃場《ほじょう》ではハーベスターがうまく走れないし、芋にも泥がこびりつく。また、馬鈴薯は湿気をきらうため、濡れたままでは傷《いた》んでしまう。雨がやんでも、畑がある程度乾くまで待つしかない。

天気予報を確認し、淳子はいよいよ憂鬱になった。明日もあがらないかもしれない。

おまけに台風まで近づいてきているようだ。

安井とレンにはとりあえず一日休んでもらうことにして、連絡を入れた。芙美はもとから土日は休みだ。斉藤の家にも電話したけれど、つながらなかった。何度かかけ直してても出ず、どうしたものかと困っているうちに、いつものように妻が車で送ってきた。

「あれ？　皆さんは？」

ガレージに入ってくるなり、斉藤は首をかしげた。

「休んでもらいました。今日は馬鈴薯の収穫ができないので。斉藤さんのご自宅にも、何度かお電話したんですけど」

「あ、そういえば鳴ってましたね。すいませんね、今朝は家内が義母《はは》の世話でばたばたしてたもんで」

あくまで悪びれない。

とはいえ、来てしまったものを追い返すのも気がひけるし、斉藤夫人に負担をかけるのもしのびないので、孝宏とやるつもりだったにんじんの収穫作業に加わってもらうことにした。

いつもは孝宏にトラクターの運転を任せ、ハーベスター上での選別は慣れている淳子が担当するのだが、

「淳子さんが運転してよ。僕が斉藤さんと選別をやるから」

と孝宏は言ってくれた。毎日のように斉藤についてぼやいている妻への心遣いだろう。

父が元気だった頃のことを思い出す。親子げんかがはじまりそうになるたび、孝宏はさりげなく妻と義父の間に割って入り、場の雰囲気をほぐしてくれたものだった。父も孝宏の人柄を高く買っていた。だからよけいに、婿として新美農場を継いでほしかったのだろう。

結婚しても孝宏には役場勤めを続けてもらうつもりだと父に話すと、猛反対に遭った。立派な亭主がいるにもかかわらず、女が家を継ぐなんて、そんなばかげた話は聞いたためしがないとはねつけられた。前例がないから作るのだとどなり返しながらも、淳子はひどく落胆していた。自分でもたじろぐほどだった。どうやら、知らず知らずのうちに、心のどこかで淡い期待を抱いていたらしい。面と向かって口には出さなくても、父はわたしを後継者として認めつつあるのではないか。毎日ともに働き、成長

ぶりを目《ま》のあたりにして、見直してくれているのではないか、と。

甘かった。

叔母たちからも説得してもらって、最終的には父が折れた。意外にも、その後は不平を言わなかった。血のつながりはなくとも、農場を継がなくとも、息子と呼べる存在を得られてやはりうれしかったのかもしれない。入籍にあたって夫婦で新美の姓を名乗ることにしたのも、気に入ったようだ。

孝宏の発案だった。淳子はゆくゆく新美農場の経営者になるわけだから、苗字《みょうじ》を変えないほうがなにかと便利だろうという。淳子は躊躇《ちゅうちょ》した。夫が職場で居心地悪いのではないかと案じたのだ。旧姓で働いてる職員は何人もいるから平気だよ、と孝宏は平然と言うが、それはみんな女性だろう。

けれど反論するかわりに、ありがとう、とだけ淳子は応えた。うちはうち、よそはよそ、そう信じて新しい家庭を築いていこうと決めたのに、最初からこんな弱気でどうする。

昼になっても雨はやまなかった。休憩時間に、淳子たちは斉藤を家に招き入れ、三人で食卓についた。

淳子と孝宏はゆうべのカレーをあたため直し、斉藤は弁当を開いた。初日と同じく、色とりどりのおかずがぎっちりと詰められている。

「これ、うちのですよ」

斉藤が箸をとり、黄色いかけらをつまんでみせた。意味がわからず箸の先を見つめている淳子の横から、孝宏が相槌を打つ。

「ポテトサラダですか。おいしそうですね」

一拍遅れて、淳子にも合点《がてん》がいった。

「ああ、おといの」

夫を迎えにきた斉藤夫人に、掘りたての馬鈴薯をいくつか渡したのだ。とても喜ばれた。あんなに感じのいい妻が、なぜよりにもよってこの亭主と結婚したのか、つくづく謎だ。

食事中、聞き上手の孝宏を前にして、斉藤はいつにも増して饒舌《じょうぜつ》だった。本部長時代の武勇伝、というか自慢話を延々と披露し、弁当箱が空になっても喋り終える気配がない。この天気ではあせってもしかたがないので、淳子は放っておくことにした。

熱い茶を三人分淹《い》れて食卓に戻ったら、話題が変わっていた。

「きみも大変だね、週末まで働かされて。家事も手伝ってるんでしょ？」

「繁忙期くらい、僕にできることはやりたいんです。逆に、冬の間は彼女が家のことをやってくれてますし」

器用に家事をこなす婿の姿を見て、孝宏くんが気の毒だべ、と父もよく眉をひそめていたものだ。夫婦の間で対等に分担しているのだと説明しても、理解できないようだった。

淳子はテーブルを離れて、窓の外をのぞいた。午前中よりも雨足《あまあし》が強まってきたようだ。淳子の胸にも黒雲が広がっていく。

「台風、今どのへんかな」

斉藤の声を、背中で受けた。

「そうとうでかいらしいね。予報では、明日あたり北海道の上を通るって」

警報が出て休校になるのを待ち望む子どものような、そわそわした口ぶりだった。実際のところ、堂々と休めてうれしいのかもしれない。

淳子はゆっくりと振り向いた。斉藤が携帯電話の画面を孝宏に見せている。

「ほら、進路予想。こりゃあ直撃したら大事《おおごと》だな」

どれだけ大事か、わかってから言ってもらいたい。長雨が続くと、収穫作業が滞るばかりでなく、地中で芋が腐るおそれもある。豪雨で畑が冠水して芋が流されてしまった年も、雨に打たれて泥まみれになりながら手で掘った年もあった。どちらも大事で、そして悲惨だった。

「予報もころころ変わりますからね。案外、手前でそれるかもしれませんよ」

仁王《におう》立ちしている妻を横目でうかがいつつ、孝宏が答えた。

「斉藤さん、今日はもういいですよ」

淳子は静かに言った。

「雨もひどくなってきたし、早めに帰って下さい。孝宏、車で送ってあげて」

「でも、にんじんの続きは？　雨でもやるんでしょう？」

喜ぶかと思いきや、斉藤は不服そうに問い返してきた。突然、しかも一方的に帰れと言い渡されたのが、気にさわったのだろうか。

「大丈夫です。わたしたちふたりでやりますから」

ため息をこらえ、淳子は即答した。あんたがいようがいまいが、なんにも変わらない。むしろ、いないほうがはかどる。

「そうですか。わかりました」

斉藤がつまらなそうに腰を上げた。孝宏も席を立つ。

「お気をつけて」

われながら、おざなりな声が出た。孝宏と連れだってリビングを出ていこうとしていた斉藤が、ドアの手前で振り向いた。

「そうだ、奥さん。例のあれ、昨日はちゃんとやりました?」

「はい?」

「あのお祈り。山を拝むと晴れるんでしょ? なんなら、今から三人でやってみます?」

「けっこうです」

つい、きつい口調になってしまった。さすがの斉藤もひるんだのか、わずかに顔をひきつらせた。

「そんな、こわい顔しなくても。冗談ですよ、冗談」

わざとらしく浮ついた調子で、茶化すように言う。

「冗談じゃない」

吐き出すように、淳子はつぶやいていた。

「わたしたちは真剣なんです。生活がかかってるんです。そうやってばかにするの、やめてもらえません？」

「ちょっと、淳子さん」

と遠慮がちに割って入ろうとした孝宏の隣で、斉藤が淳子をきっとにらみつけた。

「ばかにしてるのは、どっちですか」

ぼそりと言う。先ほどとは顔つきが変わっていた。お得意の、相手を見下すような薄笑いともまた違う、暗く険しい目つきだった。

「あんたたちこそ、おれのことをばかにしてる。どこにも行き場のない、かわいそうな負け犬だって」

「そんなことは……」

ない、と言いきれず、淳子は口をつぐんだ。

斉藤たちが出ていった後、淳子はソファにへたりこんだ。寝転がって、目をつぶる。

降りしきる雨の音が窓越しに響いてくる。

ばかにするな、と言ってやりたかった。この一週間ずっとがまんしてきたのだ。とうとう口に出せてすっきりしてもいいはずなのに、どうしてこんなに気が塞ぐのだろう。

よく考えてみれば、いくら斉藤が鈍感でも、役に立てていない自覚がないはずはない。長年勤めあげた会社から放り出され、家にも居場所がなく、妻の知人の厚意にすがって得た仕事も満足にこなせないとなれば、自尊心が傷ついて当然だ。

ばかにするなと抗議したかった。けれど、傷をえぐるつもりもなかった。

起きあがる気力がわかない。やがて、雨の音に重なって、車のエンジン音がかすかに聞こえてきた。孝宏だろう。

孝宏にも迷惑をかけてしまった。謝らなければいけない。玄関のドアが開く音がして、淳子がのろのろと体を起こしたところで、電話が鳴った。

「もしもし、新美さんのお宅でしょうか」

上品な女性の声には、聞き覚えがあった。

「斉藤でございます。主人がお世話になっております」

「こちらこそ」

反射的に応えながら、淳子の胸はざわついていた。

なんの用だろう。夫を送り届けた礼だろうか。あるいは、帰宅した斉藤が、もうあそこでは働きたくないと言ったのだろうか。斉藤のことだから、お前から連絡しておけと妻に命じてもおかしくない。あんなふうに別れた直後で、淳子とじかに話すのもいやだろう。

「あのう、申し訳ないんですが」

心から申し訳なさそうに、斉藤夫人は続けた。

「主人がお宅に携帯電話を忘れておりませんでしょうか？」

電話を切って十分も経《た》たずに、斉藤夫人はやってきた。淳子は玄関口で出迎え、椅子の座面に残されていた携帯電話を渡した。

「お忙しいのに、お時間をとらせてしまって恐れ入ります」

恐縮しきった様子からして、まだ先ほどの顛末《てんまつ》は耳に入っていないようで、淳子は少しほっとした。

「全然かまいませんよ。この雨だから、今日はもう休憩しようと思って」

「お天気、早くよくなるといいですね」

夫人が心配そうに片手を頰にあてがった。

「収穫作業が遅れたら困るって、主人もゆうべから気にしてました。家でも四六時中、これで天気予報をチェックして」

もう片方の手に握った携帯電話を、ゆらゆらと振ってみせる。

「台風も、上陸したら大変だって、もう大騒ぎ。そうそう、羊蹄山にも毎日お祈りしてるんですよ。今日はちょっと効かなかったみたいですけど」

淳子は絶句した。彼女がけげんそうに首をかしげる。

「こちらで教えていただいたんですよね？　晴れるようにお願いするって」

「ああ、はい」

「よくしていただいて、本当にありがとうございます。この一週間で、うちのひと、みちがえるように元気になりました。一度きちんとお礼を申し上げたかったんです」

「いえ、そんな」

手放しで感謝されては、かえって後ろめたい。

「主人があんなに楽しそうにしてるのって、ひさしぶりです。何冊も本を買いこんで、わたしにもいろいろ教えてくれるんですよ。農業は奥が深いんだぞ、って言って」

淳子は再びぽかんとした。なにか勘違いしたのか、夫人がきまり悪そうにつけ加えた。

「おかしいですよね、自分だって初心者のくせにね」

淳子はあわてて首を振る。

「いえ。みんな、最初は初心者ですから」

父のもとで働き出した当初、わたしも苦しかった。わけもわからないまま作業に追われ、不満ばかりを募らせていた。なにかとしろうと扱いされて腹を立てた。思い出して、愕然《がくぜん》とする。わたしも今、斉藤に対して、似たような仕打ちをしているじゃないか。

「ちょっと待ってて下さい」

斉藤夫人に言い置いて、淳子は自室に駆けこんだ。本棚から農業の入門書を二、三冊引き抜き、玄関にとって返す。

「これ、よかったらご主人に」

農家の娘に生まれた淳子でさえ、農業が楽しいと感じられるようになるまでに数年かかった。そう考えたら、斉藤のほうが一枚上手《うわて》だろう。自ら意欲と関心を持ち、仕事を楽しんでいこうとする気概がある。

「あらまあ、すみません。お借りします」

斉藤夫人が本を両手で受けとり、言い添えた。

「そうそう、この間のお芋もありがとうございました」

「あ、ポテトサラダにして下さったんですよね。お弁当、見せてもらいました」

うちの、と斉藤は言っていた。なんだかうれしそうだった。

「はい、半分は」

彼女が微笑《ほほえ》んだ。

「実は、あとの半分は、主人が煮物を作ってくれたんですよ。あのひとがお料理なんて、結婚以来はじめてで、わたしもびっくりしちゃって。肝心のお味はね、とにかくしょっぱくて、飲みこむのがやっとだったんですけどね」

せっかくのお芋なのにすみませんでした、と詫《わ》びつつも、口もとはほころんでいる。

斉藤夫人を送り出すと、淳子はリビングへ戻った。食卓を片づけてくれている夫に、声をかける。

「ねえ、孝宏。本部長、明日も来てくれるかな?」

「来るんじゃない?」

孝宏が答えた。

「車から降りるとき、また明日、って言ってたよ」

淳子は窓辺に近づいた。雨は少しだけ小ぶりになってきたようだ。霧雨《きりさめ》に煙《けむ》る羊蹄山に、そっと手を合わせる。


(小説宝石2月号。『女神のサラダ』に所収の同作品を底本といたしました)

若女将になりたい！

田中兆子

田中兆子（たなか　ちょうこ）
2011年「べしみ」で女による女のためのR-18文学賞大賞

ぽちゃ……

ぽちょ……

小さな入り江に囲まれた、波ひとつない海。その、のったりと広がるくすんだ浅《あさ》縹色《はなだいろ》の水を、港に係留されている漁船の舳先《へさき》がのんびりとゆらしている。ひそやかで、かすかな、愛らしい音。

春の終わりの日差しはあたたかく、目の前にある常夜燈の石の色も、いつもより薄いピンク色を帯びた肌色に見える。入り江のすぐそばに置かれた木のベンチに座っている神原範之《かんばらのりゆき》は、うとうとしながら、「もしかしたら、宮崎駿《みやざきはやお》監督はこの音を無意識下で聞いていて、それであの魚の子に『ポニョ』なんて名前をつけたのかもしれないな」と思う。

入り江にそってぐるりと小さな民家が立ち並ぶ、真昼間の町の中にいるのに、水面《みなも》の動く音しか聞こえない。ゴールデンウィーク前の平日で、観光客がほとんどいないせいもあるだろう。何より、この入り江の周辺の道はあまりに狭くて、自動車が行き来することができないのだ。

まっさらの画用紙であれば薄く細い線でもくっきりと見えるように、耳をすまさなくても、その小さなまるみのある音が、雑音のない空気を通り抜けて届いてくる。

三月まで住んでいた東京の用賀《ようが》では、首都高速や環八通《かんぱちどお》りが近いせいもあって、一歩外に出ればどこにいても、広大な砧《きぬた》公園の中ですら、遠くからかすかに車の走る音が聞こえていた。ほこりっぽい、霞《かすみ》のような音のかたまり。それが消えていることに気づくと、体のすみずみまできれいになったような気がした。

こんなささいなことでもうれしく、ほっとするのだから、やっぱり都会暮らしが向いていなかったのだろう。

ドサッという音がしたので、目を開け、うつむいていた顔を上げる。範之の座っているベンチの端に、スマホを片手にデイパックをしょった学生と思しき男性が座っていて、目があう。

その男性は範之を見た途端、落ち着きがなくなり、座ったばかりなのにベンチから腰を上げると、すうっと立ち去ってしまった。

範之は、それを黙って見送る。ま、いっか、とつぶやいてから、彼とは逆の方向へ向かって歩き出す。

土産物屋などが並ぶ細い路地を抜け、車が通れる少し広い道へ出る。ぶらぶらと歩いていると、後ろからクラクションが鳴った。

この辺は高齢者や観光客が歩いていることが多く、歩行者優先が徹底しているから、人に対してクラクションが鳴ることはめったにない。振り向くと、白い営業車の運転席の窓から日焼けした顔がひょいと出て、「おい、次期社長！」と声をかけられた。

「あ、コウちゃん」

範之はちょっとだけ緊張する。コウちゃんは小学校のときの同級生で、現在は彼の父親が経営している不動産屋に勤めている。小学生のときから、ガキ大将だったコウちゃんに「次期社長」とからかわれ、昔も、二十七歳になった今もちっともうれしくないが、やめて欲しいと言ったことはない。

「何でわざわざそんな格好で歩きょうるん？　アピール？」

「ううん、散歩してるだけ……」

範之は散歩が好きなのだ。でもここでは、用もないのに外を歩いている地元の若者など、まず見かけることはない。

「お前、勇気あんなー。まっ、がんばってぇな」

そう言うと、ものすごいスピードで走り去った。この土地の人たちは全体的に温厚だけど、車の運転は荒い。

コウちゃんの言った「勇気」という言葉は、まったく自分に似合わない。自分という人間は本来、事なかれ主義の臆病者なのだ。

こうして、髪を肩まで伸ばし、メイクをして、ロングスカートを穿《は》いていることは、勇気があるということとは全然違う問題なのだと思う。

いつの頃からか、特に強烈な体験があったわけでもなく、少しずつ、男性であることが不自然で、窮屈で、嫌になってきた。だから、自分の中身が女性であることを隠すことはやめて、女性の格好をした。すると、息苦しい着ぐるみを脱いですっきりしたような、解放感と喜びがあった。もちろん、他人の視線に傷つくことがないと言ったら嘘になるけれど、そういうもののやり過ごし方も身についてきた。

歩いているとスマホが鳴った。

「ぼっちゃん、どこにおってんですか？　早う戻ってください！」

「うん、わかった」

七十三歳のベテラン仲居である喜代子《きよこ》さんは、文字入力に時間がかかるので、急ぐときは電話である。

範之は小走りしながらまた入り江に戻り、海を望むように立っている古い旅館「潮待閣《ちょうたいかく》」の裏手にまわる。この旅館が範之の新しい職場であり、範之の父・春夫《はるお》はここの社長である。

「潮待閣」は、明治四十二年に創業された百年以上の歴史を誇る老舗《しにせ》で、創業当初は十二室、現在は十七室の、収容人数も五十人程度の小さい旅館である。道路に面している、大正時代に建てられた木造三階建ての旧館と、昭和時代に増築した新館があり、どちらの客室も二十年前から少しずつ、昔の建材や意匠《い》を活かした改装を行っている。

範之は従業員用の裏口ではなく、ゴミ出し用の勝手口に行く。

空色のマキシワンピースを着た馬場《ばば》みずきが立ったまま、マールボロを吸っていた。遅番に入る前の一服なのだろう。今までデートしていたのか、栗色に染めた髪はアイロンでゆるふわに巻かれ、つけまもばっちり、リップも微妙なピンク色でキュートだ。

高校卒業後、二十歳で入社した正社員であり、おじさん人気ナンバーワンの仲居なのだが、仕事中もよくタバコ（電子じゃないほう）を吸っている。

「あー、お疲れー」

ぞんざいな口調で挨拶される。

馬場さんは、お客様とオトコ以外には無駄な愛想を振りまかないというわかりやすいタイプだ。だから、雑な対応をされると女性だと認められているような気がして、うれしい。

「お疲れ様です」

先輩社員に対して礼儀正しく返事をして、勝手口から中に入る。

喜代子さんが待ち構えていた。

「もうぼっちゃん、遅いんじゃけえ……女将《おかみ》さん怒っとってですよ」

「ええっ、うまくごまかしてくれたんじゃないの？」

「私、女将さんとしゃべりとうないんです。事務所におってですけぇ」

喜代子さんが濃いピンク色の作務衣《さむえ》を差し出す。

「ありがと」

範之はその場でブラウスとスカートを脱ぎ捨てて作務衣に着替え、髪をゴムでひとつにまとめる。喜代子さんがすぐに脱いだ服を畳んでくれる。

「ねえ、女将さんと何かあったの？」

「もうええけぇ早う行って！」

仕方なく、事務所へ向かう。いつも機嫌よく働いている喜代子さんがむすっとしているのが珍しく、「ぼっちゃんはやめて」と言う機会をまた逃してしまったけれど、ま、いっか。

事務所のドアを開けると、上品なスーツに身を包んだこの旅館の女将、つまり範之の母である千代《ちよ》が、パソコンから目を離してこちらをにらんだ。今日は広島で「おかみの会」の会合があると言っていたから、その後は祖母のいるサ高住《こうじゅう》（サービス付き高齢者向け住宅）に寄るのだろうと思っていたのに、すぐにこちらへ戻って来たらしい。

「またサボってたんですね」

ぴしゃりと言われた。

「……すみません」

言い訳するのが面倒なので、すぐにあやまる。

「あなたは昔から、勉強してるのかと思って部屋をのぞいたらゲームばっかりしてました。まったく、誰に似たんでしょう」

女将が眉間に皺を寄せる。

半年前、範之が女性の服装で帰省し、両親に「若女将になりたい」と告げたとき、真っ先に反対したのが母だった。しかし父が「まずは従業員として働いてみりゃええが」と取り成してくれた。そこで範之は会社をやめ、四月から「潮待閣」で働き始めたのだ。

ただ、範之はメイクをして女性用の作務衣を着ることだけは、絶対に譲らなかった。すると、母はシンデレラの継母のように、人前に出ない裏方の仕事だけを、四六時中、次から次へと命じたのだった。

「私がこの旅館に嫁いだときは、サボるなんてもってのほか、まわりの人の言うことには絶対に逆らわず、寝る間も惜しんで仕事を覚えようとしました」

「はあ……」

若い頃の母は「雑巾がけをしない女将さんにはなりたくない」と言って、裏方の仕事はすべて経験したという。だから、女将修業中だと思っている範之も、裏方の仕事をすることに対してまったく不満はない。ただ、休憩する暇も与えてもらえないから、自主的にサボって体力を温存することにしている。無理して倒れたり、旅館の仕事が嫌いになったりしたら、それこそ女将の思うつぼである。

「それからあなたね、玄関まわりの清掃はもうしなくていいです。他の人にやってもらいますから」

範之は今朝のことを思い出す。六時ごろ、玄関に活けてあった牡丹《ぼたん》の花びらが散っていたので掃除をしていたら、六十代の夫婦が散歩のためにあらわれたのだった。

「おはようございます」と挨拶すると、妻のほうはにこやかに挨拶を返してくれたが、夫は釈然としない顔つきだった。

「私は、ほんの少しでも、お客様の前に出てはいけないんでしょうか？」

真面目に尋ねると、女将は平然と、そうよ、と返した。

「お客様はここへくつろぎに来られるんです。女の格好をしたあなたがいることで、お客様にかえって気を遣わせてしまったり、仲の良いご夫婦が言い争ってしまったりするのだったら、あなたを引っ込めるしかありません」

範之は、見た目がキモいからと言われるより、こたえた。でも、だからこそ、自分の外見について珍しくむきになった。

「だったら、私がごく自然に、女性に見えればいいんですよね？」

女将は唖然とした表情で範之を見た。

「そんなの無理にきまってるでしょう」

「そんなことないです。私は楽しく仕事がしたいんです。お客様に姿を見られないように、こそこそ隠れて仕事するなんてイヤです」

「イヤなら、やめなさい」

「やめません」

範之はそれだけ言うと、女将をじっと見つめ続ける。

「じゃあ……あさって、秋山《あきやま》先生がいらっしゃるから、先生があなたのことを『女には見えない』っておっしゃったら、女の格好するのはきっぱりとあきらめなさい」

常連客である秋山吾郎《ごろう》先生は、今年退職が決まっている、地質学の大学教授である。

「えーっ、あさってなんて早すぎ！」

「一日あれば充分です」

「……女将さん、裏で小細工とかしないでくださいね」

「そんなことしませんよ、どうせできっこないんですから」

範之は、そう言いながらも困ったことになったと思った。あさってまでにごく自然に女性に見える方法なんて、全然わからなかった。

範之のまわりで、最も女のプロフェッショナルだと思うのは、馬場さんだった。彼女を探すと、勝手口でまたタバコを吸っていた。

作務衣姿の彼女に声をかける。

「あの、折り入ってお願いがあるのですが」

あさってまでにどうしても女性に見えるように変身したいので、助けて欲しいと頭を下げた。女性用の濃いピンク色の作務衣はそのままだから（胸パット入りのブラジャーも着用済み）、変身するならば、首から上を変えるしかない。

馬場さんが範之の顔全体を舐《な》めるように見る。範之は「やだもう恥ずかしいっ！」と言いたいのをこらえる。

「必ずうちの言うとおりにする？」

そう言って、にやっと笑った。いやな予感がする。

「すみません、大阪のおばちゃんみたいなパンチパーマだけは……」

「でも、神原さんは丸顔で小太りじゃけえ、そっちの方向じゃろう」

気にしているところをズバッと言われるが、馬場さんの冷静な口調に嫌味や悪意は感じられない。

範之は小さいころから喜代子さんに、『水戸黄門《みとこうもん》』に出てくるうっかり八兵衛《はちべえ》にそっくりだと言われている。

「うちの姉ちゃん、美容師をしょうるじゃけど、明日、一緒に行く？」

「え、いいんですか？　うれしい！」

そして次の日、福山《ふくやま》市内にある美容室に行き、髪を切り、時間をかけてカラーリングした。メイクも教えてもらった。

そして翌日、秋山先生がいらしたときに、範之はフロントの横に立ってお辞儀した。彼は範之を見ても特に表情を変えることなく「お世話になります」と会釈した。後で聞いたことだが、秋山先生は「彼女、女優の藤田弓子《ふじたゆみこ》さんに似とるな」と言ったという。

要するに、グレイヘアをショートカットにした気のいい中高年女性、という体《てい》になったのだった。まだ二十代の範之としては複雑な気分だったが、ごく普通の女性として、みんなの視線が止まることなく自然にスルーしていくのは快感だった。喜代子さんも「若いのにうまいこと老けたなぁ。昔の樹木希林《ききりん》さんみたいなが」とほめてくれた。

女将は、変身した範之を見ても何も言わなかった。範之は女性に見える自信があったので、勝った！　と心の中でガッツポーズをした。ところが、女将がふいに悲しそうな顔になったので、母としての彼女に対しては、申し訳ない気持ちになった。

それでも、旅館で働き続けるには、こうするしかないのだった。

★

せっかく女性に見えるようになったのに、女将は、範之が仲居として接客することを許さなかった。声を聞けば、やっぱり男性だとわかってしまうからしょうがない。

それに、お客様よりもまずは正社員やパートの人たちに、女性としての範之を受け入れてもらうほうが大事だった。

旅館の従業員というのは、勤め人だけど個人事業主的というか、出世競争というものがほぼないせいか、社長の息子だからといってぺこぺこする人なんかいない。板前さんなどの男性スタッフのなかには、女性の格好をした範之を完全無視する人もいる。だからまず、女性スタッフと仲良くなろうとした。

「潮待閣」では、最近ようやく、仲居が客室担当や食事のお運びだけでなく、掃除や皿洗いなどもする、マルチタスクを採用するようになった。範之は、最初の一ヶ月の午前中の二時間、研修と称して先輩の仲居と二人一組で客室掃除をすることになったので（通常は、一部屋を仲居一人で掃除をする）、そのときになるべく相手と話すようにした。範之には、仕事が終わった後で彼女たちと食事したり呑んだりする時間も余裕もなかったし、休憩室のようにいろんな従業員の目がある場所では、すすんで範之に話しかけてくる人もいなかった。だから、ひとりひとりと客室掃除をしながら会話をするのが、一番手っ取り早く近づける方法だった。

女性である範之に興味を持ってくれる人は、どうして？　いつから？　というあるある質問をしてくるので、おっくうがらずに答えるようにした。でも、三人の子供がいる五十代の福島《ふくしま》さんみたいに「女として生きたいなら東京にいればいいのに、わざわざ地元に帰ってきて親を困らせるなんて信じらんない」と遠慮なしに言う人もいる。まあ、確かにそうなので、反論はしない。

客室掃除の大まかな流れとしては、まず、客室にあるテーブルをたてかけ、座布団を重ね、大きなゴミなどを片付ける。このときに忘れ物がないかをチェック。それから窓ガラスを拭き、掃除機をかけ、床の間などを拭き清める。次のお客様の人数を確認してから、またテーブルや座布団をセットし、備品や浴衣などを補充して終了。座布団の置き方や、拭き掃除に使うクロスの使い分けなど、ひとつひとつに細かいマニュアルがあり、時間も、一人一部屋あたり三十分以内と決まっている。

照明器具などの時間がかかるところ、手袋や作業着を着用して清掃するトイレや浴室などの水回りは、他の仲居がまとめてやることになっている。そういう担当はローテーションを組んでいるのだが、高齢の喜代子さんは、高い所を拭いてふらついたり浴室ですべったりするという危険があるので、トイレ掃除だけをやっている。マルチタスクを導入したとき、古参の従業員のなかには「私は仲居ですけぇトイレ掃除なんかしとうないですわ」と言ってやめた人もいたという。喜代子さんは「私ばぁ楽な掃除をやらせてもろうてありがたいわ」と言っている。ちなみに、ひどく汚れているときは社長の出番で（今は範之の担当）、それは昔からそういうものなのだという。

ところが先日、従業員の生産性向上を目標に掲げている女将が、喜代子さんへ、掃除に時間がかかりすぎると注意したらしい。

喜代子さんが不機嫌だった原因は、それだったのだ。

「手抜きしてパパッとやるより、丁寧にやるほうがええじゃないですかって言うたら、喜代子さんのは丁寧じゃのうて単にのろいんよって言われたんですよ！　昔はあんな人じゃなかったのに、最近は無駄をはぶけとか、急いでやれとか、そんなことばぁ。もうね、私みたいな年寄りは必要ないんですよ」

「そんなことないよ。喜代子さんはこの旅館の生き字引みたいな人なんだし、喜代子さんに会いに来るお客様だっているんだから」

女将が彼女にきつく当たるのは、範之のせいのような気もする。

喜代子さんは「ぼっちゃんが『自分は女性』だというてんなら、私もぼっちゃんを女性だと思うようにします」と宣言し、スカート姿でもごく普通に接してくれる（でも、ぼっちゃんという呼び方は変わらない）。他の従業員には「ぼっちゃんに変なことしたら、この喜代子が黙っとらんけぇね」とにらみをきかせているらしく、そのせいか、今のところひどいいじめにはあってない。そういうところが、女将には面白くないのかもしれない。

女将は、馬場さんがよくタバコ休憩していることも目の敵《かたき》にしている。でも馬場さんと一緒に仕事をしてみると、彼女の掃除に対する集中力は並大抵ではないことがわかる。何をするのも実に手早いが、それでいて仕上がりもきれいなのである。

女将から「一部屋を二十分で終えられるんだから、残りの時間は他の人を手伝ってください」と言われると「うちは外でタバコをゆっくり吸いたいけぇ、人よりも頑張って、頭使って工夫して、二十分で終えるようにしとるんです。他の人の手伝いはしません」ときっぱり断り、女将と険悪な関係になっている。

最近では、喫煙者を採用しない大手リゾート企業もある。「馬場みずきは喫煙者だから女将が採用をしぶったが、見た目が良いので社長が採《と》った」という噂もある。範之は、決して隠れタバコなどせず、作業をきっちりと早く終え、屋外で堂々とタバコ休憩をしている馬場さんを筋の通った人だと思う。

「潮待閣」は火気について非常に注意している。特に、旧館は木造建築で登録有形文化財になっているので、全館禁煙である。

この建物が今では一番のセールスポイントであり、国内だけでなく海外からの観光客にも好評なのだが、バブルの時代は、こんなおんぼろ旅館は見向きもされず、苦しい経営が続いていた。

その当時まだ生きていた祖父は、旅館の鉄筋化、大型化、ホテル化に背を向け、愚直に木造建築を守った。と言えば聞こえはいいが、実際は、時流に乗ることができなかっただけらしい。

やがて、世の中の風向きが変わり、古い木造建築が見直されるようになった。祖父や祖母が相次いで亡くなったので、父が社長に就任し、母が女将になると、少しずつ客も増えてきた。さらに母の肝煎《きもい》りで客室の改装に着手し、大浴場の全面改築も行うと、売り上げが一気に上がったのだった。

範之が幼稚園の頃は、母が旅館の休憩室に範之を置いて仕事をしていたので、従業員によく遊んでもらった。その頃から、男性従業員とキャッチボールをするより、喜代子さんの横に座って仲居さんたちの世間話を聞いているほうが楽しかった。

旅館の休憩室の居心地はよかったけれど、眺めのいい大通りの海沿いに立つ、大きくてピカピカなホテルが子供心にもうらやましく、古臭い旅館の後を継ぎたいとは思わなかった。

それでも、父に勧められ、観光学科のある東京の大学に入学し、卒業後はホテルに就職。最初の一年は現場でのサービス業務を経験し、その後、会議や宴会利用を企業に売り込む法人営業を三年担当した。

営業の仕事はやりがいがあったが、それでも、毎朝スーツを着ようとするたびに、どんよりとした気分になった。サラリーマンとして働き続けるならば、定年になるまで男の服を着ざるを得ないだろう。でも家業を継げば、自分らしい格好ができるのではないかと思った。

親の仕事をそばで見ていて、旅館の仕事は大変だと思ったが、嫌いだとか、やりたくないとか思ったことはない。だから、女性の格好をしたいから仕方なく家業を継ぐことにしたわけではない。

心から、若女将になりたいと思った。

けれども、父が反対したら、すっぱりとあきらめるつもりだった。

範之はUターンして旅館を継ぐことを決めたとき、六つ違いの弟の晶《あきら》に連絡を入れた。晶は大阪にある美術系の大学の三年生で、画家になりたいなどと言いつつ遊んでばかりいる、範之以上にちゃらんぽらんな男である。

「へえ、もうあっちに帰るん。つまらなそうじゃな」

弟は、兄にも家業にもあまり関心がないようだった。しかし、範之がたったひとりの弟にはあらかじめ伝えておいたほうがいいだろうと思い、「私の中身は女性なので、これからは女性の格好で生きることにしました」と言うと、俄然《がぜん》、食いついてきた。

「うそぉ！　えっ、えっ、じゃあ、手術したん？」

「まだしてない。それについては検討中」

「彼氏おるん？　同性婚とかするん？　着物とか着てＩＫＫＯさんみたいになるん？　どんだけ～！　すごすぎ～！」

ひとりで興奮して、はしゃぎ始めた。

「兄ちゃんさ、父さんと母さんが認めるのはかなり難しいと思うで。俺は応援するけえ。男だって女将になる時代じゃもんな～」

範之は、そんな晶に対して一抹の不安はあったものの、女性になるという兄を否定したり、拒絶したりしないだけでもありがたい、と思うことにした。

ところが、弟はツイッターで、兄が女性として生きていることを勝手に暴露（アウティング）した。コウちゃんの弟が晶と友達なので、コウちゃんが教えてくれたのだった。

「俺の兄貴は若女将じゃなくてカマ女将～、とかつぶやいとったで。旅館の名前もバンバン出して、けっこう拡散しとる」

「あーやっちゃったかー」

範之は、自分が性同一性障害であることが明らかになることについてはあまり気にしなかった。弟のように、アウティングの問題について無知だったり、悪気はないけど偏見丸出しの言葉を使ったりする人がいるのもわかっている。ただ、「潮待閣」とセットで広まることによって、旅館にどんな影響を及ぼすのか心配だった。

結局、範之の周囲で大騒ぎになり、母が激怒して弟の一連のツイートは削除されたものの、たかが一大学生のつぶやきに過ぎないので、客足にそれほどの変化はなかった。その一方で、どこでどう情報が流れたのか、関西のテレビ局から若女将を取材したいという申し込みがあった。

その電話を受けたのは、社長である父だった。もし女将が受けていたら「うちには若女将などいません！」と怒鳴って、電話を叩き切っていたに違いない。

社長は女将に話す前に、範之に「どうしたいん？」と尋ねた。

五十七歳の女将がどんどん貫禄と迫力を増しているのに対し、七十二歳の社長は髪が抜けて上の歯も総入れ歯になり、このごろますますおじいちゃんっぽくなってきている。

社長は経営担当、女将は運営担当ということになっているが、社長は営業をしたり組合の会合に出たりするのがあまり好きではなく、旅館内で庭仕事や大工仕事をしていることが多い。

「社長が宣伝のために取材を受けたほうがいいとおっしゃるなら受けますし、旅館のイメージダウンになるからやめろということでしたらそれに従います」

範之は、本当のことを言うと、テレビに出てみたかった。せっかく出るなら、今みたいな作務衣を着たおばちゃんの姿ではなく、年相応の髪型とメイクに戻して、びしっとシャネルっぽいスーツを着たい。

でも、父には、女性の格好をした範之が旅館で働くのを許してもらった恩義がある。だから父の言う通りにしようと思った。

「……取材は、断ろうと思う」

範之はそれを聞いて、自分でも驚くほど心に痛みを感じた。やっぱり父も、女性の格好をした息子を恥ずかしいと思っているのだ。

「わかりました」

感情が爆発しそうになるのをこらえ、その場を離れようとした。

「ノリ、待ちぃ」

父が呼び止める。

「取材を断るんは、イメージダウンだからじゃない。違う理由じゃ」

範之は父に背中を向けたまま立ち止まる。

「ノリがテレビに出ることで、『潮待閣』は、ノリのような人たちに対して理解がある旅館だと思う人がおるかもしれん。でも、もしそういう人たちがお客様として来てくれちゃっても、うちはまだ、ハードの面でもソフトの面でも、受け入れられる体制が整っとらん。……正直言って、私自身、ノリに対してまだ当たり前のように接することができんし……そんな状況じゃけえ、お客様をがっかりさせることになる可能性のほうが高い。時期尚早じゃと思う」

範之は、少しずつ冷静になる。団塊の世代である父が、女性の格好をした息子をすぐに受け入れられないのは当然だろう。それでも、父はそのことを正直に打ち明け、そこから先のことまで考えてくれているのだ。

「うん、そうだね……ありがとう」

顔を見せたくなくて、そのまま部屋を出た。

範之は久しぶりに、恋人の後藤実花《ごとうみか》へ電話した。毎日電話して声を聞きたいのはやまやまだが、二人とも仕事が忙しいので、普段はＬＩＮＥで我慢している。

同い年の実花は大学時代のアカペラサークル仲間で、都内の外資系総合コンサルティング会社に勤めている。最初は気のあう友人という関係から始まり、範之が徐々に自分の中身を伝えていくと彼女もごく自然に受け入れ、それと並行して仲も深まっていった女性である。

　つまり、範之は体は男性だけど中身は女性で、女性が恋愛対象のレズビアンであり、実花は体も中身も女性で、男性も女性も恋愛対象のバイセクシャルなのである。二人とも性欲でぎらぎらというより、おしゃべりしながらいちゃいちゃするのが好きなタイプだ。

　範之と実花は、結婚という形式にはこだわらないが、二人の血をひいた子供は欲しいと思っている。範之が手術どころかホルモン治療も始めていないのは、自分の精子によって子供をつくりたいからである。子供ができた後に治療を開始するかどうかは、まだ決めていない。

　しかし範之は、両親に対して（もちろん弟にも）「実は女性の恋人がいて、子供もつくりたいと思っている」ということまでは話していない。そんなことを言えば「やっぱりお前は男なんだよ」「それなら男として生きろ」と言われかねない。

　それに、実花が大切な人だからこそ、今の段階で彼女を巻き込みたくない。範之を女性だと認めてもらった上で、実花を紹介したいのだ。

「私、ノリちゃんがテレビ出るの、見たかったなあ」

「そうでしょう？　わたくし、もう出られないってわかってるのに、ネットで洋服買っちゃった。だって毎日肉体労働だから、一ヶ月で五キロもやせたのよ！」

「やだあ、ノリちゃんはぷくぷくして触り心地がいいところが最高なの。やせちゃだめ！」

「もうっ、実花さんたら」

こんなバカっぽい会話をするだけで、範之はその日の疲れが消えていく。実花と話すとき、範之は脳内で叶《かのう》恭子《きょうこ》になっている。

外見に関しては、どれだけ整形にお金をかけたって、うっかり八兵衛が叶恭子になれるわけがない。そのことはかえって範之を前向きにさせ、「私は私のままでいい」と思うようになった。そして、気持ちだけは恭子お姉さまになったつもりで、普通の人とは違う自分を否定したり、女性の格好をしている自分を卑下したりしないようにしている。

「それにしても、母とこれからどうやっていけばいいのかしら」

範之はぽそりとこぼす。女将である母が話しかけてくるのは仕事を言いつけるときだけである。範之は実家ではなく旅館に住み込んでいるのだが、範之の部屋をのぞきに来たこともない。

「難しいよね……ノリちゃんのお母さんが、男のノリちゃんを愛していればいるほど、女になったノリちゃんのことを嫌うと思う。だって今のノリちゃんは『大好きな息子を抹殺した憎いオネエ』なんだから」

「そんなに愛されてる感じはしなかったけど……」

「ノリちゃんさあ、冬に帰省すると、いつもお母さんが大好物のクロギの煮付けつくってくれたんでしょ。豆腐と一緒に煮て、肝が入ってるとめちゃおいしいんだって自慢してたじゃない。ほんと息子って、母親からの愛情を当たり前に思ってるっていうか、鈍感なんだから。そういう意味では、ノリちゃんはまだまだ男なの！」

「まあっ、実花さん、ひどいっ」

口では怒ってみせるが、内心ではそうかもしれないと思った。

母親に反対されたりつらくあたられたりしてもそんなにこたえないのは、お互いが心底憎み合っているわけではなく、いつかはわかりあえるのではないかと思っているからなのかもしれない。

そしてそれは、母親に対する息子の甘えなのかもしれない。

★

範之が「潮待閣」で働き始めてから三ヶ月経ったが、その間、一日完全オフの休日はたった九日だった。週休二日など夢のまた夢、誰かが急に休んだときに代わりに出ることも多く、二週間以上連続で働き続けることもあった。ちなみに、労働組合はない。

女将の目を盗んでサボるようにはしているが、体のきつさよりも「身内だからいいように使われている」という理不尽さのほうが耐えられなくなった。

範之はついに事務所に乗り込んで、女将に訴えた。

「他の従業員さんと同じように休みたいとは言いません、でもせめて、一週間に必ず一日は完全休日にしてもらえないでしょうか」

「何甘えたこと言ってるんですか。昔は、女将といったら三百六十五日働いたものです。あなた、若女将になりたいんでしょう？　これくらい耐えられなくてどうするんです」

「無理です、できません」

女将は目をまるくした。

「私、すっごく不思議なんですけど、人に認めてもらいたいならば、人の何倍も努力するのが普通じゃないですか？　サボったり、すぐにできませんって言う、あなたのその神経が理解できません」

母が旅館を手伝い始めたとき、義母である先代女将はいなかったが、番頭さんをはじめ古参の仲居さんがたくさんいて、苦労していたのはそばで見ていた。母は芯が強くてガッツがあるから、それこそ人の何倍も働き、それによって従業員たちから女将と認めてもらえたのだろう。

そういう女将はすごいと思う。

でも、それとこれとは別。

認められたいという気持ちを利用してどんどん働かせるのは、やりがい搾取ならぬ、認められたい搾取ではないのかな？

母親が理不尽な苦労に耐えてきたのを見ているから、子供もそれを見習って耐えるというのは、暴力の連鎖ならぬ、根性論の連鎖であって、そういうのは断ち切ったほうがいいんじゃないのかな？

「私は女将さんのようにはがんばれません。でも、きちんと休んで、この旅館で働き続けたいと思っているんです。休み、ください」

女将はふん、と鼻で笑った。

「女の格好をやめるなら、あなたの言うとおりにします」

「そんな卑怯な！」

「それ以外は聞きません！　以上！」

女将はさっさと事務所を出て行ってしまった。

従業員を束ねる女将は労務管理を学んでいるから、自分のほうが分が悪いことはわかっている。範之も、労働基準監督署に訴えたりはしない。社長に何とかして欲しいと訴える方法もあるが、それは範之自身が潔しとしない。これは完全に母子《おやこ》喧嘩なのだ。

母が意固地になっている以上、もう話し合いによる解決は無理だろう。でも、シンデレラのように耐え続けるつもりはない。

範之はがんばるのが苦手なのだが、女性の格好をするようになってからはますます、必要以上にがんばらないことにしている。

人並み以上に働かないと、ＭｔＦ（男から女）のトランスジェンダーである自分を認めてもらえないというのは、おかしいと思う。昭和の時代、女は男並みに働かないと認めてもらえなかったこともあったらしいが、それじゃあ、男並みに働けない女はみんな価値がないのかと言ったら、それは違うだろう。

多少能力が劣っていても、怠け者でも、まずは人として認めてもらいたいというのは、わがままなことなのだろうか。

こうなったら、女将を無視して勝手に休んでしまおうかと思ったのだが、気になる出来事が起こった。

女将と馬場さんの対立をめぐって、従業員がもめ始めたのだ。

事の発端は、接客している馬場さんに対してお客様から「タバコ臭い」というクレームが入り、女将がこれ幸いと馬場さんに禁煙を指導したのだった。馬場さんが「禁煙はちょっと無理じゃけえ、接客せん裏方の仕事だけをやらせてください」と頼むと、女将は「あなたは仲居として雇われているのであり、あなただけ特別扱いはできません。禁煙してください」と言ったのだが、馬場さんは「禁煙は無理」の一点張りだという。

タバコが嫌いな従業員、馬場さんを快く思っていない従業員は当然女将側で「禁煙できないなんてただのわがままじゃろ」「タバコ休憩が多い人は迷惑」「そんな人はやめさせりゃええ」と言い、最近はタバコに厳しいご時世なので、こちら側に付く人が圧倒的に多かった。

一方、喫煙者を含め、馬場さん側に付く人も少しはいた。

「きつくて汚れる裏方をやりたい人は少ないんじゃけえ、タバコくらい大目に見てあげりゃあええが」

「彼女は作業の段取りが上手で頭のええ子なんじゃけえ、こんなことでやめることになってしもうたらもったいない」

女将側に付く人は、タバコのことにこだわり、従業員というものは会社の命令に従うべきだと思っているのに対し、馬場さん側に付く人は、タバコの是非よりも馬場さんの仕事ぶりに注目し、会社が従業員に対して柔軟に対応してもいいのではないかと思っているようだった。

範之は馬場さんにお願いして、喫茶店で会ってもらった。

お姉さんの美容室に一緒に行って以来、メイクやファッションのことはいろいろと教えてもらったが、仕事の愚痴などは聞いたことがなく、今も、あまり話をしたくなさそうだった。

「馬場さんは『潮待閣』をやめてもいいって思ってるんですか？」

「どうじゃろうなぁ……」

そっぽを向いて立て続けにタバコをふかしている。

この人はなかなか本音を言わない。

他の仲居の客室掃除を手伝わないのも、入社二年目の自分が手伝えば先輩女性のプライドを傷つけることになる、という気遣いだというのは、喜代子さんに教えてもらった。

彼女の仕事ぶりを見ていれば、やめたくないのはわかっていた。

旧館の客室掃除をするとき、彼女はマニュアルにはない掃除を——障子の細い桟《さん》のほこりを全部払い、古い床柱をから拭き——していた。しかも建物全体をたえずチェックして、壁の傷などに気づいたらすぐにこちらへ知らせてくれる。この旅館の建物を大切に思う心情が、手に取るように伝わってきた。

それに比べると接客は苦手なようで、客室からバックヤードに戻ってくるときの顔つきは、掃除をしているときのような溌剌《はつらつ》とした感じがなく、いつも不機嫌そうだった。

「まあ、女将さんから禁煙できんのんならやめろって言われたら、やめるしかないけぇな」

馬場さんがふと弱気な表情になり、範之は胸がきゅんとする。この子を守ってあげなきゃいけないという思いが湧き上がった。

「そんなことない！　わたくし、馬場さんにやめて欲しくない、いいえ、絶対にやめさせないわ！」

興奮して叶恭子になってしまった。

「あ……オネエ言葉しゃべるんじゃね」

オネエではなく叶恭子なの、と言いたいところだがやめておく。

「……すいません。引きますよね」

「いや。ずっと女だと思って話しょうるし」

馬場さんがさらりと言う。範之はますます、この不器用だけど邪《よこしま》な心のない人をやめさせてはならないと思う。

「今回のこと、私はタバコの問題じゃないって思ってるんです。馬場さんの一番の希望は、接客の仕事がどうにも向いてないので、裏方だけやりたいってことじゃないんですか？」

「……まあなぁ」

「裏方専門ならストレスが減って、タバコも減るんじゃないですか？」

「……かもなぁ」

馬場さんが小さく笑った。

範之はそれだけ確認できれば充分だった。

馬場さんはまだ若いし口下手だから、ひとりで女将と交渉するのは難しいだろう。

ここはやはり先輩の出番である。

範之は、女性従業員のまとめ役でもある正社員の福島さんに相談することにした。

彼女は範之を嫌っているが、それは社長や女将を慕い、その気持ちを慮《おもんぱか》ってのことであり、情に厚い人なのだ。

「福島さんもお気づきでしょうが、馬場さんの問題は、マルチタスクや生産性の向上のための取り組みについて再考する、いい機会じゃないかと思うんです。いろんな仕事ができるようになったり、能率的に仕事をしたりすることも大事です。けれども人によって向き不向きや能力差があるのは当然ですから、こうじゃなきゃだめって決めつけてしまうと、なんだか息苦しい職場になると思いませんか?」

福島さんはおやっという顔をした。自分のことで精一杯にしか見えない社長の息子が、従業員のことを考えているのが意外という面持ちだった。

「確かに、前は仲居同士であーだこーだおしゃべりして和気あいあいとしてたのに、今は休憩室でちょっとでも長居してたら女将さんに注意されて、なんかギスギスしてるんだよね……」

「私は、喜代子さんのことも気になっているんです」

「私もよ!」

福島さんが喜代子さんのトイレ掃除を手伝っていることは、喜代子さんから聞いていた。

普段着から作務衣に着替えると、背筋がしゃんと伸びて表情まで若返る喜代子さんを思い浮かべながら、範之は続ける。

「この前も『若いときのように動けんし、そろそろお暇《いとま》をいただいたほうがええんじゃないかぁ』って言うんです。でも、まだ接客することはできますし、若い人が喜代子さんから学べることは多いと思ってます。何より、喜代子さんから生きがいを奪うのはよくないんじゃないでしょうか」

「あなたわかってるじゃない」。福島さんの範之を見るまなざしがやさしくなった。「みんなすぐ年寄りを働かせるなっていうけど、喜代子さんは人のために働きたい人なのよ」

「そうですよね。だから喜代子さんは喜代子さんのできることをやって、馬場さんは馬場さんのできることをやる。ここは小さい旅館なんだから、みんなでカバーしあって、機嫌よく仕事できればいいと思うんです」

「賛成。同じことを考えてる人は結構いると思うのよ。だから従業員の要望としてまとめて、一度、女将さんと話し合ってみたらいいかもしれない」

「私もお手伝いします」

「あなた従業員側でいいの？　こっちに付いたら、女将さんとますます仲が悪くなるんじゃないの？」

「いいんです、もうじゅうぶん仲悪いですから」

二人して苦笑する。

福島さんがしみじみと言った。

「血のつながってる母親といがみ合って、そうじゃない父親とは仲良くやってるんだから、親子ってわかんないものね」

★

「潮待閣」では、毎日の打ち合わせとは別に、月に一回、フロントや仲居などの接客部門、調理部門、裏方部門のそれぞれのリーダーが出席して、社長や女将と共に定例会議を行う。

そのときの議題に応じて、現場の人間も参加して意見を述べるのだが、馬場さんの件に関しては、福島さんに一任して話し合いがもたれた。

福島さんは会議で次のように訴えたという。

「女将さんがマルチタスクを導入したことで、結果的に、やる気のある、この旅館のことが好きな従業員だけが残りました。女将さんの選択は正しかったのです！　だからこそ、今度は、そのやる気のある従業員にもっとやる気を出してもらう方法を、女将さんに考えていただければと思うのです」

その言葉は女将の心を動かした。馬場さんは一年限定で裏方業務に専念し、その間、禁煙努力をするということになった。また、喜代子さんを始めとする高齢社員に対して、ゆとりある仕事配分をすることも決まった。

しかもそれだけでなく、範之を含む全正社員が四週七休（四週間に七日間の休日を取ること）の勤務体制を守ることも、決まった。

福島さんが範之に言った。

「『従業員から提案する働き方改革』という要望書の中に、休憩時間と休日の取得の明確化を入れておいたんだよね。つまり、ノリさんがちゃんと休むことができるように、それとなーく話をもっていったわけ」

彼女は、範之が休日を満足に取れていないことを知っていて、そのことも改善するように働きかけてくれたのだった。しかも今回、範之が従業員側と関わっていることを、女将には一切わからないように配慮していた。

「もし、ノリさんが代表してこういう要望書を出していたら、女将さんは必ず反発して、要望は通らなかったと思う。二人の仲が良くないからっていうのはもちろんだけど、旅館の世界はまだまだ封建的だから、新参者や若い人の意見をすぐに取り入れるなんてことはまずない。ましてや女将さんは、『潮待閣』をV字回復させた立役者だからね。ノリさんも、女将さんの目の黒いうちは、自分の考えがそう簡単には通らないって覚悟しといたほうがいい」

「あの人、百歳まで元気で生きてそうなんですけど」

範之は目の前が暗くなる。

「だから。今回みたいに、従業員を味方につけて、少しずつ自分の考えを紛れ込ませていけばいいじゃない」

「あ、そっか」

「世話がやける若女将だねえ」

福島さんにそう言われ、範之は身をよじりながら「うれしいっ」と叫びそうになるのをかろうじてこらえた。

範之が完全オフの休日を迎えた朝、父から電話があった。

「ノリ、久しぶりに釣りでもしょうか？」

「うん、いいよ」

「じゃあ三十分後にうちの前で待ち合わせな」

夏休みがはじまる前の、のんびりとした平日である。範之は一日中だらだらと過ごす予定だったが、ま、いいか、と思う。範之が旅館で働き始めてから、父と外へ出かけるのはこれが初めてだ。

旅館は通常通り営業しているので、範之は出かける準備をするとこっそり裏口から出かけた。

このところ毎日晴天続きで、傷ひとつない青い色紙を貼りつけたような空が広がっている。

実家の前に行くと、父はフィッシングベストに長靴というやる気まんまんの格好で、釣竿やクーラーボックスなどを持って立っていた。範之は、さすがにスカートは穿かず、キャップをかぶり、長袖シャツに長ズボンというユニセックスな服装である。

「今日は天気がええし、仙酔島《せんすいじま》まで行ってみるか」

「いいね、行こう！」

父と範之は一緒に歩き出した。家から歩いて十分のところにフェリー乗り場があり、そこから島は目と鼻の先である。

「仙酔島って最近パワースポットで有名でしょ？　混んでるかな？」

「海開きもまだじゃし、そうでもなかろう」

「前はよく海水浴行ったね」

「ノリはイソギンチャクが好きじゃったのう」

「そうそう！」

夏休みの期間、旅館は忙しかったはずなのに、父は毎年海水浴に連れて行ってくれた。岩場の潮だまりにいるイソギンチャクに指を入れるときゅっと閉じるのが面白くて、一日中遊んでいられた。

「今釣れるのは、キス、コチ、セイゴか」

「釣りなんて、大学のとき以来だな」

「あっ村上《むらかみ》さん、おはようございます」

父が、同じ町内のおばあちゃんに挨拶し、範之も軽くお辞儀する。

「あらあ、ノリちゃんと一緒に釣り？　気をつけていってかえり」

村上さんは屈託ない笑顔を見せて、ゆっくりと通り過ぎた。

これまでに何度も繰り返した、なつかしい光景。

今の村上さんは買い物カートを押しているけど、昔は孫の手を引いて歩いていた。

そして父は、肩からクーラーボックスを下げ、左手に釣竿、右手は子供の範之と手をつないでいた。

徒歩で行ける範囲のあちこちに釣りのポイントがあるから、父は暇を見つけては範之を連れ、二人でてくてくと歩いた。その途中、父に町の歴史やいろんな建物の由緒などを教えてもらうのが楽しかった。範之がこの土地を散歩するのが好きなのはそのせいかもしれない。

いろは丸という名の渡船に乗ると、パワースポットが好きそうな二十歳前後の女子十人くらいの団体がいて、ものすごい音量で騒いでいた。島に着くと、父と範之は特に打ち合わせするでもなく彼女たちとは反対方向へ歩き出し、静かな砂浜のほうへ向かう。

風はなく、波も穏やかで、驚くほど透明な濃いマリンブルーの海が美しい。置き竿にして、二人で並んで座る。ぼーっと海を眺めているだけで気持ちよく、贅沢な気分になる。

釣りそのものは、それほど好きではない。けれども、運動が苦手なこともあって、釣り糸を垂れたままじっとしているのは、小さいころからあまり苦ではなかった。逆に、弟は一、二回で飽きたらしく、父が誘っても友達とサッカーするほうを選んだ。

父は女性にモテなかったらしく、四十を過ぎてようやく見合いで結婚できたのだが、その最初の妻を病気で亡くしている。二人の間に子供はなく、父はその後、広島市内のデパートで働いていたシングルマザーの母を見初めた。父が四十九歳、母が三十四歳のときである。二人は再婚し、母の連れ子である範之は四歳の時点でこの土地へ引っ越している。弟は父と母の間に出来た子供なので、範之と晶は異父兄弟にあたる。

範之には実の父親の記憶がない。一番最初の記憶は、継父の春夫と一緒に堤防の横を歩いている光景である。周囲の人から、春夫と範之に血縁関係がないことを匂わせるような言葉をかけられたこともあったような気がするが、当時は子供だし、勘も鈍いのでわからなかった。

　だから、春夫が実の父親ではないと知ったのは、高校三年生のときである。大学受験にあたり、父から観光学科を勧められたとき、母が打ち明けたのだった。

「あなたとお父さんは血がつながっとらんけど、お父さんはあんたにこの旅館を継いでもらいたいって言うてくれちゃってなぁ。うちはそれがとってもうれしいんよ……」

　範之も、父の実子でないことを知って自分の足元が崩れ落ちるような不安とかなしみに襲われたが、父とのこれまでの生活を振り返ってみれば、父のやさしさばかりが思い出され、その愛情が身に沁みた。

　一時、父に対して反発したこともあったが、最終的には父の言う通りの進路を選んだ。

「ノリ、だいぶ、仕事慣れたみたいじゃな」

　父が竿先を見ながら話しかけてくる。

「うん。ちゃんと休めるから体も楽だし、福島さんのおかげだよ！　……女将さんはむかついてるだろうけど」

「千代だってノリのことは心配しとる。ずっとこのままでええとは思っとらんと思うで」

「……どうだろね」

父は、不満げな範之の顔を見て、少し逡巡《しゅんじゅん》してから話し始めた。

「去年の暮れにノリが女の格好で帰省したじゃろ。あのあと千代が……号泣して私に謝ったんよ。実の子供以上に大切に育ててもらったのに、こんなふうに裏切って、あなたに恥をかかせて、何とお詫びしてええかわからん。勘当して、二度と鞆《とも》の浦《うら》に帰らせんようにしますけぇ！　って言うて。もちろん、それは本心じゃないってわかっとる。母親である自分が、真っ先に許すわけにはいかんと思ったんじゃろう」

範之は、父に対しても、母に対しても、申し訳なさでいっぱいになる。

それでも、あえて女性の格好で帰るという強引な方法を選んだのは、自分の気持ちにけりをつけたかったのだ。

父の望み通りの大学に進み、ホテル業界で働いたにもかかわらず、実の子ではない自分が後継ぎになっていいのだろうかという、遠慮というか迷いがあった。しかし、故郷に戻って父と一緒に仕事をしたいという思いも強かった。

もし父が、女性の格好をした範之を拒否すれば、範之は思い残すことなく、後継ぎになることをあきらめることができる。そしてすんなりと、弟が後継ぎになる。

　でも、父はそうしなかった。

「すまん。こんな話、聞きとうなかったか」

　ずっと黙っている範之に、父が心配そうに声をかけた。

「ううん、そうじゃない。こっちこそ、ごめんなさい。私の知らないところで、お父さんにもお母さんにも、いろんな迷惑かけてて」

　範之は父に向かって頭を下げる。父が微笑を浮かべながら、やめろというように片手をふる。

「息子じゃろうが娘じゃろうが、大事なわが子であることは変わらんけぇ」

　そう言うと、立ち上がって竿のひとつを持ち上げ、仕掛けを遠くに投げた。しばらくして、勢いよく竿をあげた。

　父はセイゴを釣り上げると、また置き竿にして範之の横に座った。観光客らしき中年の男性二人が、少し離れたところで釣りを始めている。

　範之の竿は一向にかからない。でもまったく気にならない。

「私ね、旅館の仕事、かなり好きみたい。お客様と接することがなくても、スタッフと仲良く働けるだけで楽しい」

「正直どうなることかと思ったけど、変な話、みんなだんだん慣れていくもんなんじゃな……それにノリだって、白髪に染めてまで女の格好にこだわって、いや、すごい覚悟だなって」

「覚悟とか、そんな大げさなことじゃなくて、これは期間限定のコスプレみたいなものだから。もしいつか、若女将として取材されるときがきたら……」

範之はスマホを取り出す。一瞬躊躇するが、やはり見せたい気持ちのほうが勝って、目的の画像を探し出す。

「こんな感じで出ようと思ってるんだ」

先日、ネットで買った洋服とウィッグを持参して馬場さんのお姉さんのところへ行き、時間をかけてヘアメイクしてもらったのを撮っておいたのだ。自分としては「奇跡の一枚」であり、かなり女性に近づいたと思っている。

父は画像を見つめたまま何も言わない。

範之は、不快にさせてしまったのかと思い、スマホを引っ込めようとするが、父がその手を止める。

「……千代に似とる」

「やっぱそう思う？」

素顔ではそれほど似てないのに、濃い化粧をすると母に似るのだ。

「このスーツとか……まるで気合入っとるときの女将じゃが」

「だって私の目標は、お母さんっていうか、女将さんだから」

父がびっくりしたような顔になる。

「……それ、千代に言うたか？」

「言わない。言うわけがない」

「どうして。千代は喜ぶと思うで」

「別に喜ばせたくない」

「はあ？」

「それが母と娘ってもんだよ」

父がわからないなあという顔をする。

「ノリさ、今日釣った魚、うちで一緒に食べようや」

「え？」

「千代もそのつもりで待ってる」

「…………」

「ノリはクロギの煮付けが一番好きじゃけど、セイゴの煮付けも好きじゃって言うとったど」

「……刺身も好きだけど」

「うん。もう少し釣るっけぇな」

父はまた竿を手にすると、仕掛けを海の遠くに投げ入れる。

範之は、ずっと突っ張っていた体の一部分が弛緩《しかん》していくような感じがする。

「ノリ、そのスーツの写真、千代に見せようや」

父は何だかうきうきしている。

「やだ、見せない」

「なんだ、恥ずかしいんか」

「まさか！　私のほうが若くてきれいだから、女将さんは絶対に嫉妬する。それでさらにいじめられたら、私、いやだから」

父がぷっと吹き出す。

「何で笑う！」

「いや、すまん」

そう言いながら、父の肩がひくひくと動いている。

範之も立ち上がって竿を持ち、えいっと声をあげて、海に投げ入れる。

「私も一匹くらい釣らないとね！」

離れたところにいる中年男性二人がこちらのほうを見ている。

範之は、今度父と釣りに行くときは、真っ赤なパーカーを着て釣りガールに見えるようにしようと心に決める。


（小説宝石8月号。『あとを継ぐひと』に所収の同作品を底本といたしました）

娼婦と犬

馳 星周

馳　星周（はせ　せいしゅう）
1997年『不夜城』で吉川英治文学新人賞、日本冒険小説協会大賞（国内部門）
1998年『鎮魂歌　不夜城Ⅱ』で日本推理作家協会賞（長編部門）
1999年『漂流街』で大藪春彦賞

1

美羽《みわ》は車の窓を開けた。土埃《つちぼこり》の混ざった空気が車内に流れ込んでくる。師走《しわす》の風に当たっても体の火照《ほて》りはおさまらない。汗が目に流れ込んでくる。額に浮いた汗を手で拭うと肌がざらついた。

「いやだ、もう」

泥まみれになった手はウェットティッシュで丁寧に拭ったのだが、汚れを完全に落とすことはできなかった。ネイルアートを施《ほどこ》した爪の中にも土が入り込んでいる。早く家に帰って熱い風呂に浸かりたかった。肌に染みこんだ汚れを落としてしまいたい。

コンソールからたばこを取り出し、くわえた。火をつけようとして手が震えているのに気づいた。いくら待っても震えはおさまりそうになかった。美羽は諦めて、火のついていないたばこを外に投げ捨てた。

次の瞬間、ヘッドライトがなにかを捉えたような気がした。咄嗟《とっさ》にブレーキを踏む。

土埃が激しく舞い上がって、美羽は慌てて窓を閉めた。

「なに？」

車を停めたまま辺りの様子をうかがった。鹿か猪《いのしし》だろうか。まさか、熊ということはあるまい。

土埃がおさまってきた。ヘッドライトが照らす周辺に野生動物の姿はない。

「気のせい？」

美羽は溜めていた息を吐き出し、また額の汗を手で拭った。ざらつきが酷《ひど》くなる。手も震えたままだ。

「ほんとにやになっちゃう」

アクセルを踏もうとして、前方になにかが横たわっているのに気づいた。車から十メートル近く離れている。イヌ科の動物のようだが、大きさからして狐や狸ではない。

「子熊ってことはないよね？」

美羽は瞬きを繰り返した。里山に住んでいた祖父の言葉が耳によみがえる。

——子熊の近くには必ず母熊がいるから、無闇《むやみ》に近づいたらいかんぞ。

しかし、林道に横たわっているものは熊にも見えなかった。

おそるおそるクラクションを鳴らしてみた。車のヘッドライト以外、なにひとつ人工の明かりのない森の中、クラクションは闇に吸い込まれるように消えていく。

横たわっていたものが顔を上げた。ヘッドライトの明かりを浴びて、目が煌々《こうこう》と輝いている。犬だ。迷い犬か野良犬だろうか。

「どいてよ」

またクラクションを鳴らした。犬は動かなかった。顔を上げ、尾をゆらゆらと揺らしている。

「どいてってば。轢《ひ》いちゃうわよ」

叫びながらもう一度クラクションを鳴らした。やはり犬は動かない。

「勘弁してよ」

どうしていつもこんな日に遭《あ》うのだろう。そう思うと涙が溢れてきた。

もう二度と泣くまいと誓ったのはほんの数時間前のことなのに。

「くそったれ！」

叫んでドアを開けた。動いたらすぐに閉めるつもりだったが、やはり犬は動かない。

顔を上げて車の方を見つめ、ゆるやかに尾を振るだけだ。

その姿は助けを求めているようにも見えた。

美羽は車の後ろに回り、荷室を開けた。泥まみれのスコップを握る。

「助けてほしいの？　いきなり飛びかかってきたりしない？　こっちはスコップ持ってるんだから、そんなことしたらぶっ飛ばすよ」

両手でスコップを握り、周囲に神経を尖らせながら犬に近づく。

シェパードに似ているが、それにしては体が小さい。シェパードと他の犬のミックスなのだろうか。

「どうしたの、おまえ？」

声をかけると尾の揺れが大きくなった。人に慣れているのかもしれない。

「怪我してるの？」

犬の下半身の毛がなにかで濡れて体に張りついている。

「血じゃないの？」

美羽は恐怖を忘れて犬に近づいた。犬は荒い呼吸を繰り返していた。

「触るだけだからね。嚙《か》まないでよ」

犬を怯《おび》えさせないようそっと腕を伸ばし、後ろ脚に触れた。濡れた指先を目の前に持ってくる。血だった。

「怪我してるんだね。どうしよう」

上着のポケットの中のスマホを取ろうとして、美羽は思いとどまった。こんな時間に人里離れた山中にいる理由をどう説明すればいいのか、適当な嘘が思いつかなかったのだ。

「ちょっと待ってて」

犬に声をかけ、車に戻った。スコップを荷室に戻し、代わりに、ブルーシートを取り出して、後部座席に敷いた。念のためにと思って荷室に入れておいたものだが、まさか、こんなふうに役に立つとは想像もしていなかった。

犬のところへ戻った。

「いい？　抱っこするよ」

上着はもう泥で汚れているのだ。犬の血がつこうがかまうことはない。犬を抱き上げた。犬はがりがりに痩《や》せていた。悲しくなるほどに軽い。

「病院に行こうね」

目を覗《のぞ》きこむと、犬は美羽の鼻先をぺろりと舐《な》めた。

犬の左の太腿《ふともも》が刃物かなにかで抉《えぐ》られたようになっていた。

＊　＊　＊

救急動物病院の獣医は猪の牙にやられたのではないかと言った。

傷口縫合の緊急手術が行われ、その他にも細々とした検査が施されるという。

美羽は一旦、帰宅した。

シャワーを浴びて体の汚れを洗い流し、軽食を口に入れてから病院に舞い戻った。

自分が飼っていた犬ではないのだ。そのまま放っておいてもよかった。犬にとっては病院に運んでもらえただけでも御《おん》の字だろう。

だが、今日あの時あの場所で出会ったという点が美羽の心に引っかかっていた。

そして、あの犬の目だ。瀕死の重傷を負い、助けを求めているくせに、どこか超然とした目。

どうしてあんな目つきをしていたのか、知りたかった。

病院の受付で様子を訊ねると、手術は無事に終わったと知らされた。命に別状はない。

　ほっとしていると、担当医がやって来た。

「やはり、猪にやられたようです。あの犬は須貝《すがい》さんの犬ではないと言ってましたよね？」

「ええ。たまたま、道で倒れているのを見つけたんです」

「山間のほうですか？」

「はい」

「だったら、迷い犬かなあ。飼い主が探していないかどうか、保健所に連絡を取ってみます。それから、ネットも検索してみるかな」

「あの、犬の具合はどうなんですか？」

獣医は欠伸《あくび》をかみ殺した。すでに明け方が近い。美羽にはどうということのない時間だが、普通の人間なら眠気を催すのは当たり前だった。

「腿の傷は見た目ほど酷くはありませんでした。血液検査の結果、感染症も、その他の病気も問題はなさそう。ただ、かなり痩せています。栄養失調寸前というところかな。点滴で栄養を補給しておきますか。二日ほど入院すれば、元気になると思いますよ」

「飼い主が見つからない場合、あの子はどうなるんですか?」

美羽は訊いた。獣医の顔がかすかに曇った。

「保健所が引き取ります。保健所が新しい飼い主を探すことになりますが、見つからない場合は……」

「殺されちゃうんですか?」

「それが嫌なら、あなたが飼い主になるとか」

「わたしが?」

美羽は自分を指さした。

「この子の場合、どうやらシェパードが入ったミックスのようだし、飼い主になりたいという人が現れる確率は低いと思うんです。人気犬種だとか、和犬のミックスなら話は別なんですが」

美羽は視線を落とした。犬が元気になるまでは時間を見つけて何度も見舞いに来ようとは思っていた。だが、飼うとなると話は違ってくる。

「すぐに決める必要はないですよ。まだ麻酔が効いて眠っていますが、会っていきますか？」

　獣医の言葉に、考える前にうなずいていた。

「じゃあ、こちらへどうぞ」

　処置室というプレートがかけられた部屋に通された。診察台の脇を抜けて奥へ行くと、いくつものケージが積み重ねられていた。そのひとつ、中段のケージの中に犬が横たわっていた。左の前脚に点滴のチューブが繋《つな》がれている。

「麻酔が切れても体力が落ちているので、このまま朝まで寝ていると思います」

　美羽はケージに顔を近づけ、中を覗きこんだ。看護師が洗ってくれたのか、汚れていた毛が綺麗になっている。穏やかな寝顔は自信に満ちあふれているように見えた。

「おまえ、猪と戦ったの？」

「傷が浅くて幸いでしたよ。ここにも時々、猪の牙に刺されたという猟犬が運ばれてくることがあるんですが、こんなもんじゃないですからね」

「この子、猟犬なんですか？」

「違うと思います」獣医は微笑《ほほえ》んだ。「十分ぐらいしたら、看護師が呼びに来ます。それまでは、一緒にいていいですよ」

獣医は去っていった。美羽は犬を見つめ続けた。

「どうしてあんな山にいたの？　どうしてひとりで猪と戦ったりなんかしたの？」

問いかけてみたが、犬は深い眠りの中にいた。

「あんたの飼い主はどこにいるの？　名前はなんていうの？」

答えてはくれないとわかっているのに、次から次へと知りたいことが頭に浮かんだ。

「いいわ。わたしがあんたの飼い主になってあげる。かっこいい名前もつけてあげる」

美羽は犬に背中を向けた。処置室を出、受付へ真っ直ぐ向かう。

「あの子の飼い主になるには、なにをどうやったらいいんですか？」

受付にいた中年の女性スタッフが目を丸くした。

2

「ただいま」

声をかけて家に入る。レオが目の前にいた。ドアを開ける前から、レオが待ち構えているのはわかっていた。

林道で倒れているのを見つけたときに比べると、体がふたまわりほど大きくなっている。毎日丁寧にブラッシングしている毛は艶々《つやつや》だ。

退院してからおよそ半月が経つ。レオは無闇に吠えることも、粗相《そそう》をすることもなく、淡々と美羽との新しい生活を受け入れた。

レオと名付けたのは、昔どこかで見たことのあるアニメの主人公だった白いライオンに雰囲気が似ていると思ったからだ。

美羽が手を差し伸べると、レオが匂いを嗅《か》ぎ、おもむろに手の甲を舐めはじめる。見知らぬ男たちに触られて汚れた体を清めてもらっているようで、いつも好きなだけ舐めさせている。

「元気だった？」

レオが満足すると、美羽は靴を脱いだ。バスルームに直行して念入りに手を洗う。

ドッグフードを器に盛り、キッチンの端に置いた。

レオは器の前に座り、美羽を見上げる。

「OK」

声をかけるとレオが腰を浮かして器に顔を突っ込んだ。美羽はダイニングテーブルの椅子に腰掛け、レオが食べる様を見守った。

2LDKの間取りのマンションはひとり暮らしには広すぎるぐらいだった。だが、こうしてレオと暮らしはじめるとちょうどいい。美羽が留守にしている間も、レオは部屋の中を自由に歩き回ることができる。

器はあっという間に空になった。

「ちょっと休んでてね」

器を洗うと、美羽はレオに言い残してバスルームに向かった。ゆっくりシャワーを浴びると、小一時間が経過している。

食後すぐには散歩させないこと——レオが退院する日、獣医が犬を飼うための初歩的なことをいろいろと教えてくれた。ドッグフードは胃の中で膨らむ。その最中に激しい運動などをすると、胃捻転《いねんてん》を起こす確率が高くなるのだそうだ。

「もうお腹はこなれたね。散歩に行こうか」

レオはバスルームのドアの前で待っていた。美羽がシャワーを浴びた後は散歩だということがわかっている。

「レオは利口だね」

レオにカラーとリードをつけ、美羽はスニーカーを履いた。

「今日は遠出しようか」

マンションを出ると、駐車場へ向かう。車を見ると、レオがかすかに唸《うな》った。怒っているのではなく、興奮しているのだということが最近わかってきた。

レオを後部座席に乗せ、車を発進させた。夜明け前の大津《おおつ》市内は、人はもちろん車の通行もほとんどない。

美羽は制限速度を超えるスピードで車を走らせた。

車が好きだった。運転するのも、ただ、座っているのも。この軽自動車はいわゆる個室だ。車に乗り込んで鍵をかければ、だれにも煩《わずら》わされずに済む。

時間を見つけてはひとりでドライブに行くのが美羽の唯一の気晴らしだった。

「でも、今はおまえが気晴らしだね、レオ」

美羽は後部座席のレオに声をかけた。レオは一点を見つめている。車の進行方向――今は西だ。北へ向かえば左を向き、南へ向かえば右を向く。東に向かうと真後ろを見つめる。

レオがなにを求めているのか、美羽にはさっぱりわからなかった。

「湖東《ことう》の方に行ってみようか。この時期のこの時間なら、きっとだれもいないよ。遊び放題なんだから」

美羽が声をかけても、レオは反応を見せない。ただじっとひとつの方向を見つめているだけだ。

交差点の信号が赤に変わった。美羽はブレーキをかけた。対向車がやってくる。ブルーのハスラーだった。

「車、買い換えないと……」

ハスラーを見つめながら呟《つぶや》いた。美羽がステアリングを握っているのは一年前に新車で購入したものだ。走行距離もまだ五千キロそこそこに過ぎない。

それでも、早く手放したくてしょうがなかった。

信号が青に変わった。アクセルを踏むと、アイドリングストップしていたエンジンが息を吹き返し、車が動きだす。

「ハスラーか……軽は飽きたかな。買い換えるならなんにしよう」

車に乗るのは好きだが、車種にこだわりはなかった。燃費がよければなんでもいい。

今度、奈々恵《ななえ》に相談してみようと思う。

奈々恵は車好きが高じて、月に一度、鈴鹿《すずか》まで出かけてサーキット走行を楽しんでいる。美羽と同じ仕事をしているのは、車の改造費を捻出するためだ。

道は琵琶湖《びわこ》に突き当たると北へ向かって延びている。レオは左を向き、窓の外に顔を向けた。

しばらく北上すると、湖岸にヨットの停泊するマリーナが見えてくる。その先の交差点を右折し、突き当たりを左に曲がると、公園と海水浴場が併設された施設がある。目的地はそこだ。夏は海水浴客で賑わうが、シーズンが終われば訪れる人もまれだった。

車の進行方向が変わるたびに、レオも向きを変えた。

「なにかを探してるの?」

訊いてみたが、答えが返ってくるはずもない。美羽は溜息を漏らし、カーオーディオのスイッチを入れた。晴哉《はるや》のお気に入りの曲が流れてきた。

スキップしても、シャッフルに替えてみても、流れてくるのは晴哉の好きな曲ばかりだ。

「まったくもう」

美羽は唇をねじ曲げ、オーディオを消した。窓を開けた。身震いするほど冷たい風が流れ込んでくる。

「ああ、気分がいい」

叫んだ。

ルームミラーに映るレオの視線が美羽に移る。

「あんたも気持ちがいいでしょ？　犬は寒いのが好きなんだよね」

風に流されまいと声を張り上げる。レオの尾が揺れた。

「ねえ、レオ、あんたが代わりになんか歌ってよ」

美羽は言葉を切ると、遠吠えの鳴き真似をした。レオが首を傾げた。

「似てない？　全然だめ？」

困ったような顔をして首を傾げるレオの姿がおかしくて、美羽は笑った。

突然、レオが吠えた。遠吠えだ。

美羽は笑うのをやめてレオの遠吠えに耳を傾けた。

長く尾を引く遠吠えは力強くもあり、どこかもの悲しげでもあった。

「だれかを呼んでるの？　仲間？　飼い主？」

美羽は訊いた。レオは答えず、遠吠えを繰り返した。

＊　＊　＊

「馬鹿だね、わたし」

美羽は湖を見つめながら呆然と呟いた。透き通った湖面は、東の空にのぼった太陽の光を受けてきらきらと輝いている。

足下では思う存分砂浜を駆け回ったレオが、舌をだらんと伸ばして忙しない呼吸を繰り返していた。

「朝日って東からのぼるんだよね。湖からの日の出を見たかったら、反対側の湖西《こせい》に行かなきゃだめなんだ」

琵琶湖の東側は夕日を見るには適しているのだろうが、朝日は話にならなかった。

「昔からそうなんだ、わたし。どっか抜けてるの。頭が悪いんだよね」

美羽はその場にしゃがみ、レオの頭を優しく撫《な》でた。

「もう、脚、全然平気みたいだね」

怪我をしていたレオの後ろ脚にも触れてみる。退院したばかりの頃は歩くときに後ろ脚を引きずっていたが、今ではそんな様子もなくなった。傷口の周辺の刈られた毛も生えそろってきている。

「本当にびっくりしたし怖かったんだよ、あんたを見つけたときは」

美羽はくすりと笑った。

「でも知ってるんだ。あんた、賢いけどわたしと似ててちょっと抜けてるよね。山で怪我したのに林道までなんとか出てきたのは、あそこで待ってればだれか人間が通ると思ったんでしょ?」

顔を向けるとレオが鼻の頭を舐めた。

「あ、照れ隠ししてる。確かにあんたは賢いけど、今の時期、あんな時間にあんな林道通る人なんていないよ。わたしが通ってよかったよね。それとも、わたしがあそこを通るってわかってた?」

あの林道に脇道はないし、山の中腹で行き止まりになっている。通り過ぎた車は必ず戻ってくることになる。

「まさかね」

美羽は首を振り、今度はレオの背中を撫でた。

ダウンジャケットのポケットに入れておいたスマホから着信音が流れた。手袋を脱ぐと、かすかに濡れた手の甲が風に当たる。急速に体温が奪われていくのを感じた。今年は暖冬だそうだが、冬は冬だ。日中は暖かくても、朝晩はそれなりに冷える。ポケットからスマホを取りだした。電話をかけてきたのは木村《きむら》だった。晴哉の兄貴分のような男だ。優男《やさおとこ》で見栄えがよく、女にはもてる。だが、腹の中は真っ黒だ。

美羽は電話には出ず、スマホの電源を落とした。

「寒くなってきたね」

パンツの裾についた砂を払いながら腰を上げた。

「車に戻ろう」

レオのカラーにリードを繋いだ。レオはされるがままになっている。もっと遊びたいと駄々をこねることはない。いつも聞き分けがよく、美羽に従ってくれる。ネットで犬のしつけ方を勉強したが、そんな必要はまったくなかった。拍子抜けしたぐらいだ。

レオと一緒に車の後部座席に乗り込んだ。コンビニで買っておいたミネラルウォーターの栓を開け、レオの水用の器に入れてやる。レオはあっという間に水を飲み干した。

美羽も水を口に含んだ。

「一緒に寝よう」

後部座席に体を横たえると、レオがお腹の上に乗ってきた。重みより、レオのぬくもりを感じる喜びの方が勝った。

部屋にいると、木村が押しかけてくるかもしれない。晴哉が姿を消して半月になるのだ。晴哉は木村から金を借りているはずだ。

ここで車の中にいればだれかに煩わされることもない。

美羽は目を閉じた。レオの体温と、射し込んでくる朝日のおかげで寒さを感じることはなかった。

3

ラブホを出ると駐車場へ向かった。美羽が所属しているデートクラブはスタッフによる送迎はやっていなかった。美羽のようにクラブと契約している女は、スマホで教えられたラブホに自分で行き、金を受け取り、また自分で帰るのだ。自分の取り分を除いた金を後日、集金に来る男に渡す。時々、金を持って逃げだそうかと思うこともあるが、実際に金を持ち逃げした女の末路を聞くと、リスクを冒す価値がないことに気づく。

一晩につく客は多くて三人。近くに雄琴《おごと》というソープランド街があるから、手っ取り早くすませたい客はそちらへ足を向ける。ソープは味気ないという連中が、美羽のデートクラブに電話をかけてくる。

集金が来るのは週に一度だが、その間に入ってくる金などたかがしれている。

美羽はスマホを手に取った。深夜を過ぎている。今日はもう上がりたい。どうせ、客はいないだろう。年末でだれもが忙しなく、出ていくものが多くて、懐具合は火の車だ。

コインパーキングが見えてきた。美羽はバッグの中から財布を取り出そうとして、足を止めた。美羽の車のボンネットにだれかが寄りかかっている。

スマホを握り直した。送り迎えはないが、緊急時用の男が数人、常に待機所に控えている。客との間にトラブルが発生したときは、電話一本で駆けつけてくれる手はずになっていた。

美羽は目をこらした。街灯の光でシルエットになって男の姿形はわからない。どうやらたばこをふかしているようだった。

「よう、美羽。久しぶりだな」

シルエットが美羽の方を向いた。その背格好で相手が木村だということがわかった。

美羽は溜息を押し殺した。

「なんの用？」

ぶっきらぼうに言う。

「おまえが電話に出ないからよ、こうやってわざわざ出向いてきたんじゃないか」

木村はたばこを投げ捨て、靴の裏で踏みにじった。

「夜は忙しいし、昼間は寝てるの」

近づくにつれ、木村の表情がはっきりしてくる。いつものように、嘘くさい笑みが端整な顔に張りついていた。

「晴哉と連絡が取れねえんだよ。もう、半月になる」

「わたしが稼いだお金を持って出ていったきり。どうせまた、旅打ちにでも行ってるんじゃないの」

美羽は答えた。パチンコや麻雀はもちろん、競馬に競輪、競艇と、晴哉はギャンブルならなんにでも手を出した。大津にはボートレース場があり、今はなくなってしまったが競輪場もあった。京都や宝塚に足を伸ばせば競馬場もある。晴哉のような人間がたくさんいても不思議ではなかった。

晴哉は旅打ちと称して全国の競馬場や競輪場をまわり、一月近く戻ってこないこともざらだった。

要するに金の続く間は遊びほうけ、金がつきたら美羽の元へ帰ってくるのだ。新たな金をたかるために。

「旅打ちに出てたって連絡はついたぜ。今までは」

「わたしにそんなこと言われても困る」

木村が新しいたばこをくわえた。

「あいつには金を貸してるんだ」

予想通りの言葉だった。

「そうなんだ」

美羽はわざと素っ気ない言葉を発した。

「ちょっと入り用でな。すぐに返してもらいたい」

「晴哉に言ってよ」

「連絡がつかないからここに来たんだろう。おまえ、晴哉の女だろうが。晴哉に代わって金、立て替えろよ」

「冗談言わないでよ。体売って稼いだお金、晴哉に根こそぎ持っていかれてこっちだって大変なんだから」

美羽は木村の脇を通り過ぎ、車に乗り込もうとした。左腕を摑まれた。

「逃げるなよ。まだ話は終わってねえ」

「今、わたしになにかしたら、大園《おおぞの》さんが黙ってないわよ」

美羽はデートクラブの経営者の名を口にした。大園は青竜会《せいりゅうかい》の若頭《わかがしら》の舎弟《しゃてい》だった。

「乱暴な真似はしねえよ。ただ、話をしたいだけだ」

「立て替えたくたって、お金がないって言ってるでしょう。ここのところ、仕事も少ないのよ。常連も、若い女の子に流れていってるし」

美羽は二十四歳だった。世間的には若い女で通じるが、この世界ではもう年増だ。金で女を買う男たちは二十歳そこそこの女たちに群がっていく。

「こんなしけた街で働いてるからそうなるんだよ。おまえ、京都か大阪に行かないか。ああいう都会に行けば、おまえだって売れっ子に戻れるさ」

「そういう話は別の女にして」

美羽は木村の手を振りほどき、駐車料金を払った。木村はそれ以上しつこく迫ってくることもない。

「とにかくよ、金、返してもらわないと困るんだ。晴哉に、おれに電話するよう言ってくれよ」

「わたしも連絡が取れないの。どうせ、競馬か競輪で儲けた金で遊びほうけてるのよ。金がなくなったら帰ってくる」

「だから、金がある内にあいつを捕まえたいんだって」

「わたしに言われても困る」

美羽は車に乗り込んだ。ドアを閉め、エンジンをかける。木村は車の脇に立ってたばこをふかしながら、じっと美羽を見つめていた。

「晴哉からおれに乗り換えろよ。いい思いさせてやるぞ」

木村が言った。

「死ね」

美羽は小声で吐き捨て、ギアをドライブに入れた。木村が短くなったたばこを指で弾いた。たばこはフロントグラスに当たって火花を散らした。

乱暴に車を出した。木村が大げさによけた。顔に張りついたままの薄笑いが腹立たしい。

今夜の客は変態的なプレイを要求してくるゲスだった。ただでさえ神経がささくれ立っているのに、木村のおかげで苛立ちが増していく。

大通りに出る手前の交差点で信号が赤になった。ブレーキを踏むと、エンジンが停まる。

美羽はブレーキペダルを足で強く踏んだまま目を閉じた。

レオの顔を思い浮かべる。

「助けて、レオ。また、わたしを清めて」

頭に浮かんだレオに祈った。レオは人を見透かすような目を美羽に向けるだけだった。

＊＊＊

美羽は用心してマンションに近づいた。木村が先回りしている可能性は否定できない。それぐらい粘着質な男だった。

心配は杞憂《きゆう》だった。木村の姿はなく、美羽はほっとしてマンションに入った。エレベーターで六階に上がり、ドアの鍵を開ける。

いつも、ドアの前で待ち構えているレオの姿がなかった。

「レオ？」

靴を脱ぎながら声をかけたが、レオは姿を見せない。

「どうしたの、レオ?」

不安が胸をよぎり、美羽はバッグを放り出して部屋の奥へ向かった。レオが居間の真ん中辺りで伏せっていた。周りに汚物が散らばっている。どうやら、胃の中のものを吐いたらしい。

「レオ、どうしたの? なにがあったの」

汚れるのもかまわず、レオを抱え上げた。レオは美羽の腕の中でぐったりしていた。

「嘘。やめて。レオ、しっかりしてよ」

レオが目を開けた。頭を持ち上げ、美羽の頬をぺろりと舐めた。その舌にもいつもの力強さが感じられない。

「病院に行くからね、レオ。しっかりして」

レオを抱いたまま立ち上がり、玄関に向かった。鍵もかけずに部屋を出た。エレベーターが一階に到着するまでの時間が永遠に等しく感じられる。

車まで走り、レオを後部座席に横たえた。

「なんなのよ、もう」

美羽は車を飛ばした。レオを見つけた夜に駆け込んだ夜間緊急外来がある動物病院へ急いだ。途中、病院に電話をかけ、レオの容体を告げた。病院側は到着したらすぐに診察できるよう待機していると言ってくれた。

「レオ、頑張ってよ。死んじゃだめだよ」

不安と恐怖に胸が締めつけられる。ほんの短い間暮らしただけなのに、レオは美羽にとってなくてはならない存在になっていた。レオのいない生活など考えられない。

動物病院には十分で着いた。昼間なら優に三十分はかかる。スピード違反を見つからなかったのは僥倖《ぎょうこう》だった。

病院では電話で話したとおり、獣医と看護師が待機していた。駐車場に停めた車までストレッチャーを運び、レオを乗せて処置室へ運んだ。途中、美羽は獣医に詳しい状況を説明した。

「呼吸は苦しそうだが、吐き気はなさそうだな」

レオの脈を診た獣医が言った。

「まず、血液検査をします。検査結果によってはレントゲンを撮ったり、あるいはMRIなんてことになるかもしれません」

「なんでもしてください」

美羽は祈るように言った。

待合室で待たされている間も美羽は祈り続けた。

神様、お願いです。レオを助けてください。わたしからレオを奪わないで。

物心ついてから、神に祈ったことなどなかった。そもそも、神を信じたこともない。

だが、今は信じていない神様にも縋《すが》りたかった。

処置室から獣医が出てきた。美羽はソファから腰を上げ、獣医に駆け寄った。

獣医は手に紙を持っている。

「急性腎不全ですね」

獣医の言葉が胸に突き刺さった。獣医は手にしていた紙を美羽に見せた。血液検査の結果が記されている。

尿素がどうのと獣医は言ったが、言葉は美羽の耳を素通りした。

腎不全ってやばいんじゃないの？

頭の中を同じ思いが駆け回る。

「須貝さん？」

名字を繰り返し呼ばれて、美羽は我に返った。

「は、はい」

「最近、水を飲む量が異常に増えたりしていませんでしたか」

美羽はうなずいた。そういえば、ここ数日、これまでの倍以上の水を飲むようになっていた。

「血液検査だけじゃ原因はわからないんですが、おそらく、ウイルスかなにかが原因だと思います」

「ウイルスですか？」

「この子、山の中をうろつきまわっていたと思うんですよね。すると、マダニに嚙まれたりすることもあるんです。そのマダニが媒介したウイルスじゃないかなあ。感染してからしばらく経ってから発症することもよくあるんですよ。そのウイルスと戦うために腎臓に負荷がかかって、尿素を排泄《はいせつ》するといった通常の働きができなくなってるんです」

「治るんですか？」

美羽は訊いた。できることなら、なんとしてでも助けてくださいと獣医にしがみつきたいぐらいだった。

「慢性ではなく急性ですから、念のため、一日入院させて様子を見ましょう。ステロイドで免疫を弱めて、毒素の排泄を促す薬を与えれば、一週間ぐらいで回復すると思いますよ」

「一週間で？」

美羽は自分の耳を疑った。

「ええ。傷の回復具合を見ても、この子は基礎体力がありそうですから、それぐらいか、あるいはもっと早く回復するんじゃないかな」

「ありがとうございます」

「元気になったらもう必要はないけど、心配なら、一週間後にもう一度血液検査をやってみましょう」

「はい。ありがとうございます。本当にありがとうございます」

獣医が苦笑した。

「須貝さんは、犬を飼うのは初めてでしたっけ？　元気だった犬がぐったりしたり、吐いたり、びっくりしたでしょうけど、早く連れてきてくれたから、それほど重症ってわけでもないんですよ。わたしがやるのは検査と薬の処方だけですから」

「それでもありがとうございます」

美羽は深々と頭を下げた。

＊＊＊

部屋に戻ると疲労を覚えた。空が白みはじめている。

シャワーを浴び、白ワインをグラスに一杯、ちびちびと飲んだ。

レオがいない。それだけで部屋が倍以上広くなったように感じられる。

寂しく、心細い。

寂しさを紛らわせようとワインをもう一杯、グラスに注いだ。

須貝さんは犬を飼うのは初めてでしたっけ？

獣医の言葉を思い出す。自分で犬を飼ったことはない。だが、祖父が飼っていた犬のことはよく覚えている。

祖父は福井県との県境に近い里山で農家と猟師をやっていた。祖母が五十代という若さで他界してからは、ずっとひとり暮らしだ。だが、猟師という職業柄、祖父の家には必ず犬がいた。

美羽の父は須貝家の次男だ。名古屋の大学を卒業した後、祖父のことを案じて大津に仕事を見つけ、そこに腰を据えた。長男は東京で仕事に就き、姉は大阪の家に嫁いでいってしまった。祖父のそばにだれかがいるべきだと考えたらしい。

とはいえ、父も仕事に忙殺された。祖父の顔を見に行くのは年に数度。お盆と正月、それにゴールデンウィークぐらいのものだ。

祖父は気難しく口下手な老人だった。孫の美羽に話しかけてくることも笑顔を見せることもまれで、美羽は祖父が怖かった。

だが、その気難しい顔も、当時飼っていた紀州犬のヤマトに言葉をかけるときはほぐれていた。

幼い美羽はヤマトは魔法をかける力があるのだと思い込んだ。ヤマトは怖い祖父を笑わせて怖くなくする魔法の力を持っているのだと。

祖父の家に行くと、美羽は必ずヤマトのそばにいるようになった。そうすると、祖父の笑顔が見られるからだ。それに、ヤマトに触れていると温かかった。ヤマトは美羽にも優しかった。

ヤマトが死んだと聞かされたのは小学校の三年生のときだ。

美羽はヤマトと祖父のために一晩中泣き明かした。

祖父はヤマトの死を契機に、猟師をやめた。年を取ったということもあるのだろう。

以来、美羽の周りに犬がいたことはなかった。

白ワインを啜《すす》る。

祖父とヤマトのことを思い出したのはいつ以来だろう。

「お爺ちゃんとヤマトに会いたいな」

美羽は呟いた。

レオはヤマトに似ていると思う。

ヤマトが祖父にそうしたように、レオも美羽の心を温め、笑顔にする魔法の力を持っているのだ。

「寂しいよ、レオ」

美羽はグラスをテーブルに置くと、這うようにベッドへ移動し、布団に潜り込んだ。

いつもはレオが温めてくれている布団が、悲しいぐらいに冷たかった。

4

「そっちじゃないでしょ、レオ」

いつもの散歩コースから外れようとするレオを叱った。レオは素直に従い、美羽の横について歩きはじめる。

美羽は溜息を押し殺した。

最近、レオが勝手に路地を曲がろうとすることが増えている。北へ向かって歩いているときは左へ行こうとし、南に向かって歩くと右へ曲がろうとする。

車に乗っているときと同じだ。

レオは西へ向かいたがっている。美羽はそう確信した。

山をさまよい、猪と戦って大けがを負ったのも、西へ向かう途中のことだったに違いない。

西になにがあるというのだろうか。

はぐれてしまった飼い主がいる？

まさか。いくらなんでもそれはないだろう。

一度は否定してみるが、レオならあるいはとも思う。

昔、テレビのニュースかなにかで数百キロだか数千キロを移動して飼い主と再会したという犬の話題が取り上げられたことがある。

犬には人間には及びもつかない不思議な力が備わっているのかもしれない。

「飼い主に会いたいの？」

美羽はレオに語りかけた。聞こえているはずだが、レオはなんの反応も見せず、美羽のスピードに合わせて歩くだけだ。

「わたしと一緒にいても楽しくないの？　幸せじゃないの？」

レオが足を止めた。ゆっくりと顔を上げる。思慮深そうな目が美羽を捉えている。引き込まれてしまいそうな漆黒の目の奥には、しかし、問いかけへの答えは見つからなかった。

「ごめん。変なこと言っちゃったね」

美羽はまた歩きはじめた。

投薬のおかげでレオはすっかり回復した。血液の再検査の結果も上々で、症状がぶり返すこともないだろうと獣医が太鼓判を押してくれた。

体調が回復するのに合わせて、夜明け前の散歩も再開した。

仕事を終えて帰宅すると、レオに食事を与え、シャワーを浴びる。それから、散歩だ。シャワーで火照った体に冬の空気が気持ちよく、つい、歩く距離が伸びてしまう。

長い距離を毎日歩いているおかげか、美羽の体調も上向いていた。

レオと出会うまでは、体に染みついた男たちの匂いがいやでたまらず、浴びるように酒を飲まねば眠れなかった。

今は酒量も減っている。帰宅するたびに手を舐めてくれるレオが、美羽の汚れを清めてくれているのだ。

幹線道路に出た。右に折れ、広くなった歩道をしばらく歩く。次の交差点をまた右に曲がれば小さな商店街だ。それを突っ切れば、住宅街の細い道を歩くことになる。

幹線道路を走っていた車が前方でUターンをした。ホンダのスポーツカーだ。足回りやエンジンをいじっているのだろう。エンジン音が異様に大きかった。

スポーツカーが美羽たちの脇に止まった。

「よう。犬っころなんて、いつから飼いはじめたんだ」

助手席側の窓が開き、木村が顔を見せた。

「ついこの前」

美羽はつっけんどんに答えた。

「晴哉は動物が嫌いじゃなかったか？　戻ってきたら大事になるんじゃないか」

「犬を飼わせてくれないなら仕事辞めるって言ったら、あっさりOKしてくれたわ」

美羽の嘘に木村が笑った。

「そりゃOKするしかないな。で、いつ、晴哉と話したんだ？」

「旅打ちに行く前よ」

「もう一ヶ月になるぜ」

「珍しく勝ってるんじゃない？　お金がなくならない限り、戻ってこないよ」

「逆に言えば、金がなくなりゃ、すぐにおまえんとこに戻ってくる。晴哉には博才が
ねえから、一ヶ月も勝ち続けるなんてあり得ねえ」

「一生に一度の幸運に恵まれてるのかも。行こう」

美羽はレオに声をかけ、歩き出した。

「晴哉は美羽に殺されたんじゃねえかって噂してる奴らがいるぜ」

木村の声に足が止まった。

「同じデートクラブで働いてる女に、殺してやりたいって言ったことがあるんだろう。確かに、晴哉はクズだからな。おまえに殺されても仕方がねえ。そう言ってる奴らもいる」

「殺したいって口にするのと本当に殺すのは話が違うでしょ」

美羽は振り返った。心臓がでたらめに脈を打っている。

レオが牙を見せて唸った。

「こないだよ、駐車場で会った夜。おまえがなかなか戻ってこないんで、暇つぶしに外から車の中見せてもらったんだよ。荷室にブルーシートが積んであった。端っこに染みみたいのがついてたけど、あれ、晴哉の血じゃねえのか？」

体が震えそうになるのを懸命にこらえた。木村はカマをかけているのだ。それに乗ってはいけない。

あのブルーシートはすぐに処分するべきだった。レオと暮らすことになり、慌ただしく過ごしている間、車の中に入れたままにしておいたのだ。

「警察に行ってみようか？　友人の森口《もりぐち》晴哉君が一ヶ月前から行方不明になってます

って。どうする、美羽？」

「好きにすれば」

「晴哉に貸した五十万、耳をそろえて返してくれれば、ブルーシートのこと、忘れてやってもいいんだぜ」

「忘れなくてもいいよ、別に」

「どっかの山奥に埋められてると思います、なんて言ったら、警察はすぐに死体を見つけるかな」

美羽は頭を振った。リードを引いて唸り続けているレオの注意をそらした。

「明後日まで待ってやるよ。五十万。頼んだぜ」

木村の顔が消えた。スポーツカーのエンジンが激しい音を出す。

レオが吠えた。

スポーツカーは排気ガスをまき散らしながら走り去っていった。

「レオ、やめて」

レオは吠え続けている。

「やめてってば」

美羽は乱暴にリードを引っ張った。レオが吠えるのをやめた。困惑した目つきで美羽を見上げる。

美羽を守ってやろうとしてるのに、どうして止めるのさ?

そう言っているような目つきだ。

「ごめんね」

美羽はその場にしゃがみ込み、レオを抱きしめた。

木村と話している間はこらえていたものが決壊した。体の震えが止まらない。

「どうしよう? レオ、わたし、どうしよう?」

レオは尾を振り、美羽の額を舐めた。

慰めてくれているのだと思うと、涙が溢れてきた。

「ありがとう、レオ。大好きだよ、レオ」

レオの温かさが震えを止めてくれる。レオの優しさが胸に突き刺さる。

「あんたたちの魔法って、人を笑顔にするだけじゃないんだね。そばにいるだけで、人に勇気と愛をくれるんだ」

祖父もヤマトに勇気と愛をもらっていたのだ。山深い里でのひとり暮らしも、ヤマトがいたから平気だったのだ。

ヤマトが死んだ後、祖父は目に見えて衰えていった。

美羽の父が、また犬を飼えばいいと言っても、頑として受け入れなかった。

おれが死んだら、残された犬はどうなるんだ。おまえが面倒を見てくれるのか。

そう言い返されて、父は口をつぐんだ。父は面倒を見たくても、母がそれをゆるさなかっただろう。

母は動物が好きではなかった。父は仕事で家を空けることが多かった。引き取った犬の面倒を見るのは、結局は母だということになる。

ヤマトが死んだ五年後、祖父は家で倒れているところを発見された。見つけたのは宅配業者だということだった。祖父は病院に運ばれたが、すでに息はしていなかった。

もし、祖父がヤマトの次に犬を飼っていたら、その犬はどうなっていたのだろうか。

悪寒が美羽の背中に張りついた。

「わたしがいなくなったら、おまえはどうなるの、レオ?」

レオから体を離し、目を覗きこむ。

レオは美羽の視線を受け止め、真っ直ぐ見返してくるだけだった。

前借りを申し入れると、店長の柳田《やなぎだ》は渋い顔をした。美羽が一生懸命働いて必ず返すと誓うと、十万円の束を五つ、渡してくれた。

「おまえは従業員だから、利子は取らない。だが、返せなかったら、雄琴に行ってもらうぞ」

ソープで働けという意味だ。美羽はうなずき、金をバッグに入れた。

＊＊＊

そこにちょうど電話がかかってきた。美羽の常連の客からだった。

事務所を出て客が待つラブホに向かった。

電話をかけてきた男は上客だ。無茶な要求はしてこないし、金払いもいい。懐に余裕のあるときは余分にチップをくれることもある。

早漏《そうろう》気味の客で、フェラチオをするとすぐに射精してしまうからしなくていいと言ってくれる。

そういう客は楽だと思い、頭を振る。

体を売るぐらいなら手コキやフェラの方がよっぽどましだと考える風俗嬢は大勢いる。

だが、自分はあそこに突っ込まれることより、フェラをしなくて済むことに安堵《あんど》を覚えている。

やられることが前提なのだ。それ以外の煩わしさはなければないほどいい。

ドアをノックすると客が笑顔で招き入れてくれた。シャワーを浴び、バスタオルを巻いただけの姿でベッドに横たわる。

客がのしかかってきてタオルをはだけ、胸や股間をまさぐりはじめる。美羽は男の陰茎に手を伸ばした。それはすでにいきり立っている。

優しく陰茎をしごきながら目を閉じる。心を別の場所に飛ばす。体と心を切り離すのだ。そうやって、おぞましい現実から目を背ける。

問題は、心がどこに飛んでいくのか、自分でコントロールできないことだ。

たった一時間前に飛ぶこともあれば、幼かった日に飛ぶこともある。

今日、心が飛んだのはあの日だった。

晴哉の友人から電話がかかってきた。競馬で大穴を取ったんだったら、貸している金を返せ。そんな内容だった。美羽は黙って電話を切り、晴哉の競馬仲間に電話をかけた。

晴哉が大穴を当てたって本当？

本当だった。晴哉は日曜の阪神で行われた競馬で、十万円近くついた三連単の馬券を千円買っていた。およそ百万円の払い戻しだ。

晴哉とは一昨日顔を合わせた。機嫌がよかったのでギャンブルで小銭を儲けたのだろうとは思ったが、まさか百万もの金を懐に入れたとは予想外のことだった。

競馬で儲けたら返すよ――なんど晴哉の口からその台詞《せりふ》が出てきたことだろう。

ギャンブルの借金を返すためにと晴哉に泣きつかれ、いやいや風俗嬢になった。

風俗で金を稼ぐと、晴哉はますますギャンブルにのめり込むようになり、借金の額も嵩《かさ》んだ。

そのたびに、店を移り、結局は体を売ることになった。

そうまでして尽くしているのに、競馬で儲けたことは内緒にするのだ。

百万を返してほしいわけではない。せめて、旅行に連れて行ってくれるとか、美味しいものをご馳走してくれるといった感謝の印を見せてくれてもいいのではないか。

はらわたが煮えくりかえるような怒りに襲われた。

そのまま部屋にいると、爆発してしまいそうだった。車に乗ってあてどのないドライブに出た。

琵琶湖を一周して大津に戻った。日はとっぷりと暮れていた。デートクラブには体調が悪いと嘘をついて休みをもらっていた。

街の中心部に近い大きな交差点で赤信号に引っかかったとき、奥の角のステーキハウスのガラス越しに晴哉の姿を見つけた。

晴哉はステーキを頬張り、赤ワインを飲んでいた。晴哉の向かいの席に座っているのは見ず知らずの若い女だった。

なにかが頭の奥で弾《はじ》けた。

ステーキに赤ワイン？

わたしなんて、焼き肉だって奢《おご》ってもらったことがないのに。

結局、晴哉にとって美羽は、金を稼ぎ、やりたいときにやらせてくれる女でしかなかった。

あんな男のために、この体を切り売りしてきたのだ。

もう終わりにしよう。晴哉に振り回される生活にはうんざりだ。

ホームセンターでナイフ、ロープ、ブルーシート、スコップを買った。別の店で超特大のスーツケースも手に入れた。

具体的な計画があったわけではない。漫然と、自分がすべきと思うことをやっただけだ。

晴哉は翌朝、帰宅した。昨夜はなにをしていたのかと訊いても、麻雀をしていたと平然と嘘をついた。

負けが嵩んじゃってよ、美羽、悪いけど、また金貸してくれね？

その言葉を耳にした瞬間、腹が決まった。

ナイフを持ち、背中を向ける晴哉に無造作に近づき、刺した。

何度も刺した。

動かなくなった晴哉の衣服を切り裂き、ゴミ袋に詰めた。苦労して晴哉をバスルームに運び、血が排水管に流れていくのを眺めた。血が出なくなるのを確認してリビングダイニングに戻り、血で汚れた床や壁を丹念に掃除した。

晴哉をスーツケースに押し込み、シャワーを浴びた。浴室の汚れも丁寧に洗い流した。

　夜になるのを待って、スーツケースを車に運び込んだ。万が一、血が流れ出たときのために、荷室にブルーシートを敷いた。スコップと血を洗い流したナイフも荷室に放り込んだ。

　祖父が暮らしていた里山にほど近い山に向かった。昔、祖父と一緒に登ったことのある山だ。途中までは車が走れる林道があるが、その先は木や藪《やぶ》をかき分けて登らなければならない。

　こんな山まで来るのは猟師ぐらいのものだが、最近はその猟師もいなくなった。登りながら祖父が呟いた言葉を思い出したのだ。あそこに埋めれば、死体が見つかることはないだろう。

　交通規則を守り、車を走らせた。対向車とすれ違うたびに胸が鳴った。遠くにパトカーの赤色灯を見つけたときにはこれで終わりだと観念した。

　だが、パトカーが近づいてくることはなく、途中でトラブルに見舞われることもなかった。

　汗を掻き、泥まみれになりながら山の中腹に穴を掘り、その中にスーツケースとナイフを捨てた。穴を埋め終わったときにはくたくただった。

早く家に戻ってシャワーを浴び、ぐっすり眠りたい。目覚めたら、この街を出るのだ。晴哉はあちこちに借金をしている。晴哉が姿を消したら、借金取りは美羽のところに押し寄せるだろう。

美羽が晴哉の女だということを知らない人間はいないのだ。

どこへ行こうか。沖縄もいい、北海道でもいい。美羽のフェラは評判がよかった。どこに行っても、口で稼ぐことができるだろう。それがだめなら、また体を売ればいいのだ。

そんなことを考えながら林道を下っているときに、レオと出会ったのだ。

なにもあの夜のあんな場所じゃなくてもよかったのに。

レオと暮らしはじめてから何度もそう思った。

だが、時間は巻き戻せない。美羽とレオは出会うべくして出会ったのだ。

＊＊＊

荒い息づかいに我に返った。

目を開けると、客が美羽に覆い被さり、腰を振っていた。

その顔に晴哉の顔が重なった。

「いやっ」

美羽は反射的に客を押しのけた。客はベッドの下まで転がって大の字になった。コンドームをつけた陰茎がそそり立っている。

「い、いきなりなにをするんだ」

客の顔が怒りに歪《ゆが》んだ。怒ったときの晴哉にそっくりだった。

美羽は男の顔を蹴った。向こうずねに激しい痛みが走った。

部屋の隅に置かれていたテーブルの上に、ウイスキーのボトルがあった。客が飲んでいたものだ。

美羽はボトルを逆手に持ち、顔を押さえて呻《うめ》いている客の頭に叩きつけた。

客は床に突っ伏し、動かなくなった。

急いで服を着た。

人と顔を合わせないように気を遣いながらラブホを後にした。

車に乗り込むと、激しく噎《む》せた。

死んでしまっただろうか？　死んでいないにせよ、客はクラブに苦情を訴えるだろう。五十万という金を借りたばかりなのに、この体《てい》たらくだ。

店長たちは怒り、美羽は酷い目に遭わされる。

「逃げなきゃ」

エンジンをかけながら美羽は呟いた。

でも、レオはどうするの？

頭の奥に潜んでいる別の自分が訊いてきた。

どうしようかと思い悩んでいると、祖父の顔が唐突に脳裏に浮かんだ。

おれが死んだら、残された犬はどうなるんだ？

祖父が口を開いた。

おまえが刑務所に入ったら、残されたレオはどうなるんだ？

祖父はじっと美羽を見つめていた。その目はレオにそっくりだった。

美羽はステアリングの上に顔を伏せ、声を上げて泣いた。

5

レオは相変わらず西の方を向いている。

美羽は唇を噛んだままステアリングを操った。

助手席に放り出してあるスマホにメッセージが届く。どうせ、木村からだ。内容は判で押したように同じだ。

金はどうなってる？

美羽は鼻を鳴らした。

「刑務所まで取り立てに来る？」

今度は電話がかかってきた。店長からだ。あの客が死んだというニュースはどれだけ探しても見つからなかったし、借りた金は事務所の郵便受けに入れておいた。わざわざ電話に出て怒鳴りつけられるのは割に合わない。

標識が滋賀から京都に入ったことを告げていた。車の燃料計は、残りのガソリン量がわずかだと示している。

できるだけ西へ向かい、ガソリンが切れたらそこで警察署を探し、自首するつもりだった。

「警察に行く前に……」

美羽は呟く。

西へ、西へ。

レオが西へ行きたがっている。目的地はわからないが、できるだけ近くまで連れて行ってやろう。

国道を外れ、山間を走る道に入った。

まだ京都市内だと思うが、辺りは森や山ばかりだ。国道と違って交通量も少ない。

美羽は目についたコンビニで車を停めた。水とドッグフードを買い求めると、再び車を走らせる。

燃料計の警告ランプが明滅しはじめたのは京丹波町《きょうたんばちょう》に入ったあたりだった。狭い道が里山と里山をつなぐだけで、山々の間の狭いエリアに田んぼや畑がひしめいている。

美羽は一本の林道に車を乗り入れた。近隣の山の森はすでに紅葉も終わり、もの悲しい雰囲気をまとっている。

　十分ほど林道を進んだところで車を停めた。用意しておいた器に、コンビニで買ったドッグフードを盛る。器を手に車を降りた。

　荷室のドアを開けるとレオが飛び降りた。

「お食べ」

　美羽は言った。

「最初に会ったとき、がりがりに痩せてたでしょ？　獲物をとるのって大変なんだよね。だから、今のうちにたくさんお食べ」

　器はすぐに空になった。美羽はドッグフードを足してやった。それもまた、瞬く間にレオの胃に収まっていく。

　食べ終わると、レオは美羽を見上げた。

「もう満足？　水が飲みたい？　ちょっとだけだよ。たくさん飲むと、胃捻転になっちゃうかもしれないからね」

　ペットボトルの栓を開け、傾ける。落ちてくる水を、レオは器用に飲んだ。水が半分ほどに減ったところで美羽は栓を閉めた。

「それから、これね」

美羽はポケットからお守り袋を取り出した。中には折りたたんだ手書きのメモを入れてある。

『この子の名前はレオ。本当の名前はわかりません。滋賀の山奥で、猪と戦って怪我をしているところをわたしが見つけました。

飼い主とはぐれ、その飼い主に会うために西へ向かっているんだと思います。もし、この子と出会う人がいたら、レオが西へ、飼い主の元へ行けるよう、力を貸してあげてください。お願いします。レオはとてもいい子です。一緒にいると、自分の家族にしたくなっちゃいます。でも、レオには本当の家族がいるんです。絶対に、家族に会わせてあげたい。これを読んでいるあなたも、わたしと同じ気持ちになってくれたらいいんだけれど。

神様、レオが優しい人と出会えますように。レオが家族と再会できますように。

美羽』

美羽はお守り袋を簡単には外れないよう、レオの首輪にくくりつけた。

「レオ」

名前を呼ぶと、レオが体を押しつけてきた。

賢い犬だ。これが別れのときだと悟っている。

「おまえの家族はどんな人たちなんだろうね？　どうしてはぐれちゃったんだろう？　優しい人たちなんだよね？　おまえがこんなにも会いたがってるんだもん。わたしにも、そういう家族がいたらな」

美羽はレオを抱き寄せた。

晴哉と付き合うようになって、家族とは疎遠になった。母が晴哉のことを口汚く罵《ののし》るからだ。

風俗で働くようになって、付き合いは完全に途絶えた。両親や弟の顔をまともに見ることができなくなったからだ。母が正しかったと認めるのも悔しかった。

テレビのニュースを見て、あの優しい父と母はどれだけ心を痛めるだろう。弟はなんと思うだろう。

家族の温もりを捨て、晴哉を選んだのは自分だ。晴哉の言うがままに墜《お》ちていったのも自分だ。晴哉を殺したのも自分に違いない。

自分で選んだ道を歩んでここにいる。

だれかを責めることはできない。

「おまえに会えてよかった。わたしのどん底の人生で、それが最高の出来事。おまえと一緒にいる間は本当に幸せだった」

レオが美羽の頰を舐めた。

ぼくも幸せだったよ——そう言ってくれたように思えた。

「本当に賢くて優しい子。ありがとう、レオ。絶対に家族と再会するんだよ。そして、もっともっと幸せになって」

美羽はレオの温もりの名残を惜しみながら立ち上がった。

レオは美羽を見上げている。

「行っていいんだよ。行きなさい」

レオが身を翻《ひるがえ》した。森の奥へ駆け込んでいく。

「もう、猪と戦っちゃだめだよ」

遠ざかっていくレオの背中に最後の言葉をかけると、美羽は唇をきつく嚙み、涙をこらえた。

（オール讀物1月号）

変容

村田沙耶香

村田沙耶香（むらた　さやか）
2003年『授乳』で群像新人賞
2009年『ギンイロノウタ』で野間文芸新人賞
2013年『しろいろの街の、その骨の体温の』で三島由紀夫賞
2014年『殺人出産』でセンス・オブ・ジェンダー賞少子化対策特別賞
2016年『コンビニ人間』で芥川賞

なんだか、いい人ばかりの穏やかな店だな、と思ったのは、近くのファミリーレストランで、久し振りにパートタイムで働き始めたときのことだった。大学生のころアルバイトをしたことはあるが、40歳になって再びファミリーレストランで働くことになるとは思ってもみなかった。

どこかでパートでもしてみたら? と夫に提案されたのは、病気になった母の看病が一段落し、家で鬱々《うつうつ》としていたときのことだった。母の手術がうまくいき、術後も順調で、横浜《よこはま》の実家と病院を行き来し、家事が一切できない父のパンツを洗う必要もなくなった。退院して実家に戻った母に、体を動かしていないとなまるからもうそんなにこなくていい、と言われ、会社までやめて両親の世話をしていた私は、そのまま宙ぶらりんになった。2年間も病院と実家に通い詰めていたので、いきなり社会に戻る勇気が出ず、憂鬱な気分で家に籠《こも》っている私を、夫は心配してくれていた。

「真琴《まこと》さんは本来、家事より外で働くほうが好きでしょう? 真琴さんのペースでいいから、少しずつ前の生活に戻っていったらどうかな」

2年間も夫と両親の顔ばかりみていた私は、夫の言葉に気持ちが楽になった。学生時代から付き合っている夫は穏やかな人で、激情型の私は夫ののんびりした性格に救われていた。彼に感謝しながら、近所のファミリーレストランの面接を受け、朝から昼過ぎまでのシフトで働き始めたのだった。

私の勤務時間は朝の8時から昼の1時までだった。店は思った以上に忙しく、昼のピークが近づくと、全員で準備や接客で走り回ってへとへとになった。

朝、朝食を食べにくる客の軽いピークがおさまり、ランチにむけて一瞬穏やかになった店の中で、食器の整理やメニューの入れ替えをしながら軽い雑談をするのが、唯一の楽しみになった。走り回っていない時間はそのときだけだったし、家族ではない人としゃべるのは新鮮だった。その時間によくシフトが一緒になるのは、大学生の高《たか》岡《おか》くんと雪崎《ゆきざき》さんだった。最初は、大学生とはあまりに年齢差があるのではと不安だったが、二人とも真面目で、しっかりしていて穏やかで、不慣れな私に丁寧に仕事を教えてくれた。私は彼らと過ごす時間を心地よく感じるようになっていた。

　最初に違和感を覚えたのは、酔っ払いの客がやってきたときだった。朝、着替えてフロアに出ると、どうも近くの居酒屋で飲み明かしたらしい騒がしい中年男性の団体が、高岡くんにしつこく絡んでいた。

「このパフェ、メニューの写真と違うじゃねえかよお！　おまえ学生か？　なめてんじゃねえぞ、こら」

「恐れ入ります、こちらのお写真は、期間限定の『あまおうスペシャルパフェ』でございます。ご注文はこちらの通常のいちごパフェで承っております。わかりづらくて大変申し訳ありませんでした」

「そっちのミスだろうが！　早く作り直せよ、てめえ！」

「かしこまりました。では、いちごパフェをキャンセルとさせていただき、新しく『あまおうスペシャルパフェ』をお作りいたしますね。お値段が、850円から1600円に変わってしまいますが、よろしいでしょうか」

「てめーが間違えたんだから850円でこれとっとと作ってこいや！」

　一人の男性客が怒鳴り、「ぐだぐだマニュアル対応しやがって、なめてんのか⁉　こんな溶けたのもういらねえから、早く持ってこいよ！」と手前の男性が吐き捨てる

待ちください」
「大変申し訳ありませんでした。金額についても、今確認してまいりますね。少々お
ように言った。
　高岡くんはにっこりと微笑んでお辞儀をした。
カウンターの中に戻って新しいパフェを作り始めた高岡くんは、唖然《あぜん》としている私
を見て、「あ、おはようございます」と会釈した。
　私は思わず、淡々と「あまおうスペシャルパフェ」を作る高岡くんに声をかけた。
「えらいね、嫌なお客さんにもむっとした顔もしないで」
「むっとする……？」
　高岡くんは私の言葉にぴんとこない様子だった。
　高岡くんは黙々と新しいパフェを作り上げ、騒がしいテーブルへと運んでいった。
若いのに穏やかで人間ができているなあと、そのときは思ったのだった。
　数日後、常連の女性にモーニングセットを運んでいると、「いいから頭下げて謝罪
しろ！」という怒鳴り声が聞こえた。

トラブルが起きたということがその声と共に響き渡って店内の空気が変わり、あっという間に不穏な雰囲気に包まれる。常連の女性も眉《まゆ》をひそめて、早くなんとかしろと言いたげに私に視線をよこした。

お騒がせして申し訳ありませんと頭を下げ、騒ぎのほうへ向かうと、さっき私が注文をとった老人が雪崎さんに怒鳴り声をあげていた。

なにか自分のミスのせいでトラブルになったのではと焦ったが、どうやら注文したドリアがまだこない、と怒っているらしい。私は急いでキッチンに、さっき注文したドリアのお客様が怒っているからなるべく急いでほしいと伝えた。

「もう1時間は待ってるぞ！」

「大変申し訳ありません、ただいま厨房《ちゅうぼう》に確認してまいります」

「そんなのはいい、来るまでそうやっておまえも頭を下げてろ！」

私が慌てて雪崎さんのところへいき、厨房に確認したらオーダーはもう通っており、急いでお作りしていますとお伝えすると、老人はそれでもぶつぶつ文句を言っていた。

出来上がったドリアを急いで運んでも、老人は不満顔だった。そもそも注文して10分もしないのに怒鳴りだしたのはどういうことなのかと腹が立った。

「おいお前、チーズがないぞ！　粉チーズを持ってこい！」

　老人は私ではなく横でほかの客のオーダーをとっていた雪崎さんを呼び止めて、セルフサービスになっている調味料のコーナーを指さした。オーダーをとった私ではなく、気弱そうな雪崎さんにいちいち絡むのが、若くてかわいい女の子をいびりたいだけなのではないかと感じられて、いらだった。

　文句を言ってやりたかったが、雪崎さんは、嫌な顔一つせず、「気が利かねえな、タバスコもだよ！」と指さす老人に「かしこまりました」と微笑んでタバスコを運んでいる。プロの風格だと、私は感心した。老人が会計を終えて帰っていくと、雪崎さんに思わず声をかけた。

「すごいね、雪崎さん！　接客のプロ！　あんな人に嫌な顔一つしないで、我慢して笑顔で対応して、ほんとうに偉い！　人間できてる！　尊敬しちゃうよ！」

「え、どうしたんですか川中《かわなか》さん。全然そんなことないですよ」

「雪崎さんも、高岡くんも、嫌なお客さんを見ても嫌な顔一つしないよね。プロって感じ、偉いよなあ。私って、かっとなりやすくて。あんなこと言われたらすぐ、苛々《いらいら》して喧嘩《けんか》になっちゃう」

「かっとなる……」

雪崎さんが不思議そうな顔をした。

「川中さんって、たまに不思議な言葉を使いますよね。ちょっと古風な、ええと、あ
あ、ほら、映画とか漫画とかではよく使われるけれど、実際に口に出したことはあま
りないような……」

「ああ、雪崎さんが言ってる感じ、わかる！　そうだよね、教科書とかによく載って
る言葉だよね」

奥で日替わりランチ用のメニューを入れ替えていた高岡くんが私たちの会話を聞い
ていたらしく、話に入ってきた。

「このまえも、ええと、むわっとじゃなくて」

「むっとする？」

「ああ、それです」

「ああ、本でなら読んだことあります」

雪崎さんが頷《うなず》いた。

二人の会話を聞いた私は思わず吹き出した。

「え、二人とも、自分では感じたことがないってこと？　苛々したり怒ったりしたことがないなんて、すごい聖人ってことになっちゃうよ！　あはは」

私は笑い声をあげたが、二人は顔を見合わせた。戸惑った表情で、高岡くんが私に視線をよこした。

「怒る……。あの、漢字で書くと、女、又、心のあれですよね、よく見るやつ」

「そうだけど」

私はだんだんと苛々してきた。二人して自分をからかっているのではないかという気がした。

「それ、教科書とか昔の本とかですごく出てきますよね。もちろん学校で習ったんで辞書の上での意味はわかるんですけど……」

「うんうん、なんか、自分では感じたことがない気持ちだから。感情が高ぶって、でも感動とは違う感覚で……もっと、ああ、そうだ、はらわたが煮えくり返る、って感じになるんですよね？　いくら説明されても、難しくって……。昔のドラマとか映画も、怒るシーンってよくわからないんです。あの、なんで怒るときって、気持ちを理論的に説明して議論するのではなく、わざわざ叫ぶんですかね？　なんか、非合理的じゃないですか？」

「うちもそう。うちは親も怒るってことがわからない人たちだから、学校へ行って校長先生が怒鳴ってるの見たとき、びっくりしたなあ。なんで、相手に丁寧に伝えるんじゃなくて、あんなに目と口を大きく開けて叫んだりするんですか？」

私はなんだか怖くなって、無垢《むく》に問いかけてくる二人から逃げるように後ろに一歩下がった。

「どうしたんですか、川中さん！　私、知りたいんです！」

二人はにこにこと無邪気に私を見つめ、微笑みながら近づいてきた。その笑顔が、今はおぞましく感じられた。

「ああ、若者から『怒り』という感情がなくなりつつあるって、そういえば、さいきんよくテレビで特集されてるなあ」

「怒りがない!?」

夫の言葉に私は仰天した。帰宅した夫を捕まえて、今日のことを捲《まく》し立てたのだ。

夫はスーツを脱ぎながら呑気《のんき》に言った。

「うちの会社でも、若い人たちはあんまり怒らないよ。最近のドラマとか、怒るシーンがなくなってきてるみたいだよ。わからない人が増えたからって」

私は簡単には納得できず、ネクタイを解《ほど》いている夫の腕をつかんだ。

「あの、たまになら、そういう人がいるのはわかるけど、若者全員から一斉に怒りがなくなってくなんて、そんなことある？」

「わからないけど。でも、つられるっていうか、若い人たちと話してると、僕もあんまり怒る気持ちって湧かないんだよなあ。というか、言われてみると、子供のころからそんなに怒ることってなかったかも。親はすごい怒りっぽい人たちだったんだけどね、僕は悲しくなることはあっても怒ることってそんなになかったなあ。最近は、『怒る』じゃなくて『悲しい』を使うかな。そっちのほうが自分にしっくりくるし、若い人にも通じるし」

そういえば、夫が何かに怒っているのを見たことがない。昔から穏やかな人だと思っていたが、元から怒りの感情が薄い人だったのだろうか。私はそんなはずない、と、病院の看護師やよく行くスーパーの店員など、私がこの2年の間に関わった僅《わず》かな若い人たちを思い浮かべたが、確かにみんな笑顔だった。その前、会社勤めしていたときは、私が一番若いような会社だったのでよくわからない。いつから、こんな変化が始まっていたのだろう。

「でもまあ、いい傾向なんじゃない？　その大学生の子がいう通り、怒っているより冷静に話し合ったほうが建設的だしさ。穏やかな世の中になっていくっていうことだよ」

「そうかなあ。なんか、怖くない？　怒りって、大切な感情じゃない。そりゃあ、喧嘩になったり怒鳴りあったりするのは冷静じゃないかもしれないけど、でも、怒りって、それだけじゃないでしょ？　もっと、本当の自分がめらめら燃えているような、そういうパワーのある、美しい気持ちじゃない。自分自身にとって大切なものを守ろうっていう、素晴らしい感情じゃない。悲しい、だけじゃカバーできないことがたくさんあるんじゃないかな。ねえ、教えてあげなくていいのかな？」

「え、なにを？」

「だから、怒るってことを！　若い子は気が優しくて人生経験が乏しいから自分が本当は怒ってるんだ、ってことに上手に気がつくことができずにいるだけかもしれないじゃない。私たち、『怒り』をちゃんと知っている世代が、若い子にきちんと『怒り』

を教えてあげるべきなんじゃないのかな？」

ルームウエアに着替えた夫が困ったように笑った。

「えー、でも、ないものを教えられても、若い人たちだって困るだけじゃないかなあ。もしそうなら、成長していくうちに気がつくんじゃないの？　別に真琴さんが怒りの伝道師になって若い人に教える必要なんて、ないと思うけどなあ。ねえ、それより、今日も立ち仕事で疲れたんじゃない？　昼に行ったインド料理屋が美味《おい》しくてさ、会社帰りに通り掛かったらテイクアウトもやってたから、買ってきたんだ。今夜はこれにしようよ」

「それじゃあ、裕二《ゆうじ》くん、昼も夜もカレーになっちゃわない？」

「へいきへいき、昼はマトン、これはほうれん草とバターチキンカレー。真琴さん、ほうれん草のカレー、好きでしょ？　食べてみようよ、ほんとに美味しいお店だったから」

「ありがとう……」

何か有耶無耶《うやむや》にされてしまった気もしたが、怒りっぽい自分が夫のこうした穏やかな性格に惹《ひ》かれ、いつも救われているのも事実だった。

夫は穏やかに微笑んでいる。確かに最初から彼は温厚な人だったが、これほどだっただろうか。変容したのだろうか。いつの間に？

私は世間から遮断されているうちに、変容しそびれてしまったのかもしれない。

夫が台所で鼻歌を歌っている。美味しいカレーの匂いが漂ってくる。金切り声をあげたい衝動にかられたが、堪《こら》えて、「うわー、ありがとう！　インドカレー久しぶりだなあ！　うれしいなあ！」と、夫を模倣し、自分にできる精いっぱいの穏やかな声を出した。


「わー、真琴の家、久しぶり！　変わってなーい！」

やっと実家のほうが落ち着いたと連絡すると、「久しぶりに会おうよ！」と純子《じゅんこ》からすぐ返事があった。純子は大学時代からの親友で、私が親の介護でストレスに悩まされているときも、メッセージアプリでたまに、美味しい食べ物とか、会社の近くで見た満開の桜とか、気持ちが明るくなるメッセージを送ってくれていた。

久しぶりに会う純子は、髪形や服装が少し変わっていた。もっと派手な印象だったが、今日はナチュラルな色のベージュのセットアップに身を包んでいる。

「ごめんねー、突然夜がダメになっちゃって。裕二くんにも久しぶりに会えればよかったんだけど」

「ううん、私は二人で久しぶりに話せたほうがうれしいし」

純子は随分忙しそうで、最初は久しぶりに夫も一緒にディナーをしようという話だったのが、お店を予約してから急に連絡があり、夜に仕事の予定が入ったのでランチにならないか、と言われ予定変更になったのだった。せっかく予約したのに、とは思ったが、忙しいのならしかたないと、急遽《きゅうきょ》軽いランチに変更し、買ったものを持ち寄って、私の家でノンアルコールのシャンパンを飲もうと提案した。裕二は昼は友達と予定があったので参加できず、二人で乾杯することになった。

アルコールの入っていないシャンパンをグラスに注ぎ、微笑みあって持ち上げた。グラスについたベージュの口紅を親指で拭《ぬぐ》いながら、純子が言う。

「それでどう？　ファミレスでパートやってるんでしょ？」

「そう、接客は学生時代にやってたしと思ってたんだけど、横暴な客も多くて嫌になるよ。この前もさ……」

私が、高岡くんと雪崎さんが頭を下げさせられた顚末《てんまつ》を語ると、純子が溜息《ためいき》をついた。

「そう、それは嫌な思いしたね。うちらより年上の人たちが大学生のアルバイトにそんな風に絡むなんて。とっても悲しいね」

「『悲しい』……」

純子もか、と思った。溜息をついて、純子がソファに寄り掛かる。

「世代間の感覚の差が、そういうトラブルを引き起こしてるんだよね。ほら、もう、若い世代で怒る人ってあんまりいないじゃない？　でも年配の人たちはついていけないんだよね、そういう『今の感覚』に」

「はは、あのさ、実は私も、まだけっこう怒ったりとかしてるほうなんだよね」

なるべく深刻にならないように笑いながら告げると、純子が大声をあげながらのけぞった。

「やだー！　やめてよ真琴ー！　ちゃんと時代についていかないとだめだよー！」

「はは、ちょっと家のことに振り回されすぎたかな。なんだか、世間についていけなくて」

「だめだめー！　ちゃんと家を出て人と話さないとー！　ああ、そうだ、来週、パブくる？」

「え、ごめん、なに？　パブリック？　ホーム？　なに？」

「ああ、言ってなかったっけ？　夫が主宰しているパブリック・ネクスト・スピリット・プライオリティ・ホームパーティー、まあつまり、精神のステージを上げていくための交流会みたいなものなんだけれど、月に一度、日曜日に開催してるの。今夜の用事もそれの幹部会なんだよね。ああ、誤解しないでよね、一時期流行《はや》ったような胡散臭《さんくさ》いのと違って、うーん、なんて説明すればいいのかな。一人、目立った中心人物が教祖みたいに仕切ってるカルトみたいなのって、もう古いし、コンテンツとしてつまんないんだよね。うちはね、全員がカリスマなの。全員が主役。それがうちのパブリック・ネクスト・スピリット・プライオリティ・ホームパーティーの方針」

「そう、なんだ」

私は曖昧《あいまい》に頷いた。

「あーっ、真琴、胡散臭いと思ってるでしょー。そういうの、表情でわかっちゃうんだよねー。え、本当に聞いたことない？　今、自分を高めようっていう意識のある人は、みんなどこかのパブリック・ネクスト・スピリット・プライオリティ・ホームパーティーに所属してるよ？　私も、主宰者の妻でありながら、三つのパブスピホムパに入ってるし。そのほうが、いろいろな世界を感じられて、効果があるんだよね。魂が広がってく、っていう感じかな」

「へえ、すごいね。パブスピなんとか、略すと呪文《じゅもん》みたい。はは」

「うちはね、会費安くて、一か月6万。びっくりでしょ？　こんなにリーズナブルでやってけるのかって思っちゃうでしょ？　でもけっこう人数が集まってくれたおかげで、なんとか運営できてるの。ファミリーは、流動性あるけど今は百人以上いるかな。ああ、ファミリーっていっても家族じゃなくて、家族以上の存在って意味のファミリーだからね。今日の夜、突然予定が入ったのも、ファミリーみんなで海外に行く計画が持ちあがって、今日の幹部会ではその企画会議をするの」

「そうなんだー」

　自分とのディナーよりそのよくわからない会が優先されたことに静かに傷つきながら、私は微笑んでグラスを傾けた。

「あ、これ、名刺ね。この赤いシールがついた名刺があると、一回無料で来ることができるから。真琴なら大歓迎！　そのバイト先の子にも配ってあげて。きっといい経験になるから」

「わー、ありがとう」

私は純子の名刺を十枚ほど受け取った。私はそれを「すごーい」と眺めたあと、ローテーブルの隅に置いた。

「もー、だめだよ真琴、ぼやぼやしてちゃ！　一生、精神のステージが低いままになっちゃうよ！　そのままじゃ、ええとほら、あの人覚えてる？　大学時代のうちのバイト先のさ、エクスタシー五十川《いそがわ》！　あいつみたいになっちゃうよー！　ははは！」

「エクスタシー五十川……？」

「もう、覚えてなーい？　うちらが大学生のころさ、ちょうど、大学生のセックス未経験率が八十パーセントになって。あれも精神のムーブメントっていうか、革命だったよね。そのときさ、バイト先のファミレスで、若者はダメだ、エクスタシーを感じないとダメだってヒステリー起こしてた迷惑なババアがいたじゃん。みんなでエクスタシー五十川って呼んで陰口叩《たた》いてたじゃん」

「ああ！　ああ！」

脳裏に鮮明に一人の女性が浮かび、私は立ち上がりそうになった。

「まあ、ババアなんて言い方で、上の世代のネガティブなパワーに対抗しようなんて、やっぱうちら若かったし、そういうとこ全然ダメだったよね。でもさ、あの人、若い子にちゃんとセックスの喜びを教えてあげなきゃ！　ってへんな使命感持っててさ、ほんと迷惑だったよね。時代についていけてないのは自分のほうなのにさー！　真琴も、気をつけないとファミレスで若い子に、アングリー川中って呼ばれて陰口叩かれちゃうよー！　なんてね、今の若い子はちゃんとしてるから、そんなことしないか！　あはは!!」

「ははははは」

私は怒りを堪えながら、笑い声をあげた。

「まあ、悩んでるならさ、ほんと、うちのパブリック・ネクスト・スピリット・プライオリティ・ホームパーティーはおすすめだから。たまにね、ご老人のメンバーで、怒りがおさまらないとか、若いころのエクスタシーが忘れられないとか、そういう人がいるのね。でも、すぐにわかるんだよね。そういうカルマが、いかに愚かなのかってこと。ほんと、すぐに魂のステージ上がっちゃうから。まかせて！　真琴の気持ちわかるよ、私も、5年くらいまえはそんな感じだったかなー。まだ本当の自分に気がついてなかったっていうか、カルマに取りつかれてたっていうか。夫とも喧嘩ばっかりで。そんなとき、パブスピホムパに行って、目が覚めたんだよねー。新しい時代ってこうやってできていくんだなって、ガツンとやられちゃったー。道が開けたかんじで、なんかそれからすごいおみくじも大吉ばっかりなんだよね。やっぱり神様はみてるんだよねー、精神のステージがどれくらいの人間なのか、見抜いてるんだよねー。真琴もすぐそうなれるから！　大丈夫！」

純子の話はよく聞こえなかった。耳を傾けたら怒鳴ってしまいそうで、怒鳴ったら、「古い感情」を引き摺《ず》っている原始人として指をさされて笑われそうで、曖昧に笑ってやり過ごすことしかできなかった。

話をそらすように、空になったグラスを片付けて紅茶を淹《い》れ、冷蔵庫からケーキを出した。私の出したケーキが載ったお皿を純子はうれしそうに持ち上げる。

「わー、これどこの？　かわいー」

「そうでしょ、裕二くんが会社の人に、スウェーデンのお土産でもらったの」

「そうなんだ。えー、すごいかわいい！　あ、このティーカップもかわいー！　もう、毎月パブスピホムパがあるでしょ？　食器類がいくらあっても足りなくて」

「それはね、近所に最近できたアンティークショップで買ったの。食器けっこうそろってたからおすすめかも！」

「えー行きたーい！　かわいー！」

純子と自分は似ていると思っていた。それは、そばにいてお互いを模倣し、共感しあい、互いの感覚を伝染させていたからかもしれない。

怒りがなくなった今、私たちには「かわいー」しか共感するすべがない。もし、「かわいー」がなくなったら、私と純子はどんな感情を共有するのだろう。「悲しい」なのか、「怖い」なのか、「うれしい」なのか、もしもそれが全部なくなってしまったら？　不安になりながら、私は純子の黄緑色のネイルを指さして、

「うわーあ、純子のネイル、めっちゃかわいー！」

と甘い鳴き声をあげた。

私はベランダに出てビタミン煙草をすった。ビタミン煙草は昔あったようなニコチ

ンの煙草と違って害はないが、レモンのような癖のある匂いがクッションや壁に付くのが嫌で、ベランダで吸うことにしている。黄色い煙を吐き出すと、それが溜息なのか、煙草の煙なのか、わからなくなった。

エクスタシー五十川は、よくニコチン煙草を吸っていたな、とぼんやり思った。

エクスタシー五十川と同じ店で私と純子がアルバイトを始めたのは、22年前のことだった。私も純子も大学に入ったばかりで、最初は、ああ、同じ大学の人なんだ、くらいだったのが、シフトが重なることが多かったこともあり、バイト帰りに一緒にご飯を食べてバイト先の客や社員の愚痴をいったりしているうちに、急速に仲良くなった。まるで恋に落ちるようなスピードだった。

ちょうど私たちが大学に入った年、大学生の性行為未経験率が八十パーセントを超えた。ニュースで大きく報じられ、学者やコメンテイターが大騒ぎしていたが、私たちはなんの恐怖も疑問も感じていなかった。むしろ、騒ぎ立てる大人たちを鼻で笑っていた。

「なんで、大人って私たちのことにあんなに口出ししてくるんだろうね。別にいいじゃん、そんなもんなくなったって」

「ほんとほんと、気持ち悪い」

セックスをするべきだと勧めてくる中年たちを、私たちはエクスタシーゾンビ、と呼んで笑っていた。中年男性の社員から、俺が真琴ちゃんに教えてあげようか？　と言われたときは、吐き気がして、抱かれた肩が気持ち悪く、お気に入りのストールを汚された気持ちになった。泣きながら感情を吐露する私を、純子が怒りながら慰めてくれた。

「ふざけんなよエクスタシーゾンビ野郎！　次に真琴に変な真似したらまじぶん殴る、ちょん切ってやる！」

「ありがとう、純子」

私と純子はそのとき、「怒り」で強く繋《つな》がっていた。

私たちを一番怒らせたのは、明らかなハラスメントをしてあきらめの気持ちすら感じさせる男性より、むしろ同性であるのに高圧的な態度でエクスタシーを体験するべきだ、とお説教してくる、五十川さんという40代後半の女性だった。

五十川さんは男性が私たちに絡むと、しかめっ面をしてやめろというのに、一方では、私たちに「エクスタシーを感じないまま死ぬなんて駄目」と説教をするのだった。

「あーあ、嫌だなあ、明日、エクスタシー五十川と同じシフトだよ」

「うげー、休憩かぶったら最悪。また説教される」

「セクハラもすげーいやだけど、なんだろね、私、エクスタシー五十川ってほんと頭おかしいと思う」

「まじ思う。狂ってるよ」

「死ね！ エクスタシー五十川！ 死ね！」

公園でビールを飲みながら、純子が突然叫んだ。

「そうだ！ 消えろ！ エクスタシー五十川！ 消えろ！」

「死ね！」

「消えろ！」

「死ね！」

大声で罵《ののし》っていると、最高の気分だった。最悪な敵と戦っているときほど、私達は強く繋がっていた。

それこそが私達のエクスタシーだったのかもしれない。結局、今ではセックスをする人はほぼいない。老人たちがたまに行っているだけだ。

私たちはエクスタシー五十川に多数決で勝利したのだ。

エクスタシー五十川は今どうしているだろうか。少数派になってしまった彼女は、エクスタシーを捨てただろうか。この世界の、どこか人に見えない場所で、こっそりとエクスタシーを営みながら暮らしているのかもしれない。

あの日、私と一緒に怒ってくれた純子はどこへいってしまったのだろう。どうして、私も一緒に変容をさせてくれなかったのだろう。

夜のベランダには冷たい風が吹いていた。家の窓、夜道の街灯、車のライト、夜の中にはたくさんの光がある。夜になると多くの人間は道具を使って発光する。光の中には必ず人間が潜んでいる。光の中で、人間たちは言葉を交わす。あのときの私と純子のように。

ファミレスで、公園で、居酒屋で、あのころ私と純子は、怒りと共に発光していた。光の中でしっかりと、怒りで抱きしめあっていた。

今、マンションから見える無数の光のなかで、どんな感情が交錯しているのだろう。悲しみか、愛《いと》おしさか、穏やかで性的ではない恋か、少しは怒りやエクスタシーも残っているのか。

それとも「無」なのだろうか。背後の光の中から、「真琴ー、寒いよ、なんで窓あけてるのー?」と、夫の呑気な声が響き、私は穏やかな「無」に包まれた光にむかって、「すぐ戻る!」と小さく鳴いた。

翌日の朝いちばんに、ランドセルを背負った女の子と父親がやってきた。父親が素早く女の子にチョコレートパフェを注文し、自分は何も頼まず、会計だけ済ませて女の子を置いて出ていった。

「あの子、大丈夫かな」

置き去りではないのかと心配になったが、雪崎さんは慣れた様子だった。

「ああ、川中さん、初めてですか? あの親子、たまにきますよ。おかあさんがいないとき、ここで朝ご飯を食べて、電車に乗って学校に行くみたいなんです」

女の子はあっという間にパフェを食べ終えた。退屈そうに足をぶらぶらさせている女の子を、店員も客も、微笑んで見守っていた。

私がレジでモーニングセットを食べ終えた客の会計をしていると、ふと、目の端にきらりとしたものが光った。

「あー、だめよ！　お店の中ではだめだよ！」

雪崎さんの、笑いを含んだ柔らかい声が聞こえた。振り向くと、光る球体がたくさん浮遊しており、私は息を呑《の》んだ。女の子が、どこからかシャボン玉を出して吹いていたのだ。

「ごめんね、他に人がいるからね、お店の中ではやめてね」

急いで女の子に近づいて優しく注意すると、女の子は素直に頷いたように見えた。女の子はランドセルを背負って立ち上がり、私の言うことを聞かず、シャボン玉を吹きながらドアへ向かって駆け、そのまま走り去った。大量のシャボン玉が店内に浮遊した。

床が汚れてしまうな、モップを持ってこないと、と思っていると、横にいた高岡くんが呟いた。

「やばい、なもむ」

私は顔をあげて、高岡くんの恍惚《こうこつ》とした横顔を見つめた。

「なもむ……？」

「今、めちゃめちゃなもみませんでした？　俺、びっくりしました」

「わかる、超なもんだ」

雪崎さんも頷く。

「なもむことがあると、一日元気でいられるよね」

「うん。私、なもむって人生で一番大切なことだって思う。毎日、一回はなもみたいって思ってる」

「すごいわかる、人生が豊かになるよね。日常が輝くっていうか」

「そう、そう」

若者言葉らしいが、私には意味がわからない。でも、同じことに「なもむ」という状態になったらしい二人が、熱心にその話をしているのを見て、なんだか、自分だけが取り残されたようだった。

なもむこともできず怒り続けている私は、いつのまにか、スタンダードな人間の「型」から外れてしまったのではないかと感じた。

エクスタシー五十川ならなんというだろう、とふと思った。まだ元気ならば、今は70歳くらいになっているはずだ。エクスタシー五十川は彼らになんというだろう？

あのときと同じように、なもんでる暇があったらセックスしてエクスタシーを感じろ、と怒鳴るのだろうか。もう性交なんてしている人、ほとんどいないのに。あれから22年間、怒鳴り続けながら暮らしているのだろうか。

大学生のころは彼女があんなに腹立たしかったのに、今は奇妙にエクスタシー五十川が恋しかった。バックルームの奥から、口紅をつけて前髪を巻いたエクスタシー五十川が今にも飛び出してきそうに思えた。

私は家に帰って夫のパソコンを開いた。

「なもむ」の意味を検索すると、やはり流行語のようだった。

『異常なほど想像力を掻《か》き立てられ、意識が飛んだようになり、異常行動への欲求が高まること。または、それについて絵を描いたり歌を歌うなどの表現がしたい、という創作への欲望が掻き立てられること。単なる感動や情動には使わない。あくまで、それに関してなんらかの異常なほどの衝動を覚えたときにのみ使う。ただし、主語が子供の場合には例外もある』

一体この意味不明な言葉はなんなのだろうか。流行語なんだから、もっとすっきりと説明できないのだろうか。私は苛々と「怒り」ながら、パソコンを閉じた。

夕飯のとき、私は夫に尋ねた。

「ねえ裕二くん、『なもむ』ってわかる？」

「え？　どうしたの急に。言われて思い出したけど、僕、さっき電車のなかですっごくなもむことがあったんだけどさあ」

「え、裕二くん、その言葉ふつうに使うの？」

「あれ？　これって方言？　真琴さん、使わない？」

「使うも使わないも、私たちが若いころはそんな言葉なかったでしょ!!」

自分でも思いがけないほど大声で怒鳴ってしまい、夫が慌てて立ち上がってそばにきて、「どうしたの真琴さん、落ち着いて……！」と私の背中を撫でた。

「どうしたの？　パート先で何かあった？」

「違う！　気持ち悪いの！　いつのまにかどんどんあなたたちは変化していて、私は取り残されたままで、それというのも、私はずっと家にいて、取り込むことができなかったから」

「取り込む？　何のことをいってるの？」

「なんで家の中で使ってくれなかったの？　そうしたら私に『伝染』したのに。私は家と病院の往復だったから、私にその言葉を伝染させてくれるのは、あなただけだったのに」

「どうしたんだよ、そんなに『悲しん』で」

「違う、怒ってるんだよ！」

私はヒステリーを起こして暴れ、花瓶をひっくり返した。夫は冷静に、私にタオルと着替えを渡してくれた。

「落ち着いて、どうしたっていうんだ。『なもむ』を僕が家で使わなかったことが、君にとってそんなに悲し……ええと、腹立たしいことだとは、僕は想像もしてなかったんだ」

「私たちは変容生物よ。所属するコミュニティに合わせて、模倣して、伝染して、変容するの。あなたが私に世界を伝染させてくれなかったら、私だけが取り残されてしまう」

「たしかにそうだけれど、今からだって十分間に合うよ。人間は環境に応じてすぐに変化する。あっという間だよ」

「そうなら、いいけれど……私、『なもむ』なんて気持ち、まったく感じたことがないの」

「大丈夫。自分のあっけない忘却や変容を信じるんだ。今までだって、僕らはあっさり変容してきたろ？　君がわざわざ通信販売で取り寄せて毎朝欠かさず食べている、ボンボボボールなんていう名前の、外国製の真っ黒な冷凍健康スープ、2年前だったら絶対に口にしなかったろ？　ワンピースの上に腹巻を巻くなんてファッション、1年前の君が喜んでしたかい？」

「それはそうだけれど……」

「大丈夫。僕たちは、容易《たやす》くて、安易で、浅はかで、自分の意思などなくあっという間に周囲に染まり、あっさりと変容しながら生きていくんだ。自分の容易さを信じるんだ。僕たちが生まれる前からずっと、僕たちの遺伝子はそれを繰り返して生きてきたじゃないか」

夫の言葉にやっと私は少しだけ落ち着きを取り戻した。片付けもせず風呂にも入らず、夫に背中を撫でられながら、私はそのままソファで眠った。興奮したせいか、奇妙なほど眠くなっていた。

眠りに落ちる寸前、夫が私を持ち上げる、重力からふわりと浮かび上がる感覚に揺られた。明日の朝、自分がちゃんと「変容」していますように、そう願いながら、私は眠りに落ちた。

私が五十川さんを本気で捜そうと決めたのは、純子に、改めて純子の夫が開くホームパーティーに招待されたときだった。

私はFacebookで当時のバイト仲間の名前を検索し、片っ端から当たった。そのうちの一人が、結婚式のときに五十川さんを招待したからわかるかも、と教えてくれたときには興奮で手が震えた。

「でもお前と純子、五十川さんと仲悪くなかった？」

私は少し考え、「これだから子供ね。女には、男にはわからない絆《きずな》があるのよ」と、22年前の五十川さんがいかにも言いそうな50年前のいい女風の返信をしてみせた。

「なんだよそれ、気分悪いなあー。まあいいけど」

その夜は、恋をしているかのように動悸《どうき》がして苦しく、眠ることができなかった。

私と夫は寝室に別々に布団を敷いて眠る。夫と私は互いの裸を見たことがない、キスもない。考えてみれば、握手をしたこともない。そんな私をみて、五十川さんはなんというだろう？　あの日のように、「エクスタシーしろ！」と怒るのだろうか。あのときはあんなに疎ましかったのに、私は怒り狂う五十川さんに会いたくて仕方がなかった。

そのとき、スマートフォンが鳴った。私は胸を高鳴らせて電話を手にとった。メールアプリに一件、新着メッセージが届いていた。

『川中さんって、旧姓、岡本《おかもと》さんですか？　間違っていましたらすみません。』

身体中の毛穴が開いたようになり、息が荒くなった。目が充血しているのが自分でもわかる。身体中の血液の温度があがり、生き物として活性化しているのを感じる。

『そうです！』

『そう。やっぱりあなたね。覚えているわよ。おひさしぶりです。』

私は最近は使ったことがないスマートフォンのメールアプリで、五十川さんとメッセージをやりとりし続けた。

『会ってお話しできますか？』

しばらくの間があり、嫌なのか、寝てしまったのか心配になったころ、スマートフォンが震えて光った。私は蛍を捕まえるように、そっと手をかぶせてスマートフォンを手に取った。指の隙間から光が漏れ、布団の上をかすかに照らした。小さな機械の中で五十川さんの言葉が発光しているように見えた。

『月曜日なら。』

「どうしたの真琴さん、眠れないの？」

夫の声がして、びくりと体を震わせた。

「大丈夫。ちょっと、アプリゲーが止まらなくなっちゃっただけ」

「なんだ、よかった。目が悪くなるから、長引くようなら電気つけていいよ、僕は明るくても寝られるし。あ、でも徹夜にならないようにね」

なぜ咄嗟《とっさ》に嘘をついたのかはわからなかったが、「ありがとう、でももう寝る」と答えると、夫は納得したようだった。しばらくして夫の寝息が聞こえ始めると、ほっとした。

『ありがとうございます。詳しい時間や場所は、また明日ご相談のメールをします。深夜に申し訳ありませんでした。』

失礼な小娘だと思われないように、けれどよそよそしくなりすぎないように、考えに考えたが、そっけない文面しか思いつかなかった。

スマートフォンを枕元において目を閉じても、体は興奮し続けていた。夫にも大学時代の恋人たちにも感じたことがない高揚だった。

五十川さんとはホテルのラウンジで待ち合わせた。

失礼にならないようにある程度ちゃんとした店で場所もわかりやすく、警戒させないようにそれなりの開放感もあり、と散々考えて、結局最近できた外資系のホテルのラウンジの席を予約したのだった。誰かとの待ち合わせ場所をこんなに考えるのは初めてだった。夫と恋愛をしていたときも、なんでも話し合って決めていたし、趣味が合わなければ別れればいいと思っていた。けれど、今、私は五十川さんに執着していた。五十川さんを逃がしたくない、と思っていた。そのために五十川さんがどうすれば喜ぶか、自分に呆《あき》れないか、必死に頭を働かせた。

洋服にも悩んだ。今日だけでなく、次も会いたいと思わせるような、華美すぎず、それでいてダサくなくて、感じのいい服はどれだろう。クローゼットと鏡の前を何度も往復し、紺色のシンプルなワンピースに落ち着いた。五十川さんが食いつくかもしれないと思って、カピバラのユーモラスなモチーフがぶら下がったブレスレットを腕に巻き、バッグにはこけしのぬいぐるみのキーホルダーをつけた。あんたそれなに？と指さして五十川さんが笑ってくれるかもしれない。そのためなら何でもしようという気持ちにすらなっていた。

　この日のために、ネイルも五十川さんが面白がりそうな、凝ったデコレーションにした。右手の人差し指にはコアラ、左手の親指には骸骨《がいこつ》をペイントしてもらった。地下鉄でホテルに向かいながら、いろいろやりすぎて過剰なのではないかと気になって、ブレスレットを外してバッグに放り込んだ。

　約束の時間の30分前に席につき、どちらが上座なのかわからずスマートフォンで検索し、景色のよさそうな側の椅子をあけて五十川さんを待った。

　約束の時間の15分前に、五十川さんが姿を現した。

　彼女が入り口から入ってきた瞬間、一目でそうだとわかった。五十川さんはあのときと変わらない、肩パッドの入った派手なスーツを身にまとって、明るい茶色に染めた長い髪を風に靡《なび》かせていた。あのころとファッションすらほとんど変わっていない。まるで化石みたいな彼女はホテルのラウンジで浮いていたが、私にはそれが心強かった。

「お久しぶりです」

おずおずと挨拶《あいさつ》すると、

「あれ、あの子は？　あんたといっつもつるんでた。あの子も来るのかと思ったよ」

と五十川さんが、変わらない調子でいった。

「純子ですか？　いえ、今日は来ません、今でも仲はいいですが」

「だろうね。あんたら、いっつも私の悪口で盛り上がってたもんね」

五十川さんの言葉に肝が冷えた。

「正直、返事をしようか迷ったんだよね。私があんたらに嫌われてたのは知ってたからさ」

五十川さんは溜息をついた。

「そんな……当時は若かったですし、暴言を吐いてごめんなさい」

「まあいいんだけどさ、言うなら直接言いなさいよとは思ったよね。そういう卑怯《ひきょう》なところがあんたら若者のダメなところなんだよって思ったよね」

「本当に、そのせつは、申し訳ありませんでした……」

「そういう謝ればいい、みたいなのが、だめなんだよねーまったく」

「五十川さん、今も怒ってますか……？」

「まあいいけどね、昔のことだし」

「いえ、怒ってますか……？　今でも怒ってますか？」

「だから気にしてないって、過去のことは」

「そうじゃなくて！　最近怒ってますかって、聞いてるんですよ！」

大声がでて、私自身もびっくりした。

「なになに、一体何なのよ」

「五十川さん、私、おかしいんです。私、もっと浅はかだったはずなんです。変容するの、得意だったんです。周りの影響を受けやすいし、時代とともにどんどん変化できてたんです、今までは……！」

五十川さんは煙草に火をつけた。ビタミン煙草じゃない、昔売ってたようなニコチンの煙草だ。よく祖父が食べていた、仁丹《じんたん》という気持ち悪い味の謎の食べ物を思い出す。今でもあの奇妙な食べ物が存在するのか、私にはわからない。

「今は川中？　あんた、結婚したんだね」

「あ、はい、そうです」

「へえ。それはおめでとう。でも本当に夫婦って言えるような関係なんだか。あのころからそうだったけどさ、今は若い夫婦は全然セックスしないんだってね。あんたもどうせそうなんだろ？　それで夫婦だ、結婚だ、って、はっきり言って私からすれば偽装結婚みたいなもんだけどね」

「してます」

私はあっさりと嘘をついた。

一瞬、意外そうな視線をこちらによこしたあと、五十川さんの表情が、明白に柔らかくなった。

「へえ。あ、そう。そうなのね。若い子には珍しいわねえ」

「いえ、私からすれば、やっぱりそれって、夫婦の基盤っていうか、ぜったいにするべきことですよね。大学生のころは、なんていうか、若気の至りっていうか、周りのみんなに流されてああいうこと言ってましたけど。でももう大人だし、あのころ五十川さんが言ってたことが正しいって、今はまじで思います」

「そう。そうよねえ！　うちの息子の嫁は本当にダメ、息子と嫁も一度もセックスしたことないの。信じられる？」

それは今のスタンダードでまったく不思議なことではなかったが、五十川さんに好かれるためなら何でもすると決めていた私は、

「ありえないですね！」

ときっぱり言った。

「そうよね！　あんた、本当にちゃんとした大人になったわねえ。うちの嫁に聞かせてやりたいわ。息子だけじゃなく夫まで私のことバカにするのよ、お前は古いって。時代後れの発情期の犬だってみんなで笑うのよ」

「五十川さんは絶対に間違ってないです」

私の言葉に、ほっと息をついて、五十川さんが、優しい表情で椅子によりかかった。

「あんたも苦労するわよね。今の若い人ってホントに信じられないもの。まともに生きているだけなのに化石扱いするんだから。わかるわよ、あんたが言ってること。エクスタシーだけじゃなく、今度は怒りがないってねえ、あんた、そんなわけないじゃないのよねえ？　喜怒哀楽の怒がないってね、赤ん坊にだってあるわよ。学者だって言ってるわよ、一時的な感情欠如で、存在しないということはないって。誰も言うこと聞きゃあしないんだからね。バカばっかりだよ」

五十川さんの語気が荒くなっていくのをみて、私はしびれるような興奮に立ち上がりそうになった。

五十川さんは、今でも怒っている！　今でも怒っている！

私は久しぶりに怒る人に出会えて、高揚していた。

「ふっざけんなって話なんですよ！　何がパブリック・ネクスト・スピリット・プライオリティ・ホームパーティーだっつーの！　パブリックだったらホームじゃねーだろーがよ！」

「あんたもそう思う⁉　その変なのにうちの息子の嫁ものめり込んでね、みてらんないわよ！　借金までしててね、ぶん殴ってやったわよ！」

「なんすかそれ、ありえないですよ！　まじなんなんだっつー話なんすよ、月6万ってなんなんすか？　なめてんすか？」

「あらあんた、そんなのまだマシよ、うちの嫁が行こうとしてたのなんて月30万！　ほっぺたひっぱたいてやったけどね、お義母《かあ》さんは古いマインドの方だからわからないんですよね、なんてにこにこしててね、薄気味悪いったらないの！」

「さすが五十川さん、私も純子のことぶん殴って目を覚まさせてやりますよ！　あいつの夫がいけすかないんすよ、最初からいけすかねーと思ってたんすよ、あんとき止めてやりゃーよかったよ、あのクズが純子を洗脳しやがってよ、うさんくせーちょび髭《ひげ》生やしやがって糞野郎《くそ》が！」

「あらそんなもん、さっさと別れさせたほうがいいわよ！　私が言ってやるわよ、そんな糞男！」

『怒り』の共有は、たまらない甘やかな興奮を私たちに与えた。久しぶりに口汚く罵《ば》倒《とう》し、どんどん私たちはヒートアップしていった。

体がほてり、全身から汗が噴き出し、私はカーディガンを脱いだ。五十川さんも興奮している様子でブラウスを腕まくりした。

私たちの目はきらきらして、鼻の穴は膨らみ、声はどんどん大きく甲高くなり、はあはあと息があがった。体の温度はみるみる上昇し、額にも首にも汗がにじみ出た。

「あんたの言ってること、わかるわー！　うちの嫁もほんとうに腹がたって、腹がたって！　私のことも見下しているのよ！　魂のステージが下だから、怒りなんて感じるんですよ、早く成長できるといいですねって。ふざけんじゃないわよ！　息子はね、あの嫁の味方なのよ、最近は夫までね、何を言っても笑ってるのよ、にこにこにこにこ薄気味悪い！　私が怒鳴ってもね、無駄になっちゃったのよ……糞野郎！」

「五十川さん！　五十川さんは絶対に間違ってない！　くそう、畜生！　なんで五十川さんがそんな目にあわないといけないんだ！　五十川さんの家に私が乗り込んでやりますよ！　全員怒鳴りつけて、自分のなかの『怒り』の存在を認めるまでぶん殴り続けてやりますよ！」

ホテルのラウンジの店員が、そっと近づいてきて、私たちに優しく告げた。

「お客様、周りのお客様もいらっしゃいますので、もう少し声のトーンを下げていただけますでしょうか」

「うっさいわね！　私たち大事な話をしてるのよ！　しょうがないじゃないの、熱くなって話してるんだから、声くらいでかくなるわよ！　あんたたちにはこの『熱』が足りないのよ！」

「そうよ！　高い金払ってるんだから好きにさせなさいよ！　何よ、コーヒー一杯２５００円って！　消費者センターに訴えるわよ！　詐欺野郎！」

若い店員は、「承知いたしました、大変申し訳ありません」と深々と頭を下げた。

「なに引き下がってるのよ、覇気がないわね！　それだからだめなのよ！」

「そうよそうよ、一度言い出したことを簡単に引っ込めるんじゃないわよ！」

『怒り』とは、重要だが不愉快な感情だと思っていた。私はその気持ち良さに驚いていた。私たちの快楽は止まらなかった。

「そのパブリックなんとかパーティーとかいうやつに、一緒に乗り込みましょうよ！」

「そうよ、私たちならできるわよ！　戦いましょ、一緒に戦いましょ！」

私たちはヒーローになったような気持ちで手を取り合った。お互いの汗で粘ついていたが、まったく気にならなかった。

心地よい快楽が私たちを繋いでいた。このとき、『怒り』は咲くのだ、と私は思った。怒りの花を咲かせることは人生の目的なのだ。やはり怒りがないなんて絶対に間違っている。

私は自分の体の中に咲いた怒りの花を、世界中にばらまきたい気持ちだった。それこそが生きることなのではないかという強烈な思いに取り憑《つ》かれていた。

「え、すごい。行きたいです、パブリック・ネクスト・スピリット・プライオリテイ・ホームパーティー!」

珍しく同じ時間にあがった雪崎さんとうっかりそんな話になり、純子がくれた名刺を渡すと、雪崎さんがぱっと表情を明るくして頷いた。

「こういうのに参加した経験って、就職の面接とかでもすごく有利だって先輩に聞いて、気になってたんです。私なんかが参加して、本当にいいんですか?」

「うん、まあ、純子は名刺の枚数分、誘っていいし、初回はお金はいらない、パーティーの空気を感じて欲しいからって言ってたから」

「わあ、うれしい!」

話の流れで休憩にきた高岡くんにも声をかけると、無邪気に喜んだ。

「うわあ、すごいなあ、川中さんってこんなすごい人と繋がりがあるんですね。パブリック・ネクスト・スピリット・マネージャーなんて、肩書きまでかっこいい」

素直に喜ぶ二人をみて、あんな胡散臭い場所にこんな純粋な子供たちを連れて行っていいのだろうか、と思い、良心が痛んだ。もちろん連れて行くからには全力で守る気でいるが、簡単にあちら側に飲み込まれてしまいそうで心配だった。

『そんなもん人生勉強よ!』

不安を五十川さんにメールすると、勢いよく返事があった。

私たちは、今はお互いの夫よりも頻繁に、緊密にメッセージのやりとりをしていた。

私たちは家族よりも深く繋がっていた。『怒り』というエクスタシーには、それほどの力があった。

こんなパワーを捨ててしまうのはやはり間違っている、という気持ちがこみ上げてくる。正しい道へ、高岡くんや雪崎さんのような、純粋で優秀な若者たちを導いてあげたい。

そのための苦い薬だと思えば多少のリスクはしょうがないのかもしれないと思った。

夫は、私が五十川さんと仲良くなったことを心配していた。

「あんなに嫌っていた人と、急に仲良くなるなんて、何か変なんじゃない？　真琴さん、ストレスでいつもと違う精神状態になってるだけなんじゃないかな？」

「うるさいうるさいうるさい！　私に話しかけるな！　私を洗脳しようとするな！」

私は夫に怒鳴った。夫は、「怒鳴る」という行動の意味すらわからない様子で、ぼんやりと、不思議そうにこちらを見ていた。

夫はいつの間にか遠くへ行ってしまっていたんだ、と思った。今や、私の味方は、五十川さんたった一人しかいなかった。

日曜日は晴れ渡っていた。私は駅前で五十川さんと、高岡くん、雪崎さんとも待ち合わせ、純子の家へと向かった。

私と五十川さんが何度も電話で連絡をとって話し合って計画したのは、パブリック・ネクスト・スピリット・プライオリティ・ホームパーティーを乗っ取るという計画だった。私と五十川さんが力を合わせて、『怒り』がいかに大切な感情かをみんなに思い出させるというのが、私たちの計画だった。

昔からあった喜怒哀楽の『怒』がこんなにいきなりなくなるなんてありえない、というのが私たちの考えだった。

「けっこう儲《もう》かってるんでしょ？　どうせ、タワーマンションのけばけばしい家に住んでるんでしょ」

そう憤る五十川さんに、お金持ちがタワーマンションって、それ、今はちょっと古いんだけどな、と思いながら、「絶対そうですよ。まじでむかつきますよね」と同調した。

スマホに送られてきた住所をマップで検索して辿《たど》り着いたのは、古い家を改装した感じのいい一戸建てだった。

玄関の引き戸を開けると、受付があり、若い女の子に名簿を確認された。

「見学の方ですね。このバッジをお着け下さい」

私たちは白いバッジを着けて居間へと通された。

「お靴のままでどうぞ」

靴のまま廊下を歩くのは気味が悪かったが、居間に一歩足を踏み入れて、その理由がわかった。

部屋の中には土が敷き詰められていて、山道を歩いているような懐かしい匂いがした。部屋の真ん中には大きな木が生えている。本物かと思って近づくと、それは偽物だった。

たくさんの人が、土の上や木の下にシートを敷いてピクニックをしていた。窓は全開になっていて、小さな庭があり、本物の植物がたくさん生えていて、そこにもぎっしり人がいる。奇妙な空間だったが、みんな楽しそうだった。

みんなが広げているピクニックのシートの上には、純子の手料理らしきものや、高そうなシャンパンが並んでいる。

「なんだか貧乏くさいわねえ」

五十川さんは拍子抜けした様子だったが、高岡くんと雪崎さんは、「わあ、素敵」「なんだか落ち着くね」とうれしそうにしている。

「あの子たちはなに、付き合ってたりするの？　ちゃんとセックスしてるのかしら？」

すぐ色恋沙汰《ざた》に持ち込む五十川さんを、下世話で嫌だなあと思いつつ、

「違いますよー。でもそうなるといいですよね！　若い人はエクスタシーしたほうがいいですもんね！」

と適当に相槌《あいづち》を打っていると、突然、会場が拍手に包まれた。

純子の夫と、純子が入ってきたのだ。

「こんにちはー。みんな楽しんでる？」

純子の言葉に、「もちろん！」「純子さんもこっちに来て！」と声があがる。「ファミリー」に随分好かれているらしいとわかった。

「今日はね、初めての人もたくさんいるから、簡単に説明するわね。このパブスピホムパは、もちろんホームパーティーなのだけれど、重要な会議でもあるんです。ファ

ミリーのみなさんは、次世代について会議しながら、ご自身もいろいろな刺激を受け、学んで、精神のステージを上げていく。そういう場所でもあるんです」

純子の言葉に、皆が大きく頷いた。見学らしい白いバッジを着けた人たちだけが戸惑ったように周囲を見回している。

「あの、会議って、何を会議するんですか？」

おそるおそる手をあげて、雪崎さんが純子に質問をした。

「ナイス！　いい質問です！　ここではね、人間の人格の『スタンダード・モデル』について会議してるんです」

「スタンダード・モデル……？」

少し戸惑った様子で、高岡くんが繰り返した。

「そう。ファッションがそうであるみたいに、人間の性格にも『流行』があります。例えば君！　ちょっと前に出てきて」

高岡くんが少し不安げに立ち上がり、純子の横に立つ。ベージュの口紅を前歯につけた純子が笑顔をつくり、声を張り上げた。

「プライベートなことを聞くけれど、あなたはパートナーはいる？」

「いないです」

「『怒り』の感情はある？」

「感じたことないです」

「そう。日常の中で、けっこうなもむことが多いよね？」

「すごく多いです」

「素晴らしい！　ね、みんなもわかるよね。まさに彼みたいな人が、今の20歳の『スタンダード・モデル』！　真面目で大人しく、優しくて、怒らなくて、なもみやすい。多分だけど、あまり浪費をしなくて堅実。もちろん恋愛やセックスはしないし、アダルトビデオにだって興味がない。そんな感じだよね？」

「はい、まさに当てはまってます」

ハラスメントだと怒ることもなく、素直に高岡くんが頷く。

「これが、今の20歳の典型的なスタンダード・モデル！　流行の人格、まさにそのまなわけです！」

拍手が起こった。高岡くんは、照れ臭そうにお辞儀をした。

「食べ物やファッションと同じで、人間の性格にも『流行』があるんです！　しかもそれは自然に起きているわけじゃない。だれかが会議をして、決めていることなんです」

「ファミリー」たちが頷き、見学者らしき人たちは顔を見合わせて困惑している。

「流行って、自然に起きるんじゃなくて、仕掛けるものなんだよね。必ず、誰かが仕掛けて、ムーブメントを起こしているの。こういう性格が流行して、今の20歳のスタンダードな人格になることは、もう何年も前に会議で決められてたわけ。全ては、隠れたプロフェッショナルたちによって、意図的に仕掛けられていることなの」

ざわめきが起こった。純子が自分自身の胸元に手を当てていった。

「20年前の20歳の性格の『スタンダード・モデル』はまさに私。セックスはしないけれど恋はして、友情を大切にし、たくさんの怒りを持っている。ゴージャスなブランドよりもセンスのいいナチュラルなファッションやライフスタイルに憧《あこが》れて、キャリアやお金より自分らしく生きていたいという気持ちが強い。誰かが仕掛けているともしらず、それが自分の性格で、人格だって、信じて疑ってなかった」

私はぎくりとした。純子が挙げた特徴は、まさに20歳のころの私そのものだったからだ。

「20歳のころに世界からダウンロードされた人格がベースになって、スタンダードな30歳、スタンダードな40歳へと成長していく。20歳の人格がベースになるから、そのとき、どんな性格が流行っていたか、というのがとっても重要なの」

純子は一息つき、皆の顔を見回した。

「それで、私が今から会議したいのは、『次はどうする？』ってこと。例えばファッションでいえば、今年はナチュラルカラーがブームで、カラフルな色を身に着けている人はほとんどいないよね。斜め掛けのビニールのバッグに、膝《ひざ》まで長さのあるスニーカーブーツに、ベージュのリップ。それにワンピースの上にらくだ色の腹巻、みんなやってるよね。でも、これって、数年前は誰もしてなかったファッションだよね。人間にもデザイナーがいるってこと。そしてそれは私たちだってこと。『次はどうする？』これが、私たちの合言葉なわけ。みんながデザイナーなの。これが、このパーティーの目的です」

拍手が起こった。純子は微笑んで、隣にいる高岡くんの背中を叩いた。

「どう、わかってくれたかな？」

「はい、すごいですね。そんな場所にいることができて、なんか、感動っていうか、すごく光栄です」

横を見ると、雪崎さんもうれしそうに何度も頷いていた。

「よろしい！ じゃあ始めようかな。この会議は、百人以上メンバーがいるパブスピホムパ、全てで行われます。会議で決まった人格が提出され、幹部や代表者がさらに上の会議を何度も重ねて、最終的なスタンダード・モデルが決定します。日本のスタンダード・モデルが決まったら、各国の人格を発表するショーもあるのよ。2年前、イタリアで参加したけど、刺激的だったなあ」

純子の言葉に、みんなが溜息をついた。いつかそこへ行ってみたいと、「ファミリー」の皆が憧れているようだった。

「じゃあ、そろそろ会議を始めます。もちろんこれは基本的にはホームパーティーなわけだから、シャンパンを楽しんで、リラックスしてお喋《しゃべ》りしましょうね」

純子が手を二回叩き、会議が始まった。

「いつのスタンダードを決めるんですか？」

雪崎さんが純子に尋ねると、「いけない、重要なことを説明し忘れてたわね！」とファミリーの一人にシャンパンを注いでいた純子が言った。

「大体、人格の流行を5年で区切ってるの。次の5つのシーズンの流行はもう決まってるのね。だから今回は30年後の20歳の人格を決めることになるわね。30年後の20歳が、どういう人格だったら人類にとっていいか、想像して、ディスカッションしてください！」

私たちの後ろに座っている20代後半の女性たちが話し合っているのが聞こえてきた。

「30年後かあ。どういうのがいいかなあ。喧嘩とかはあんまり好きじゃないほうがいいよね」

「でも、浪費はするほうがいいよね？」

純子に向かって声が飛ぶ。

「人類のことを考えたら、働くのが好きなほうがいいですよね!? キャリアに興味があって野心があるとか、喜んで深夜まで残業するとか」

「人類って話だったら、繁殖も重要でしょ!? よく殖えるほうがいいよね」

「お金がないと殖えられないんじゃない？ やっぱり、経済まわしてくれたほうがいいでしょ」

「男女関係なく、とにかく母性が強くて子供が好きっていうのはどう？ 他人の赤ちゃんもすごくかわいがって、協力的なわけ」

「いい気もするけど、なんか犯罪起きそう」

様々な意見と、シャンパンを開ける音が飛び交っている。私は戸惑って周りを見回していた。30年後の流行の人格？　じゃあ、私が20歳のころの性格は、それより30年前に誰かがデザインしていた？　人類のために？　私は誰かがデザインした性格を着ていただけ？　今、こうしてワンピースに腹巻を巻いているように？

パニックに陥っていると、隣にいた五十川さんが立ち上がった。

「やめろーーーー!!」

その太く大きな怒鳴り声に、会場は静まり返った。

「狂ってる！　この人でなし！　今すぐこんな会議をやめろ!!」

「あっ、ちょうどいいですね、みんな見てください。彼女はまさに、50年前の20歳のスタンダード・モデルだった人です！」

純子が五十川さんを指さした。

「セックスと恋が好きで、よく繁殖し、喜びや怒りが激しくあり、感情表現が豊か。ゴージャスなことが好きで、レストランも洋服もバッグも、高級でブランド力のあるものが好き。まさに50年前大流行したスタンダード・モデルの、50年後の姿です！」

純子の言葉に、会場に拍手が起こった。

「わあ、素晴らしいですね。恋愛とセックスが好きなんて、よく殖えそう」

「ファッションも、昔流行ったものがまた流行ることってよくあるじゃない？　すこしカスタマイズして、50年前の流行の性格をリバイバルするのはどう？」

「それいい！」

立ち上がった五十川さんを中心に、どんどん皆が盛り上がっている。

「やめろ！　今すぐ会議をやめろ！」

五十川さんは全身を赤く染め上げて怒り続けている。

「なんか、すごくなもむなあ……」

高岡くんが呟いた。

「わかる。なもむよね、彼女を見てると」

「あんなに『怒る』人、久しぶりに見たもんなあ」

「すごくなもんできたよ」

「私も、すごいなもむ」

五十川さんが皆の中央で足を踏み鳴らして怒鳴った。五十川さんの唾液《だえき》が飛び散る。

「なもむな!!」

五十川さんが怒りで踊るように、手足を振り回し、大きな足音をたてる。

「今すぐ、なもむのを、やめろ！　人で、勝手に、なもむのを、やめろ!!」

私は何も言えなかった。

なぜなら、私は、なもんでいるのだった、、、、、、、、、。

怒りに身を震わせた五十川さんを見て、私は、生まれて初めて、なもんでいた。涎《よだれ》と汗をまき散らして怒鳴り続ける、肩パッドを入れて前髪をカールした五十川さんを見て、私は、なもんで、なもんで、しょうがないのだった。

「あんたも何か言ってやりなさいよ、川中さん！」

突然名前を呼ばれ、私はびくりと震えた。

「しょうがないですよね。なもんじゃいますよね、こんな光景見たら」

私の背中を撫でて、雪崎さんが微笑む。

「なもんでる……？」

五十川さんが呆然《ぼうぜん》と私を見つめる。

「川中さん、あなた、なもんでるの……？」

裏切りにあったように、五十川さんが声を震わせて私を見つめた。

「なもんでません！」

私は、全身のなもみを抑え込むように、両腕で自分を抱きしめながらさけんだ。

「私はなもんでません！」

「まみまぬんでら……」

雪崎さんが私の背中を撫でながら、つぶやいた。

「お二人の姿を見ていたら、なんだか、私、とっても、まみまぬんでらって感じになってしまう……」

「なに、それ？」

不思議そうに高岡くんが言う。

「私にもわからないけど、なもむっていう言葉じゃ足りないっていうか、もっと、尊敬というか、崇拝というか、そういう特別な気持ちになってしまうの」

「まみまぬんでら……なんか、確かに、しっくりくるかも」

「ほんとだ、確かにわかる気がする。この気持ちって、なんだかすっごくまみまぬんでら」

「まみまぬんでら」

思わず私も呟いた。五十川さんが愛おしくて愛おしくてたまらず、感動とは違った、無垢なものに対する切実な衝動、今自分が生きている瞬間の奇跡を崇拝するような感動、それをそう呼ぶのだと、魂で理解できたのだ。

「まみまぬんでらだ……」

「わかる、まみまぬんでらって言葉がすごくしっくりくる」

皆がざわめき、その言葉を口にしている。

私はなぜ、五十川さんからの連絡をあんなに切望して待ったのか、好かれるために服装まで気遣ったのか、それは恋ではなく、企《たくら》みでもなく、とにかく、まみまぬんでらという言葉でしか説明できないのだった。

それは私の潜在意識にずっとあったものだった。この言葉を今、口にする前から、人生の中で、私は何度も、まみまぬんでらという気持ちを体験してきたのだった。

「まみまぬんでら……ごめんなさい五十川さん、私、どうしても、まみまぬんでら……」

私の人生は、何度もまみまぬんでらっていたのだった。純子と一緒に五十川さんの悪口を言っていたときの、生ぬるいビールが最高においしかった瞬間。子供のころ、大好きな友達が転校してしまうと知った瞬間。夫と出会い、初めて誰かと家族になりたいと思った瞬間。私は、まみまぬんでらっていたのだった。まみまぬんでらこそ、私の人生の一番大切な瞬間にあったものなのだった。

「ごめんなさい、私、どうしても、まみまぬんでら……」

今までの人生の、まみまぬんでらった瞬間がよみがえってきて、涙が止まらないのだった。

五十川さんは呆然と私を見つめていた。

この言葉はきっと今から爆発的に広がるだろう。まみまぬんでらは、私たちの新しい、必然の大切な言葉になるだろう。

その言葉が発生した瞬間に自分が立ち会っているのだということも、まみまぬんでらとしかいいようがないのだった。

五十川さんだけが、啞然として取り残されている。

「五十川さんも、きっと、本当は、まみまぬんでら……」

私はそっと五十川さんに手を差し出した。彼女に早くこの美しい感情を教えてあげたかった。きっと彼女の中はたくさんのまみまぬんでらで溢《あふ》れているに違いない。彼女の人生は素晴らしいまみまぬんでらで満ちているに違いない。早く、それを彼女に伝染させなくては。

五十川さんは青ざめ、それでもたった一人染まらず、怒るのをやめないまま、私たちの中央で凛《りん》と咲いているのだった。

（野性時代8、9月号。『丸の内魔法少女ミラクリーナ』所収の同作品を底本といたしました）

エルゴと不倫鮨

柚木麻子

柚木麻子（ゆずき　あさこ）
2008年「フォーゲットミー、ノットブルー」でオール讀物新人賞
2015年『ナイルパーチの女子会』で山本周五郎賞
2016年　同作で高校生直木賞

東急沿線徒歩二十分、閑静な住宅地のマンション地下一階にあるその会員制イタリアン創作鮨「SHOUYA mariage」に、外資系投資運用会社の営業部長である東條《とうじょう》が、営業アシスタントの仁科楓《にしなかえで》との夕食の予約を入れたのは、リーチがかかったと確信したからだ。彼女の気働きができるところや、男性社員のお世辞に困ったように茶色の髪を揺らして首を傾げるところ、手首に浮いた青い血管、控えめな配色のニットから浮かび上がる曲線、昼休みにお財布だけ持って外出する後ろ姿、すべてが好みだった。二十六歳の歳の差やこちらに妻子がいることを、真面目そうな仁科が気にする暇も与えないくらい、彼女が中途入社したその日から、東條は次から次へとジャブを打った。やや無理目の量の仕事を与え、彼女をオフィスに一人きりにする機会を作り、労《ねぎら》いを込めてことあるごとにちょっぴり張り込んだランチをご馳走する。そうこうしているうちに、仁科は少しずつこちらに心を許すようになった。一年前に恋人と別れたばかりであること、看護師を目指している妹と戸越に住んでいること、実家は経済的に豊かとは言えないこと、好きなアニメのキャラクターのカプセルトイを集めていることを恥ずかしそうに打ち明けられた。そして、ついに先週、接待の帰り道、タクシーの後部座席で小さな頭をこちらの肩にもたせかけてきたのだ。

「SHOUYA mariage」はトリュフやキャビア、フォアグラ、地産地消系のオーガニック野菜を使った伝統にとらわれない鮨とイタリアンワインとの斬新な組み合わせが売りだが、何よりも店の雰囲気が若い女を連れて行くのに適していると、東條くらいの年収の男の間で、じわじわと口コミで広まっていった。これまで五回ほど利用していて、インターンの女子大生をお持ち帰りし、手専門の美人エステティシャンとは短期間だけ交際するに至った。そこまで深い食の知識がなくてもワイン込みで三万五千円のコースさえ頼んでおけば、シェフがこちらのニーズをくみ取り、呼吸を合わせ、グラスを出す時に必ず銘柄を口にしてくれるのが、ありがたい。四組も座ればほぼいっぱいな大理石のカウンターが一つだけの黒を基調とした店内は、壁一画にワインラベルが飾られ、イタリア直輸入の調度品が適度な重みを与え、静かなジャズが流れている。席と席とがさりげなく離れていて、バーのような薄暗い間接照明のおかげで、他の客の顔はぼんやりとしか確認できない。何より立地が素晴らしい。自然とタクシーを使うしかなく、ほろ酔いの帰り道はそのまま渋谷のホテルに直行できるというわけだ。

「わあ、こんな素敵なお店、私、初めてです。大人の秘密基地みたいなところですね」

急な階段をヒールを気にしてそろそろと降りる時、東條はさりげなく仁科の腰に手を回した。ブルー系LEDライトで照らされた砂利道を通って、竹をかき分けると、笹で目隠しされた格好の腰くらいの高さのドアがあらわれる。どうぞ、と東條はドアを押す。かがんで潜《くぐ》る時、仁科の丸いおしりがこちらに向かって突き出される格好になり、東條は唾を飲み込んだ。肩の出るニットは彼女にしてはかなり大胆なもので、今夜はそっちもその気なのだろう、と確信する。

床はガラス張りで、その下には小石が敷き詰められ、カウンターに寄り沿うようにか細い川がちょろちょろと流れている。川を跨《また》いで脚の長いスツールに並んで座った。金色に染めた短髪にコックコート姿の三十代の男性シェフが、いらっしゃいという風に、無言のまま目だけで迎え入れる。客は他に二組で、いずれも東條くらいの年齢の身なりの良い男と、若く美しい女という組み合わせで、囁《ささや》くように会話している。ほら、とアタッシュケースからガチャポンのカプセルトイを取り出すと、仁科はわあ、うれしい、覚えててくださったんですね、と顔をほころばせ、店にまるで不似合いなそれを宝物のように両手で受け取った。シールを剝《は》がし、カプセルを開けると、目を丸くする。

「どうやって当てたんですか⁉ これ、一番欲しかったんです。超レアキャラですよ」

「仁科のためだから、オヤジが年甲斐もなく、頑張っちゃったよ」

と笑って、軽く彼女の腕を撫《な》でた。拒否されなかった。

その学生服の美少年のキャラクターを手に入れるために、東條は妻に、取引先の家族の小さな男の子が欲しがっていると、外注したのである。妻は中学生の娘を連れてゲームセンターに通い、その結果をいちいちラインで報告してきたものだ。元は同業者だった妻は、仕事のためとあれば、どんな協力も惜しまない。もともと頑張り屋で、娘の受験でも、町内会のバザーでも、人並み以上に張り切ってしまい、後日ぐったりと寝込んでいるほどだ。雑貨店のパートでも結局契約社員になってしまい、本人も戸惑っている。ダイエットにも手を抜かないので、こんな風に外で恋愛を楽しむことはあっても、妻への愛情には影響していない。会話やスキンシップは減ったが、平均よりはずっと仲の良い夫婦だと思っている。ガチャポンマシンだって、きっと手を合わせ、決死の思いでハンドルをひねっていたに違いないのだ。当たりが出た時は、カプセルを手にガッツポーズを決めた写真と、喜びを表現したスタンプが雪崩《なだれ》のように送られてきた。

仁科は学生服のキャラクターを手のひらに乗せ、顔がどうとか、性格がどうとか、実在しない彼の魅力について愛しげに語っているので、ふっと嫉妬らしきものを覚え、東條は頬杖をついてシェフに話しかけた。

「今日のオススメって何かな？」

「そうですね。六月ですから、いいカツオが入っております。ガーリックオイルで召し上がっていただきます。甘エビのプリンも人気ですよ。あと、赤パプリカのいいのが入ってます。まるでフルーツのように甘く、肉厚なんです」

「そうそう、ここの野菜はシェフ自ら、鎌倉の朝市まで行って手に入れているからね。新鮮さや甘みが他と全く違うよ」

「このお店、よくいらっしゃるんですか？」

仁科が再びこちらに憧れの視線を向けた。他の二組もワインを前にして、主に女の方が相槌《あいづち》を打っている。シェフと男たちの共犯関係が心地よい。

「金箔を浮かべたシャンパーニュ、キャビアとトリュフを乗せたカニのムース、アワビの握りの肝と赤パプリカソースです」

そう言って、シェフがカウンターに並べたのは、ガラス皿に乗せられたキャビアとトリュフでほぼ見えなくなっているカニのムース、アワビの握りにオーロラ色のソースをかけたものだった。銀でできた重たい箸《はし》が添えられている。アシンメトリーヘアにしたお運びの美青年が、金箔を入れたグラスに冷えたシャンパンを注ぐと、黄金と泡がしゅわしゅわと踊りだす。

「わあ、すごーい。キラキラしてて宝石箱みたい。何だかお鮨屋さんじゃないみたい」

仁科はうっとりして、グラスを照明に透かしている。白く細い喉がむき出しになった。一口飲むなり、唇が光り、目がとろりと潤いを帯びていく。このための三万五千円だ。

「まあ、泡は万能だからね。鮨にはとにかく泡か、ミネラルの感じられる軽めの白が合うんだよ。あとはロゼ。赤で重くて渋いタイプは絶対に避けた方がいいね。タンニンが鮨の繊細な味わいを殺してしまうんだよ」

「部長、よくご存知なんですねえ」

「それに海苔《のり》や醤油は渋いワインと相性が悪いからね、ここの鮨はほとんどを、オリーブオイルや野菜のソース、塩で食べさせるんだよ、これが新鮮だし目からウロコの美味《おい》しさなんだ。鮨とワインのマリアージュという、自由な発想がビジネスにも応用できるんだよなあ」

「へえ、ヒントって色々なところにあるんですね。さすがだなあ」

シャンパンで唇を湿らせ、スプーンでムースを口に運ぶ。

「うん、よく冷えていてうまい。ナッツのような樽香《たるこう》が効いているね。カニの甘みを引き立てているよ。あ、唇についてるよ。失礼」

東條はさりげなく、仁科のぽってりした上唇についている金箔を、親指で取り去った。彼女は乳をねだる赤子のようにいつまでも小さく口を開けている。さらりとした唾液と金箔が、東條の指にまとわりついた。本当に赤子のような乳くさいにおいがするな、とくすぐったい気持ちになっていたら、すぐそばに頭の大きな乳児が現れ、ぎょっとした。正確には、巨大な乳児をエルゴ紐で胸元にくくりつけた、体格の良い中年女性が、甘ったるい乳の匂いを辺りに振りまきながら、ドアの前で仁王立ちしていた。灰色のスウェットのズボンと、所々に母乳らしきシミのあるヨレヨレのカットソーは、部屋着以下のいでたちだった。その母親はのしのし、と音がしそうな足取りで、東條たちの席から近い、厨房《ちゅうぼう》を横から覗《のぞ》ける角席のスツールにどしんと腰を下ろし、重そうなマザーズバッグを床置きした。いちげんであるのは確実なのに、よく通る太い声でこう言った。

「すみません、子連れで！　でも、この子今、よく寝てるし、私パッと食べて、サッとハケますんで！　すみません！」

「お客様、申し訳ありません。当店は会員でないお客様は……」

遠慮がちなシェフに向かって、母親は全くすまなそうではない、早口でこう言った。

「私、この向かいのマンションの三階に住んでいるものです。こっちのマンションのオーナーさんのお母様、ここの管理人もされていて一階にお住まいじゃないですか？　最近夜、健康のためにウォーキングされてるでしょ？　うちの子、夜泣きがひどくて、寝かしつけるための夜の散歩が日課なんですけど、それで知り合って仲良くなったんです。で、世間話の最中に、お酒やナマモノに飢えてて死にそうって愚痴ったら、この地下のお鮨屋さんはうちの子の持ち物だから、卒乳したら好きな時にいつでもおいでって言われたので、お言葉に甘えちゃいました。あ、大将！　オーナーさんにこのお話、今電話でちょっと確認していただけますか？」

シェフはすぐに背を向け、アシンメトリー青年がそっと差し出した子機を手に取ると、どこかに電話をかけた。しばらくして、しぶしぶと言った表情で、こちらに向き直って小さく頷《うなず》いた。

「ええと、まず、小肌《こはだ》!!　ビールね！」

母親はおしぼりが出てこないことに気付いたのか、明らかに赤ん坊用の大判ウェットティッシュをマザーズバッグから取り出し、手と顔を雑にゴシゴシと拭いた。赤ん坊はぴくりとも動かずそのたくましい身体に張り付いている。眉間《みけん》にはいかにも勝気そうにくっきりと皺《しわ》がより、唇からは透明のよだれが流れ、手足には芋虫のような肉の輪が連なっている。寝入っているはずなのに、なんだかやかましい印象を受けた。

今はできるだけ頭から追いやりたい自分の娘のことが思い浮かび、東條は落ち着かなかった。とはいえ、娘がこれくらいの頃は、仕事が忙しくてほとんど家に帰らなかったのだが。

「当店にビールのお取り扱いはありません」

シェフの口調は冷たいと言っていいほどだが、母親は気にする様子もない。

「あ、そうですか、じゃあ、八海山！」

「当店は、グラスワインと鮨のマリアージュを自由な発想で楽しんでいただくお店でして」

「え、そうなんですか。すみません、何も知らなかった。管理人のお母さんからは、お鮨屋さんとしか聞いてなくて。私、グラスであれこれ飲むのが、得意ではないんです。冷たすぎる白ワインって、人肌の酢飯にあんまり合わないような気もするし。えーと、ワインリストいただけますか？」

「ボトルをお一人で？」

シェフばかりではない。カウンター全体に動揺がさざめきのように広がっていく。

もはや、誰も会話なんてしていない。この店でボトルを入れたら、三万五千円では済まないぞ、と、東條は冷汗をかいた。

「昔、って言っても二年前か。あの頃は毎晩一本は普通に空けてましたんで。全然飲み切れます」

　ワインリストを受け取った母親は、顔をしかめて近づけたり、うんと遠ざけたりした。

「すみません、ちょっと私の周りだけ、照明を明るくしていただけます？　ごめんなさい。産後ですっかり視力が落ちてしまって。授乳が始まってからはなおさら……」

　シュフは聞こえよがしのため息をついた。アシンメトリー青年が裏に姿を消してすぐ、母親の頭上から、カッと白い光が照らされた。そうすると、薄暗い店内が、彼女主役の舞台に様変わりして、東條はますます居心地が悪くなってくる。照明の下で見ると、髪はボサボサで目の周りはクマで縁取られ、青ざめた肌に化粧けは全くない。疲れ切っている上に、若くもなく、むくんでいる。美しいところの全くない女だった。それなのに、少しも引け目に思っていなそうなところに、東條は腹が立った。店中の視線を集めているのに、母親は平気な顔で喋《しゃべ》り出した。

「私、鮨もワインも口にするのが一年九ヶ月ぶりなんです。今から四時間前についに夜間授乳が終わったんです。この子、今、生後十一ヶ月なんですけど、日中は粉ミルクでももう問題ないけど、夜は三時間おきにおっぱいをあげないと駄目だったんですよね。でも、もう、授乳なしでこのまま朝までいけそうなんです。私、妊娠が判明してから今日まで、何よりも好きなナマモノもアルコールも一切口にしていません。だから、卒乳した夜だけは、好きなように好きなだけ食べたいんです。パッと食べてすぐに帰りますんで。ここしか行けるところもないんです！」

どれもこれも、この場所では聞きたくないキーワードの洪水に、耳を塞《ふさ》ぎたくなる。

しかし、誰にも邪魔させないという異様な迫力が彼女にみなぎっている。ほとんど寝ていないのだろうか、よく見ると白目が不気味なくらい血走っていた。

「一年九ヶ月ぶりのお酒だから、軽めの白とか泡とかロゼとか、絶対に嫌なんですよね。渋くてそれなりに重い赤をごっくごく飲みたいんです。あの、そこにラベルが飾ってあるってことは、あのう、スーパータスカンのティニャネロ、あるんですよね」

壁を指差してその銘柄を口にするとき、彼女の声は微《かす》かに喜びで震えているような気がした。

スーパータスカンといえば、少し前に話題になった気がする。トスカーナ地方で生まれたなんでもありな技法のワイン。東條はカウンターの下で、仁科にばれないようにスマホを操作する。ティニャネロは、一九七一年に名家アンティノリで誕生したサンジョヴェーゼにカベルネ・ソーヴィニヨンをブレンドした傑作ワインとあった。

「もちろん、ございますが……。タンニンも強く、かなり食材を選ぶとおもいますが」

「でも、サンジョヴェ主体だから、この品種独特の酸味が、ボルドーみたいなカベルネ主体のガチに重いワインよりは、お鮨に合う気がするんですよね。試してみたいです。ティニャネロに、私がこちらで作って頂けそうなお鮨を考えますので、それを握ってください。頼みます！」

事も無げにその母親は言い放った。

「えー……」

シェフは困惑したまま声を漏らし、立ちつくしていた。

同じカウンターの一番右側に座っていた、益川《ますかわ》紗江子《さえこ》は、ホタテのバジルソース握りを重たい箸で口に運びながら、声のする角席をまじまじと見つめた。これとそっくりなセリフをどこかで聞いたことがあるのだ。

現在は銀座でホステスをしている彼女にとって、人生最初の同伴相手が、十年前にまさにこんなオーダーをしたことを、思い出したのだ。紗江子はまだ山梨から出てきたばかりの十八歳のキャバクラ嬢で、いきなり鮨屋でサーモンを頼んでしまうような娘だったが、その男はならば江戸前の味を教えたいと意気込んだ。しかし、行きつけの店が代替わりして、軽いワインと淡白な鮨ネタの妙を楽しむという趣向に変わっていて、男はカンカンに怒り出した。ボトルのロマネコンティを持って来い、それにあわせた握りをこちらで指示する、と無茶苦茶なことを言い出したのだ。男もこの母親のように、よく通る太い声をして、堂々としていて身体が大きく、健啖家だった。確か、中東の石油開発に携《たずさ》わっていた。今、隣に座るベンチャー系の社長にはない、汗と土の香りがした。そういえば、あの店はどうなっただろうか。こうした類《たぐい》の鮨屋はいつの年も数多く出現し、どこも二年以内で消えていく。あの人、好きだったなあ、と久しぶりに、紗江子は彼のことを思い出した。

運ばれてきた赤ワインのラベルの丸いマークを母親はうっとり見つめ、指でなぞった。

「一九九七年！　当たり年じゃないですかあ！」

ポンとコルクが音を立てて抜ける。アシンメトリー青年をやんわり断り、母親は手酌《てじゃく》でなみなみとグラスに注ぎ、口をつけた。青ざめた肌がサッと朱に染まる。目薬をさしたように白目が澄んで、パサついた髪までが一瞬でしっとりしたような気がする。

「キター……」

母親はげんこつで額を一回突くと、眉間に皺を寄せ低い声でうんうん唸《うな》っている。そうすると、すぐ下にいる赤ん坊とそっくりな顔になった。そして、彼女の一年九ヶ月がその身体から店全体に溶け出していくような、はあーっ、と長い溜息《ためいき》を一つついた。母親の目はらんらんと輝き、おもむろに、シェフに命じた。

「ホタテはありますか？　それに醬油を塗って、軽く炙《あぶ》り、海苔で巻く、レアの磯辺焼きにしていただけますか？」

「当店、海苔の扱いはございません」

「そうですか、じゃあ、大葉はあります？　それで巻いてください」

シェフは無表情のまま頷くと、のろのろとホタテを殻付きのままバーナーで炙り始めた。

母親は手首にはめていたゴムでざんばらの髪を一つにきつくまとめた。そうすると、こめかみはピンと張り詰め、両目がつり上がった。思いがけず、愛嬌のある顔だちだった。大葉で巻かれた醤油が香ばしそうなホタテが現れると、母親はじっくりと見つめ、やおら手づかみでかぶりついた。プリッとしたホタテの食感を伝えるかのように、彼女は右肩を軽く持ち上げた。ワインをすかさず大きく一口飲む。ホタテの咀嚼《そしゃく》とワインの嚥下を繰り返すうちに、頬の赤みは強くなり、白い唇は色づき、彼女の全身に血がめぐり出すムンムンという熱気がこちらにまで伝わってきそうで、店内の温度ははっきりと上昇した。東條は氷のように冷えたピノ・グリージョとアボカドととんぶりと大トロのカリフォルニアロールに手をつけず、ただ彼女に見惚れていた。他のカップルもみんな食事の手を止めている。母親の声はさらに力強くなった。

「鮒鮨とか、なれたものってありますか。あ、ないですか。なら、チーズ、そう、熟成したミモレットはありますか？　それを薄く削って、酢飯と一緒に握ってください。アサツキかシブレットがあればそれを散らしてください」

「ミモレットのお鮨なんて、すっごくおしゃれですね！　私も同じの食べたいかも。ねえ、あの人めっちゃ、食通って感じしませんか？」

仁科がはしゃいだ調子で、カリフォルニアロールではなく母親ばかり見ている。

「コースで指定したからね、他のものを頼むなんて、無理だよ」

東條はうんざりして小さな声で囁いた。こちらの声が聞こえたのか、母親はいきなり、おおらかな笑顔で話しかけてきた。

「ミモレットはなぜかご飯に合うんですよ。一番美味しい食べ方はね、薄く削いで、お茶漬けにすることですね。永谷園のお茶漬けの素なんかぴったり」

「へえ、真似してみようっと。ありがとうございます！」

仁科は彼女と言葉を交わせたことがよほど嬉しいのか、小動物のようにキュッと肩をすぼめて、スマホにメモまで取っている。母親は大判ウェットティッシュで再び手を拭《ぬぐ》うと、カウンターに乗せられた、からすみの握りそっくりのミモレット鮨を、大事そうにたいらげ、今度はゆっくりと身体に染み渡らせるようにワインを飲んだ。

「次はですねえ、イタリアンてことは熟成の生ハムはありますか？　それを酢飯と握ってください。あれば、ゆず胡椒をちょっと添えてください。熟成ワインには熟成ネタじゃないと、苦しいかなって思うんですよね。あ、そうそう、甲府のワイナリーを巡っていた時、おもしろいおつまみに出会ったことがあるんですよ、きな粉をまぶした信玄餅と薄切りのパルミジャーノを生ハムでくるりと巻くんですけどね」

「えー、お餅と生ハム⁉ なにそれ、バズりそうな組み合わせ！」

仁科が目を輝かせた。客同士の垣根がない、商店街の鮨屋のカウンターのような和気あいあいとしたムードに、東條は歯ぎしりした。

「意外でしょ？ ハムの塩気ときな粉の香ばしさ、お餅のもっちり感と甘みが、重ーいメルローにとてもよく合うんです。あ、そのメルロー、新聞社が一流大手酒造に協力させて造ってる超レアなやつで、滅多に手に入らないんですよね」

「えー。なにそれ、飲んでみたーい！」

どんな知識を出してもこの母親には負けてしまう。今は何も言わないのが得策だ、と東條は唇を結んだ。

「私、実家、山梨なんですよ。国産のワインもお好きなんですね」

ふと気付けば、一番右の席の、起業家風の男の連れの、いかにも金のかかりそうなホステス風の美女までが身を乗り出している。母親はワイングラスを揺らしながら、しみじみした口調で言った。

「ええ、ワインと聞けば、どんなところにも出かけたなあ。だから、人生で一番辛かった一年九ヶ月ですよ。ノンアルコールなんて気休めにもならないしね。チーズだってエポワスみたいなウォッシュタイプが好きなんですね。好きなものがほとんどこの子のために禁止なんですから……。って、なんか楽しいな——！　こんな風に最後にお酒飲みながら大人と喋ったの、いつだったたっけ」

照明の具合かルビー色に変化したワインを、母親はゴクゴクと飲み干した。

「あ、そうだ、マグロのヅケってあります？」

「当店はマグロはすべてお客様の目の前でバーナーでレア状態に炙り、バルサミコソースかトリュフ塩で召し上がっていただくことになっています」

「そうですか？　醤油味のマグロはこういう甘いタンニンのワインに、合うと思ったんですが。ソムリエの友達も重めの赤とマグロのヅケの相性はかろうじて悪くないと言ってましたから。今からでも煮切り醤油につけていただけたら全然、最後の方に間に合うと思うんで、作っていただけませんか。何しろ私、ナマモノに飢えていて……」

「私も、ヅケでいただきたいです！　いいですよねっ」

仁科が強く賛同すると、ホステスもニコッと頷いた。

「うん、私もいただきたいな！　マグロのヅケで、渋めの赤ワイン、試してみたい」

シェフがマグロのサクを取り出すとその背中に、母親は追い打ちをかけるように命じた。

「そうそう、漬けている間に、ウニ軍艦握っていただけますか？　あ、海苔ないのか。なら、薄く切ったきゅうりを代わりに巻きつけてください。浅草のお鮨屋さんで食べたことあるんですけど、ヒスイ色と橙《だいだい》のコントラストがとても美しいんですよ」

島田昌美《しまだまさみ》はよく冷えたロゼと、生肉のカルパッチョにウニを乗せた握り、フォアグラのフルーツソースを前に、その母親から目が離せなかった。こういう種類の女が、酒を飲み、高い料理を食べ、楽しそうにしゃべる姿を、昌美は実家の専業主婦の母親を含めて、これまで一度も見たことはなかった。短大からコンサルタント会社に入って五年、隣に座っている妻子ある上司とずっとつきあっている。結婚も子どもも昌美は興味はないし、この関係に不満はない。男から、妻は退屈な女だと聞いている。子育て以外に何もしていなくて、たまに外食に誘っても、おしゃれもろくにせず、視野が狭くて話が異様につまらないのだという。その点、昌美は映画や読書の話題も豊富で、自立しているから対等に付き合えるし、一緒にいて世界が広がっていくようだ、と褒められる。実際、二人で秘密で出かけた南米旅行はとても楽しかった。

でも、本当に彼女はつまらない人間なのだろうか。子供以外誰にも会わなければ、視野が狭くなって当然だし、時間がなければカルチャーなんて一番最初にどうでもよくなるのだろう。もしかして、日々の些事《さじ》の向こう側に、彼女本来の面白さというものは存在するのではないだろうか。この母親のように、赤ワイン片手に自分について喋り出す、男の妻を想像してみた。一度だけ、社内のバーベキューで会ったことがある。三人の子供から片時も目を離さない、控えめな女性だった。お酒を勧められても、口にする暇など全くないように見えた。

昌美が侮蔑するべきはあの女性ではなく、ひょっとして隣の男なのではないか。彼らがこうしてアイロンのかかったシャツを着て若い女と高級な鮨を食べている間に、その背後には、家事や育児に追われる女たちがいるわけだ。この店の不思議な歪《ゆが》みは、本来隠れるべき存在の突然の出現にある。

塩で食べるきゅうり軍艦ウニに続き、炙ったカツオに汁ができるまで叩いた青ネギをのせて握れ、バッツァというサラミがあるはずだ、それと青トマトを紙のように薄くスライスしてネタにしろ、米茄子《べいなす》を揚げてみろ、梅肉はあるか、すり胡麻《ごま》といり胡麻と砂糖と醬油と酒でたれを作りそれで鯛をあえる……と、母親はワインボトルを抱えた司令塔になって、シェフを右往左往させた。ワインをどんどん飲み、完成した握りを端から上機嫌で頰張っていった。東條がこれまで出会ったどの女より、よく飲みよく食べる女だった。グラスを傾ける度《たび》に、彼女の内側から、貫禄がにじみ出していくようだった。彼女が旨そうにヅケを食べ終えるなり、ギャン、と赤ん坊が泣き出した。顔を真っ赤に歪め、ポタポタと涙をこぼし、手を強く握りしめている。母親は初めて慌てた顔で、立ち上がった。

「あー、泣いちゃった。えーと、オムツかな？　ここのトイレ、オムツ替えるスペースありますか」

「ございません」

シェフはぐったりした調子で答えた。基本的に客がお任せしか頼まない店だから、ここまで細かい注文を受けたことはないのだろう。他の客の調理も合わせると、たった一人きりで、気の毒になるような働かされ方だった。

「ですよねー。すみません、ちょっと外に出てきまーす」

そう言うと、母親はさっさとスツールを滑り降りて、赤ん坊とともにドアの向こうに姿を消した。砂利を踏みつける音がした。

「なんなんだ、あれは」

東條は思わず、彼女の消えた方を振り返って、つぶやいた。

「本当、いい加減にしてほしいよな」

ラフな服装の、でも決して若くはない起業家風の男が、身体をこちらに傾け、たちまち同意した。東條は嬉しくなった。やっと店に静けさが戻り、鮨をつまんでいると、すぐに母親は戻ってきた。胸元の赤ん坊はもうすやすやと、指をくわえて眠っている。

「その辺歩いたら、泣き止みました。小雨が降り始めてましたよ。あれ、洗濯物取り込んだかな？」

起業家風がワイングラスを置くなり、いきなり振り向いて、母親に食ってかかった。

「あんた、この店にふさわしくないよ。俺たちは静かに食事を楽しみたいんだよ。子連れだからって、何でも我がままが通ると思ったら、大間違いだぞ」

そうだ、そうだ、と東條は思う。正しさを振りかざされるのは、太陽の下だけでたくさんだと思う。自分が稼いだ金でほんのちょっぴり、甘美な楽しみを舐《な》めることの何がいけないのだ。タバコもダメ、ちょっとしたおふざけもダメ、ベビーカーにも気を使え。こういう女が不遜《ふそん》な態度でありとあらゆる場所に現れ、東條たちから居場所をどんどん奪っていくのだ。

「そうだ、ここは大人の社交場だぞ」

と、東條と似たような背格好の勤め人らしい男も低い声で加勢した。

「大人の社交場じゃないでしょ。男のための社交場でしょ」

ぼそりと言ったのは、男に寄り添っていた、秘書風の物静かな美女だった。一同、彼女を見つめる格好になった。母親はといえば今は赤ん坊に顔を向けているので、表情まではわからない。

「あのう」

声をあげたのは、仁科である。彼女はもう全く東條を見ていない。

「私は気になりません。どうぞ、好きなだけ召し上がってください。だって、お鮨もお酒も二年ぶりなんですよね」

「ですよね、今、このお店中で、一番お鮨とワインを欲しているのは、この方ですよね。私たち、いつでも食べられるし。ていうか同伴て大体鮨だし」

と、美人ホステスも頷いている。

「いや、でもね、TPOがあるだろ。子供だってこんな夜中に可哀想じゃないか」

東條はなるべく穏やかにたしなめたつもりだが、仁科は別人のような剣幕で、食ってかかってきた。

「はあ？　自由な発想でマリアージュすることが大事ってさっき、おっしゃったじゃないですか。なのになんで、お母さんがお鮨を楽しんじゃいけないんですか？　こういうお店は、部長みたいに誰かに育児や家事を任せられる人だけが、楽しめる場所なんですか？」

店はしんと静まった。すると母親は、赤ん坊を楯にするようにお腹を突き出して、睨《にら》みあう男女の間に割って入ってきた。そして、おどけた調子で両手を軽く挙げてみせる。

「みなさん、どうもありがとう！　本当にすみません。すみません。後一貫か二貫ではけますんで。みなさん、素敵なデートの時間を邪魔してすみません」

口ではそう言いつつも、またしても全然悪いと思っていないことがはっきりわかる調子で彼女は角席に突き進み、再びスツールに腰を下ろした。入ってきた時とは別人のように、クマが消えたせいで瞳は生き生きとして、頬はバラ色だった。

「そろそろ締めようかな、干瓢《かんぴょう》巻きってあります？　ピノ・ノワールに合うってどこかで聞いたことがあったから、どうだろう。わさびもたっぷりだと、甘さや歯ごたえが引き立って美味しいと思うんですよね。それに熱いお茶もいただけますか」

「ございません。デザートは、パッションフルーツのジャムを使ったパンナコッタとデザートワイン、エスプレッソを用意しておりますが」

シェフは明らかにびくついていて、今にも消え入りそうなか細い声だった。

「そうですか、だったら、卵焼いてもらえますか？　もちろん、お砂糖はたっぷりでね！　エスプレッソはダブルにしてください。結構合うとおもいます」

シェフがいそいそと準備を始めた。卵の割れる音がする。やがて、油の音と甘い香りが漂い始めた。不意に娘の運動会の朝を思い出した。妻は張り切って豪勢なお弁当を作った。決して応援に来てくれない父親に娘が最後に泣き顔を見せたのはいつだったろう。今の彼女はもうあっさりとしたものだ。ダイエット中だから、と甘い卵焼きも好まない。

「私も卵焼きが食べたい」

と、仁科がいい、他の女たちも口々に同意した。

「私も、私も」

カステラのように均等に焼き目のついた見事な卵焼きだった。女たちに褒められて、シェフはその日初めて、ホッとした笑顔を見せた。小さなカップの取っ手に太い親指を引っ掛けて、母親は赤ん坊のじゃがいもみたいな頭を撫でた。

「ああ、美味しかった。ティニャネロってね、現在二十六代目の当主が、三人の娘たちに支えられて経営しているワイナリーなんですよ。今夜はまさに三人の女性にサポートされて、それにぴったりなワインも選べて、最高の卒乳を迎えられました。ああ、楽しかったな。美味しかったな。皆さん、どうもありがとう。そろそろ育休も終わるし、明日からまたワンオペ、頑張れそうです」

テーブルの会計の時に彼女がマザーズバッグからガサガサと取り出したのは、財布ではなく「御出産御祝」と書かれた大量のご祝儀袋だった。封筒をビリッと破いて、カウンターの上に一万円札をどんどん重ねていく。宣言通り、赤ん坊とともに彼女は忍者のように姿を消した。ひょっとすると、時間にして一時間にも満たなかったのかもしれない。空いた席を見て全員が気づいた。

母親はワインを一本空けたのだ。

母親の言うことは本当で、食事の間、小雨が降っていたらしい。アスファルトは黒々と濡れていて、空気がもったりと重かった。タクシーを呼んだにもかかわらず、送ろうと言う東條の申し出を仁科は断った。

「私、駅まで歩きますから。大丈夫ですよ、二十分くらい。最近、運動不足で」

「え、でも、危険だよ」

東條がオズオズと、それでも食い下がった。タクシーの運転手が、小莫迦《こばか》にしたようにこちらを見上げているのが気になって仕方がない。

「大丈夫です。私、若いし。美味しかった。ごちそうさまです。コース外のものも頼んじゃって、ごめんなさい」

こちらを哀れむように仁科はそう言った。同時に会計を済ませたらしい二組のカップルが追いつく格好になった。秘書風とホステス風が、まるで女子高生のように仁科を挟んだ。

「え、じゃあ、私、ご一緒しよっかな」

「私も、なんか歩きたい気分。ねえ、どこ住んでるの?」

女たちはそれぞれの美しいふくらはぎを見せつける形で、並んで去って行った。ヒールが濡れたアスファルトに打ち付けられる。

通りの向こうから、小股で早歩きしている、サンバイザーにジャージ姿の初老の女性がやってきた。彼女は真っ直ぐ前を向いたまま、三人の男の前をキビキビと通り抜けていった。

卵焼きの甘い残り香が地下から立ち上ってきて、雨のにおいと溶け合った。向かいのマンションの庭の大きなビワの木が、通りにまで垂れ下がっている。あの赤ん坊の泣き声が降ってきた。その声がする三階のベランダには、取り込み忘れたらしい、キリンのぬいぐるみが濡れそぼって張り付いていた。


(オール讀物8月号。『注文の多い料理小説集』所収の同作品を底本といたしました)

解　説

清原康正

本書『短篇ベストコレクション　現代の小説2020』は、二〇一九年に小説雑誌、出版社のPR誌、Webサイトなどに掲載された数多くの短篇小説の中から選び出された年間最優秀作のアンソロジーである。

二〇一九年は、「平成」が終わり、五月一日から新しい元号「令和」が始まった年であった。国際社会ではポピュリズムと排他主義・愛国主義の顕著な動きとともに、グローバル化とIT化の進行がますます増加していき、従来の国際政治とは異なる新たな問題が生じていった。国内では消費税の十パーセント引き上げなどもあって政治への不満と生活の不安が高まる中で、九月から十月にかけて台風15・19・21号と三つの大型台風が次々と日本列島を襲い、各地に大きな爪痕を残した。

内外ともに多くの問題を抱えたままで揺れ動いたこの一年の時代状況を、作家たちはどうとらえ、小説を通して何を訴えかけてきたか。多岐にわたるジャンルとバラエティに富んだ収録作品十五編には、それぞれの作家の主張、問題提起を感じ取ることができる。

「密行」今野敏

機捜235シリーズの読切短篇作で、密行とは覆面の機捜車で担当地区を回ることである。機動捜査隊徳田班の俺・高丸は、分駐所として間借りしている渋谷署の刑事課強行犯係とともに恐喝の被疑者のガサ入れを行ったが空振りに終わる。捜査情報を被疑者に内通した者がいるのでは、と渋谷署内で噂になる。内通者は誰なのか。所轄署と警視庁本部捜査一課の機捜に対する雑な扱いなど警察組織の内部事情、記者たちの取材活動と警察側のマスコミ対応などの問題点を、主人公の言動にからませていく手法が冴えている。

「春雷」桜木紫乃

北海道の日本海側の港町に住むマツは、若くして上方舞いの名取となった一つ違いの忍が自慢の弟。マツの縁談話と忍の師匠の養女との縁談話がもち上がる中で、忍が列車に飛び込み自殺をしてしまう。酒蔵で働く伊三への忍の眼差《まなざ》しに気づいていたマツだったが、そんな心の形もあるということしか分からなかった。マツが忍の辛さ、叫びのようだと思う詩を最後にリフレインして、マツの胸に居座っている「氷の魂」を強く印象づける。北海道に春の訪れが始まる描写と、それとは対照的な日本海に雷が落ちる稲妻と雷鳴の描写が、姉弟の運命を象徴しており秀逸。

「遭難者」佐々木譲

月島にある病院の外科医・児島と記憶喪失の男・槙野との三度にわたる不思議な邂《かい》逅《こう》の物語。昭和十二年七月、墨田川の水面に浮いていた槙野は今が何年かを知って、なぜか驚愕《きょうがく》する。昭和二十年三月、彼は三日後の米軍の東京下町大空襲を予告。それから十九年後の東京オリンピックが開催される直前にトラック事故で病院に運ばれて来た彼に、児島は二十七年前の出来事への推測を語る。タイムトラベルものの変形としての面白さと、蘆溝《ろこうきょう》橋事件後の全面戦争への拡大化、東京大空襲、東京オリンピック開催と東京の変化の様を描き出した着想の良さがある。

「娼婦と犬」馳 星周

大津市内のデートクラブに所属する美羽は、師走の夜の山道で後ろ脚を怪我している犬をレオと名づけて飼うことになった。美羽の額に浮いた汗や泥まみれの手の描写など、ただならぬ雰囲気が冒頭部で描かれている。帰宅するとレオは手を舐めて、美羽の汚れを清めてくれる。美羽にはギャンブルならなんにでも手を出しては金をせびるヒモがいて、あんな男のためにこの体を切り売りしてきたのだ、とある決心をする。この後の行動が冒頭部の描写とつながる。美羽のレオに寄せる思いが切なく描かれていく。超然とした目をしているレオの描写が、犬好きにはたまらない作品だ。

「カモメの子」阿川佐和子

南房総の海辺の町で七十五歳の祖母と暮らす中三の紗季。五歳のときに家を出て行った母親が年に何回か前触れもなく帰ってくるのだが、祖母と二人だけの生活のリズムが狂ってしまう。「異種格闘技のような女三人家族」の模様に加えて、いつも言葉を省略しすぎる幼馴染みの文太とのユーモラスなやりとりが面白く、四人それぞれのキャラが立っている。カモメの鳴き声、漁船の汽笛、打ち寄せる波、車やバイクのエンジン音など、音の描写に作者の感性がうかがえる。柿本人麻呂の歌が冒頭部とラストに効果的に置かれていて、中三の女の子の心の内がうまく描写されている。

「夜の子」佐々木愛

出産予定日まであと二カ月、どんなに短いのでもいいから毎日ひとつ小説を書いてと妻・夜子に言われた僕。数年前の結婚する少し前に、小説の新人賞を受賞したものの、受賞した途端、苦しんでも書けなくなっていた。毎日書こうとはしたが、ただ座っているだけ。六人の実在のヨーコの名前を呪文のように並べたヨーコ並べ歌を口ずさむ夜子は「ヨーコの定理」があると言う。この変てこな定理が面白い。女の子が生まれるのだが、出産への不安と期待に怯える妻の要求に応えられない主人公の書けなくなった苦しみの細やかな描写が読み所となっている。

「本部長の馬鈴薯　北海道京極町《きょうごくちょう》・新美《にいみ》農場」瀧羽麻子

農業女子シリーズの一編。北海道で数十ヘクタールの農場を経営している淳子。

夫・孝宏は町の役場に勤務している。馬鈴薯とにんじんの収穫期に、東京の総合商社を定年退職した斉藤が手伝いに来ることを叔母から頼まれる。全然手が動いていないのに文句が多すぎる斉藤を、従業員たちは本部長と呼び始める。停年後の第二の人生をどう過ごすか、高齢化社会の問題をからめつつ、収穫機を使っての馬鈴薯の収穫作業の様子など、北海道の大規模農業の実態の一端がユーモラスに展開されていく。

「ミサイルマン」片瀬二郎

社長の息子で専務、外国人労働者雇用管理責任者でもある俊輔は、外国人労働者・ンナホナの欠勤で社員寮に行く。ンナホナの祖国セヤナ人民共和国でクーデターが起こり、大統領が失脚したという。粗末なコスプレにしか見えないロボットの扮装をしたンナホナは腰のレバーを両手で握りしめて、空へと舞い上がっていった。ここでタイトルのミサイルマンの説明がなされる。大統領の指令による各国の複数都市への無差別かつ大規模な攻撃が大統領には肩透かしなものと知った主人公の爆笑など、ブラックなユーモアをたっぷりと盛り込んで現代社会への風刺を感じさせる。

「緑の象のような山々」井上荒野

一也とさくらのメールのやりとりで構成するメール書簡体小説。三月三日21：42から五月十五日11：03まで、一也18通にさくら18通。妻子ある一也のさくらへの甘い愛の囁《ささや》きに始まり、さくらの妊娠の告白で状況が変化していく。さくらが一也の本音を理解するプロセスを、メールの文面と発信日時からたどることができる。書簡体小説は珍しいものではないが、手紙のやりとりとは違って発信時刻までもが確認できることで緊迫感が分かる。さくらのメールの最後にある「私たちは今、」という複数表記がドキリとさせる。

「くもなまえ」北原真理

大陸の花嫁だった祖母に育てられた主人公。幼い頃、蜘蛛《くも》を怖がる僕に、祖母は物語を聞かせてくれた。大学を出て大手新聞社に入り、結婚して二人の娘も生まれた。だが、離婚した現在は古アパートでの一人暮らし。いつもそばにいてくれた祖母は、誰にも看取られずに一人で逝った。簞笥《たんす》の引き出しにあった大学ノートに書かれた日記には、僕のことばかりが記されていた。最後のページに、僕宛の長い手紙があった。

それを読んで、祖母の半生と孫との暮らしへの思い、そして大陸の花嫁としての矜持《きょうじ》を、僕は実感する。この祖母の生き方に胸打たれるものがある。

「若女将になりたい！」田中兆子

髪を肩まで伸ばし、メイクをして、ロングスカートを穿《は》いて帰省し、鞆《とも》の浦《うら》の海辺に建つ実家の老舗《しにせ》旅館で働き始めた二十七歳の範之。若女将になりたいと願う息子を、母親は許さず、人前には出ない裏方の仕事だけを次から次へと休憩する暇も与えずに命じた。自分が性同一性障害であることを伝えた異父弟や従業員たち、血のつながらない父親、大学時代のサークル仲間だった恋人など、主人公へのそれぞれの反応の違いとともに、旅館の働き方改革の面にも触れて現代社会の問題点をユーモラスなタッチで描き出している。

「変容」村田沙耶香

ファミレスでパートを始めた主婦の真琴は、若者たちから、そして夫や学生時代の親友・純子から「怒り」の感情が消えていることに驚く。世間が変容したのか、自分が変容しそびれたのか、と悩む。学生時代にバイト先で怒りまくっていた五十川さんとともに純子の夫が主宰するホームパーティーに出席して、「なもむ」「まみまぬんでら」という言葉が感情を表す新しい言葉として使われていることに、真琴は動揺する。社会の変容に抗おうとした主人公が変容していく様子を怒りとユーモアを交えて描き出しており、言葉が持つ情念を考えさせられるものがある。

「エルゴと不倫鮨」柚木麻子

カップルが集まる都内の会員制イタリアン創作鮨店に、乳児をエルゴ紐で胸元にくくりつけた体格の良い中年女性が入って来る。今から四時間前に夜間授乳を卒乳したので、今夜は好きなように好きなだけ食べたい、と言う。注文した赤ワインの講釈をし、店のコースにはない鮨を次々にオーダーしていく。その迫力に、若い女性連れの男客たちは圧倒される。ラストの場面で、マンションの三階のベランダにキリンのぬいぐるみが濡れそぼっている描写がなされている。この描写がなんとも秀逸で、母親への親愛感をかき立てる。

「ファイトクラブ」奥田英朗

家電メーカーに勤める四十六歳の主人公は、早期退職の勧告に抵抗したことで、新設部署に異動させられて工場の警備勤めとなった。五名いる課員は全員が四十五歳以上で、倉庫に放置してあった運動具で筋トレを始めた。サンドバッグを叩いていると、工場の制服を着た年配の男が現れてコーチをしてくれる。トレーニングで得た高揚感で主人公の内面も変化していく。夜間の警備で外国人窃盗団の銅線盗み出しに遭遇した主人公は、ボクシングの構えで立ち向かう。事件の翌日から姿を見せなくなったコーチを探して知り得た意外な情報が、ファンタジックな味わいを醸し出す。

「みみずロケット」柿村将彦

器用で要領のよさだけがとりえの私・佳乃。大学を出てバイト先の塾に就職して三年目。スペースシャトルである生徒たちを宇宙に打ち上げる補助ロケットが自分の役目と思っている。塾の教え子で女子高生の亜子が「今、つき合っている大学生が自分はライギョだ」と言ったことを佳乃に打ち明けた。その大学生に二人が襲われる話で、大学生を車のボンネットに乗せたままダムに突き落とす描写が凄まじい。物語の中で語られるバケツの中のミミズのふかふかベッドの話と、焦りを抱えつつ日々の安寧に身を任せている主人公の事件後の心境の対照が面白い。

短篇小説の醍醐味を味わうことができるこのアンソロジーで、読者と同時代を生きる作家たちの鋭い感性が時代とクロスするさまを堪能していただきたい。

（解説は各作品の媒体発表月順に取り上げています）

編纂委員
川村　湊
伊藤氏貴
清原康正
杉江松恋
森下一仁

この作品は徳間文庫オリジナル版です。
なお本作品はフィクションであり実在の個人・団体などとは一切関係がありません。

㈱ヤマハミュージックエンタテインメントホールディングス　出版許諾番号　20238P

徳間文庫

短篇《たんぺん》ベストコレクション

現代の小説2020

2020年6月15日 初刷

編者 日本文藝家協会《にほんぶんげいかきょうかい》

発行者 小宮英行

発行所 東京都品川区上大崎三―一―一 〒141―8202
目黒セントラルスクエア
株式会社徳間書店

電話 編集〇三(五四〇三)四三四九
販売〇四九(二九三)五五二一

振替 〇〇一四〇―〇―四四三九二

印刷
製本 大日本印刷株式会社

ISBN978-4-19-894566-4 (乱丁、落丁本はお取りかえいたします)

徳間文庫の好評既刊

日本文藝家協会 編

短篇ベストコレクション 現代の小説2018

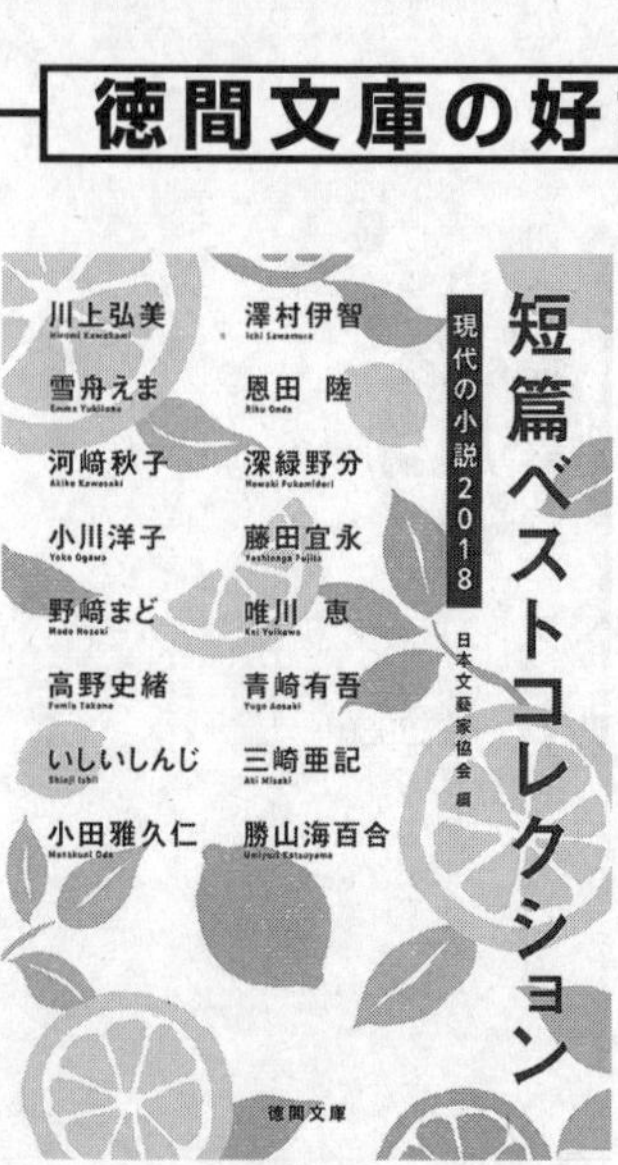

まいどお馴染《なじ》みの味ばかり注文している、そこのあなた。店主渾身《こんしん》の新作メニューに挑戦してみる気はありませんか？　2017年度に文芸誌に掲載された作品群から名うての読み手が厳選した十六篇。今回は半分以上がフレッシュな顔ぶれ。いずれ彼らがこの国の小説を牽引して行くことになる。その胎動を存分に感じてほしい。食わず嫌いの保守的読者のままじゃ、面白いもんには出合えませんぜ！